高仲泰 著

大西迁

人民东方出版传媒
东方出版社
The Oriental Press

图书在版编目（CIP）数据

大西迁 / 高仲泰著. —北京：东方出版社，2024.1
　　ISBN 978-7-5207-3666-4

Ⅰ.①大… Ⅱ.①高… Ⅲ.①纪实文学—中国—当代 Ⅳ.①I25

中国国家版本馆 CIP 数据核字（2023）第 180840 号

大西迁
（DA XIQIAN）

著　　者：高仲泰
责任编辑：朱兆瑞
出　　版：东方出版社
发　　行：人民东方出版传媒有限公司
地　　址：北京市东城区朝阳门内大街 166 号
邮政编码：100010
印　　刷：北京明恒达印务有限公司
版　　次：2024 年 1 月第 1 版
印　　次：2024 年 1 月北京第 1 次印刷
开　　本：710 毫米 ×1000 毫米　1/16
印　　张：23
字　　数：300 千字
书　　号：ISBN 978-7-5207-3666-4
定　　价：69.80 元
发行电话：（010）85924663　85924644　85924641

版权所有，违者必究
如有印装质量问题，我社负责调换，请拨打电话：（010）85924725

世界悲惨无数,
中间必有火苗长存,
黑夜终将结束,
太阳终将升起,
在上帝的自由花园之中,
我们将重获新生。

——维克多·雨果《悲惨世界》

李国伟和夫人荣慕蕴早年合影

李国伟和夫人荣慕蕴晚年合影

"爱国企业家典范"、民生公司总经理卢作孚

汉口申新四厂办公楼，该建筑已于2008年被拆除

汉口原福新五厂老车间，现已被列为武汉市文物保护单位

汉口申新四厂内迁宝鸡,与中国工合运动召集人路易·艾黎(中)的协调周旋有莫大关系

武汉码头,船舶云集的景象

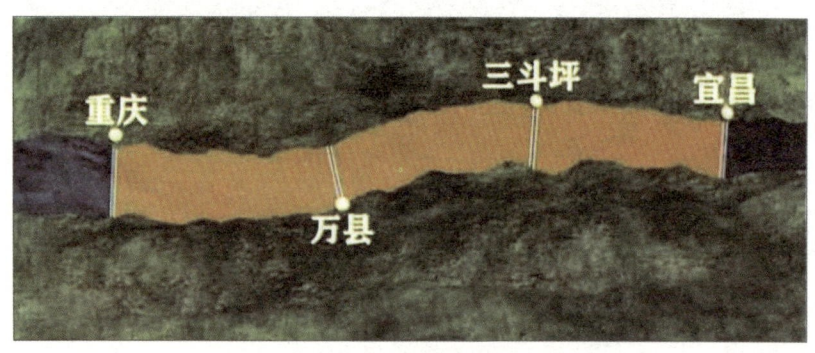

民生公司是抗战初期工厂和军事物资内迁的主力,
图为从宜昌抢运物资长江航线示意图

劈波斩浪的民生公司轮船"民主"号

抢运物资的民生公司轮船"民生"号

民生公司参加战时运输的"民风"号

国民政府资源委员会1944年在重庆举办内迁工厂工矿产品展览会

长乐塬西迁工厂厂区俯瞰（局部）

窑洞工厂内纺织生产场景之一

窑洞工厂工人在操作纺机

窑洞工厂遗址入口处，一旁是防空警报哨塔

申新四厂迁到宝鸡初期利用火车头发电提供动力

长乐塬工厂的发电机组

2020年11月26日,宝鸡市在当年西迁工厂的基础上保护性开发而成的长乐塬抗战工业遗址公园正式开园

长乐塬抗战工业遗址公园内的福新申新大楼

长乐塬当年建造24孔窑洞,现存19孔。著名学者林语堂曾在作品中这样描述:"这就是中国抗战中最伟大的奇迹。"

长乐塬抗战工业遗址公园通过现代技术还原工人生产场景

长乐塬抗战工业遗址公园内
在废旧火车车厢中陈列的生产设备的机件

长乐塬抗战工业遗址公园内陈列纺机的窑洞工厂一角

长乐塬抗战工业遗址公园内陈列纱锭的窑洞工厂一角

长乐塬抗战工业遗址公园内无设备陈列的窑洞工厂

无锡文化遗产基金会理事长王慧芬一行参观窑洞工厂纺织车间

无锡文化遗产基金会理事长王慧芬一行参观窑洞工厂遗址

序　言

王慧芬

作家高仲泰以磅礴之力创作了《大西迁》这部主题厚重的长篇纪实文学。

这是一部以抗日战争为时代背景，反映爱国企业家为保存经济实力，冒着纷飞的战火长途跋涉将企业西迁的力作。作品具有历史的纵深感，更具有深刻的现实意义。它提醒、告诫我们：不要忘记历史上被侵略、被掠夺的耻辱和痛楚，应该奋发图强，使我们的国家更加强大。这样，才不至于受人欺凌、挨打，已经过去了的悲剧才不会重演。

大西迁肇始于1937年8月13日淞沪会战。日本侵略者叫嚣：一个月占领上海，三个月占领整个中国。但中国军民顽强抵抗，血战了三个月。1937年11月12日上海失守，战火继续蔓延，直指国民政府首都南京。

上海及江南地区是彼时中国的工业区，集中了全国百分之八九十的工厂。淞沪会战中，日军凭借军事优势掌握了制空权、制海权。为了摧毁中国的经济，侵略者对中国工厂无差别地狂轰滥炸，包括荣氏企业在内的战区大量工厂都在日军炮火覆盖范围之内，损失惨重。

继上海失守，11月15日，无锡沦陷，当地的荣氏企业同样遭到严重毁坏，满目疮痍。荣家产业三去其二，其他企业也难以幸免，大批企业不是被毁，就是沦入敌手。

在这种危急的情况下，我们看到了中国企业家们活跃的身影。为了保存民族工业的火种，维持国运，他们毅然克服艰难险阻，通过水路、铁路或公路，长途跋涉，将工厂内迁——或直接西迁入川，或先迁到武汉、宜昌，等待中转西北或西南。日寇占领南京后，又以强大的攻势向武汉逼近，战火燃向中国广阔的腹地。武汉本地企业和内迁到武汉三镇的企业必须抢在敌人攻占前紧急西迁。

宜昌是人员和物资入川的必经之地。一时间，小小的宜昌码头几乎集中了中国兵器工业、各类机器工业和轻工业的全部设备与物资，物资转运成功与否关乎国家仅存的一点元气。卢作孚的民生公司船队在布满急流险滩的长江三峡穿梭，争分夺秒，日夜航运，将宜昌堆积如山的物资运往重庆。40天的运输量超过一年的运输总量，创造了奇迹。不仅于此，抗战最初一两年，卢作孚及其公司还承担了运输西迁军队和政府物资的重任，捐出了废旧船只甚至尚在使用的船只，在江阴、马当、宜昌等长江水面和浙江镇海口多次实施沉船阻敌任务。

其实，中国企业家的西迁壮举被称为"中国实业史上的敦刻尔克大撤退"，宜昌抢运是其中最为闪光且不惜成本的撤退。包括捐船沉江阻击敌人进攻，均是中国企业家们在家国存亡之际的一种自我拯救，也是一种为国图存的大无畏的生与死的大博弈，不亚于前线战士在战火纷飞、枪林弹雨中的勇敢冲锋。

而荣家在武汉的申新四厂和福新五厂的总经理李国伟，在荣德生支持下，将企业迁移到黄土高坡上的宝鸡长乐塬。为躲避敌机轰炸，申新四厂和福新五厂开挖了史所未见的十多万平方米的窑洞工厂，显示了荣氏企业家的创新精神和顽强的生命力，以及在时代的大动荡、大变局中守正创新、意志坚定、一展抱负的气概。

《大西迁》以大量的史实，生动地还原了企业家群体曲折艰难的西迁经历，勾勒出了一幅"向西，向西"的恢宏而悲壮的画卷。虽然荣家仅有几家西迁的工厂，但他们的西迁是卓有成效的，不仅能站住脚，而且开拓创办了新的工厂，在几乎是一张白纸的陕西宝鸡建立了一个工业区，促使这个贫瘠的以农业为主的地方有了生机盎然的现代工业土壤。

非常凑巧，无锡文化遗产基金会所在地正是李国伟先生在无锡的住宅，因为荣德生晚年在此居住，所以又被列为荣德生旧居，系江苏省文保单位。几年前，基金会就关注到了李国伟主持两家荣氏企业西迁的历史事实，为此拍摄了15分钟的专题片《向西，向西》，宣传了西迁精神和荣家在抗日救亡中所做的历史性贡献，影响广泛，颇受好评。那些西迁路途上激越的生命乐章令人感动。这是百年荣家所经历的一段残酷而光荣的岁月。至今，窑洞工厂犹在，是长乐塬工业遗址中最重要的历史建筑。这些饱经风霜的建筑继续在静静地诉说着那段不平凡的岁月。众多西迁企业为战时的中国经济保留了一分实力，为艰苦的持久抗战提供了物质支持，保住了"陪都"重庆的安全和不灭的火种。

我们通过这本纪实文学，穿越到了那个烽火连天的时代。财经作家吴晓波说："对于一个国家而言，任何一段历史，都是那个时期的国民的共同选择。"大西迁也是那个时代的选择，是爱国企业家的共同选择。作者以宏大的叙事、丰盈的细节、宽阔的视野还原了一个个有血有肉的人，抽丝剥茧般地讲述一个个故事。这当中，有抗争，有牺牲，有挣扎，有失败，有成功，有温度，更有高度。在普通人心目中，企业家只以聚财为目的，顶多做一些公益项目，也无非是博得好名声。但在大西迁中，这些爱国企业家的举动展示了他们的思想境界和家国情怀，他们也是中国抗战史上一支不可忽视的重要力量。

在盛世繁华的今天，充满曲折的西迁故事值得我们重温、思考、深省，在过往的苦难中深切体悟《义勇军进行曲》歌词的召唤，汲取天下兴亡、匹夫有责的精神能量。这些企业家，办厂的初衷是实业救国，在国家遭受外患的时候，他们不顾安危坚持实业救国。直至今日，企业家阶层一直在致力于国家的伟大复兴。事实证明，中国企业家阶层，尤其像张謇、卢作孚、荣氏这样的爱国企业家，他们不仅创造了以公益精神为核心的工商文化，而且在历史重要关头竟是如此英勇且有担当。

　　向西！向西！历史不会忘记，历史从未忘记。

（王慧芬，江苏省文联原党组书记，现任无锡文化遗产基金会理事长）

目 录

序 章 1

第一章
　　江阴江面沉了二十七艘舰船 13

第二章
　　特别训练队 25

第三章
　　战火笼罩下的企业命运 35

第四章
　　大西迁的先行者 67

第五章
　　西迁的纷乱和艰难 93

第六章
　　锦园成了第三战区司令部 107

第七章
　　兵工厂的西撤 127

第八章
　　武汉，不平静的"风眼" 143

第九章
　　荣宗敬差点掉进汉奸挖的坑　167

第十章
　　武汉：内迁厂的泊地　181

第十一章
　　重庆、宝鸡、延安　201

第十二章
　　"江兴轮"悲剧　229

第十三章
　　宜昌大撤退　239

第十四章
　　黄土地上那个寒冷的冬天　255

第十五章
　　黄土塬上的窑洞工厂　295

第十六章
　　"我们在割稻子"　323

参考书目　338

后　记　339

序 章

从无锡乘飞机两个多小时，到西安。

西安是有名的古城，六百多年的城墙巍然矗立。已是傍晚，落日大而静，悬在地平线上。

我是第一次到西北，第一次到西安，很希望感受一番这座千年古都苍古宏伟的历史气息。无疑，这里的一切是值得我一睹和体验的。西北地区从来不缺历史。仅西安一城，十三朝古都，一千一百四十年的建都史，其历史之久，建都之多，不但在中国诸城中为最，在世界名城中也极为罕见。翻开中国史册，西北这块地方，西安这座城市，不管地名怎么变，它始终是沉甸甸的。它的丰厚、灿烂和绵长，以及与历史那么多精彩和壮烈的纠缠，实在让人向往和敬畏。

但是，这只是我旅程中的一个站点，而不是目的地。我的目的地是宝鸡市长乐塬。因此，我在西安一刻都没有停留，连夜奔赴宝鸡。

从西安到宝鸡，路程一百七十多公里，路上车辆不多。在沉沉苍茫中看不太清楚公路两边的景致，十一月的陕西的夜晚已寒意深重，隐隐看到远处壮丽的山脉的影子。宝鸡三面环山，往北是苍茫的黄土高原，往西向南是秦岭山脉，往东是八百里秦川。我看到的山脉应该就是逶迤的秦岭。

两个小时出头就到目的地了。当晚在旅馆住下。

第二天是个晴天，无比宽阔的纯净的蓝天，空旷而辽远。有了想象中的西北高天厚土的感觉。感到意外的是，这座城市一眼望去树木茂密，渭水穿城而过，碧波荡漾，竟然有几分江南的气象。在朋友的陪同下，我们驱车来到金台区长乐塬抗战工业遗址公园。我对这座公园并不陌生，有关它的故事和文字介绍，以及图片、视频、纪录片，我反复观看过，一闭上眼，它们就会清晰地出现在我脑海中。塬的意思就是高坡。陕西中北部的地形就是由一个个高坡组成的，从空中看去，就像是布满了深深浅浅的皱褶。

  1938年春季，一行人冷不丁地来到了这里。他们是乘着一艘小火轮从渭河来的，上岸后步行来到长乐塬，塬上塬下看了个够。这些人还拿着地图比画着，举起一个照相机拍照。最后站在斗鸡台上，登高远望，见远处的秦岭鸡冠峰上的树木稀稀落落，渭水玉带般地在眼皮底下蜿蜒流动，虽然比不上江南的芳菲秀色，但别具一种粗犷的野性气韵。这一行人神情很兴奋，有点流连忘返。

  这一行人是上海、无锡著名的实业家荣宗敬、荣德生兄弟在武汉开设的申新四厂和福新五厂经理李国伟派来的。李国伟是荣德生的大女婿，他本来要亲自来的，但战乱期间各种事务繁多，加上腿骨骨折，还在恢复当中，不便前来，就派来了他信得过的一行人来寻找、物色厂址。李国伟和申新四厂厂长章剑慧已决定将申新四厂和福新五厂迁徙到这里来。

  为首的叫瞿冠英，其他成员包括申新四厂的副厂长和几个工程师。他们被大西北气势磅礴的荒凉震撼了，那铺天盖地的黄土地，与江南小桥流水人家、杏花春雨的疏淡雅致的景致相比，透着一种刚韧、浑厚的气魄。

  这个地方是瞿冠英在此之前受命考察看中的。他返回武汉后，将照片给李国伟看并对环境进行了描述。李国伟用富有经验的实业家的眼光认定宝鸡是陕、甘、川三省物资集散地，长乐塬有铁路贯通、渭水穿越，交通方便，地形平坦，有广阔的发展空间，是设厂的好地方。

李国伟当机立断，要瞿冠英再赴宝鸡将东西长约一公里、南北宽约半公里的一个荒滩——长乐塬购置下来作为厂基，以便将武汉的申新四厂、福新五厂西迁至此。

1938年8月，共有六十节车皮的物资被辗转运抵宝鸡，在李国伟购置的土地上建起了工厂。迁徙工厂是伤筋动骨的，而战乱中长途跋涉的艰难，更是超出常人的想象，可以说是步步惊心。这个过程，李国伟等人是亲历者，说起来无不感慨万千。没有足够的勇气、胆略和信仰的人，肯定会望而生畏、望而却步的。紧随申四、福五，先后有二十七家企业在西北的黄土高坡落地生根。抗战之时，随着民族工业西迁、工合运动兴起，长乐塬自此肩负起宝鸡工业滥觞的使命。

除了苍茫朴拙的厚土，以及这里朴实的居民赖以生存的庄稼地和窑洞之外，黄土高坡历来没有现代化的工厂，因而有"工业荒原"之称。这些西迁企业的到来，使这片古老的土地上第一次响起了机器声，第一次矗立起高大的烟囱，烟囱里冒出来的浓烟比附近车站火车的烟雾还浓烈。它们在广袤而深远的天空中形成了黑色的乌云，而声声汽笛，打破了塬上久远的静寂。工业文明使远离战区的宝鸡有了一些新的生活形态——部分当地人摘下了裹在头上的毛巾，放下了手中的锄头，到这些工厂当上了工人。其中还有一些少女少妇——曾经衣衫褴褛的她们第一次穿上了自认为美得无与伦比的工装，走进了砰然作响的纺织车间。工厂的养成所让他们学会了技艺，而夜校则教他们识字，让他们不再是文盲。

掌握着制空权的日本侵略者，进逼到黄河边后发现这里有了工厂，于是轰炸机尾随而来，对长乐塬狂轰滥炸。厂房被炸成废墟，工人死伤不少。日本人企图把中国工业的最后一点底子连根拔掉。

于是，李国伟建起了哨楼，楼内挂着一个硕大的铜钟。观察到日本飞机来了，钟声当当当地响起，大家迅速躲进防空洞。意识到这不能从根本上解决问题后，李国伟受当地窑洞的启发，拟建设窑洞工厂。

荣德生闻之，十分重视，让女婿寄图纸给他，他进行修改、完善。翁婿之间，虽远隔千里，但都为抗战期间企业坚持生产操碎了心。

据说，当年挖掘这些窑洞是极其艰辛的，工厂工人和当地农民联手，数千人一筐土一筐土地挖着、刨着、扛着。这庞大的人群中，除了专业的瓦工、建筑匠人，还有当地以种地为生的青壮年、稚气未脱的少年、肩背幼儿的妇女以及白发苍苍的老人，甚至不乏逃难到宝鸡的难民。挖出来的土都堆积到窑洞之上的塬上，使其增厚数尺。

此刻，在八十多年以后，我走进了这片黄土地上曾经欣欣向荣的第一个工厂区的遗址。映入眼帘的是一大片充满沧桑感的阔大的旧建筑，形成一个方阵。其中有中西合璧的砖木结构的福新申新大楼，白灰色的水泥门头是长方形的，简洁大方，十几级台阶通向正门，清水砖墙的两层楼建筑，落地玻璃窗，所有地面用木地板铺设，装修精致。大楼内分厂长室、经理室、会客室、文书室、秘书室、文卷室及客房、餐厅等，明显带有江南建筑的特色。国民党元老、常州雪堰桥人吴稚晖所书"福新申新大楼"，被做成匾额挂在大楼入口处，后来又被放大后镶嵌在大楼正面屋顶下的墙上，十分醒目。

走进大楼，一间间办公室排列整齐，每个房间摆着办公桌等设备。在这幢大楼的旁边，是一幢幢清水墙的山字形厂房。墙体的砖块已斑驳破损，布满了青苔、伤痕，那是经过漫长的时间浸淫后留下的褪不掉的胎记。

有一幢尖塔形状的建筑就是哨楼，外墙是水泥浇筑的。和哨楼连在一起的是一个拱形门窗的清水墙礼堂，这在当时的长乐塬是足够雄伟的建筑了。我走进去，里面静悄悄，光线从高大的窗户照射进来。如果用表情来形容这个礼堂，那么它是一个经历过无数甘苦、充满沧桑感的年迈者平静淡定的面容。

据陪同人员介绍，当年这里的气氛是活跃的、昂扬的，这是一个职工开会、娱乐、剧团演戏、名人演讲的地方，也许还做过食堂。总之，这个礼堂曾有着多彩的生活色调。李国伟在长乐塬建起了一个活色生香的小社会。除了这些主要的建筑，厂区里还建有发电厂、警卫楼、工人宿舍、学校、邮局、薄壳车间（解放后建造）等建筑。它们没有在历史的烟尘中湮没。作为工业遗存，它们保存得那么完整无缺，仿佛昨天还有人在使用它们，这实在让人惊叹。

有一幢两层小楼引起我的特别注意，那就是名为乐农别墅的一座朴素的房子，这是李国伟和荣慕蕴夫妇为纪念荣德生六十九岁生日而建造的。上海的汪伪政府曾多次拉拢引诱荣家合作办厂，遭到荣德生严词拒绝。为避开日伪虎视，荣德生深居简出，以收集古玩和读书静度岁月。这一年，他六十九岁了。无锡有个习俗，做九不做十，做就是做寿。子侄请了大厨，烧了几桌菜，为荣德生祝寿。

远在西北的李国伟夫妇无法前来，便建造了一幢小楼房，命名为乐农别墅。乐农是荣德生的号，他在无锡梅园用厚重的旧城砖砌筑了一座小巧、简朴的居所，命名乐农别墅。房子不大，四个房间，一个客厅，荣德生和家人来梅园逗留，就居住在这里。我多次进入乐农别墅瞻仰，对它的每一处都十分熟悉，因而在长乐塬看到这幢同名建筑，感到分外亲切。

这里没有刻有制砖人姓名和年份的旧城砖，而是用了西北建筑物很少用的清水砖，而且是幢两层楼房，面积比无锡梅园的乐农别墅大得多，可见当时李国伟和荣慕蕴有多么用心。更让我感佩的是，李国伟和荣慕蕴在屋子周围栽种了荣德生深爱的梅花和其他树木。长乐塬的土壤是黄色的沙土，没有江南土壤的黏性，但它们居然存活了，而且长得蓬蓬勃勃。

西北冬天冰天雪地，北风怒号，"墙角数枝梅，凌寒独自开"的景象便出现了。荣家人都喜欢梅花，欣赏梅花不畏严寒、先于百花而开的高洁品性。这正是荣家坚强不屈、宁折不弯、坚守信念、为天下布芳馨的品格的写照。因此，李国伟和荣慕蕴在乐农别墅周围种植这些梅树是极有深意的。

这么多年过去了，乐农别墅一点不显得老旧寒碜，仍透着江南传统建筑的精致和风雅。战争年代交通不便，加上荣德生先生已年迈，他不方便来遥远的大西北，未在这屋子里住过一天。身不能往之，然心向往之。梅花年复一年地沛然怒放，这正是荣德生的借梅寄情，也是西迁人的魂魄凭依。

我看着梅树，它们已成为一株株的老梅了，枝丫挺立。经历了几十年风雨之后，它们依然生机盎然，坚定有力。这个时候不是开花的季节，我却仿佛闻到了暗香泛动。屋子是静寂的，就像无锡梅园的乐农别墅一样。但空寂的背后，还是沉淀了许多东西，我看到了斯文江南和厚土西北的一种联结。作为相互成全的一体两屋，它们之间有着某种深沉的默契，那就是荣家实业救国精神谱系的延伸和传承。

好了，该走进遗址的主体——窑洞工厂了。窑洞在西北不稀罕，但窑洞工厂却独此一家，可能全国范围内也仅此一处。虽然看过照片，但当我走进隧道般的纵横交错的窑洞时，我还是感到震撼。窑洞依山坡由东向西排列，二十四孔窑洞现在仍有十九孔。这些窑洞大部分都保存完好，走在里面，灯光通明，一股清气瞬间袭来。洞内深邃悠长，洞壁、洞顶、穹顶都是用青褐色的砖砌成的。其中最大的十九号窑洞面积有上千平方米之大。

窑洞宽度大多在二米至五米，最宽处达六米，其中六十米以上长度的长洞九孔，最长的达一百一十米。这些窑洞纵横贯通，四通八达，纵洞为六道横洞所贯通。还设有交通道、储水窖、棉条洞、吸尘塔及避让拐洞，另有三眼直通陈仓峪塬顶的通气孔。各种功能有泾渭分明的划分。我独自一人在里面走着，在阵阵袭来的阴气中血脉偾张。不得不说，能建造出这种气势磅礴的大型洞穴工厂的人们，不仅有着卓越的想象力，而且使窑洞建筑达到了从未达到过的美学高度。把窑洞筑得这么牢固，表明了他们不是短期的应付，而是苦心孤诣地守望着无尽未来。据说，如果这个窑洞工厂用来防空，可以容纳万人；如果用来储存粮食，可以供当年陕西全省人口吃上两年。

窑洞工厂的上部，则是二十多米厚的自然黄土覆盖层加上挖洞堆上去的泥，非常坚固。"土"这个词对应时尚，是有贬义的。而东汉经学家、文字学家许慎在《说文解字》中言道："土，地之吐生物者也。"在兵燹之时，土不仅生产粮食、棉花，给人温饱，还给予人们坚不可摧的庇护。是啊，正是有了足够厚实的黄土的庇护，当年日本军机狂轰滥炸，洞内的人和物才毫发未损，甚至连爆炸声都只是隐隐听到。工人们没有恐惧，没有慌张，没有骇人悚然的神情，而是若无其事地干着活，有时对视一笑。这笑容是对日本侵略者的蔑视，也是在灾难中的笃定。

在那个兵荒马乱的年代，安全感是何等难得的精神状态。

窑洞内还放置着当时所使用的细纱机、纱锭等各种设备，再现了当年申新纱厂为抗战源源不断供应军需民用品的场景。各种实物陈列、文献展示把历史拉近到眼前，弥漫着一种凝重而恢宏的气息。这世界，能超越空间和时间的莫过于不起眼的小植物。例如苔藓植物，它们是历史的一种绿色标签，它们最早在四亿年前就出现在地球上，它们是最早离开大海、由水生变为陆生的植物。细小的密集的苔藓长进窑洞的砖缝里，它使灰褐色的砖墙有了筋骨和棱角。

虽然它们在白云苍狗之间走到岁月深处终于谢幕了，但我还是为其博大、坚固、肃穆、厚重和迷阵一般的神秘而深深感动，正如爱德华多·加莱亚诺所说的："过去的时光仍持续在今日的时光内部嘀嗒作响。"

这是一个神奇的历史工业长廊，可以想象当年机杼震耳、白纱如流、梭子穿越的繁荣景象。现在，它沉静下来了，一种让人沉思的宁静。但是，它依然保持着经历大半个世纪人间正道的一种历史庄重和矜持。作家林语堂曾在作品中这样描述："这就是中国抗战中最伟大的奇迹。重庆及其周围有许多地下工厂，但没有一个在规模上超过申新的窑洞工厂。"对于窑洞工厂，我觉得可以用八个字形容：清操独秉，兀然奇峰。

窑洞工厂建起来了，它深藏在黄土高坡的怀抱里，厚土沟壑是它坚实的铠甲。纺织机器有序地排列在隧道般的洞内，昼夜生产，没有力量能迫使它们停下来。不管日本飞机怎么轰炸，工厂岿然不动。时代大度地为西迁者开了一扇门。后来，战争呈现胶着状态，日本军队像陷入泥潭一样，被拖滞在中国漫长的战线上，他们已顾不上内迁到西北西南的工厂了。

李国伟已与这块远离上海、无锡的黄土地休戚与共。他获得了某种自由，因地制宜地办起了其他工厂。一脉细流，涓涓流着，汇聚成澎湃的河流，竟有了浩荡之势。

贫瘠的西北受益于这些西迁来的工厂，悄然发生了变化。火种在这里燃烧起来，薪火相传。迫不得已才迁移到这里的企业，无心插柳柳成荫，荒芜的黄土地终于有了柳絮飞扬。

当然，大西迁的企业并不只有荣家几个厂。荣家鉴于上海企业因猝不及防而大半毁于战火的教训，当时计划将无锡的公益铁工厂、申新三厂的部分设备和纱锭，茂新面粉一厂、二厂及三厂西迁。荣家的公益铁工厂是"制造母机百余部""每日能出新式布机八台"的具有相当规模的机器制造厂。1938年6月，该厂迁至重庆菜园坝租地重建，定名复兴铁工厂。由于当时申新三厂还在替抵抗日军的冯玉祥部生产被褥、棉衣等军用品，没有及时西迁，稍后才先后迁出粗纱纺机三十台、布机二百四十台，但运至镇江便遭到当地海关刁难，百般解释、疏通都无用，负责迁移的人不得不将这批设备藏于乡间。

无锡、镇江沦陷后，这些设备悉数被日军劫走。战局告急，眼看迁厂已无可能,荣家尽量把工人疏散到安全地带,把面粉厂库存的几万包面粉和数千担小麦,全部运出来给抗日军队做军粮。无锡沦陷后,申新三厂和几家面粉厂遭到日寇的严重破坏和抢掠,成为一堆废墟。

除了荣家这几个厂之外,还有许多企业利用战争的间隙向西迁移。当时共有六百三十九家企业迁到了西南或西北,涉及机械、纺织、化学、教学用具、电器、食品、矿业、钢铁等行业。虽然这些企业在沿海地区企业中仅占小部分,但它们的西迁是弥足珍贵的。正是这些企业为中国的战时经济留下了最后一点家底、最后一点种子,能够为大后方的稳定和发展提供急需的物资。

我之所以以长乐塬为主线来讲述中国企业大撤退的故事,是因为这些工厂是大西迁中最为成功的企业。我之所以写卢作孚的抢运,是因为卢作孚等人的勇敢和顽强体现了抗战的大无畏精神。当时很多企业的设备都集中在宜昌。作为西迁的一个过渡码头,宜昌是重庆的门户,赴西南西北的一个驿站。日军集结了精锐兵力向宜昌发起进攻。卢作孚的船队日夜兼程,一刻不停地抢运这些堆积在码头上的物资,四十天时间完成了一年的运输量。这四十天里,卢作孚亲临现场指挥,常常不吃不喝不睡,与日本人抢时间,争分夺秒。其时,时间之宝贵让我想起了十七世纪英国诗人安德鲁·马费尔的诗句:

可是我时时听见在我背后
时间的飞轮正匆匆逼近

卢作孚终于抢在日本军队占领宜昌和长江进入枯水期之前,把所有从沿海运抵宜昌的企业物资转运至重庆和西南、西北其他地区。可是他的船队损失过半。瘦小的卢作孚四十天里未剃须,胡子拉碴,眼凹如洞,形同枯木。这个献身于运输业的爱国企业家正气凛然,以民族复兴为己任，为抗日救亡和发展民族工业呕心沥血、尽心尽责，把生死置之度外。在民国商人中，卢作孚是一位罕见的理想主义者和实干家。

而日军逼近南京时，有意将南京永利铔厂这个亚洲一流大厂保存下来。日本人通过不同渠道逼迫该厂创办人之一范旭东就范，只要他愿意合作，工厂的安全就能得到保证。范旭东断然拒绝，答复说："宁举丧，不受奠仪。"南京战事打响后，范旭东下令将凡是带得走的机器材料、图样、模型都抢运西迁，搬不走的设备也要将仪表拆走，主要设备或埋起来，或扔进长江，以免为日本人所用。他还把上海的房子卖掉，举家迁往西部。

长乐塬是一个传奇，沿海企业大西迁是一个传奇，卢作孚是一个传奇。有人说，大西迁是中国企业史上的敦刻尔克大撤退。这个比喻很恰当，西迁和撤退是迫不得已的，有时候退是为了进，迁是为了生。但不管这些工厂迁移到新的地方因水土不服而走向式微、勉力挣扎，还是像李国伟的工厂一样与新的地方融为一体、休戚与共，西迁大军都是那个时代的战士和强者，都是挺立不倒的爱国者，以其艰难的悲壮之旅，坚持实业救国、实业报国。

特别是在战争的僵持阶段，决定中华民族生死存亡的抗日战争进入最艰难的阶段，日军占领了大半个中国，对国民政府的临时首都重庆已经形成了半包围之势，沿海地区所有的国土均被日军占领，盟军对中国的海上支援通道全部被切断。这时候，内迁到西南和西北的工厂所肩负的责任更为重大，它关系到除共产党领导的根据地以外的国统区人民的生存，关系到几百万军队最后的抗争，关系到国运商脉。

这些实业家的苦心经营，这些企业的日夜生产，不亚于战场上的浴血奋战。"一剑曾当百万师""踏天磨刀割紫云"，荣宗敬曾经把一枚纱锭譬喻为一支枪。在某种意义上，纱锭、织机、面粉、机械在当时真的就是枪支、刺刀和子弹,它们同样是抵抗外敌的武器。"男儿何不带吴钩,收取关山五十州。"西迁的企业家和工人在战火中能尽力使得一方天地得以留存,一颗火种燃烧不息,这是惊天地、泣鬼神的壮举。这些远离故土的西迁者在异乡肯定乡愁无限,心情不免有些沉郁,但他们依然冰心玉壶,坚守实业抗战的信念,在苦海中为纾缓国难贡献着自己的力量。

七八十年过去了,宝鸡已成为陕西省名列前茅的经济强市,这和当年西迁至这里的企业打下的基础当然是分不开的。文明就像是蒲公英一样,飘落到哪里,便会在哪里开花结果。有时候,有些事往往是带有偶然性的。设想一下,如果没有战争,申四和福五等厂何以会在这个偏远的地方落脚?

而一旦在这里落脚,这一方天地和迁来的工厂的命运便交织在一起,患难与共,血肉相连,相辅相成,谱写了一段可歌可泣的历史。抗战胜利后,这些工厂继续在当地生存下去。解放后,李国伟在公私合营中把它们交给了宝鸡地方政府,成为宝鸡工业的中坚力量。时代日新月异,这些企业终于完成了使命,但仍发挥着这一段特殊历史的特殊见证者的作用。

海子曾经把黄土地喻为亚洲铜:"你的主人却是青草,住在自己细小的腰上,守住野花的手掌和秘密。""亚洲铜"般的黄土高坡的主人是平凡的青草,也是屈原笔下的"香草"。他们是隐忍劳作、辛苦耕耘的华夏儿女,在自己小小的家园里,他们守住内心的芳香。而我觉得长乐塬是一尊斑驳的青铜尊,它的每一块苍青覆苔的颜色和纹饰,还留着当年的温度和刻痕,散发着经过历史磨砺和铸炼的炙热。

辛波斯卡的诗歌中,是物对时间的战胜。而窑洞工厂里每一件物品,从窑壁的每一块砖到每一台布机,都有一种持久性,都在无声地庆祝自己战胜了时间。

流逝了的岁月永远值得怀念,但未来永远在生生长流,不管人们

大西迁

在漫长的历史中如何成长、积淀与嬗变，长乐塬是永恒的。作家夏衍 1943 年在重庆写下有生以来唯一的诗作来纪念内迁的人们：

> 献给一个人，
> 献给一群人，
> 献给支撑着的，
> 献给倒下了的；
> 我们歌，
> 我们哭，
> 我们"春秋"我们的贤者
> ……

第一章

江阴江面沉了二十七艘舰船

1937年8月13日，淞沪会战爆发，不过，鲜为人知的是，这场战役是从悲壮的长江沉船开始的。

长江沉船也是阴云密布的上海滩上空的一道闪电，这道刺破黑暗的闪电是不久后大西迁的一个强烈预警信号。

1937年8月12日，镇江，西津渡码头。早晨，太阳还未升起，夏日的长江宽阔的江面在曙色中显得寂然而平静，飘荡着淡灰色的薄雾，仅可以隐隐看到对岸瓜洲的田野、房舍和蓊郁的树木。江鸥比平时起得早多了，大概是被什么惊起或诱惑来的，它们贴着明澄的水面飞翔，发出呀呀呀的叫声，那声音像孩子稚嫩的嬉笑声。

几十艘货船、军舰云集在西津渡。它们是前一天上午先后来到这里的，先是来了一大群已很陈旧的轮船，其中海轮居多。后来又来了多艘军舰，被卸去了炮衣，黑洞洞的炮口对准了江岸。即使看惯了船舶进出、锚泊的当地人，也感到这么多旧船和军舰混合在一起且挨得那么近的场景有些异常。

西津渡号称长江第一渡，沿江的半山坡上有一条古街，大块的青石板铺设了一条狭小的路，长年的磨损使路面光滑如镜，又布满深刻的车辙印迹。街两边大多是明清遗留下来的两层建筑，街上有云台阁、观音洞、昭关石塔等古迹。使人匪夷所思的是，这条几百米的小街居然还是英、法等国的公共租界。街的尽头有一幢西式红砖建筑，是英国领事馆。

凡是停靠西津渡的船只，就像停在上海外滩十六铺的海轮一样，船员都要上岸逛一逛，都要到古街游览一番。但这次聚集至此的舰船的船员被告知,一律不准下船,只能在舱内透过窗户对西津渡古街远远地望上一眼,连站到甲板上也不被允许。

有些船员忍不住了,抱怨说:"这到底是怎么回事?不明不白的,要让我们干什么呀?装的货都是石子,又不是什么宝贝,还要海军保护?"

在大达轮船公司已经干了二十余年的船工陈大春小声对同伴说:"别多说了,我们这趟做的事,我估计和日本鬼子打仗有关,国难当头,匹夫有责,听命令吧。"

有船员抢白他:"用这些破船和石子去打日本鬼子,这不是笑话吗?"

陈大春看了他一眼,慢腾腾地说:"笑话?你怎么能这样说呢?这可是大事,正经的事,你脑袋灌糨糊了。我已猜到做什么了,但我不能说,这是犯忌的。"

船员们看着陈大春,不响了。他们知道陈大春资格老,经验丰富,在长江上闯荡多年,还出过海,随船到过南洋。当时他任大副的船叫福船,又叫沙船——一种平底的三叶帆的大木船。

西津渡的长江码头是个大码头,平时很繁忙。停泊在这里的船只密密麻麻,桅杆如林,多数是渔船和货轮,也有小火轮与驳船,以及往来瓜洲和西津渡之间的摆渡船。然而,就在次日,所有的船只没有理由地被海军驱赶走了,连那些小小的乌篷船也不准停。沿岸茂密的芦苇荡都被仔细地搜了一遍,若发现有船,哪怕是独木舟或木筏也被责令移走。江岸顿时显得空空荡荡的,难得的一片空旷和寂寥。

原来,11日下午四点,停在西津渡的各艘船只已接到海军部门发布的命令。具体规定了准备、起锚、前进、停泊的代表旗号,同时要求第二天即12日早晨六点锅炉要烧足,准备好蒸汽且要做好在半小时内启动轮机开拨的准备,但没有说明此行的目的地。船员们感到有些神秘，甚至有些诡异。

1937年8月12日，淞沪会战已经处于一触即发的态势。中日两国部队都已经进入阵地，全副武装的国民党军队源源不断抵达上海近郊。

在距上海一百多公里的江阴江面上聚集的这支中国舰队，由海军部部长陈绍宽指挥，海军官兵们正在执行最高军事当局布置的一项绝密任务。根据上海局势的发展情况，国民党当局断定战事已经不可避免，命令京沪警备司令张治中率第87、第88师，准备对驻沪日军展开围攻；同时，海军部部长陈绍宽按预定计划，立即前往江阴江面沉船封江。

陈绍宽接到命令后，令"甘露""青天"两艘测量船和"绥宁""威宁"两艘炮艇立即启程，连夜赶赴江阴一带的江面，将江阴下游所有灯塔、灯标、灯桩、灯船及测量杆等航路标志一律破除。他自己则登上"宁海"号巡洋舰，率领第一舰队主力"平海""海容""海筹""应瑞""逸仙"等舰艇从南京草鞋峡等处起航东驶。

为了阻止聚集在上海的日本海军从长江突袭南京，这批年逾"古稀"的舰船做出了最后的奉献，用自己的躯体筑成了一道抗击侵略者的水下钢铁大坝。

大约到下半夜，有几艘炮艇将江阴至镇江、南通沿江两岸夜间发光的航标都一一拆除了。随着一束光、一束光的熄灭，这一航段一下就变得暮色深重，昏暗一团，能见度只有十几米。夜航的船只能凭借月色行驶，不断鸣着汽笛，猿猴般地吼叫着，提醒着对面驶来的船舶，以免相撞。

早晨六点半，逗留在西津渡的船员们集中到一艘用来载人的货轮船舱里，沉船任务总指挥、海军第二舰队司令曾以鼎向大家宣布，这次的任务是在江阴鹅头嘴沉船塞江，以阻击日本军舰利用长江西犯。他严肃地说："各位担任的是特殊使命，务必不折不扣完成任务，并且要严加保密，上不告父母，下不告妻儿。谁泄露出去沉船的数量、吨位及其他情况，一概以背叛国家罪论处。可以告诉大家的是，这个消息在前几天已经被叛徒透露给了日本人，这个叛徒已经被处决了。"

大家听后，才如梦初醒，种种疑惑顿时烟消云散。陈大春会心地向大家微笑着，有船员朝他结实的胸膛捶了一拳，说："你这家伙，还说什么猜到了，是有人透风给你了吧？"

陈大春认真地说："没有人透风给我，你想想，让我们带上凿子、锤子、钢钎，这些工具干什么用的？你们想到没有？"

大家都乐了。想到自己居然能够参与塞江阻敌这么重要的任务，从来都未想到过的事竟然落到了自己的肩头，他们感到突兀，也感到荣光，更感到震撼。大事临头，他们没有流露出特别的表情，大家默契地保持着沉默。

这些船员都是见过大风大浪的老船员了，无数次在长江上航行过，对长江每一段的水况、深浅和两岸的地形及景观都了如指掌。发源于青藏高原唐古拉山脉东段的长江，上游江面愈狭窄、水流愈湍急，两岸险峰陡峭，壁立千仞，而中下游宽阔平缓。

船工这个活儿是极其艰险和辛劳的，他们的人生大多数是悲苦坚韧的，个个在经年累月的航行中练就了一颗强健的大心脏。在峭壁深壑中，他们会咬着嘴唇，屏息敛气，一颗心始终悬着，越过急流险滩。到了江面宽阔的中下游，他们才展开了眉目，放下了心，对着清澈的蓝天一次次地深呼吸，发泄一下闯过险情和难关的紧张情绪。他们知道，到了下游水域，他们就安全了，身心就可以放松了。就像一个人在黑暗的隧道走了很久，在走出去的瞬间，猛烈的阳光刺得他睁不开眼睛，这时不如干脆闭上眼睛，歇上一会儿再睁开。那闭眼的时刻是惬意的、温暖的。

对船工们来说，长江是隧道，也是旷野；是坎坷弯曲的小道，也是宽敞的通衢大道。不管怎样，他们的人生、他们的生活，已经与长江融合到一起，他们对长江有着特殊的情感。有的船工是在跑长江的船上出生的，浪涛滚滚的长江便成了他们的摇篮，然后在长江的风浪中长大、结婚生子，长江和船就是他们的一切。这样的船不是一艘两艘，船就是他们的家，一个在长江里流动的家。

现在，他们要硬生生地将长江拦腰堵塞，以抗击日寇的进犯。他们凝视着滚滚江水，心里五味杂陈，感慨万分，有一种悲凉感，亦有一种壮烈感。对于日本海军或海军陆战队，以及在长江里航行或停泊的飘着太阳旗的日本军舰和商船，他们没少见。日本人在中国内河耀武扬威，船员们早已看不入眼，但除了横眉冷对，忍下这口气，只能远远地避开他们，老板一再交代，万万不能去招惹日本人。此时，他们还是疑惑，如果中日军队一旦在长江流域打起仗来，那必定是轰轰烈烈的大仗、硬仗，这些破旧的沉船，能挡得了凶悍的日军吗？这种沉船的方式多少有些窝囊，难道除了沉船，就不能真枪实弹地和小日本拼个鱼死网破吗？

没有人能够体会到这些在长江上跌宕多年的船员们的复杂心态。

下午五点，西津渡的船队接到起航命令，军舰在前，海轮在后，排列成一字长蛇阵，从镇江向江阴航行。行驶一个多小时，抵达江阴鹅鼻嘴下端江面停泊下来。这时已经是傍晚六点多钟，暑天黑得晚，太阳虽已落山，但天色还很明亮，江面实行了警戒，已在东西两头实行了布控，不准任何船只通行了。因此，江面上一只船都没有，空旷中有一种严峻、庄重的气息，好像有什么大事要发生。然而，几十艘大小不一的轮船，大多数吃水很深，像满载着货物，其实并非货物，而是石块，它们停在鹅鼻嘴下的江面，在主航道排成一个奇怪的队形。每条船的船身都横了过来，首尾朝着两岸的方向。

更早的时候，长江及沿海的大型船舶预先接到上海航政局的通知，从长江下游进入中上游，必须在12日下午四点之前驶过江阴。11日下午两点，卢作孚任董事长的民生公司的民元轮离开上海，到南通港时已是深夜，江上航标已不亮或者干脆撤走了，夜航不安全，就在狼山锚地抛锚过夜。当天夜泊狼山的共有十二艘江轮。天刚亮，这些船便起航向西行驶。到达江阴时，船员们看见满江是军舰和轮船，一艘巡逻艇行驶到民元轮附近，用话筒高声让民元轮等十二艘轮船驶过江阴江面。

忽然间，传来一阵阵钝器敲击石头或金属的声响，这声响里包含着深沉的留恋和疼痛，同时包含着苍生泪、民族恨。和这些船休戚与共多年的船员很不忍心地挥锤敲凿着船体，对于他们来说，每敲一下，就像是用鞭子抽打着自己的身躯。可以听出这声响开始还有些迟疑，但后来就毅然决然了。这声响震耳欲聋，它是铿锵的、激越的、震撼人心的——它在空旷的江面上激烈地回荡着，二十余艘船的敲击声汇聚在一起，声响如雷。惊得白色的江鸥慌张地飞远了，连芦苇荡里灰褐色的野鸭子也嘎嘎地叫着振翅乱飞。

与此同时，"通济""德胜""威胜""武胜""大同""自强"六艘军舰，"辰""宿"两艘鱼雷艇，以及从国营招商局和各轮船公司征用的"嘉禾""新铭""同华"等二十艘商船，也于12日聚集江阴江面，按照事先划定的位置一字排开。

当如血的夕阳映照在江面的时候，这批作为中国海军和近代水运历史见证的舰船，在同一时间打开了船底的阀门，或用钢钎将船凿破。江水急速地涌进来，船员便跳上一条接他们的货船，几乎差不多的时间里，凿船的船员先后上了这艘船。他们没有进船舱，而是站在甲板上，眼睁睁地看着这些开始下沉的船，眼睛里闪着晶莹的泪光，常年被海风、江风吹拂得黧黑的脸庞神色黯淡。

紧接着，惊人的一幕出现了，一个个船头微微翘起，船尾栽倒在江水中，船身整体下沉了，最后轰然一声，仿佛突然陷入一个深坑一样，倏忽一下淹没下去了，掀起了巨大的浪花，波浪朝两岸汹涌奔腾而去。大约有二十七艘舰船就这样依次缓缓沉入孕育了它们的扬子江江底。

长江的平均深度并不算深，上游及中游不过一米五至五米，长江已知最深的地方在江西、湖北两省交界处的牛关矶，据测算深度为一百零三米。而江阴长江段的水深约十米。这些沉船扎堆在江底，组成了一道水下屏障，大型船只和军舰就无法通过了，如果硬要闯，多半会卡住动弹不得。由于两岸的军警哨卡密布，任何人都进不了警戒区，因而估计没有人看到这个场景，如果看到，他们肯定会感到困惑和心惊肉跳，不解为何要把这么多好端端的船只凿沉以阻塞航道。

突然，陈大春扯开了他粗犷而高亢的嗓门，唱起了船工号子，声嘶力竭，歌声是从他的胸腔中迸发出来的：

天有晴呀嘛呦吼嘿，
也有雨呀嘛呦吼嘿，
只要人呀嘛呦吼嘿，
团结紧呀嘛呦吼嘿，
船会晃呀嘛呦吼嘿，
也有险呀嘛呦吼嘿，
只要人呀嘛呦吼嘿，
齐努力呀嘛呦吼嘿，
……

其他船工随即应和，形成了响彻云霄的合唱，震荡有力，节奏感很强，在暮色苍茫的长江两岸"余音绕梁"。两岸的百姓世代都听惯了弓着腰、脖子上青筋直暴、肩背上被纤绳勒出血痕的纤夫们哼唱的号子。岸上的农户在劳作时，若是听得熟的，都会跟着吼两嗓子。号子

第一章　江阴江面沉了二十七艘舰船

是一代代船夫和纤夫用血汗燃烧出的生命之音,它映照出船工、纤夫艰苦的劳动生活,与风浪、暗礁、急流搏斗的倔强生命,和同心协力、风雨同舟的精神。

这号子越唱越响亮,惊天动地,整条船似乎都要震颤起来。

陈绍宽对他的副官说:"让这些船工别唱了,回吧。下面还有很多事情要干。"后来副官走过来,向大家摆摆手,说:"好了,天晚了,我们要回去了,各位到舱内喝杯酒吧!"

听副官这么一说,船工号子才戛然而止,船员们依依不舍地看了下江面,依次走入船舱。水兵们脱帽致敬,不少船工的脸上老泪纵横。

天黑了,顷刻间,泛着月光的江面已看不出任何沉船的痕迹,只有那艘指挥这次行动的商船和舰艇鸣笛了几声,船头亮起了红色的夜航灯,悄悄地离开鹅鼻嘴江面,向上海方向驶去。岸上的岗哨几乎同时全部撤走,只留下主航道一座已无法发光的航标上竖起的一块偌大的木牌,上面写着:此处航道堵塞,大型船舶严禁通行。如违反者后果自负,特此警敕。

这次下沉的船只共二十七艘,主要由国营的招商局和两家民营轮船公司(三北公司与大达公司)提供。招商局的是嘉禾号、新铭号、同华号、遇顺号、广利号、泰顺号六艘,计一万三千七百吨。三北公司和大达公司下沉了华新号、醒师号、回安号、通利号、宁静号、鲲兴号、新平安号、茂利二号、源长号、母佑号、华富号、大赉号、通和号、瑞康号十四艘,合计三万吨。三家公司合计下沉四万三千余吨。除此之外,海军下沉了通济号、大同号、自强号、德胜号、武胜号、辰字号、宿字号七艘舰艇,吨数不详。

这些沉船虽然都是陈旧甚至可以说是破烂的"老古董",许多船只都有几十年历史了,但它们还是开得动的,能载人载货的,一句话,是可以继续使用的。把这些船只当废物一样沉到江底,代价是沉重的。

由于江流湍急,下冲力度较大,各轮无法一一横沉,与预先计划的每艘间隔四十米相比，空隙还比较大，于是出现了漏洞，深恐阻挡得不够严密，溯江而上的日舰恐有穿越的可能。于是，后又沉下了招商局的公平轮和民营公司的万宰号、冰吉号三艘海轮，并将镇江、芜湖、九江、汉口、长沙各地日商遗存的趸船二十八艘，陆续凿沉，对江上防线进行加固。

一条浩浩荡荡的万里长江，硬是修筑了几道很难突破的钢铁栅栏。封锁线筑成后，军方仍不放心，经过研究后，海军又奉命调去海圻、海容、海筹、海琛四艘晚清留下的老军舰，在封锁线后增筑一条辅助阻塞线。官方又征运来八千八百余吨石子和民船、盐船一百八十五艘，对这条防线进行填塞。在淞沪战争的激烈炮火中，人们冒着灼烫的烈日，花费两个月的时间，动用两千多个民工，这项工程才告完成。

在此期间，淞沪战争处于胶着状态，已到白热化的程度。日本轰炸机几次飞临江阴上空，对作业现场投掷炸弹，未及避开的民工有多人伤亡。比起第一次沉船，这道辅助线几乎是用石子堆出来的，它主要依靠人工堆砌。民工主要是来自苏北靖江、泰兴、兴化一带的农民，除了青壮年，不乏老人妇女。他们扛着或抬着装满石子的箩筐，倒入木船，然后将满载着石子的木船划到江中，站立在船上用铁铲往江里铲石子，这极其耗费体力。他们个个身上湿漉漉、脏兮兮的，在烈日下和蒸腾而灼热的水汽中不停地挥舞着铁铲，一船接着一船。

夜晚，一把把火炬把江面映得亮如白昼，燃烧的火舌在风中摇曳着，冒着呛人的黑烟，一夜未辍。到天明，所有劳作的人都被熏得满脸满身灰烬，黑如泥猴。这是无比沉重和艰苦的劳动。要知道，这不是一条普通的小河道，而是宽达数千米的奔腾的大江。

这样的工事（这条封锁线实际上是巨大的水下工事）可以说是不惜代价修筑的，它看起来有些笨拙，但是它又是伟大的，汗水、血水、灼热的水汽和岸上扛石子的哼哧声，铲石子时发出的铿锵声，这些组合在一起，形成了一种特别的气氛。

这些人大多是穷苦的农民，然而从他们不言不语、全神贯注的劳作中，你会看到他们透着一种质朴的信念，其中还有抑郁和担忧，他们清楚自己在干什么。农民劳作是为了收获，而在这里，他们也期待着收获，这个收获不是稻麦瓜菜，而是抵抗和救亡。在他们看来，每一颗石子都是沉甸甸的，每一颗石子都是子弹，每一颗石子都是一份希望……

1937年12月，日军攻克上海、南京后，国民政府已迁移到山城重庆，当局在江西马当组织了第二次沉船行动。1938年4月，沉船十八艘，计二万五千吨，捐船沉江的船运公司除了上面提到的三家外，还有民营的大通、民生等公司。此后，政府协助军方在镇海口、龙潭口、宜昌及武穴田家镇等水域又相继实施了多次沉船计划。这些自我毁损、自我伤残、自我牺牲的壮烈而悲惨的做法，曾经被人嘲笑过是笨拙而且荒唐的，日本人完全有能力打捞起这些船只，这些防线不仅起不到太大的阻敌效果，而且可能为其扩大侵华战争所用。

但是，大部分人认为，在中华民族最危急的时候，这个悲壮的自残行为反映了一种破釜沉舟的决心和倔强。"行到水穷处，坐看云起时"，这是一个壮士断腕式的实际救亡行动。不管它抵挡日军进攻的作用能有几分，日本军舰都不可能如入无人之境在中国的内河横冲直撞，毫无顾忌地沿江而上。

后来的事实证明，江阴鹅鼻嘴的沉船工事使得日军军舰进攻的步伐受到了有力的迟滞，江阴阻塞线、长江南岸的黄山及北岸的八圩塘要塞炮台，构成了坚固的防守火力网。在中日淞沪会战期间，双方打得血腥酷烈。虽经日军疯狂轰炸，但江阴始终未被攻破。上海沦陷后，日军沿京沪线西犯才攻下江阴。经过激烈战斗，日军攻占要塞炮台，迂回到封锁线后方，进行爆破，清除一部分沉塞物，打捞切割了几艘沉船，主航道才勉强能够通行，但大型军舰很长时间无法通过，日本人只能望江兴叹。

而后来的几次沉船，成功地阻止了日军溯江快速西进的企图，西部的抗日大后方得到了保全，也确保西迁的企业在西南地区和西北地区扎根，源源不断地生产出抗战和大后方居民急需的各种物资。

第二章

特别训练队

1937年，民族危机日趋严重，"七七"事变之前已暴露出种种征兆。中国大地处在揭开全面抗战序幕的前夜，日本人在多地的蠢蠢欲动引起了中国广大民众和各界人士的警惕，抗日的呼声日益高涨。这年5月，上海地方协会第一次公民训练大会上，实业界和金融界的许多代表人物都参加了，黄炎培提议组织一支不限年龄的"特别训练队"，将企业家、工厂主及一些工人骨干集中起来加以训练。

该训练的方式在某种程度上受爱国实业家项松茂的启发，大家希望展现国人在侵略者面前有气节、不畏缩的民族精神。身为五洲大药房经理的项松茂在企业内组织了一支义勇军，有制服，有军训，有木棍等武器，他自任营长。项松茂积极抵制日货，并打造质量好的国货来和日货抗衡。五洲固本皂药厂所产的"五洲"固本肥皂在"五卅惨案"之后的倡导国货运动中销路大涨，从日产一百箱增加到五百多箱仍供不应求，成为全国知名的肥皂品牌，到1931年年底日产量已达两千多箱。

1932年"一·二八"事变中，载有日军伤兵的军车在五洲大药房附近遭枪击，日军闯入店里搜查时发现义勇军制服，因此捕去十一名店员，生死不明。项松茂亲往虹口日军海军陆战队交涉营救，有人劝他那是虎穴，不要冒这个险。他说："我是公司总经理，这关系十一人的生命，岂能不入虎穴去救？"临行前，他交代药厂要继续照常开工，不要恐慌害怕，制药部要多生产军用药品。

"临大节则达生委命，徇大义当芥视千金"，是项松茂亲撰的对联之一。他曾两次前去交涉，第一次安然返回，第二次被日军扣押，从此他再也没有回来。在日军海军陆战队司令部，日方问他为什么组织义勇军，抵制日货，他毫无惧色地回答说："我是中国人，但知爱国，同为黄种人，你们为什么强占中国土地，穷兵黩武，戕害华人生命？似此国仇，愈结愈深，不是你们日本之福。"

项松茂置生死于度外，对日本人的当面斥责，理直气壮，正气凛然，掷地有声。1932年1月31日，项松茂和十一个店员惨遭日军杀害，尸骸无存。

这件事震惊了上海工商界，项松茂临危不惧，慷慨赴义，杀身成仁，是中国企业家中杰出的爱国志士和英烈，他的浩然正气和铮铮铁骨激励、润泽了中国企业家抗日救亡的爱国精神。

1934年4月30日，黄炎培写下《项松茂诔》，其中有曰："明知此去，决无生理，舍我其谁？视人若己，但知天职，不顾壹是。吾之重君，盖尤在此。骂贼不屈；有死而已，千秋万岁，闻者兴起。"

黄炎培的提议显然受到了项松茂组织义勇军的启示，但鉴于教训，他没有提到要穿制服、用木棒，形式并不重要，作为一种姿态、一种象征、一种警示就够了。上海地方协会的前身是在"一·二八"事变的战火硝烟中诞生的"上海市民地方维持会"，以《申报》老板史量才为会长，随后改组为上海地方协会，上海有影响的实业家几乎都加入其中，还适当收了些工人。当时全国多地在开展公民训练，以应对暗潮汹涌的严峻局势，彰显国难当头、匹夫有责的担当。

参加这个"特别训练队"的有一百三十多人，多数是各企业的头面人物，刘鸿生和两个儿子刘念义、刘念智，荣宗敬的两个儿子荣鸿元、荣鸿三，民丰造纸厂的金润庠，中国垦业银行的王伯元，大中华橡胶厂的薛福基，家庭工业社的陈小蝶，美亚织绸厂的朱公权，以及吴蕴初、杜海云、王晓籁都在其中。虽然不穿制服，不拿武器，但脱下了西装革履，穿上了统一的蓝色卡其布的工作服和帽子。杜月笙脱了长衫，穿上了卖水果时的短打。

荣宗敬看着两个儿子穿着工装，戴鸭舌工人帽，臂上套了写有"特训队"三字的红袖章，笑着说："你们这身打扮，少了公子哥儿的气质，多了一份当年工人纠察队的模样，好、好，操练时认真点，不要嘻嘻嘻哈哈地玩耍。让日本人看看，特训队虽然不是义勇军，但有项松茂的遗风。"

特训队每天早上六点到枫林桥一带上操时，浩浩荡荡，汽车就有一百多辆。英文报纸《字林西报》讽刺这个"特别训练队"是"机械化"部队。最初几天，汽车一辆接一辆开过枫林桥，日本人不知道是怎么回事，躲在一边拍照，企图一探究竟。

他们在汽车上高声齐唱聂耳作曲、田汉作词的《义勇军进行曲》。

演习野战时，列队由一个化装成平民的军人教授做卧倒、下蹲、扩胸、劈腿等动作，再列队正步走、跑步等。然后从操场分几个方队走到马路上，后面跟着一长队汽车，随后大家都上了车，行驶到终点"黄家花园"，主人准备了宴席款待他们。

亲历其事的"灯泡大王"胡西园在自述《追忆商海前尘往事》中有一节《一支特殊的"老爷兵"特训队》，专门讲述了这段经历。荣德生曾经对钱穆说过，抗战时期，企业家都是很爱国的，都主张抗日救亡，"一·二八"和"八一三"两次淞沪战争，企业家捐钱捐物，十分踊跃，上海曾组织企业家特训，士气高昂，日本人如果聪明一点，可以看到中国人的民心所向，民意不可欺啊。

特训队虽然是这样一群"老爷兵"，每天出操却一直没有中断。"七七"事变之后，到"八一三"事变的前一天，也就是1937年8月12日早晨，上海的抗战已箭在弦上，但大多数企业家还是像往常一样准时出操。

荣鸿元、荣鸿三因为陪同父亲去无锡景园和梅园避暑，请了几天假。企业家爱国不敢后人，此举的象征意义不容忽略，对于凝聚企业家立志抗战救亡，在一定意义上起到了引导民族精神的作用，是长我志气、灭敌威风的。在民族危亡的紧急关头，这些养尊处优的企业家，包括许多富二代，能放下架子、身段，参加特训，在心态上、体力上融入时代潮流，看清形势，站稳立场，接受人间巨变的况味、曲折、疼痛都是很有益的。

在残酷的战火笼罩下，在企业沦落、起伏、西迁等过程中，冲击如同陨石，但企业家们还是在紧张、痛惜、茫然之余，有了定力，找到了自己抗日救亡的方向和途径。蒋介石在庐山召集国是座谈会，被邀上山的实业家代表有多位来自这个特训队，如刘鸿生、胡西园、吴蕴初，还有郭顺、蔡声白等。

当然，也有失败主义者的声音。1932年1月28日，日军炮轰闸北中国军队，驻上海十九路军奋起抵抗，淞沪抗战爆发。

一位国民党高官吓坏了。2月15日，他在徐州发表讲话，明确指出："以我国现有军备与日本比较，等于弓箭与机枪，若贸然与之宣战，将必演成义和团之第二。我们此时应卧薪尝胆，一致努力，在野的勿唱高调，在台的勿存畏缩。"宣扬未战先怯之语的高官就是汪精卫。他认为，由于我们落后，国家实力羸弱，所以我们必须退让而不能抵抗，如果我们贸然对日宣战，必将全军覆灭或是引起各国的干涉，反而大受其害。

当日军的铁蹄无情地践踏中华大地时，有人贪生怕死为了一己之私沦为汉奸走狗。更多不愿做亡国奴的中华儿女奋起反抗，他们中有人参军誓与日寇血战到底，有人从事别的行业支援抗战，更多人在目睹日军暴行后自发地做自己力所能及之事，以示抗争。他们不为名不为利，只因自己是中国人。

曾有参加过特训队的人员，在上海被日军占领后，冒着巨大的风险凿沉了日军的一艘军舰。他们是江南造船所的工人和职员。当然，即使没有参加这个特训队，他们可能也会采取这样的行动。但特训队至少让他们提高了警觉，鼓起了勇气。

  1939年9月22日，《申报》报道了这起当时轰动上海滩的日军军舰被凿沉没事件。至于是什么人干的，没有具体说明，只说是抗日志士。这个消息迅速传遍了上海滩，大快人心。同日的《新闻报》认为这是爱国分子所为。到底是谁？传说很多，没有定论。

  其实，是江南造船所两位爱国义士亲手凿沉日军军舰的，他们都是普通工人，但也参加过特训队。当时，黄炎培有意识地选择了十余个工人参加特训队，他们被挑选上了。他们没有多少文化，连报纸都看不懂，但个个爱憎分明，痛恨日本军国主义对中国的残酷侵略，有着自己的爱国情怀，虽不能上阵杀敌，却有为抗战事业献出自己一份力量的热切愿望。

  1865年，清政府成立了江南制造总局，即后来的江南造船厂的前身。1866年，由无锡人徐寿和华蘅芳设计，江南制造总局造出了中国近代第一艘机器动力兵船，船身由坚木制成，内部机器系国外的旧机器整修而成，而蒸汽锅炉和船壳则是由总局自己制造的，载重六百吨。曾国藩为之命名"恬吉"，取"四海波恬，厂务安吉之义"，后避光绪讳改名"惠吉号"。辛亥革命后，江南制造总局原造船的独立部门改称江南造船所。1920年，江南造船所制造的四艘起着中国名字的机器军舰陆续下水，中外报刊竞相报道，大赞"中国工业史，乃开一新纪元"。

  1912—1926年，江南造船所共造船三百六十九艘，总排水量十四万四千吨，平均每年造二十五艘左右，计九千六百吨，年造船量居上海造船业之首。自1927年4月起，江南造船所由国民政府海军部管辖，并加以扩建，建造了一些军舰，成为中国当时重要的一家大型造船厂。

  20世纪30年代，中共地下党对江南造船所十分重视，发展了许多地下党员，因此这个厂的职工大多爱国，反对内战、独裁，主张抗日

第二章 特别训练队

救亡,是上海一支重要的进步力量。"八一三"事变以后,江南造船所成了重灾区,遭受了日本轰炸机猛烈的连续轰炸,工厂严重损毁,已没有搬迁价值,也没有机会搬迁。

1937年11月,上海沦陷,日军侵占了江南造船所,他们修复了船坞、吊车和修造车间,从别的厂掠夺了几百台各式机床,并保留了原来的技工。起初,大部分员工不愿意为日本人做工。地下党研究后,觉得江南造船所可能会是日本人修造军舰的一个工厂,工人留在这里至少可以了解日本海军的一些情况。于是,经江南造船所地下党组织动员,这些技工继续在这个厂上班,从而成为地下党的一支重要力量。日本人在这里对军舰进行修复改造,其中包括被击伤的驱逐舰"出云号"。在修理这艘在上海吨位最大的日本军舰时,日本军人在一旁严密监视,但地下党还是了解到它什么地方被损坏了。这就是很重要的情报。

而那艘被凿沉的舰艇,日本人其实不怎么看得上,因为它是一艘轻型舰艇。

这艘军舰的名字叫"民生号",也许大家觉得这名字很中国,没错,它确实曾经是国民政府海军的战舰,而且就是由江南造船所建造的。"民生号"是一艘双螺旋桨的浅水炮舰,与解放后改名为"长江号"的"民权号"是同一个娘家。淞沪会战中,"民生号"被击伤后无法移动,干脆自沉以阻挡日寇军舰沿江而上。

日军占领上海,"民生号"随即被日军打捞了上来,准备维修后作为日军的内河炮舰。日本拥有比中国先进得多且排水量大得多的军舰,还有多艘航母,日军对这些中国造的军舰不屑一顾。"民生号"的维修工作就完全交给了江南造船所的十来个工人。1938年9月,江南造船所的工人们已经维修完毕,翻新的"民生号"已下水,停在黄浦江码头,准备试航后交付日军。

工人孙增善眼见翻新的国产军舰即将为日本人所用,他感到事关重大,于是向租界里的上海军部办事处的刘武报告。刘武曾经是江南造船所的一个科长，参过军，所以当了特训队的教官，孙增善参加特训队就是他推荐的。刘武也认为日军打捞维修后的"民生号"，一定会成为日军侵华的武器。当时日军缺少真正的内河军舰，"民生号"正好填补了日军装备的空白，到时中国又会有许多人丧生在原本是自家军舰的炮口之下。因此，刘武认为必须破坏掉已修复的"民生号"。

后来据孙增善回忆，他当时很年轻，只有二十六岁，但他的想法与刘武一样，日军将军舰修复后一定会用来对付中国人。血气方刚的孙增善与刘武经过一番商量之后，均认为此事不可让太多人知道：一来为了保密，确保行动成功；二来为了事后大家的安全。

孙增善认为那艘战舰大约有三千吨重，为了悄无声息地弄沉它，最好的办法是将其凿沉。可是这么大的舰船，需要三四个人才能完成凿沉任务，但人多了容易暴露。因此为了保密，孙增善决定只带最要好的工友张林宝一起行动。张林宝是地下党员，他请示组织，组织同意了，但再三叮嘱他们要小心。

可能是因为孙增善只是一位普通的钳工吧，不太了解"民生号"的吨位，实际上它的排水量是四百多吨。孙增善与张林宝商量后，排除了在江上行动的做法，一开始他们准备乘小船抵达战舰附近，然后潜水到船底，从外面凿穿。后来觉得这种方式太冒险，码头上有日本人的哨塔，晚上有探照灯。最后确定在船上机房动手，将海底阀敲掉，再凿开几道不规则的缝隙，时间选择在日本天皇生日那天，张林宝望风，孙增善动手凿船。

那天，他们先是将电线切断，潜伏在废料场内，发现没人来维修，正是好机会，于是随身带了榔头、凿子、锉刀和锉齿器，还带了一把斧头，这些都是造船所平时使用的工具。如果有人怀疑，他们可以解释都是自己使用的工具。一切准备就绪，就等待动手的时机了。那天，日本人庆祝天皇生日，都出去游行或参加仪式了。

这艘船上空无一人，两人快速登上"民生号"。孙增善找到军舰的海底阀，用榔头将其敲掉，再按照事先研究的，凿出几个大小不一的缝隙，海水随即涌入。虽然他们在行动时碰到了意外，但还是有惊无险地完成了任务。

所谓的"险"是孙增善在凿船期间，曾有两个日本人从旁边的船上来"民生号"上洗澡。日本人的木屐敲在地板上的声音，让孙增善以为是张林宝发出的信号，紧张之下一度停止破坏海底阀。最后日本人并没有发现异常，洗完澡就走了。

为了确认军舰有没有沉没，孙增善二人还在岸边对准"民生号"烟囱堆了一堆物品作为参照。半夜三点日军岗哨发现异常，孙增善与张林宝不敢再留下观察，悄悄撤离。胆大心细的两人，第二天照常上班，上班前观察了一下，"民生号"的烟囱果然不见了，他们相视一笑，赶紧进车间干活儿。

事后《申报》报道：江南造船所发生的凿船沉船事件，是爱国的抗日分子所为。报道指出，日军发现异常时，船底部有多个孔洞渗水，可能是手榴弹或水雷炸的，由于庆祝天皇生日时鼓乐声震耳欲聋，无人听到爆炸声，损伤比较严重，无法修补，最终沉没。

日本人当然怀疑这是人为的破坏，在厂内进行了追查，两位英雄平时低调做人，而且从来不上船，没有被怀疑到，躲过了日军的追查。后来日本人得出"结论"，是潜伏在上海租界的军统组织所为，因为有人称发现了一艘小舢板曾靠近过这艘船。这个事件的真相始终没有揭开。船厂党组织得到上级通知，今后类似行动要由组织来领导，个人不要轻易冒险，一旦暴露，后果很严重。

到太平洋战争发生，日本人的军舰都去了太平洋与美国进行夺岛之战了，日军已顾不上江南造船所，凿沉"民生号"这件事大家也就不提了。直到20世纪80年代，人们才从孙增善的回忆中得知，他曾为抗日事业做过一件事，就是凿沉了一艘日本人掠夺后修复的舰船。

一个民族，或许会经历灾难，但在灾难中总会有人挺身而出，这些人哪怕再普通，也有着平凡人的爱国主义和英雄主义。

不久之后，参加了特训的许多企业家带着自己的企业踏上了漫漫迁徙之路。当然，并不是说经过特训的人才会行动迅捷、西迁企业，但不得不承认，部分企业家经过特训，对日本的侵略野心和战争的态势更为警觉，对抗战更加上心。另外，大家相信团结的力量，在战争阴霾之下，每个企业、每个人微若萤火，却感同身受，彼此支撑，相互映照，终究有了在征途上集点滴微光成为火炬，发起自救和互助。第一家西迁的顺昌机器厂从1937年8月22日出发，因长江江阴段已断航，只能沿着苏州河到苏州、常州再到镇江，然后由长江到武汉，再溯江而上。随后，新民、上海、合作等机器厂也都沿着这条路西迁。

从某种意义上说，经过大西迁的每一个企业家都经历了一次严酷且悲壮的"特训"、一种风雨兼程的考验。路途遥远不说，面对供应链的中断、设备的损失以及各种不可预测的阻力，大家异口同声地说："我们根本没有其他选择，各种恶劣的情况随时会发生，让人望而却步，但我们已经没有任何退路。请问，除了硬着头皮继续向前，汝将安计？"

第三章

战火笼罩下的企业命运

大西迁

"八一三"事变爆发前夕的1937年7月中旬,荣家在无锡荣德生的私家花园梅园举行一次大聚会。此后,这样的大聚会再也没有过。

作为这次聚会的一个主角,荣宗敬在上海沦陷后不久在香港患病去世。同时,战争带来的种种变故也使得这个原来坚持不分家的大家族出现了某种程度的裂痕,再也没有机会在梅园聚会。

梅园在抗战中从孤独和寂寥变成了一个人迹罕至的孤园,只有梅花每年都花开花落,香气弥漫。夏天的梅园是沉静的,尖厉的蝉鸣和喧嚣的蛙声没完没了、此起彼伏地响彻空旷的园子。但这样的声浪反而让这个以梅花著称的园林显得更为静谧。

每年的晚春到盛夏时节,荣德生和家人都会来梅园居住,这是除荣巷转盘楼外荣德生在无锡的第二居所。这时的梅园没有了梅花恣意飞扬的香气,而是一派清透的、丰满的绿色。

抗战胜利后,申新三厂、茂新面粉厂重建,荣德生住在市中心学前街孔庙之后的四郎君庙巷长婿李国伟空置的一幢花园洋房里。那里离几家厂都不远,步行只需十多分钟。荣德生在这房子里共住了六年,这幢花园洋房可以说是荣德生的第三居所。

虽然那幢洋房是女婿的房子,但李国伟夫妇并没有居住多久。他们在武汉经营申新四厂和福新五厂。抗战时期,他们随西迁的工厂常住宝鸡长乐塬,抗战胜利后又回到武汉。他们再也没有回无锡的住宅居住过。因此,这幢房子实际上是荣德生的一处故居。最后荣德生在这里去世。

荣家拥有庞大的产业,仅上海一地,就拥有申新纺织一厂、二厂、五厂、六厂、七厂、八厂、九厂，福新面粉一厂、二厂、三厂、四厂、六厂、七厂。此外，申新三厂及茂新一厂、二厂、三厂和公益铁工厂在无锡，申新四厂、福新五厂在武汉。第二代都能在申新、茂新、福新各厂任职，薪火相传，独当一面，他们个个也都经过良好的教育和家风的熏陶，在事业上都有不俗的表现，没有一个是沉湎于享乐的纨绔子弟或败家子，这是荣氏兄弟最为满意的。

可是，企业重大的决策，还是他们老兄弟俩说了算。荣宗敬是掌控全局的，荣德生则负责无锡申新三厂及茂新一厂、二厂、三厂和公益铁工厂管理，还要帮哥哥出谋划策。兄弟俩的性格是不同的：荣宗敬处事果敢、大胆，能力超强，敢于冒险；荣德生处事稳健、务实，大智若愚。两人性格的互补性，对于庞大产业的管理来说缺一不可。彼时，他们都是六十多岁的人了，但哥俩不顾年事已高，依然身挑重担，整天忙碌、操心着企业的事情。

后来，儿子、女婿为他们分担了更多的责任，他们稍稍轻松了一些。到了夏天，荣德生都会住进梅园休息一段时间，放松一下自己的压力，哥哥荣宗敬也会回来在锦园消暑。伟仁、尔仁、伊仁、毅仁等儿子儿媳也会来梅园陪陪父亲，在梅园的草坪上踢足球、打网球、打棒球，玩得汗流浃背，但个个身上溢满了草香和生命的活力。

他们健壮的体魄和烈日下的欢呼声，让荣德生深感欣慰。有时，他会让下人搬一张藤椅，自己坐在草坪一端的敦厚堂门口的浓荫下，和孙子孙女及儿媳、女儿们津津有味地在一旁观看和喝彩，感受浓浓的天伦之乐。紫砂茶壶里泡着浓香的大红袍，荣德生时不时倒上一盅，喝上一杯，吸着旱烟，感到特别闲适、愉悦、惬意。

1937年7月底的一天，荣宗敬在大侄子荣伟仁、长子荣鸿元、次子荣鸿三的陪同下，来到了太湖边的锦园。

锦园是荣宗敬为庆祝六十岁寿辰而在太湖小箕山兴建的私家园林。小箕山是伸到太湖里的一个半岛，这个地方是荣德生为哥哥选购的，荣宗敬一看也很满意。

它是临湖眺望太湖美景的绝佳地段，园林依山而筑，面对太湖，宏大深邃。筑有水埠、荷花池、中式的楠木大厅、长廊、几幢精致的西式红砖洋房和数幢清丽古朴的中式建筑，在坡上、平地上有序排列着。环境幽寂，空谷鸟语，大树森列。它与梅园一样，梅花盛开时节向社会开放，游人可入内观赏。在锦园的水埠坐汽船可以直达太湖的鼋头渚。

荣宗敬一行放下行李即前往梅园。荣德生和荣宗敬在乐农别墅旁的诵豳堂叙谈，荣伟仁始终在一边陪坐。荣鸿元、荣鸿三坐了一会儿就来到梅园山顶的草坪上，对堂兄堂弟说："我们在上海参加了特训，现在教你们一些动作，一旦发生战事，是很有用的。"于是，兄弟俩示范了一遍。荣伊仁（荣一心）、荣毅仁、荣研仁跟着学了几遍。

荣毅仁说："《字林西报》曾说你们是一群'老爷兵'，如果我在上海，也会去参加特训，做一回'老爷兵'，虽不能像项松茂先生组织的义勇军那样直接对抗小日本，但能够做到这样，有一点爱国义愤，已经很难得了。"

荣鸿元说："卧倒、下蹲、爬行这些动作是用来对付轰炸和炮击的。伟仁、尔仁没有参加，但有些动作教他们了，我们教爹，他说，'我用不着，我和二叔从小种过地，吃过苦的，不像你们，肩不能挑担，手不能提篮，操练操练，学一点花拳绣腿也是好事'。"大家都笑了起来，照葫芦画瓢地学了一会儿，他们便开始运动。草坪周围缀着半人高的树丛，用来抵挡飞出界的足球或网球。荣伊仁、荣毅仁、荣研仁等开始打网球，谁输了就下场，其他人轮番顶上去，这好比是淘汰赛。荣毅仁打得好，始终在场上。

荣鸿元、荣鸿三、荣伊仁在草坪一头的敦厚堂里坐下来。杨鉴清和荣伊仁的太太华若芸、大哥荣伟仁的太太孙熙仁等在聊天。下人给新来的人端来了切成块状的西瓜、冰镇的酸梅汤和刚泡上的热茶。

这里是梅园最高的地方，看得见平静辽阔的太湖，在蒸腾的暑气中有几艘渔船悬着帆叶在湖面上捕鱼，三山——三个连着的黛青色的小岛屿在苍茫中远远地雄踞在湖中，赫然在望。湛蓝的湖水平滑得一丝波纹都没有，成群的鸥鸟在空中飞翔，黄喙白羽，伸展着遒劲有力的翅膀，忽高忽低，显得轻盈而柔美。

每天都是过着这样悠闲的生活，一大家子觉得特别放松和享受。他们都未料到，一个月后，寸土寸血的淞沪会战就爆发了。

荣宗敬在无锡休息了几天，和家眷回到上海后，感觉虽离开几天，但上海的气氛和酷夏的空气一样，变得异常灼热，与太湖边天明地净、幽静闲适的环境完全不同。

抗日救亡的风云席卷这个东方大都市，示威游行、抵制日货、集会抗议等活动轰轰烈烈。报纸上呼吁抵抗的文章和街头抗日的文艺表演让人热血沸腾，无数青年怀着赤诚之心奔赴疆场，大街小巷充斥着愤慨、激情和凛然之气。置身其间，一股热浪涌上心头。

但租界毕竟是租界，抗日浪潮再高涨，无论是公共租界还是法租界，依然像平常一样繁华。外国人和一部分上层华人若无其事地冷然面对着这些汹涌的激动的人群。特别是到了晚上，沉浸在声色享乐中的人们像惯常一样，挤满了饭店、咖啡馆、百货店、舞厅、跑马场，奢华的气息和抗日的声浪掺和在一起，默契地互不相干。十里洋场的容颜和底色是没有什么东西可以掩盖得了的。

傍晚，暮色还未四合，租界里高楼的窗户就已灯光通明，街道商店的霓虹灯紧跟着五光十色地竞相争艳。外滩永远是最繁忙的，这里有最豪华的银行、酒店、夜总会，而黄浦江上的大小船舶依然在江面上穿梭着。那些雄踞在水岸边的石砌建筑彰显着这个城市的国际化，同时也傲慢地俯睨着忙碌拥挤的江面和对岸浦东黑暗、幽寂的稀稀落落的厂房、库房和绿色的田野。

外滩向东延伸的一条条马路，在高楼的夹峙下，成了一个个峡谷。车辆和穿着时尚优雅的人们在峡谷中簇拥着，争先恐后地抢占缝隙，以便挤到前面去。酷热的夏季，大上海的喧嚣和尘埃增加了热量，而热量正是灯红酒绿的夜生活齿轮的润滑剂。

1937年8月9日晚上，荣伟仁打电话给父亲，告诉了他一件事。他听一个商界的朋友说，招商局副总经理沈仲毅受国民政府交通部部长俞飞鹏委托，召集轮船同业开秘密会议，动员同业以船身较次者租给政府用以阻塞江阴水道，其他行驶外海船舶按规定驶入长江或香港。但沉船具体时间、吨位和具体地点均不详。只知道会上，虞洽卿的三北公司、杜月笙的大达公司以及其他几家民营轮船公司都踊跃献船。住在梅园乐农别墅的荣德生听了心里咯噔一下，一股不祥的惊骇之感在他心里萦绕。

但荣伟仁告诉父亲，大伯好像不当回事，大伯说，这是政府在筑工事，中日两国一旦全面开战，国民政府当然要进行各方面的防卫。长江沉船这一招，是防日本人从长江偷袭，主战场还是在北方，陆军打地面战为主。8月8日，日本人不是攻占北平城了吗？日本军舰在卢沟桥事变之前，就开进了天津塘沽港，日本人重点进攻的是华北，他们不太可能再在华东开辟战场，两个战场，力所不及啊！这是大伯的分析。

荣德生听了嗯嗯地应着，说："你大伯说得也有道理，伟仁，有什么消息，你要随时打电话告诉我。"便把电话搁下了。荣德生忐忑不安地在梅园的小道上徘徊。被炽烈的太阳炙烤一天，夜晚的梅园依然暑热弥漫。他后来默默坐在乐农别墅门口，周围是茂密丰盈的梅树和其他树木，满园茵茵叠翠，在夜色下充满恬淡和静气。

第二天，上海没有消息，没有消息就是好事。但荣德生已经寝食不安、愁眉不展了，他一改前几天轻松洒脱的神情，在园内小径上来来去去缓缓地踱步。后来，他拿了一把锄头，在毒辣的太阳下，在山坡上除掉茂盛的杂草，开垦出栽植树苗的土地。山土坚硬，锄头叩击泥土的声响传得很远，吭、吭、吭吭，沉重而铿锵。他大汗淋漓，汗衫已湿漉漉的。夫人劝他别这么劳累了，但他还是不停地挥舞着锄头。夫人端来了绿豆汤，荣德生气喘吁吁地坐下来，喝了碗绿豆汤。他休息了一会儿，继续举起锄头干起来。

1937年8月13日下午，离租界不远的华界响起了隆隆的炮声，战争打响了。这场战争并非突如其来，而是双方都有准备的。严格地说，国民政府的准备要充足一些。荣宗敬的乐观有点盲目，他对形势的判断完全错了。中日这次大规模对阵的主战场恰恰是在他认为最无可能的上海及沪宁一线——日本军队在攻打华北的同时，在上海开辟了一个新战场，操戈向中国政治经济中心下手了。一切步入了剧烈的时代跌宕和两国激战之中。

荣宗敬失算了，倒是荣德生的感觉是对的。他听了荣伟仁的电话就觉得不对劲，有一种强烈的不祥之感。

虽然哥哥认为南京国民政府的沉船计划是为了防止日本海军从东海进入长江，袭击中国首都，强调是出于防范。日本人未必真的会那么干，因为开辟两个战场所依凭的实力不够。那么，这至少说明了一个事实，或者哥哥也不排除这种可能性，那就是卢沟桥事变后，日军有可能挥师南下进攻上海、南京。南京政府肯定意识到了这一点，或者得到了什么情报。这是荣德生在接到了大儿子电话后忧虑重重的原因。

荣德生、荣宗敬兄弟是认识虞洽卿的，平时有点来往。特别是荣宗敬，在上海滩以凌厉的攻势建立了一个庞大的实业王国，有了很高的声望。在商界头面人物的活动中，虞洽卿不免会和荣氏兄弟寒暄一番，也不免有些应酬。但兄弟俩从心底里有些瞧不起虞洽卿和杜月笙这些人物，在他们心目中，这几个人不是正经商人，而是上海滩黑帮大佬。

　　虞洽卿是宁波人，有帮会的背景。当年在上海交易所混饭吃的蒋介石投机失利，欲去南方投靠孙中山，虞洽卿很照顾这位宁波小老乡，替他还清了债务，还给了他路费。蒋介石发迹后在上海发动"四一二反革命政变"，在虞洽卿的引见下，江浙财团和帮会头目杜月笙支持蒋介石屠杀共产党人和工人纠察队，窃取了革命成果。

　　因而，虞洽卿与蒋介石的关系非同一般，这是公开的秘密。1936年10月1日，虞洽卿七十岁，在蒋介石授意下，上海市政府与租界当局决定将一条横贯上海闹市区的马路"西藏路"改为"虞洽卿路"，这让虞洽卿获得了极大的荣耀。

　　在这之前，在华人名流中，仅洋行买办朱葆三得到过这样的荣誉。命名仪式是在国际饭店对面的跑马厅举行的。公共租界工部局全体董事、法租界总董局全体董事、上海各界特别是商界的名人大佬都参加了仪式。荣宗敬、王禹卿也受邀到会，坐在主席台上，观看了由虞洽卿创建的华商体操会进行的由三百人组成的演出，场面热烈，引起了众人浓厚的兴趣。

　　虞洽卿喜欢"管闲事"，参与调解一些大事和纠纷。因而，他的"调解人"身份在上海滩是出了名的，他在金融界也是数一数二的大亨。后来，虞洽卿的江湖地位逐渐下降，生意上也走了下坡路。他创办、经手的银行和交易所先后都转让给了别人，但他所经营的三北轮船公司经久不衰，拥有的船只吨位达到九万吨，居全国民营运输公司首位。

　　长江沉船这样的大动作，做得再隐蔽，也绝不会一点风声都没有。上海暗暗流传着这个消息，引起了震动，荣伟仁、荣鸿元、荣尔仁都听到了。荣伟仁告诉了大伯荣宗敬，荣宗敬一愣，觉得这事很蹊跷，好端端的，为何在江阴沉船？便打电话询问虞洽卿这到底是怎么回事。

第三章 战火笼罩下的企业命运

虞洽卿用一口宁波话回答，他只是奉命行事，蒋先生在庐山讲话时就说，如果战端一开，人不分老幼，地不分南北，皆有守土抗战之责任，皆抱定牺牲一切之决心。作为一个中国商人，面对强敌入侵，为国家做的事，是尽守土抗战之责任啊！

荣宗敬问："虞兄，你给我说实话，是不是上海、南京要打仗了？你有没有听到这方面的具体消息？"

虞洽卿说："具体消息我没听到，蒋先生不是在庐山讲话中说了吗？如卢沟桥可以受人压迫强占，我们五百年古都的北平，要变成沈阳第二。北平若变成沈阳，南京又何尝不可能变成北平？我想万一战事南移，我说是万一，长江沉船就好比构筑工事。宗敬先生，这是我的猜测而已。孙武说，兵者，国之大事，生死之地，存亡之道，不可不察也。政府和蒋先生对战局自然会有明察，做出部署。"

荣宗敬听出虞洽卿答话口气淡然，毫无惊慌之状，便放心了。他相信了虞洽卿的话，他和蒋介石私交密切，又是同乡，如果上海有战事，蒋介石不会不给他透露一点底的。虞洽卿矢口否认，不像是在骗他。看来战争离上海还远着呢，长江沉船是一种备战，是构筑工事，日本人一向狡黠诡诈，多留点心是对的。

虞洽卿说的是不是实话，蒋介石有没有向他和杜月笙透露什么，这永远是个谜了。但沈仲毅召集虞洽卿和杜月笙商谈沉船事宜，并没有多说什么。交通部部长俞飞鹏也只是强调塞江阻敌，他不可能把日本人堵在上海决战和关门打狗的秘密告诉沈仲毅，这些秘密可能连俞飞鹏都不知其详。由此可以分析，蒋介石应该没有把长江沉船的真正目的告诉虞洽卿，至少保留了最为核心的内容，因为这是最高军事机密。

实际上，战争的机器已经悄悄地紧张地运转着。在1937年7月荣家在梅园大聚会期间，招商局的大江轮奉军委令，运送了五万名国

43

民党军将士到达淞沪地区。淞沪会战的战略付诸实施时,南京军委会从全国抽调七十五个师进入上海地区。招商局轮船全部被调去运送抗日军队和枪械弹药,他们此前已经通过平汉、粤汉铁路抵达汉口、九江和安庆等港口。

在此期间,招商局承担的部队支前和军用物资后撤的军运任务极其繁重。招商局当时在长江拥有载重量二百吨以上轮船十五艘,总吨位达三万八千多吨。由于军方大量征用,该局的船只忙得不够支配。有时自己重要客户租用,都无船可派,大小船只都被拉去执行军差了。

但军方对船只的需求还是不够,于是征用民营船运公司的船只,以满足军需。三北、大通、大达、民生等公司均派出轮船参与军事运输。从1937年7月战前至1938年1月,经长江东调的部队高达一百二十七万三千人,军用物资如军械、弹药、汽油也随同东调。其中,军品器材计五万余吨,汽油八万余箱。船舶运输在淞沪会战以及整个抗战过程中都担当了重任。

这些情况开始还能保密,传播的范围只是少数人。但当民营的运输公司参与军运时,中日要在上海开战的消息便在上海工商界广泛传开了。荣宗敬三新公司(申新、茂新、福新)虽有自己的运输船队,在生产繁忙时,还是需要租船运煤炭、面粉、棉纱、布匹。在战争爆发前的一段时间内,各船运公司都显得特别忙碌,根本租不到船,而军方的面粉订单、布匹订单却陡然增加。这些都表明中国军队在备战,加上来自各方面的消息,荣宗敬感觉到不太妙了,确定上海要有战事了。

但他仍往好的方面想,这么多军队、这么多装备来到淞沪,无疑是要动用重兵保卫上海和南京等华东地区的。这个地区对于南京政府和中国来说是举足轻重的要津、门户和命脉,具有其他地方所不具备的战略价值。国民党当局自然会不惜代价打一场阻击战、保卫战,江阴沉船必然是这个备战计划的一部分。

荣宗敬毕竟是经历过大风大浪、处世老辣的人。当有些防患于未然的同行着手西迁工厂时,他心动了,意识到战争一旦发生,双方兵戎相见,翻手为云,覆手为雨,胜负难测,各种情况都有可能出现,什么样的局面都会有。这可不是他们这些商人可以把握的。像1932年第一次淞沪战争打了三个月,闸北整条街被烧毁,申新、福新的工厂当时也危如累卵,要不是国联出面调停,双方做了些妥协,战争就会进一步扩大,殃及池鱼的可不是那么几家工厂了。战火纷飞,战火无情,从空中到地面的火力会把苏州河两岸的工厂和其他战区的工厂统统摧毁,荣家的工厂不太可能会幸免。

如果眼下的战事也像1932年那样,各家工厂仅仅因此停工十天,这样的影响当然可以忽略不计,但如果是一场大仗、恶仗,如果这场战争旷日持久、地动山摇,那后果就不堪设想了。

荣宗敬在这段日子里,第一次把事情往最坏的方面考虑,如果局势真的到了这一步,那么如何保住这些工厂的问题就摆在眼前了。在大炮和轰炸机面前,所有的建筑和工厂都是不堪一击的草房子。他想到了迁厂,用不着怀疑,那些开始或已经迁厂的人,肯定是预计到了最坏的局面,否则不会发疯一样地去做迁厂这样劳民伤财的事。

荣宗敬焦虑了几天,心里没有底,空落落的。他已看出公司里人心惶惶,为安抚大家,他竭力装出镇定自若的样子。但当写字间门关上后,他独坐在大办公桌前就变得愁眉不展,雪茄烟一支接着一支抽,写字间里充满着浓烈的烟丝味道。

1937年8月11日一早,王禹卿就来总公司找荣宗敬。王禹卿穿着熨烫过的粗布长衫,头发抹着头油,梳理得一丝不苟,灰色薄呢西装裤,还有擦得一尘不染的尖头皮鞋,气色极好。他坐了下来,郑重其事地谈到了一件事,他在最近一次酒会上遇到了虞洽卿和杜月笙。他们公开对大家说,他们的船只已奉命驶入江阴以西长江水域,近段时间一直在运兵,从武汉运至镇江,再转运到淞沪。上海必有一战,至少是第一次淞沪会战那种程度的战争,也有可能是大仗,大到什么程度,不好说,无法想象。

荣宗敬认真听着,末了问道:"他们有什么想法?有没有谈到迁厂的事?"

王禹卿回答:"提到了,虞洽卿把我拉到一边,悄悄说,'你们可要早做准备。上海和南京的兵工厂都西迁了,你们在上海有十几家工厂,难道想坐以待毙?宗敬是做大事的人,让他赶快考虑迁厂,迁出一家是一家,总比全军覆没好。他给我打过电话,问江阴沉船的事,我当时不好说什么。现在你可以告诉他,上海是中日必争之地,双方早已剑拔弩张。你到黄浦江里看一下,满江面都是狗皮膏药旗。蒋委员长已退无可退,忍无可忍,已决定硬着头皮和日本人决一死战了'。"

荣宗敬听后,皱着眉,微微点点头,沉吟了半晌才说:"禹卿,上海要打仗,我原来觉得可能性不大,日本人在华北、平津大动干戈,还有能力在上海动手吗?现在看来,山雨欲来风满楼,日本人已横下心来,南北通吃了,这仗可能是打定了。政府下定决心抗战救亡,这是好事。老子在《道德经》中说,'兵者,凶器也,圣人不得已而用之',谁都不喜欢打仗,老话说得好,宁做太平犬,不当乱世人。但日本人犯我,我当然不能当缩头乌龟。可是,打仗造成的损失一言难尽啊。1932年那场战争我们都经历过,也受到过惊吓,我们做生意的,盼的就是太平盛世,可偏偏让我们碰上了大动干戈的世道。黑云压城,战乱即起,覆巢之下,岂有完卵?禹卿,真是急煞人啊!你点子多,你跟我说实话,你觉得我们只有西迁这一招吗?"

王禹卿沉默了一下,干脆地说:"除了迁厂,还是有别的办法。那就是设在租界的厂可以到工部局去注册,变成英属工厂、美属工厂。日本人不敢和英美作对,租界的厂至少可以求得一隅偏安。租界外的厂,就是交战区的厂,可以考虑迁几家,要把福新、申新十多家厂全部西迁，来不及了，也是不现实的。我们都是几千人的大厂，一家厂没有几十条船、几十节车皮是装不了的。现在一船难求，要运军人、军械，还有孔祥熙的马、宋美龄的奶牛。你说，从哪里去找那么多的船和车皮替我们来运设备。另外，西迁要定地方，武汉、重庆、西南还是西北？政府会给我们土地建厂房吗？还有一个更要命的问题……"

说到这里，王禹卿掏出了涂金的香烟盒子，取出一支香烟点燃，吐了一口烟雾，不说话。

荣宗敬屏住呼吸，等着王禹卿说出那个要命的问题。王禹卿没有回答，在一种令人窒息的安静中保持着沉默。荣宗敬忽然明白了，他深深叹了口气，说："对了，迁厂是要钱的，拆、运、建，无不需要大把的银子，可我们根本没有这个钱，不仅没有，还债台高筑。你说要命的问题，就是这个吧？"

王禹卿站起来，踱了几步。香烟在他的指缝中散发着袅袅烟气，他转过身，说："总经理说得对，我们没有这个钱，迁不起厂，而且申新是接受银团监督的，他们会同意我们迁厂吗？当然，他们不会公开反对，但他们绝不会因为战争、迁厂而减免我们的债务，一个铜板都不会减少的。他们也不可能在这样的非常时期再贷款给我们。说得难听一点，枪声一响，黄金万两。日子越难过，银行赚钱的机会反而越多，他们绝不会对我们发善心的。"

荣宗敬瘫坐在沙发上，不发一言。王禹卿的话重重地戳到了荣宗敬的痛处，申新搁浅的阴影又回到了他的身上。他和王禹卿在那件事情上曾经有过龃龉，几乎反目割袍，后来两人还是看在过去几十年的合作和企业的整体利益上，握手言和。

申新搁浅固然有大气候的因素，但荣宗敬对企业的一味过度扩张、举债办厂的决策和纵子在股市投机造成巨亏是重要的原因。作为大股东和参与荣家创业的合作伙伴，王禹卿对荣宗敬、荣德生是十分钦佩的，对他们的知遇之恩也是感激的。但对荣宗敬的一些做派看不顺眼，几次产生过独立出去的想法，最后还是克制住了。因而，荣宗敬虽对王禹卿存有戒心，但还是认可他的人品和能力，关键时刻还是信得过他的。

此时此刻，他再次为申新搁浅这件事痛心，并不是抱怨王禹卿揭疮疤。这事怨不得王禹卿，他是自责、愧疚——如果没有这笔巨额债务，他们就不必为迁移工厂的费用发愁了，说来说去，还是申新搁浅带来的后遗症。

荣宗敬打电话让荣鸿元、荣鸿三、荣伟仁到他办公室来。子侄们立即过来，狐疑地看着荣宗敬。

荣宗敬开门见山，把迁厂的事提出来征求他们的意见。

荣鸿元兄弟有些奇怪，前几天父亲还很乐观，认为上海不可能发生战争，沉船也好，调兵遣将也好，都是加强军备的措施。今天怎么会一反常态，找他们商量这事了？看到王禹卿在，猜想可能他在父亲面前说些什么了。

荣伟仁的意见竟与荣宗敬和王禹卿刚才说的不谋而合，综合各方面的消息和迹象，战争一触即发。西迁的厂不是一家了，连生产糖果、糕点、罐头食品的冠生园老板冼冠生，也准备西迁生产军用罐头。不过，冠生园只有几条生产线，而申新、福新都是大企业。除去租界的厂可以转在工部局注册为英国、美国企业外，其余企业可有选择地迁出。全部迁是不现实的，轮船、车皮紧张，很难排得上队。还有巨额的拆迁费用如何筹措？这些都是迁厂所要面临的难题。荣伟仁补充了两个建议，受到荣宗敬、王禹卿的赞成，那就是将可能交战区域内的工厂的重要设备，如发电机、马达等先迁移到租界的厂内保存起来，以后伺机而动；同时，无锡的申新三厂、公益铁工厂和茂新面粉厂可以考虑一旦上海战事发生，立即西迁。

荣鸿元从口袋里掏出了一张纸，边看边说："我刚刚给宋子文打过电话，正准备过来向爹爹报告，你就打电话喊我了。"荣宗敬说："废话少说，你手里那张纸记的是宋子文的话？"荣鸿元说："是的。宋子文说，政府已在部署迁厂问题，分轻重缓急，分批迁移，正在制定相关办法，对内迁工厂的运输、新厂的土地安置、拆迁补偿都会有规定。还提到，7月22日，国民政府成立了国家总动员设计委员会，军政部部长何应钦为主任委员。委员会决定对粮食、资源、交通、各地卫生机关及人员、材料进行统制。还说，7月24日，资源委员会副秘书长钱昌照召集实业部、军政部、财政部、经济委员会、交通部、铁道部举行会议。会上提出内迁沿海工业，得到与会者赞同，会议决定分八组从速讨论动员办法。有分歧，有争议，有人认为事情应该这么办，有人认为恐怕不易推行，有人认为上海各家机器厂合起来还不如一家国家的兵工厂，似乎不值得迁。最后决定，派林继庸等三人来上海进行调查、协调。林继庸已来过上海，约见胡厥文、薛福基、吴蕴初、支秉渊、颜耀秋等人商讨迁厂问题，他们都参加过'一·二八'抗战，都主张西迁，胡厥文尤为热心。前天行政院已通过了资源委员会的迁移提案，成立了上海工厂迁移监督委员会，林继庸为主任委员，财政部会计司司长庞松舟、实业部工业科代理科长欧阳仑和军政部整备司司长王价为委员，听说已来上海主持一切迁移事宜。"

　　荣宗敬听后感到既欣慰又恼火。欣慰的是，这事总算有人管了。虽然国民政府往往口惠而实不至，但有人管总比没有人管好，如果政府真的有土地安置和拆迁补偿，那么迁移的费用问题就有着落了。恼火的是，这么重要的事情，林继庸来上海调查，找了胡厥文、吴蕴初等人，而偏偏忽略了他荣宗敬。荣家家大业大人所共知，几乎有一半中国人吃荣家生产的面粉或用荣家生产的棉布，拥有的工厂之多、规模之大，上海滩很少有企业家可以与之比肩。可这个林继庸居然没有找他，要不是荣鸿元给宋子文打电话，从宋子文那里知道了政府在部署迁厂的事，他和王禹卿还被蒙在鼓里。这个林继庸简直是狗眼看人低，显然没有把他荣宗敬放在眼里。

　　王禹卿看了一下荣宗敬阴沉的脸色，已猜到了荣宗敬的心思。他也觉得有些不可思议，荣家企业在上海是举足轻重的，林继庸身为上海工厂迁移监督委员会主任委员，理应约见荣宗敬和自己，商讨迁厂事宜。林继庸却把他们漏掉了。漏掉自己尚且可以不计较，漏掉荣宗敬实属不该。不过，王禹卿认为，或许并不是林继庸有意冷落荣家三新公司，而是另有原因。

　　王禹卿坐了下来，说："宗敬兄，宋子文说的情况很重要，但迁厂是大事情，涉及多方面的难题，也不可能一窝蜂地搬。车皮和船只这么紧张，政府决心再大，巧妇难为无米之炊。'国舅爷'说得清清楚楚，要分轻重缓急，分批迁移。林继庸找的胡厥文等几个人，都是开机器厂的，机器厂与军工相关，是重头戏，当然会优先考虑迁移。相比之下，棉纺、面粉分量要轻一点，所以暂时没有找我们。无论如何，林主任一定会来约见总经理的。"

　　荣鸿元说："宋子文说，荣家有这么多产业，应该保存下来为抗战多生产棉麦产品，所以，要我们做好迁移的准备，如果不迁移，不是毁灭于战火，就是资敌，大家都不愿意看到这样的局面。"

　　荣宗敬沉吟说："还是那句话，迁厂可不是简单的事，可以说千难万难。尤其是纺织厂，几百台织机、纺机，成千上万的纱锭，一经拆迁就散了架。租界的厂，按伟仁刚才说的，到工部局注册，一些重要设备搬到租界的厂里去。华界的厂怎么迁，迁几家，得好好商量，权衡利弊得失。伟仁，给你爹打个电话，让他明后天来上海，一起议议迁厂的事。禹卿，你们也得有个准备，面粉厂怎么迁，心中要有数。"

　　荣伟仁应了一声。王禹卿叹口气说："老话说，跑得了和尚跑不了庙，可现在庙要跑了，我们这些和尚也跟着跑吗？方丈、住持、长老不得不跟着跑，下面的小和尚，就是工人会跟着跑吗？他们拖家带口的，愿意到内地去吗？我们的每一家纺织厂、面粉厂都有几千小和尚，中和尚至少有上百个。即使他们愿意跑，到了新地方，我们不仅要解决大烟囱，还得解决小烟囱啊。真的是千难万难，我想想都怕。"

荣宗敬愣住了，大烟囱和小烟囱是他们用来譬喻工厂或老板和工人的关系。大烟囱冒烟，小烟囱也会冒烟，意思就是工厂办得好，工人的日子也会过得好。也可以理解为是工厂养活了工人。荣宗敬顿了一下，说："这些事暂时不去想了，烂泥萝卜揩一段吃一段，我也怕，兵戎相见之际搬厂，这是火中取栗。"

离开荣宗敬的办公室，荣伟仁给父亲打了个电话，跟父亲详细地说了大伯的意思和相关情况。荣德生对事态的发展已料到了，对伟仁电话中说的情况并不感到惊讶，说："我从前天起就没有睡过囫囵觉了，在江阴长江里沉船，我一听就大事不好，这明摆着要打仗了。果不其然，局势大变，这场仗是避免不了的。倭寇虎视眈眈，步步紧逼，亡我之心从未歇过。不过，战场南移上海，是没有想到的。受难的不是我们荣家，而是整个社稷，告诉大伯，说我知道了。我和伊仁、毅仁明后天一起来上海，迁厂的事不能再拖了，拖不起啊。"

荣德生是江阴沉船这一天，即1937年8月12日，在三儿伊仁、四儿毅仁、女婿杨通宜陪同下乘火车到上海的，他住在长子荣伟仁的住宅里。

荣德生到上海的当天就来到西摩路120号（今陕西北路186号）的三层花园洋房，在气派阔大的客厅里和哥哥荣宗敬及子侄们商量工厂迁移之事。园子里茂盛的花木笼罩在一片炫目的夏日阳光之中，花朵盛放不惧。大家却感觉到背部有一股凉意。

家族的商讨会没有了不久前在无锡梅园那种愉悦和轻松，个个神色凝重，心情焦灼。局势云谲波诡，种种迹象表明上海发生战争已无悬念。至于这场战争什么时候爆发，规模如何，持续多长时间，最后结局如何，这些都是未知数。对于迁厂，大家都觉得势在必行，未雨绸缪是必要的。但又疑虑重重，是全部西迁，还是部分迁移，迁移哪

51

几家，大家看法不一。

荣德生说："将目前暂时无碍的工厂西迁是大势所趋，卢沟桥事变后，一些反应灵敏的企业主见战争还没有扩大，就抓紧机会把厂迁往西南和西北了。在卢沟桥事变前夕，日本军舰开入天津塘沽港时，范旭东感到时局恐有大变，就将他建在济南的化工厂迁入四川了。上海也有一些工厂西迁了。事变之际，知道日本人谋我之亟，和平已非轻易可以求得，因而他们着手迁厂了。我们已迟了，不能再拖了，要么不迁，要迁就要快。"

荣宗敬赞同弟弟的意见，认为全部迁移也好，部分迁移也好，都要抓紧实施。单单拆除部分厂的主要设备，即便日做夜挨，至少要十余天，人手没有问题，但要有足够的船只和车皮。政府既然有部署，就不怕银团从中作梗了，既然有了以林继庸为首的上海工厂迁移监督委员会，那么就应尽快主动和林继庸联系，获得政府的扶持。

最后荣宗敬拍板，由荣伟仁和荣鸿元设法与林继庸取得联系，再决定具体的迁移方案。讨论了大半天，最后并没有一个明确的结果。每个人的讲话都几乎是模棱两可，声音中带着明显的无力和茫然。他们心里有数，迁移工厂太折腾、太麻烦了，真的应付不过来。即使一切顺利，好端端的一个厂动了根基，也会变得支离破碎。

后来，荣宗敬和荣德生又彻夜深谈，他们是务实的，并不奢望能将全部工厂西迁，能迁出三家纺织厂、两家面粉厂就上上大吉了。运输问题，不指望政府会提供多大的帮助，求人不如求己，将各厂的船队集中起来，有一百多条船，运输两三家厂的设备绰绰有余。

让荣氏兄弟始料不及的是，局势的发展和变化，就在江阴沉船和荣家商谈迁移的第二天，即1937年8月13日，战争就爆发了。上海除租界之外的周边地区都迅速陷入战火之中，腥风血雨笼罩在夏日灼烫、翕郁的长江下游的南部地区。

第三章 战火笼罩下的企业命运

任何战争的发生都有导火索或者借口。日本人惯用的手段就是倒打一耙，谎称日本人被中国人杀害，然后以寻找凶手、惩罚为名发动战争。1931年9月18日，日本关东军派人炸毁沈阳柳条湖附近南满铁路一段路轨，诬指中国军队所为，并以此为借口，突然进攻东北军驻地北大营与沈阳，同时在辽宁、吉林等地全面发动攻势，一手制造震惊中外的"九一八"事变。

1937年7月7日，卢沟桥的日本驻军在未通知中国地方当局的情况下，径自在中国驻军阵地附近举行所谓军事演习，并诡称有一名日军士兵失踪，要求进入北平的宛平县城（今卢沟桥镇）搜查，被中国驻军严词拒绝。日军随即向宛平城和卢沟桥发动进攻。中国驻军奋起反击，顽强抵抗。这就是"七七"事变，日军全面侵略中国的战火就此点燃。

一个月之后的8月9日晚，日本人又在上海故技重演。日本海军特别陆战队的大山勇夫和斋腾与藏驾驶军车来到虹桥机场，企图闯入，被中国士兵阻拦。大山勇夫蛮横无理地踩下油门，坚持要入内，双方随即发生冲突。大山勇夫开了枪，打死了一名中国士兵。二人最终被中国士兵击毙。鉴于历次日本挑衅的惯例，大山勇夫的行动绝非偶然，他此去是抱定了必死的决心，为的就是给日军寻找侵占上海的借口。

中国军方高层意识到，这是一个信号，日本下一步很快就会像以前那样，极有可能借大山勇夫和斋腾与藏之死点燃战火。果然，还是那个老套路——日本总领事冈本季正在第一时间就会见上海市市长俞鸿钧，向中国政府提出抗议，要求中国军队立即按1932年停战协定的规定，拆除在上海构筑的所有工事，撤出所有军队。俞鸿钧拒绝了日方的要求，表示这是日本军人擅闯中国军事禁区，并打死中国军人在先，这次事件的严重后果由日方负责。

1937年8月12日清晨，张治中一脸凝重地抵达上海。作为京沪警备区的司令官，他这个时候到达上海，并不是来处理大山勇夫被中国士兵击毙的事情。他得到了一个新的任命：第九集团军总司令。第九集团军的使命，就是打击上海的日军。

蒋介石对张治中说："日本人闯机场，飞蛾扑灯，这是老套戏，说明他们要动手了。我们抢先一步，把上海的日军赶到黄浦江里去！"张治中很兴奋，他一直主张在上海打一仗。这一天终于来到了。

8月12日，在海军第二舰队司令曾以鼎于镇江下达江阴沉船封江命令的同时，京沪警备司令兼第九集团军总司令张治中将部队部署完毕，决定于8月13日拂晓前完成对虹口、杨树浦日军据点攻击准备时，突然接到南京统帅部的电话命令，不得进攻。

张治中回电报告，我军业已展开，攻击准备也已完毕。

复电仍然是，不得进攻。

这样，原定于13日拂晓前的进攻，不得不停止。张治中原先预定在13日进攻，可以乘敌不备，一举将日军主力击溃。良机错失，张治中为之扼腕叹息。担任主攻的八十八师师长孙元良感到费解，这些被"铁钳包围"的日本鬼子眼看可以被歼灭，上峰为何要停止进攻呢？孙元良责问张治中："这样的战机一旦失去，以后可能不会再有了，张总司令要我们停止进攻，实在让人搞不懂缘由。"张治中自己也正在为这事而想不通，烦恼而失落的他不得不出示南京统帅部暂停进攻的电令，大家不说话了。尽管心里满腹狐疑和牢骚，但军令如山，只能缓兵不动。但无论是军官还是士兵都垂头丧气，心里充满了无奈和遗憾。

这究竟是什么缘故呢？张治中后来在回忆录中写道："据说是上海的各国外交使团为避免战火涂炭，建议南京政府改上海为不设防城市——自由口岸。这个建议文件，大概是11日发出，12日到达外交部的，南京政府不免犹豫了，故忽然命令我不得进攻。我未见着正式文件文电，真实的是否如此，无从确断。因此，中国军队的正式进攻，实际上延迟到14日才开始。"

第三章 战火笼罩下的企业命运

尽管如此，8月13日下午3时许，国民党军队第88师的第262旅523团推进至北火车站后，团长吴求剑率一营构筑工事后搜索前进，先头部队抵达八字桥附近。日本海军陆战队第三大队扑面而来，撞了个正着，几乎同时开火。营长易瑾立即抢占有利地形，打响了第二次淞沪会战的第一枪。日军死伤过半，其余狼狈逃回。

原定全面总攻时间为8月14日，因为这次遭遇战，8月13日提前开战。但八字桥并不是此前部署的进攻地点，这是偶然发生的战事。

虹口的八字桥是一座很普通的水泥铁架桥，因桥口两端均呈八字形而得名。然而该桥在战略位置上极为重要，因为它地处宝山路与北四川路日本海军司令部之间，敌得之可攻入我阵地，隔断南北联系，我得之则可攻击敌据点，对日本海军司令部构成威胁。因此，八字桥是敌我双方必争之地。既然占领了阵地，中国军队当然不会撤退，下午4时，日军重新集结部队，与我88师进行激战，日本军队败退。

1937年8月14日，中国空军受命从杭州笕桥机场起飞，轰炸了日本的一些防地和军事机构，日军仓促还击，处境被动。从日本本土九州基地和台湾新竹机场起飞的九六式远程重型轰炸机群，轰炸了杭州附近的军事阵地，航母上的飞机也跟着上天。已憋足了劲的中国战机勇猛迎战，在杭州湾发生激烈的空战。

大队长高志航率先击落日军一架敌机，一时中日飞机在空中穿梭激战。在呼啸的闪烁着火光的炮声中，在浓密的阴霾般的硝烟中，六架日机被击落坠毁，扬起冲天火焰。另有多架日军战机被击伤，其他日机不得不仓皇逃离。

8月15日，日军卷土重来，十六架轰炸机和二十九架战斗机从"加贺号"航母起飞，再度奔袭杭州。高志航率多架战机迎敌，第四、第五大队共击落十七架日机。8月16日又击落了八架日机，重创了日本海军"出云号"巡洋舰，袭击了"赤诚号"航母，中国空军一时占了先机。

　　大队长高志航、飞行员袁葆康分别击落敌机三架，立下了奇功。袁葆康是圣约翰大学荣毅仁的同班同学，后投笔从戎，赴笕桥航校加入了空军。至此，淞沪会战之初，日本引以为豪的空军竟然被他们瞧不起的中国空军重创，损失惨重。在这种奇耻大辱面前，日本空军联队长石井义大佐剖腹自杀。

　　消息传来，全上海市民一片欢腾。高志航、刘粹刚、李桂丹、乐以琴、袁葆康等人受到了嘉奖，声名远播，成为人们交口称赞的战斗英雄。张治中将军通电全国：做最后之清算，求最后之胜利。

　　怎奈日本侵略者早有预谋，随着战事的持续扩大，战局的天平向日本鬼子倾斜。英美不仅没有像蒋介石期待的那样出面干预，对日本人发出警告，反而发表声明：上海租界在中日战争中保持中立，不选边站。日本侵华被西方舆论认定是一场他们不应该牵涉太深的"亚洲战争"。罗斯福政府只是表示了一下遗憾和谴责。英、法两国不敢得罪已经与纳粹德国和意大利结为轴心联盟的日本。上海的租界当局并没有对日本采取强硬的态度，而是和日本达成某种默契，租界不介入中日战争，日本确保租界的安全、独立，不将战争引入租界。

　　对于这个变局，蒋介石觉得符合自己原来的算计，继续调兵遣将，摆开阵势和日本军队决一死战，淞沪会战急剧升级，愈演愈烈。整个上海除租界外，华界的一切都为战火所吞噬。同样，租界外的中国企业也为无数大炮、炸弹及各种轻重武器所覆盖。

　　战端爆发之初，中日双方军队在闸北、虹口和沪东一线展开了激战。那里工厂密集，遭到了来自日军海陆空的多重轰炸，企业家胡厥文的长城砖瓦厂被日军轰炸得片瓦无存。大公纱厂成为双方争夺的据点，激烈的战斗中，厂房、设备毁损严重。

　　荣家在战区的工厂还继续开工，在七八天的时间里，除申新五厂被迫停产,战火暂时还未殃及其他工厂。迁厂的事进退两难,只能搁置下来了。荣家面对纷飞战火,求天不应,求地不灵,愤怒和焦虑的情绪已被无法挽救的事实磨得差不多了,只剩下无奈和无助的叹息,在心里祈祷战事尽早消弭。

或者像1932年的那场战争一样,对工厂不会造成毁灭性的打击。

荣德生在大儿子家得知战争爆发,表现得出奇地冷静。他对荣伟仁说:"果然兵戎相见了,这并不奇怪,只是没想到来得这么快,迁厂的事没法进行了。我们只能静观其变,但愿能像1932年淞沪战争那样,我们的工厂能保存下来。这要看我们的运气了,不过,凶多吉少,那一次日本人在上海挑起战争,是掩护他们在东北扶植伪满洲国,玩声东击西的把戏。这次日本人南北并举,是想侵占整个中国,野心之大,不可小觑。"他还关照大儿子,务必小心谨慎,战火无情,炮弹不长眼睛,如果战争危及工厂,立即停工,组织工人撤退,性命攸关,万万不能大意。"你把我这个意思告诉你大伯,转告各厂厂长。国难当头,我们荣家的命运和国运骨肉相连。中国军人这次果断出手,打出了国威军威,空军击落了那么多日机,令人扬眉吐气,如果陆军也能锐不可当,把日本人打得一败涂地,即使我们工厂受点损失,也是值得的。"

然而,事态的发展使荣家最后一丝侥幸心理完全破灭,他们的几个工厂都在战区内,不可避免地成为日军攻击的目标。申新五厂首先遭殃,中日军队在厂区附近激烈交战,工厂被迫停产,工人被疏散。日军用迫击炮轰开工厂铁栅栏门,占领了厂区,机器设备及各种设施全部被毁。位于汇山码头的申新六厂、七厂在战火中遭到重创,厂房被烧成废墟,纺机、马达、发电机悉数被日军破坏。福新一厂、三厂、六厂被日军强行占领,变成他们的指挥所和军用仓库。日本轰炸机向申新一厂、八厂投下十多枚重磅炸弹,当场炸死七十多人,伤三百五十多人。荣伟仁在现场指挥职工撤离,一颗炸弹在他不远处爆炸，火光冲天。荣伟仁想到荣鸿元、荣鸿三教他的，马上卧倒在地。一股强大的冲击波轰然袭来，灼热的尘埃落得他一身。他紧紧抱着头一动不动，等平静后，他被工人拉起，掸去周身厚厚的灰尘，他竟然毫发未损。他没想到卧倒这个办法能让他免遭不测。日本兵进入这些工厂后，把纱包和面粉袋堆叠起来做掩体，布匹、棉纱用来做战地医院的医用品、床单、被子等。

在多年的风雨飘摇中生存下来的申新纺织"大厦"，在日军的战火和铁蹄下彻底崩塌了。由于租界英法当局宣布中立，日本在太平洋战争前，暂时没有和西方翻脸，租界成了一道防火墙，将战火堵在界外。租界成了战火中相对安全的孤岛，成了飓风中的风眼。上海众多荣氏企业中仅有申二、申九、福二、福七、福八能勉强恢复开工，除此之外的大部分工厂已毁损或沦于敌手，兵火过后，满目疮痍，厂房要么成了冒着硝烟的断壁残垣，要么成了日军穷兵黩武的营垒。

荣宗敬、荣德生兄弟像置身于砭骨的寒风中那样战栗，他们日夜担忧国运，也担忧家运。寒心、焦虑、愤懑使得体弱多病的荣宗敬像疾风中的纤细枯草，柔弱悲凉。一连串的致命打击使这个拥有巨大家业的家族陷入了前所未有的困境，掌门人荣氏兄弟的心境也是极度晦暗。满眼都是肃杀之景，泱泱一个实业王国被折腾得七零八落。

生存承受之重、生命承受之重压得他们一点胆气和希望都没有了，国仇家恨替代了原来的壮心不已，昔日商场"拿破仑"真正地遭遇到了"滑铁卢"。国家沉沦，家族遭殃，办厂和治厂的勇气哪里去了？一点都没有了，有的只是无可奈何和胆战心惊。荣宗敬和荣德生相对无言，一筹莫展地默默坐着，沮丧之极。

荣毅仁亲眼看到他们弯腰曲背地坐着，泪水簌簌地流下来，湿了他们的胸襟，那是非常人会经历的含悲饮泣，可以想象他们内心有多么痛苦。荣宗敬昏厥过几次，但他不愿住进医院，撑着病体和弟弟荣德生勉力苦撑着岌岌可危的局面。他们安排家眷避居浙江莫干山，再向内地转移。不管怎样,保命要紧。

老兄弟俩和子侄像关注1932年的"一·二八"事变一样,特别关注战争的进展。开始几天,中国军队势如破竹,连打胜仗,特别是空军,破天荒地击落了二十多架日机。荣宗敬和荣德生都兴奋不已。荣宗敬倒了杯威士忌说:"空军击落那么多小鬼子的飞机,真让人痛快。那个袁葆康听说是毅仁圣约翰的同学,投笔从戎,击落了三架敌机,了不起啊。一介书生,竟如此英武、勇敢,能文能武,世所罕见。还有那个大队长高志航,勇猛非凡,铁骨铮铮,不愧为军中豪杰,有这样的军人,国家有望啊!我让福新公司出面捐五万包面粉给张治中,表示一下我们的心意。"

随着战局的胶着和升级,荣家对战区工厂的担心和忧虑越来越强烈。虽然仍坚持开工,但一些工厂被毁损的消息不断传来,这让荣宗敬、荣德生明白,历史似乎在重演。五年前的"一·二八"和这次"八一三"表面有相似之处,但事实说明,两者之间有很大的区别。五年前日本人是给国民政府一个下马威,掩盖扶持伪满洲国傀儡政权的阴谋。而这次是要在上海撕开一个大口子,进而吞并中国。

荣家在战区的工厂终究没有摆脱被毁灭的厄运,噩耗传来,荣宗敬、荣德生痛惜不已,欲哭无泪。整个公司、整个家族,个个黯然神伤,沉着脸不说话,当然也无笑脸了。事出不测,祸从天降,这样的大灾难绝不是靠一个家族或他们这些人能够拯救或缓解的,在战争面前,个体的力量是极其微薄的,除了坐以待毙,没有回天之力。

用了二十多年时间建起来的企业一瞬间就毁了,这虽然在荣家上下的意料之中,但大家还是接受不了。企业暂时没有遭到轰炸的同业人士无不胆战心惊。大家明白,随着战争的升级,这些位于战区的企业都处在极端的危险之中,除日商外,整个上海商界都有深重的危机感。人人都感到悲怆、焦虑和无奈,除此之外,就是无助和一筹莫展。

想起荣家工厂的损失，荣宗敬很自责。他和弟弟德生在卢沟桥事变后，太大意了，甚至盲目乐观，反应迟钝。弟弟比自己还警觉些，听到江阴沉船，已经察觉到上海可能有大的战事发生，而自己还没有警惕起来。他最后悔的就是在"七七"事变后，没有考虑将上海的纺织厂和面粉厂西迁。说来说去，是自己的责任，战前不仅没有采取任何措施，还到无锡去消暑。没想到大难临头了，仅仅几天的时间，家业便毁于一旦，为战火所吞噬。

想到这里，荣宗敬心里有种愧疚感，他讷讷地对荣德生说："老二，迁厂的事是我不好，有人提议过，可我没有给予重视，如果能像范旭东那样反应灵敏，迅速迁厂，不至于到今天沦于万劫不复之地。现在来不及了，只能眼睁睁地看着我们辛辛苦苦办起来的厂成为一堆瓦砾。"

荣德生说："师之所处，荆棘生焉，大军过后，必有凶年。哥哥，这事怪不得谁，这是战争造成的。"七七"事变后，举国愤慨。薛明剑和我商量过这事，他说，这次日军来势凶猛，有彻底攻占中国之野心。我想过迁厂的事，但迁厂谈何容易，诸多实际情况，望而生畏，望而却步。我们之短视，老是忘不了1932年那场战争，历经三个月，不用说租界英美法等列强基本置身事外，就是中国企业仅九家受损，华商企业波及不大。以荣家为例，没有一家厂子被毁坏，反而在抗日救亡热潮鼓动下，促进了国货的兴盛。华商工厂群起支援中国军队，劳资爱国热情大增，促进了生产的良态发展。现在看来，我们对局势的判断，以1932年的陈年旧事为鉴，实在是错透了。"

后来，他们议定：鉴于上海的教训，无锡的申新三厂、公益铁工厂和茂新几家厂，要早做准备，一旦上海战事蔓延扩大，立即内迁。兄弟俩达成了一致的看法，数日后荣德生和三子荣伊仁、四子荣毅仁乘火车回无锡相机而动。荣伟仁、荣尔仁留在上海，协助大伯收拾残局，管理好在租界的几个厂。

第三章 战火笼罩下的企业命运

这天在梅园，荣毅仁、杨鉴清和他们的友人一起在宁静美丽的梅园碰头。国势严峻，他们坐不住了，大家要说说心里话。

有一对很年轻的学生模样的男女青年站在敦厚堂尽头，手里拿着网球拍子，眺望着太湖说着话，很认真的神情。女孩子是杨鉴清的初中同学、闺密钱雪元（化名），身材高挑，面容姣好，相貌清秀，已从高等师范专科学校英语专业毕业。男青年是她的男友过国忠（化名），高个子，斯斯文文，身上有着浓郁的书卷气。

过国忠比钱雪元大三岁，在梅园豁然洞读书处读书时和荣毅仁是同学，又一起在无锡中学高三插班读书，以便拿高中的毕业文凭考大学。后来，荣毅仁考上了上海圣约翰大学历史系；过国忠考上了交通大学机械系，他毕业后被荣德生聘用到公益铁工厂任工程师。

过国忠每天精神抖擞去上班，他喜欢机械，有了自己理想的工作，有了爱情的抚慰，他觉得世间的一切事物都是那么可爱美好。

过国忠是在抵制日货的活动中结识钱雪元的，从此就忘不了她，并以教网球的名义接近她。在一次与钱雪元打网球结束后一起用餐时，过国忠主动向钱雪元坦白了自己的爱慕之心。

活泼开朗的钱雪元沉默了一下笑了，没有正面回答，却说起了荣毅仁和杨鉴清的事。她说："有一次鉴清在无锡中学校门口从包车上下来，荣毅仁碰上了，一眼就喜欢上她了。荣毅仁妈妈在此之前拿了许多女孩子的八字和照片让他相亲，他看都不看。可能是天意，有一次竞化小学的施校长拿来了一个女孩子的八字和照片，毅仁母亲硬要他看一下，说这是个好人家，错过了可惜。毅仁才看了一眼，一看高兴得不得了，这个女孩就是他一见钟情的杨鉴清。这事就成了，现在他们已成亲，一起共度美好的人生。"

过国忠不解钱雪元为何讲起荣毅仁和杨鉴清的事，他问："你的意思是，我什么时候主动来向你爸妈提亲，恳求他们把你嫁给我？"

钱雪元说："我爸是开通的人，不像大户人家讲究门当户对。我爸让我自己选择，他相信我的眼光。我跟你说，我暂时不想嫁人，你也不用提什么亲。不过，我还是同意你当我的网球教练，虽然我知道你这个教练是滥竽充数的，你打球的水平实在不敢恭维，我也知道你教我打网球是为了追我，是吗？我早就看出来了。好吧，你继续教我打网球吧，懂我的意思了吧？"

过国忠像说了谎话的孩子被揭穿一样，有点难堪地嘻嘻笑着，说："你说得不错，我这个教练是不够格，这是毅仁给我出的主意。我打网球是跟毅仁学的，为了能够当你的教练，我天天练。可是我提高不快，你说，继续当你的教练，就是我是你那个了。"

钱雪元盯着他反问："什么那个了？"

过国忠脸庞涨得通红说："就是你那个，那个，我的意思是、是你的男朋友，是……是这样吧？"

钱雪元被他傻傻的神态逗得哈哈大笑，说："你这个教练真是拎不清，提亲算了，但什么时候和我爸妈见一面，这还是要的，懂了吗？"

过国忠连声说："懂了，懂了。"

可以看出来，此时身处梅园的钱雪元有些不高兴，她和过国忠正在商谈一件大事，她已决定奔赴延安，和她同去的是师范专科学校的同学赵雅安（化名）。赵雅安的男友是上海震旦大学文学院毕业生丁光羽（化名），丁光羽是师范专科学校的老师，比赵雅安大七八岁。他们的师生恋在学校轰动一时。赵雅安爱好写诗，丁光羽是诗人，写了不少好诗，发表在上海《文苑》《新地》等文学杂志上。这两本杂志主要刊登在校师生的投稿，题材广泛，包括小说、散文、诗歌等。

丁光羽以羽光为笔名常在这些刊物上发表诗歌，在学生中有不少崇拜者，赵雅安就是其中一个。她鼓起勇气把自己的习作给丁光羽指点，丁光羽很热心，帮她修改，鼓励她多写。赵雅安居然也在报上发表了几首诗。以诗为媒，师生恋就这样发生了。

赵雅安的父母亲对女儿很宠爱，对于赵雅安和丁光羽的关系，他们内心是不赞成的,但并没有强行阻止,只是不痛不痒地劝说了几句。丁光羽表面上温文尔雅,不太过问政治,但实际上他是地下党员,在他的灌输下,赵雅安思想变得进步起来。赵雅安和钱雪元、杨鉴清亲如姐妹,经常在一起无话不谈。钱雪元对丁光羽的印象也很好,潜移默化中受到了感染。钱雪元爽朗、正直的性格使她和赵雅安、丁光羽的政治倾向一拍即合。

今天他们的谈话不怎么顺利,"七七"事变刚刚发生没有几天,这是当时一个引人关注的热点。事变的第二天,中共中央通电全国,号召中国军民团结一致,共同抵抗日本侵略者。全国各界人士义愤填膺,上海、无锡的民众一片沸腾,大街小巷游行不止,呼吁响应中共倡议,共同抗日,传单像雪片一样飞扬。抗日救亡运动空前高涨。在这种形势下,蒋介石于1937年7月17日在庐山发表讲话,宣布对日作战。但在上海、无锡的市民包括企业家看来,好像战争在北方蔓延,江南不是枪林弹雨的火线,抗日救亡似乎并非迫在眉睫的事。除了抵制日货、发表抗日文章,举行抗日游行、集会之外,大家对打仗还没有充分的思想准备。

可丁光羽、赵雅安、钱雪元已按捺不住迫切到前线抗日的心情,计划奔赴延安抗日。

钱雪元问过国忠:"我准备去那边了,你有什么打算?能和我一起去吗?"

过国忠感到很突然,呆呆地望着不远处浩瀚的太湖。听钱雪元这么问,他支支吾吾,说:"这事我一时定不下来,我要和父母亲商量,征得他们同意,他们就我这么一个儿子,下面是两个妹妹,我估计他们会有些想法的。"

钱雪元说:"你可以暂时瞒着他们啊,说是到外地工作就可以了。"

过国忠说:"这不行,我不能骗他们,再说,我在荣家的公益铁工厂干得好好的,我们多生产一些设备,这也是为抗日作贡献啊。"

钱雪元生气地说:"你这么说,就是不愿意了,那我们就到此结束了,你走你的阳关道,我走我的独木桥。"

过国忠沉思了一会说:"有一个可能,我会和你一起去。"

钱雪元问:"什么可能?"

过国忠说:"上海开战了,无锡的公益铁工厂和纺织厂、面粉厂有可能西迁到武汉、重庆,到那时我就有机会找你去了。现在有些厂已经开始向西迁移了,如南京的金陵铁厂和多家兵工厂。"

钱雪元说:"迁厂的可能性是有的,日本鬼子侵犯平津的同时,已在上海发动战争,目的是侵占中国经济发达地区。荣家什么时候迁厂,谁都不知道。我听父亲说,日本兵舰开进塘沽,范旭东在济南的一家化工厂就西迁了。丁光羽告诉我,国共正在谈判,工农红军和南方的游击队已改编为抗日部队。我到延安去,就是参加共产党领导的抗日战争,好多大作家都去了,如丁玲去年就到延安了。你愿意去就明说,不愿意去也明说,别找莫名其妙的理由搪塞我。"

过国忠不吭声了,钱雪元也不吭声了。迁厂的事,确实不是过国忠随便一说的,他接触的一些企业家已在议论这件事,也确实有一些工厂反应迅速,已着手迁移了。

过国忠心里充满着矛盾和纠结,他对共产党不了解,对延安也只是听说,只知道那是一个贫瘠的地方,那里的人都住在窑洞里。但人们都知道共产党人力主抗日,很有民族气节。许多热血青年不顾条件艰苦,纷纷奔赴那里,把延安看作心目中的圣地。不排除这些人中有一些只是出于一时的热情,过国忠怀疑钱雪元也是这样。有热情是无可厚非的,他愿意和钱雪元去延安,他不怕吃苦,不怕住简陋的窑洞,也不怕打仗。

但这事来得太突然,他是个孝子,不忍心未经父母亲同意就不辞而别。而据他对父亲的了解,父亲是不会赞成他去延安的。并不是对共产党有偏见,他父亲是个主张技术救国的书生,平时不参加任何政治活动，也不愿儿子卷入政治旋涡。

而且，他在公益铁工厂干得好好的，作为主要的技师，他设计制造了多台可生产纺织机的母机。这些机器被送到上海后，荣宗敬大为赞赏。上海申新的工程师对母机略加改进就投入生产了。荣德生对他更加器重了。荣毅仁制订未来规划时，反复和他商量过，其中就有建一家规模庞大的纺织机械厂的项目，专门生产面粉和纺织生产设备，这是大伯特地交代的。未来这个项目建成后，厂子交给过国忠负责。过国忠也答应了，如果突然辞职，他觉得对荣家无法交代，但他又不忍心与他深爱的钱雪元分道扬镳。他苦苦思索着，理不出一个头绪。隔了一会说："雪元，我不愿和你分开，你让我再想想，用什么理由说服我父母亲。"

钱雪元点点头，回头见杨鉴清在注视着他们，就说："那好吧，就这样，这件事暂时不要跟任何人说，包括荣毅仁、杨鉴清他们。"

第四章 大西迁的先行者

西迁，注定是一次沉重而艰难的跋涉，不可能以轻盈的脚步跨出去。在大兵压境或战火纷飞的环境中，任何迁移都是巨大的挑战。真所谓时代的一颗石子，落到个人包括企业家头上，重如一座山。在那个时代的交通条件下，要把笨重的机器、设备和人员迁移到遥远的西南或西北，确实是一件令不少人望而生畏的事。战争，兵贵神速。工厂西迁，也是如此。有一些企业家对时局的发展比较敏感，反应敏捷，利用时局变换的空隙，较早地将位于沿海地区的企业西迁。他们是大西迁的先行者，范旭东就是其中一个。

范旭东祖籍湖南湘阴，生于长沙，毕业于日本京都帝国大学化学系，学成归来后即用自己学到的知识，从事化工事业。当时中国的化学工业比较薄弱，尤其重化工业几乎是一张白纸。

范旭东先后创办和筹建久大精盐公司、久大精盐厂、永利碱厂、永裕盐业公司、黄海化学工业研究社等企业，历任总经理、董事长、中华化学工业会副会长等职，曾赴欧洲考察化学工业，并亲赴美国购置设备。

范旭东生活极其简朴，出门不置汽车，家居不建豪宅，家眷一直住在上海金城银行的宿舍里，靠公司补助维持生计。工作上，范旭东尽量自己动手，未用过秘书，任何函件文稿都是躬亲处理，"遇着比较艰难危险之事，更绝不委托他人"，而是自己顶上去，一生全部精力都集中于化工企业的建立和产品的研发。他的企业生产出中国第一批硫酸铵产品，更新了中国联合制碱工艺。由范旭东组建的"永久黄"团体，是近代中国第一个大型私营化工生产和研究组织，他是中国重化工业的奠基人，被称为"中国民族化学工业之父"。1945年，毛泽东赴重庆谈判时曾会见范旭东，称赞他为中国人民不可忘记的四大实业家之一（其余三人是张謇、卢作孚、陈嘉庚），后来曾亲笔题写"工业先导，功在中华"的题词。

范旭东是一个坚持实业救国的企业家，高风峻骨，有远大的抱负。硫酸铵可以生产硝酸——制造火药不可缺少的原材料，当时中国的军火工业因为硝酸依赖进口而被"卡脖子"。范旭东决心弥补这个短板。1937年2月5日，他创办的南京永利铔厂正式投产，出产了第一批国产硫酸铵。消息传开，国人都感到振奋。范旭东在日记中写道："列强争雄之合成氨高压工业，在中华于焉实现矣。我国先有纯碱、烧碱，这只能说有了一翼；现在又有合成氨、硫酸、硝酸，才算有了另一翼。有了两翼，我国化学工业就可以展翅腾飞了。"

从1927年到1937年，永利碱厂的纯碱年产量翻了三倍多，范旭东亲手设计了"红三角"牌商标，该品牌纯碱远销日本、印度、东南亚一带。在天津，永利碱厂、南开大学和《大公报》被称为"天津三宝"，分别代表了那个时代的工业、大学和新闻业的典范，由此可见永利碱厂在大众心目中的地位。

日本人对范旭东的化工厂垂涎三尺，欲以各种理由掠夺、侵占。范旭东当然知道日本人对自己的工厂怀着觊觎之心，他的应对办法是尽可能将工厂西迁。卢沟桥事变前夕，日本军舰已经开入天津塘沽港。范旭东意识到危险逼近，当即组织人员拆迁设备，撤离天津。此时工厂已来不及迁移了，范旭东要求工程技术人员将重要的图纸秘密保存或带走，不怎么重要的予以销毁，连一张纸片都不留下来。拆下石灰窑顶部的分石转盘及遥控仪表、当时代表最新技术水平的蒸馏塔温度传感器以及碳化塔的管线，连同图纸和部分产品，分批乘船南下，经香港转道武汉、长沙，之后又陆续转移入川，并预先派人选好厂址，签下地契，在大后方重建新厂。

天津的永利碱厂来不及迁移，日军当然不会放过，授意日商华北开发公司下辖的兴中公司夺取永利碱厂。由于永利碱厂在国际上负有盛名，日本人希望通过合法手续"名正言顺"地将其抢夺到手。兴中公司代表刀根找到工厂留守负责人李烛尘，提出要与永利合作，李烛尘不予理睬。刀根又请三菱公司出面促谈，希望以民间财团的名义入股，成为永利股东。李烛尘以公司章程规定"必须是华籍人士才能入股"为由拒绝。日方一计不成，又生一计，直接找到范旭东，要他念曾在日本求学之情，把永利碱厂卖给日方，并且开出了一个好价钱。范旭东干脆地说："厂子我不卖，你要能拿走，就拿走好了。"日本人碰了壁，灰溜溜地走了。

无计可施的日本军部终于露出了狰狞面目。1937年12月9日，刀根拿着预先拟好的协定书，胁迫李烛尘在协定书上画押签字，无条件将永利碱厂交给兴中公司接办。李烛尘勃然大怒，拍着桌子骂道："世界上哪有强盗抢了东西还要物主签字的道理？你们做强盗也太无耻了！"

第二天，日军下令强行接管永利碱厂，刀根及日本兴中公司的人员进入厂内。范旭东在塘沽的产业就此落入日寇手中。

1937年8月12日，江阴沉船塞江，范旭东闻讯后，知道中日在上海、南京必有一战。13日，淞沪会战打响。战事迅速扩大，双方打得难分难解，东南沿海，没有一块平静的土地。其间，日本轰炸机多次轰炸中国首都南京。范旭东已在西南做了布置，规划在四川重建一个化学工业基地。

日本人有意将永利铔厂这个第一流的大厂完整保存下来，以便占为己有。因此，在轰炸南京时，日本人的炮火避开了铔厂。他们利用范旭东在日本留学的众多同学关系，通过不同渠道，以保证工厂安全为诱饵，逼范旭东与日方合作。范旭东断然拒绝，答复说："宁举丧，不受奠仪。"

范旭东下令将凡是带得走的设备、机器、图样、模型都抢运西迁，搬不走的设备也将仪表拆走，设备埋起来，或尽可能拆下扔进长江，以免为日本人所用。日本人见完整保留永利铔厂不成，遂命日军于 8 月 21 日、9 月 7 日、10 月 21 日三次轰炸这家厂子，八十七颗炸弹击中厂区，造成重大损坏，满目疮痍。与范旭东一起建厂的科学家侯德榜愤恨万分。他每天在崩塌的车间里徘徊，在残留的设备管道边盘桓多时。直到南京沦陷的前夕，侯德榜才登上撤离南京的最后一班船。天下着滂沱大雨，长江笼罩在浓密的水雾中，侯德榜久久地站在船头，依依不舍地眺望工厂，全身淋湿了，竟然浑然不觉。

南京沦陷后，日军在全城进行丧心病狂的大屠杀，六朝古都充满血腥气。松井石根骑着高头大马进城，踌躇满志、扬扬自得地穿城而过。他用马鞭指了下紫金山上的天文台，问左右："那是什么建筑？"答："这是中国人的天文台，据说是中国最大的天文台。"

松井石根阴沉地笑了起来，说："在那里升上日本国的国旗和军旗。"他又指着几个耸入云天的烟囱问："那是什么厂子？"

有人回答："那就是中国人的铔厂，生产炸药的原材料硫酸铵。"

松井石根说："这个厂我听说过的，把它拿下，它是战利品。"第二天，三井公司侵占了南京永利铔厂，维修后恢复生产。

1942 年，日本人又将该厂的设备拆运到日本，安装在九州大牟田东洋高压株式会社横须工厂，为日军生产炸药。

抗战胜利后，侯德榜赴被美军占领的日本，找到驻日盟军总司令麦克阿瑟，找回了被日本掠夺去的部分成套设备。

抗战前，中国工业主要集中在以上海为中心的江海沿岸及铁路沿线。1937 年在全国合乎《工厂法》规定标准的 3935 家工厂中，分布于冀、鲁、苏、浙、闽、粤 6 省及天津、威海卫、青岛、上海 4 市者达 2998 家，占全国总数的 76.2%；其中苏、浙、沪工厂达 2336 家，占总数的 59.4%；仅上海一市拥有工厂 1235 家，占全国总数的 31.4%。

抗战发生后，这些工厂大多处于战火威胁之下，许多民族工商业者誓不以厂资敌，愿意为国民政府生产军用物资。许多民营企业家纷纷上书国民政府，要求协助安排工厂内迁。

卢沟桥事变后不久，国民政府成立了国家总动员设计委员会，由何应钦领导。1937年7月21日，国家总动员设计委员会举行第一次会议。其中，机器和化学工业组的一项提案提出应调查上海各华商工厂现有工具机器，并接洽有无迁移内地的可能，估算迁移及建设费用，计算收购价格。会议通过这项提案，并责成资源委员会调查。

会后，参加机器和化学工业组的资源委员会专门委员林继庸及庄前鼎、张季熙赴上海调查，并约机器厂代表颜耀秋、胡厥文到南京商洽。7月30日，上海机器五金同业公会等行会组织召开执委会，动员迁厂，新民机器厂、上海机器厂、新中工程公司等表示愿意内迁。

8月3日，林继庸再次到上海与大鑫钢铁厂等8家企业洽商。8月9日，资源委员会向行政院提交《补助上海各工厂迁移内地工作专供充实军备以增厚长期抵抗外侮之力量案》，内容主要有两个方面。

（1）上海机器五金同业公会自愿将价值四百万元的两千部机器及各厂技术工人迁往内地，政府拨给四十万元经费用于装箱、搬运及津贴；政府每年拨给奖励金二十万元，以十年为限，购地、建筑等费用约需二百万元，由政府与各银行协商以低息借款给各厂家；建厂需地五百亩，价值五万元，拟由政府拨给。

（2）政府补助上海大鑫钢铁厂十万元，并借给购地、建筑费二十万元；补助中国工业炼气公司搬运费一万元，并由政府与银行协商借给购地、建筑等费用四万元；政府与银行协商，借给大中华橡胶厂搬运、购地、建筑费用六十五万元，并请政府每年拨奖励金五万元；提请政府借给康元制罐厂移迁费用五万元，并与银行协商借款三十万元；提请政府与银行协商借给民营化学工业社搬运、建筑等费用十万元。

8月10日，行政院议决：奖励金暂从缓议，余通过。由资源委员会、财政部、军政部、实业部组建上海工厂迁移监督委员会，以资源委员会为主办机关，严密监督，克日迁移。关于印刷业之迁移，由教育部参加监督。

8月11日，上海工厂迁移监督委员会成立。次日，上海工厂联合迁移委员会成立，由上海机器厂颜耀秋、新民机器厂胡厥文、新中工程公司支秉渊、大鑫钢铁厂余名钰、中华铁工厂王佐才、中新机器工厂吕时新、大隆机器厂严裕棠、万昌机器厂赵孝林、中国制钉厂钱祥标等十一人组成。颜耀秋为主任，胡厥文、支秉渊为副主任。其时上海已极度混乱，日军在街上巡逻，租界外的人争相逃亡。8月13日，战斗打响后，人心惶惶。上海工厂迁移监督委员会中的国民政府军政部代表王价、实业部代表欧阳仑均想离开上海，林继庸遂要求他们写下全权委托书，由他以监督委员会主任委员名义全权处理工厂拆迁工作。8月22日，顺昌机器厂首先内迁，五天内相继有顺昌、新民、合作五金等厂二十二船机件、一百六十余名技工首先运出。至9月12日，首批内迁工厂达二十一家。

内迁各厂预定武昌徐家棚为机件材料集中地点，集中之后再分别西迁宜昌、重庆，南迁岳阳、长沙，北迁西安、咸阳。上海南头一带工厂拆卸的机件，集中于闵行、北新泾或南市起运；闸北、虹口、杨树浦一带的工厂，则先行抢拆至租界装箱，由苏州河或南市起运。

凡经上海工厂迁移监督委员会审查后准许迁移的机件材料、半成品、工具等，官方补贴装箱费每立方尺零点三五元，运费至武昌者每吨补贴五十三元，成品至镇江，运费补贴每吨十二元。由于吴淞口已被日舰封锁，内迁物资只得从苏州河经运河至镇江移装民生公司江轮到武汉。上海工厂联合迁移委员会派员驻苏州、镇江、武汉等各处设站接应，8月底有四十余家企业接洽内迁；9月中旬，报名内迁工厂达一百二十五家。9月11日，上海工厂迁移监督委员会公布了内迁新办法：

（1）严格限制成品的运输；

（2）原料、半成品的运费减半；

（3）自镇江以后的运费一律自理；

（4）生财*运费全部自理，机件运费津贴照旧。

国民政府的举措尽管招致工业界人士的普遍不满，但不少企业主以民族利益为重，仍积极进行内迁。

1937年9月27日，军事委员会工矿调整委员会成立，翁文灏任主任委员。在当天召开的关于迁移工厂会议上，议决了资源委员会提出的《上海工厂迁移内地扩充范围请增经费案》，对吴蕴初所办的天利氮化厂等补助迁移费四十万元，另拨厂地三百七十亩，商请银行借款近一百七十万元；对三北、公茂、和兴等八家造船厂补助迁移费七点六万元，另拨地皮六十亩，商请银行借款二十五万元。

会议同时作出了《关于以后工厂迁移原则决议》，将迁移工厂分为指定军需工厂和普通工厂，对指定军需工厂（主要为机器、化学、冶炼、动力燃料、交通器材、医药等）的内迁，国民政府实行补助，全国各地补助总额暂定为五百万元；对普通工厂，凡愿迁移并经政府核准者，可以免税、免验、减免运费、提供运输便利或征收地亩等援助，"惟因财政所限，不补助迁移费，关于迁移后之安插及工作问题，亦以由厂家自行筹划为原则"。

除缺乏政府充分补助外，民营工厂内迁还经常遭到日机的轰炸，船舶时常被军队征用。因此，内迁途中，民营工厂损失极为惨重。如天利、天原化工厂迁运时，"日间敌机频袭，夜则军队禁止工作"；开船次日，"即有大队敌机前来轰炸，天原工厂全毁"。荣家公益铁工厂有机器百余部，仓促间用木船迁运，沿途屡遭轰炸，运达重庆后各种设备仅剩四分之一。

---

* 生财，旧时指商店所用的家具杂物。——编者注

尽管承担内迁运输工作的民生轮船公司克服极大困难,承受巨大牺牲,出动了可以出动的几乎所有船只,但轮船远远不敷需要,上海各工厂仍筹集、动用了四百九十九艘木船。

由于机件笨重、木船荷载不大,许多厂只得分批装运。如华生电器厂内迁物资一千二百多吨,分六批共二十七艘船装运,最大的装二百七十二吨,最小的装八吨,持续了一个月;顺昌机器厂内迁物资三百三十吨,分四批共十七艘船装运,历时两个月。

内迁企业按行业分,机器五金业六十六家,占内迁工厂总数的百分之四十五,占该行业的百分之十二左右;电机电器业二十家,占内迁工厂总数的百分之十三,占该行业的百分之八左右;化工业二十五家,占内迁工厂总数的百分之十八;文化印刷业十一家,占内迁工厂总数的百分之七;纺织业十家,占内迁工厂总数的百分之六;制罐、造船、食品等厂十六家,占内迁工厂总数的百分之十一。

从上海工厂迁移监督委员会成立到上海沦陷,共迁出民营厂一百四十六家、工人二千一百多名、机件物资一万二千吨,占上海总厂数的百分之十二。1938年2月,迁到武汉的上海民族工业企业共有一百二十一家,它们是:大鑫、新昌、顺昌等机器五金业五十七家,益丰、天原、天利等化工企业二十三家,华生、华成、振华等电机电器业十九家,康元、冠生园等制罐业两家,三北、华丰、茂昌等造船业四家,大公、生活、开明等文化印刷业八家,美亚、迪安、华成等纺织业四家,以及六合建筑公司、源大皮革厂、四明糖厂、梁家记牙刷厂四家。

1937年9月,各厂器材陆续运到武汉,内迁工作重心从上海移到汉口,在汉口成立了迁鄂工厂联合会办事处。11月18日,国民政府在汉口成立了工矿调整委员会办事处。1938年3月,工矿调整委员会办事处改组为工矿调整处。在武汉,经工矿调整处协助复工企业共有六十余家。

迁鄂工厂联合会办事处成立不久，兵工署即发来军需订单，计有手榴弹、迫击炮弹、洋镐、铁铲等，由迁鄂工厂联合会办事处分发各机器工厂生产。由于需求量颇大，这批订货足够全部机器工厂生产数月。

不到十天，即有新民、合作、上海等十五家机器厂开工生产；1938年初，华丰、姚顺兴等二十七家机器厂先后复工。截至1938年4月5日，在武汉复工的机器厂达四十二家。各机器工厂生产了总值达一百七十八万元的军需品。

总计在武汉临时开工的工厂占当时迁达武汉工厂总数的三分之一，其中，机器翻砂工厂开工最多，占开工工厂总数的百分之五十；电机电器及无线电器材厂次之，占百分之二十四点四；纺织工厂又次之，占百分之九点二。民族工业向武汉的迁移，体现了民族资本家的抗日信念以及为国牺牲的勇气，尽管损失较大，但保存下来的企业多为军工企业，为抗战初期的军需提供了有力保障。

卢作孚民生公司的总部在重庆，其主要运力在川江。淞沪会战打响前后，沿海企业开始西迁，船舶需求量陡增。卢作孚闻讯后，毅然派船在镇江接运，在当地成立办事处，并把原汉口到南京的班轮延伸到镇江。

卢作孚来到了南京，关注上海、无锡、常州、南京一线工厂内迁问题。此时，中国军队云集南京、上海。中日以前所未有的规模角逐上海战场，寸土寸血，战云稠密，硝烟阵阵，遮云蔽日。枪炮声、爆炸声惊雷般地响彻空旷的城市和原野，惊心动魄。

卢作孚决定暂时不回重庆，待在南京，指挥民生公司的船舶配合众多企业西迁。他住在范旭东家里，两个精诚的爱国者以国家利益为己任，密切关注着战争的进展。范旭东西迁的设备、机器和成箱的图纸、资料及一部分原材料都是由民生的船只运输到重庆的。

卢作孚是重庆合川人，出生于贫民家庭。小学毕业后，无力继续读书。通过刻苦自学，他具备了相当程度的文化水平，当过算术老师、国文教员，《川报》主笔和总编辑。十六岁出版了自己编著的《卢思数学难题解》。辛亥革命后，卢作孚认真研读国内外进步社会科学著作，探索救国救民之道。1924年前后树立了"实业救国"的信念。以一艘小汽轮起家，创办了以船运为主业的民生公司，他出任总经理。卢作孚是个有理想有追求并有卓越管理才能的企业家，他不太在乎钱财，当然也不做亏本的买卖，因此他并不是富得流油、可随意挥霍的大财阀，他要赚钱壮大自己的船队。

卢作孚算得上是个文人，却也是个难得的商业奇才，他是南通状元企业家张謇的崇拜者。张謇兴办实业、改造南通社会经济的实践使他极其佩服和感动。经过十年的苦心经营，民生公司发展成为驰骋于万里长江上中外闻名的大型民营航运企业，把虞洽卿的三北公司、杜月笙的大达公司抛到了后面。

奋斗、实践、坚韧、俭朴是卢作孚的经营理念，这八个字源于李大钊等早年发起成立的著名进步社团"少年中国学会"。卢作孚少年时代参加过这个组织，而学会的宗旨就是这八个字。

抗战爆发时，民生公司已拥有大小船舶四十六艘，装载量达两万多吨。其中，二百吨以上的船舶，民生公司有二十六艘。大轮亮着闪烁的航灯，航行在长江干线和四川内河支流。民本、民元、民风、民权、民贵、民俗等甲级船，可航行上海重庆线；民族、民泰、民联航行于宜昌与上海间，不适于航行川江。经常航行渝宜、渝涪、渝长等川江航线的有民政、民主、民俭、民安等十余艘。这些"民"字头的轮船，在长江水道川流不息，民生公司在川江的运力占绝对优势。

民生公司的总部设在重庆，还在万县、宜昌、汉口、上海设有分公司，在南京设有办事处。

卢作孚长期留在南京、上海，而重庆总公司一直在高效率地运转，这是因为他的团队经验丰富、管理能力很强，也是卢作孚平时大胆使用、尊重人才的结果。例如航运部经理邓华益，他在1925年民生公司成立时已是九江轮船公司总经理。他认定卢作孚是做大事情的人，不图私利，为人正直，不是那种世故和圆滑的商人，于是决定参股民生。1930年10月15日，邓华益说服福全公司加入民生，并将他九江公司的九江、合江两轮及一个铁囤驳作价十六万两白银并入民生公司。邓华益的资产高于民生，他成为民生的大股东，而且受到卢作孚的器重，担任航运部经理兼总公司协理。1935年，圣约翰大学毕业生童少生进入民生，初任英文秘书，后经邓华益建议，民生公司改聘童少生为业务处经理。他们成为卢作孚的得力助手。卢作孚对他们高度信任，自己不在总公司时，便由他们和其他高层一起管理总公司。

卢作孚在南京期间的一大关注点就是上海工厂的内迁事宜。他和四川省财政厅厅长刘航琛，由民生上海分公司经理张澍霖陪同，曾多次面见上海工厂迁移监督委员会主任委员林继庸，商谈迁厂入川之事。对于民生主动请战，林继庸求之不得。林继庸为西迁的交通工具伤透了脑筋——机轮尤其是大轮已很少，因抗战需要，全部的轮船及拖驳几乎都被政府征用，无处可联系运力。京沪铁路全力运送军队与弹药，其他运输完全停顿。而西迁水路，可以利用的只有两条内河航路，一条是由苏州河经苏州到镇江，另一条是由黄浦江经松江至镇江。到镇江以后，即有多家轮船公司派轮接运。当时最大的问题是上海市内运力的严重不足。

林继庸在《民营厂矿内迁纪略》一书中回忆说：

我们费了九牛二虎之力找到了一条轮船，先付租金，转瞬又为难民占领。如此的已不止一次了。好不容易搭通了线索，方才雇得些划船和力夫。在杨树浦一带更必须出高价钱雇用白俄或高丽的力夫及司机，才可进出。

第四章 大西迁的先行者

这段回忆，形象地描述了当时缺乏船只的窘困情景。靠人力启动的木船成了工厂撤出上海的主力。桨声伴随着机器设备，沿着江南弯曲的河道，响彻硝烟阵阵的夏日绿色的田野乡村，凄怨悠长又不失希望地拖着尾音，融入战火纷飞的江南烟水。吴山媚好，黛色空濛，如诗如画，可是急匆匆赶路且惊恐于战事的西迁者，几乎无心欣赏沿途的美景。

拆迁是件艰难的事情，有些工厂老板出于各种原因，态度消极，行动迟缓，拖拖拉拉，与那些积极主动的先行者形成鲜明的对照。林继庸在南市、闸北一带疲于奔命，不幸左脚受伤。医生警告他要休息治疗，如继续奔波，会导致脚伤恶化，恐成残疾，甚至须锯去一足，以保全性命。

林继庸没有停下来，为了不致脚伤恶化，他撑起拐杖，提起伤脚，用另一只脚跳来跳去，进出各个工厂。事后，他在《民营厂矿内迁纪略》中记述说：

在万难之中，鼓励着各厂当事人的勇气，不要灰心，要冷静头脑，把紧张的情绪捺住。当此千钧一发的时机，假如我们意志稍现颓丧，我们之处置稍感畏难，则以后工作进行将必陷于停顿……监督资源委员会负责者指导于上，各厂家又分头合作负责于下，工作虽是艰苦，但进行还算相当顺利。

卢作孚从林继庸处了解到，上海工厂迁移工作在极其艰难地进行着。江阴以下长江航路被切断后，器材只能通过木船沿苏州河西运到镇江，再换装轮船运往汉口。

1937年8月22日，战争打响后第九天，已无法租到拖轮，木船也越来越难找。8月22日，顺昌机器厂终于找到五艘木船装器材由苏州河内迁。25日，上海机器厂的五艘船只装载七十余名工人、五十余部机床和一批原料相继出发。27日，新民机器厂和合作五金厂的十一艘船只，装一百五十余部机床和八十余名工人起航。这四家工厂共有二十一艘木船出航。他们走的是从苏州河至苏州的水路，雇用小火轮拖至镇江，再移装江轮直驶汉口。顺昌等四厂迁出后，30日又有大鑫钢铁厂及启文、新中、利用、精一、姚兴昌六家机器厂继续运出。

当时，苏州、无锡、常州一带的纺织厂还在坚持生产。例如，无锡申新三厂为驻军冯玉祥部生产秋冬季军装和被褥等所需的布料，一时停不下来。苏州、常州的纺织厂也接到军需订单，加上政府对西迁企业的补贴把面粉、纱布等物资移后，因而这些企业除非自行设法搬迁，但自行搬迁难度不可估量，因而只能等待，而它们的产品也需运往镇江转出。

卢作孚掌握了上海等地工厂迁运和苏锡常企业产品的流向。8月26日，他委派公司高级职员肖本仁前往无锡、常州进一步调查，见到了荣德生等企业家，知道他们有西迁的意向和种种难处。事后肖本仁报告，无锡之棉纱、布匹及丝每天可运出五百余吨，常州纺织厂的布匹每天有一百吨出厂，均用自备小火轮及拖驳运到镇江，然后装轮船运往汉口。

卢作孚得此报告，深知镇江口岸的重要性，决定成立镇江办事处，并把原汉口到南京的班轮延伸到镇江。9月2日晨，卢作孚指令民泰轮由南京开到镇江。同一天下午，民泰轮装了货由镇江开往汉口，镇江办事处的三位职员先后到任。由此可见，卢作孚办事之雷厉风行。民泰轮起航后，继续有民宪、民族、民勤等轮到镇江装货。民泰轮驶抵武汉后，又继续返回镇江，装载了申新三厂的棉纱和布匹、机件及上海迁厂机件设备。

随着民生公司的介入以及大达、三北等公司的跟进，镇江转运工作畅通起来，林继庸继续为企业西迁尽心尽力。林继庸对厂家的努力深为感动，在敌机狂轰中，职工们拼死拼活、争分夺秒地拆迁机器设备。林继庸回忆录中记叙道：

> 敌机来了，伏在地上躲一躲，又爬起来拆，拆卸完就马上扛走。看见前面有伙伴被炸死了，大喊一声"嗳唷"，洒着眼泪把尸体抬到一边，咬着牙关仍旧向前进。冷冰冰的机器，每每涂上了热血！白天不能工作了，只好夜间开工，在巨大的厂房里，暗淡的灯光，常常罩着许多的黑影在那里攒动，只闻锤击的巨大声响，打破了死夜的沉寂。

这段描述现场感强、形象生动，工人们冒着生命危险拆卸、运输设备，他们内心有一团火，他们的血液里涌动着对侵略者的同仇敌忾的愤恨以及匹夫有责的担当和正义感。至今读来，依旧令人震撼。

在西迁的企业中，最为积极的、遭受磨难最多的是吴蕴初的"天"字号企业，以及中华橡胶厂等几个厂。当时，吴蕴初在国外，听说淞沪会战突发，他马上回国，力主迁厂。西迁困难重重，他却对家人说，作为一个中国人，总要对得起自己的国家。

《大公报》记者徐盈见到吴蕴初时，看到的是一个身材高大肥胖、皮肤红黑、头发花白、留着小胡子、有欧洲人风度的化学家。他双手拿着蓝图，穿着骑士般的格子呢马裤，正在指挥为造漂白粉而盖起的回旋塔的拆迁。吴蕴初的企业在战争中遭受重大损失，但他并没有泄气。有"味精大王"之称的他公开表示，誓不以工厂资敌。吴蕴初的"天"字号企业包括天利氮气厂、天盛陶器厂、天原电化厂、天厨味精厂等，均是上海化工业中有名的大厂。

吴蕴初早年进入陆军部上海兵工学堂攻读化学专业，1911年毕业之后，在汉阳铁厂、炽昌硝碱厂、炽昌新牛皮胶厂工作，并不如意。1920年，日本美女牌"味之素"在中国市场独占鳌头，他很不甘心，把"味之素"称为"敌粉"，把美女牌称为"舌尖上的美人计"，认为一袋小小的庖厨用料背后是民族之间的争夺战。

经过反复试验，1921年秋天，吴蕴初自行研制出了味精。在上海一间石库门里，由经营酱园的富商张逸云出资，吴蕴初出技术，开始小规模生产味精。

1923年，天厨味精公司正式成立，生产佛手牌味精。在五卅运动的爱国浪潮中，天厨味精击败了日本的"味之素"，"佛手"拿下了"美女"。1926年、1933年，天厨味精先后获得美国费城和芝加哥世界博览会的"甲等大奖""甲等荣誉奖"。天厨味精更加名声大振，每年营业额近三百万银圆，在市场上经久不衰。

吴蕴初从此一发不可收，他自称，只要闲下来，就要到实验室动动烧杯。继天厨之后，他又相继办起一系列"天"字号企业。在化工领域，吴蕴初与天津的范旭东并驾齐驱，被称为"南吴北范"。在上海"一·二八"事变后，他痛恨日本人横行无忌，认为日本人的飞机在中国上空像鸟一样飞来飞去，应痛下决心发展航空工业。为此，他与张逸云商定，将天厨味精厂上一年的盈余九万银圆如数捐出，再加两万银圆的存款，向德国订购一架战斗机，命为"天厨"号。此举曾轰动一时。有人写信赞誉说：

此种精神确为全国之创闻。盖沪埠为吾华之大拇指，家产千百万者大不乏人，未闻有独助一机者。印求之全世界，吾亦未闻也。如先生之爱国者千余人，三岛倭京不难顷刻间化为平地，以报复九一八至今之仇。

吴蕴初雷厉风行，在报批拆迁的同时，他就开始将重要机件拆卸装箱，联络雇用运输工具，但好不容易雇到的船只屡次被抗战部队强行扣用。一次在苏州河雇得空木船四艘，被水警扣留，虽出示第九集团军特发之证书，仍不被放行。吴蕴初申辩无用，只得另想他法。之后在松江雇到空船七艘,然而在泗江口被军队将船和淞沪警备司令部舟车通行证一并扣下。吴蕴初内心涌动着不可名状的压力,军队与商界争船,理由是抗战,这是当时最大的事情,民间当然争不过,吴蕴初有苦说不出。

1937年10月26日,满载机件的十一艘木船终于启航,其中有六艘货船在航行途中被北新泾的军队拦截充当浮桥。吴蕴初万分焦急,他担心这六船的机件遭到不测,便向资源委员会和上海工厂迁移监督委员会告急,并多方联系。林继庸亲自出面交涉,军方才于11月6日放行。"天"字号各工厂到11月20日,共迁移出六百零九吨机材,它们都由民生公司江轮从镇江运至武汉。天原、天盛两厂基本迁出。

坐在蒸笼般的船舱内,吴蕴初遥望浓烟高升,耳听枪炮声轰鸣,面对战争的血腥和残暴及军队一次次粗鲁无理的掠船,他虽然怒不可遏、瞠目结舌,但往往无可奈何。

在经过无数的周折之后,吴蕴初的天厨味精厂、天原电化厂、天盛陶器厂终于迁到武汉。天原电化厂还在宜宾办了分厂。1943年,他又在新疆办了天山电化厂,利用了新疆丰富的食盐资源,在工业几乎是一张白纸的新疆建起了现代化的化工厂。

上海大鑫钢铁厂的迁移就没有这么多麻烦,要比"天"字号顺利多了。在淞沪会战前,日本侵略者步步紧逼,形势剑拔弩张,军工企业日夜开工。此时的大鑫钢铁厂忙于生产坦克配件,还为兵工署下属的上海炼钢厂制造了两千余枚炸弹钢壳。上海工厂大西迁之始,大鑫钢铁厂先将设备拆迁进租界,以防日军破坏。1937年8月30日,大鑫钢铁厂决定整体内迁,第一批六艘木船运出二百六十吨物资、三十名工人。接着在9月25日又有五艘木船运出机件三百五十四吨、工人一百五十名。第三批是10月22日启航的,装船两艘、十名工人。这两艘船在11月20日抵镇江后,于11月28日转装吴淞轮去武汉。大鑫钢铁厂共迁移物资六百六十六吨,占到全厂总资产的四分之三,工人近两百名，是上海民营企业随迁工人最多的一家。

冠生园是以生产糖果、糕点、罐头而著称的食品企业，它不属于政府规定的西迁之列。老板冼冠生要求内迁的态度坚决，称冠生园可以为抗日部队生产军用罐头和压缩饼干，吃饱了吃好了才能打仗。他联合多家食品厂赶往南京请愿，申述理由后，得到军需署批准。军需署深知食物对于部队的重要性，也在为粮草发愁：炊事班背着铁锅、米面行军的传统方式颇为费事，如果有罐头和压缩饼干，由战士随身携带，自然方便得多。军需署于是急电上海工厂迁移监督委员会：现值全面抗战，食品需用万分急切，拟请贵会提前设法将该厂等即日迁汉以增军需资源。

这些食品加工企业在南京还与军需署签订了供货协议，获得了订货款、搬迁补贴费和一批原材料。这些企业在做搬迁准备的同时，马上组织生产，第一批猪肉、牛肉、鸡肉罐头赶了出来，再加上水果罐头，受到了前线将士的欢迎。张治中说："水果蔬菜不愁，田里有的是，到处有西瓜，种在地里，主人都逃跑了，可随摘随吃。但荤菜没有，猪鸭鸡和牛大多被打死了，现在有了军用罐头，一个罐头的牛肉下肚，劲就上来了，战斗力增强了。"

冠生园分两批迁往武汉。1937年10月9日，一艘大帆船装了生产罐头用的设备十五吨、工人四名，顺利到达武汉。第二批，两艘木帆船装了刚进口的马口铁皮及几百袋加拿大面粉、各种罐头于10日启航。此时，苏州河已不通航，这两条帆船经内河从芜湖进入长江，但还是晚了一步——船经芜湖时，日军已占领了这座城市，设卡拦劫货船、检查客船，价值十余万元的物资落入敌手。

这一天，在战火纷飞的上海，常州大成纺织厂的总经理刘国钧身穿自家工厂出产的蓝布衫，肩背一把雨伞，亲赴战区查看他设在上海的企业受损状况，他仅带一个老职工。出发前，有人劝阻他，上海意味着死亡、毁灭和屠杀，太危险了，你且止步勿行。

刘国钧说，那里需要他去，为了事业，豁出命来也值得。又说："君子自爱不自贵，留业不留命，去得应该，权当又一次特训。上海的特训，我参加了，我上海有分厂，所以有资格参加。这次是我一个人的特训。其实，我们厂一直在特训。"

刘国钧是常州靖江县生祠镇人，自幼家境贫寒，仅读过一年私塾，但聪慧过人，自学成才，做事干练。十七岁时，刘国钧在镇上元泰布店当学徒，一直干到主持元泰店务，能力超强，后被聘为源昌布庄经理。在元泰，刘国钧已有创业之心，开始有意识地积累资金，物色合作伙伴。

1909年，刘国钧在奔牛镇与人合开和丰京货店暨土染坊。至二十七岁，拥有和丰、同丰两家京货店，其间开始研究进口洋布，感叹"肥水外流"。刘国钧发现外商采购中国棉花，利用中国劳力生产布匹等，再将其产品返销中国市场，赚取丰厚利润。他认为外商无非是凭借他们的先进技术而掠夺中国的资源和市场，感悟"商为分利、工为创利"，振兴民族工业刻不容缓。

1915年，刘国钧盘出奔牛两店，弃商从工。他投资一万元，与人合资在常州创办大纶机器织布厂。经营大纶期间，刘国钧曾至上海英商怡和纱厂偷学技术，险遭毒打。1918年春，刘国钧收回大纶投资，独资创办了广益布厂，自任经理，母亲管摇纱，妻子管布机兼烧饭。布厂仅有脚踏手拉木织机八十台，当年盈利却有三千余元。后组建大成纺织印染股份有限公司，并成立大成一厂、大成二厂。

刘国钧的大成工厂一开始名不见经传，它是悄然诞生的。"大成"名义上集股五十万银圆，实际上只是勉强筹集了四十万银圆，其中刘国钧个人占半数以上。

这一年刘国钧已经四十三岁，投身实业已有多年，但与无锡的荣氏兄弟相比，是小巫见大巫，荣家的实业规模不是刘国钧的大成公司所能望其项背的。

　　不过刘国钧是有志气有毅力的人，虽饱尝创业之艰苦，亦积累了经验和教训。他经过市场调查，洞察到市场上的花色布很畅销，卖得出价钱，需求量大。可大部分都是进口的，以日本货为主。中国生产花色布的工厂几乎都是外资企业，日本企业占了多数。他决定从花色布着手，作为大成进入市场的切入点，为此他三赴日本和欧美国家考察。

　　去日本实地考察参观时，刘国钧以三千银圆买下一台旧的八色印花车，而新机器需要五六万银圆，他买不起。旧机器虽然便宜，但安装调试极不顺利，先后聘请的三个技师都知难而退，撒手走了，其中包括日本、德国的技师。于是，刘国钧自己动手并请来了两个上海的熟练印花车工人帮忙。几个月后，这台老旧的印花车调试成功，投入生产。刘国钧继续留用了那两位工人，对全厂职工进行特训，使全厂技师及工人都掌握了印花技术。

　　他还要求全员学习生产管理和技术知识，另外办有业余夜校，隔天上文化课，请老师教授，职员、艺徒、练习生、女工都要参加。几年之内，大成不仅培养了不少自己的技工，员工的文化素质也有整体性的提高。

　　刘国钧把与日货竞争定为办厂的重要目标，所以在全厂进行抗日爱国的教育。他提出了"工管工自治化，工教工互助化，工资等级化，华厂日厂化，出品日货化"的口号。纱布产品以"蝶球""征东"作为商标，而他的厂歌为"提倡国货，对外竞争，出品力求精，成本力求轻，挽回利权，富国裕民"。尤其让人印象深刻的是刘国钧提出的三个"一点点"口号：货色要比别人好一点点，成本要比别人低一点点，价钱要比别人高一点点。

　　他这个口号里的"别人"实际上是指日本企业、日本产品，他将口号烧成蓝底白字的搪瓷标牌，悬挂在车间、走廊、餐厅、写字间等处。这种潜移默化、润物无声的企业文化，使大成厂创下了让那个时代的经济学家、社会学家十分钦佩的业绩。从1932年至1937年，在国内纺织厂纷纷倒闭，连"纺织大王"荣宗敬庞大的申新系统都几乎全线搁浅的情况下，大成却一片繁盛。常州大成扩展成三个厂，又发展到上海、武汉，纱锭从一万枚增加到七万八千八百六十三枚，织机从二百六十台增加到二千零七台，拥有日产五千匹布的全套漂染设备，并试验成功了丝绒、灯芯绒等新产品。资本从四十万银圆增值到四百万银圆，八年里增加到原来的十倍。大成资本的扩张靠的不是资金的投入，而是企业生产本身创造出来的。经济学家马寅初称之为"罕见的奇迹"。

在上海，刘国钧冒着枪林弹雨，看到了与人合股的上海毛纺分厂损毁严重。1937年9月，大成二厂遭敌机轰炸，不久又波及一厂，他不愿企业落入敌手，决计全部西迁。他在布置各厂拆卸装箱后即奔向南京，申请通行证，然后在镇江雇好了拖轮和木驳船，还雇用了押运兵，带回常州。刘国钧于1937年11月24日回到常州，当时上海已沦陷十余日，日军正沿着沪宁线向西进犯，目的当然是攻占南京。敌机整日轰炸常州，很难找到船运民工装船起运，只能靠守厂人员搬运。在此情况下，他已不可能将整个厂无遗留地拆迁，只运出了最新的瑞士造纱锭五千枚和织机，及部分纱件布匹。其余已装箱机件无人搬运，只好忍痛舍弃，就地掩埋。

常州在1937年11月29日沦陷，日本兵的马蹄和卡车半个小时内可在这个小城兜一圈。大成厂没有荣家的申新、茂新有名，日本兵把一片狼藉的车间晾在一边，占领了办公大楼、宿舍、食堂，作为军队的驻地。这时，大成的拖轮已拖着驳船向镇江行驶。途中，三次遭敌机轰炸，数艘驳船被炸沉，拖船队到达汉口时只剩下三千只配备不全的纱锭。至此，大成只剩下与武汉震寰纱厂合作的第四厂。

第四厂于1936年冬开始经营，刘国钧为经理，刘丕基为厂长，震寰纱厂的刘寿生为副厂长。经营一年多，获利颇丰。战争开始后，赚钱更多，但合作双方发生了一些分歧，震寰纱厂急功近利，急着要分红，而刘国钧主张将部分盈利用于企业的再发展，增添纱锭和织机。这是眼前利益和长远发展之争，龃龉不断，已合作不下去。而此时的武汉已被日军包围，从沿海地区西迁的工厂纷纷二次迁移。因为刘国钧和刘寿生的争端，第四厂从武汉拆迁赴川的事宜未能积极准备。后工矿调整处严令大成拆迁事宜由刘丕基负责，震寰纱厂不得阻挠，情况才有了改变。

经过刘丕基的动员，职工们拆迁了震寰纱厂全部一万六千只纱锭及马达设备，大成在武汉四厂的二百三十台布机也顺利迁出，而三千只纱锭却未能运出。大成经营的四个厂加上上海的毛纺分厂的设备，经常州、武汉及运输途中的损失，主要设备最终只剩下这二百三十台布机。刘国钧在其自述中说，这些物资最后是用民船装运进川的，中途曾翻入江中，打捞出水后再装船上行，最终抵达重庆。

西迁途中，刘国钧幸好遇到了卢作孚，卢作孚的理想主义感染了在颠沛流离中耗尽了精气神的刘国钧。卢作孚在南京时对苏、锡、常的纺织业很关心，被派往三市调查的肖本仁接触过刘国钧和荣德生，在镇江帮助他们运输过产品。经肖本仁的牵线搭桥，刘国钧和卢作孚相识了。对刘国钧而言，西迁带来的巨大损失以及与震寰纱厂合作的不愉快，使他精神上一度沮丧、委顿甚至泄气。卢作孚给予他鼓励、安慰和打气，刘国钧的内生力重新被唤醒并振奋起来。卢作孚答应和大成合办纺织厂，更是对刘国钧的一个有力支持。刘国钧本质上不是个弱者，他很快就振作起来，恢复了元气，那个在战火中不顾艰险考察上海工厂受损状况的刘国钧又回来了。

在刘国钧人财差不多要散尽的时候，以运输为本的卢作孚和他合作组建大明染织厂，双方各占15万元份额。这对刘国钧来说无疑是雪中送炭，物质帮助在其次，主要是精神上的支撑，使他在人地生疏的四川打开了一片天地。卢作孚不服输的奋斗精神和苦行僧式的自律生活，给了刘国钧这个来自江南水乡的企业家以示范性教化。

虽然卢作孚身为民生公司总经理，但其夫人、孩子坐民生轮船一样遵循职工家属买半票的规定，和其他乘客一样排队上船，规矩地坐在舱里。有时被船员认出，请他们到经理室去坐，他妻子坚持不肯。民生公司为职工在重庆修建了一个"民生村"宿舍，全部是平房，一家人住一套。但是，卢作孚一家却没有入住。他们租住在红岩村2号，那是一栋只有一层的房子，四家人合住，厕所在房子外面的菜地里。

美国《亚洲和美国》杂志描述过卢作孚的家居环境：

> 在他的新船的头等舱里，他不惜从霍菲尔德进口刀叉餐具，从柏林进口陶瓷，从布拉格进口玻璃器皿，但是在他自己的餐桌上却只放着几只普通的碗和竹筷子。甚至这些船上的三等舱中也有瓷浴盆、电气设备和带垫子的沙发椅，但形成强烈对照的是，在他那被称为家的六间改建过的农民小屋中，围着破旧桌子的却是一些跛脚的旧式木椅。

刘国钧目睹了卢作孚的工作、生活和个人品格，这给他带来深深的震动。与这样的人合作，对于刘国钧来说，是无声的教育和熏陶。卢作孚勇担社会责任的爱国主义思想也影响了刘国钧这个来自常州的实业家，对他是醍醐灌顶的警醒。

民生投资组建大明后，承运大明的产品，代购并承运其生产原料，其产品除供民生职工做制服外，即由民生运往各地投放市场。产品畅销西南各省。此后，大明不断扩展，全厂计有纺锭六千七百枚，自动化织机四百台，漂染、烘干、烧毛、拉伸、折布、堆码均实现机械化操作，工人增至千余。纱、布产品畅销大后方各地区，成为西南后方数一数二的纺织染厂，与西北黄土高坡的申新四厂并驾齐驱，为抗战、大后方人民生活提供了布料等基本物资。

这是很不容易的，正如吴晓波在"吴晓波频道"公众号中所说：

所有变化不是在一个风和日丽的日子里发生的，而是在雷电交加的时候，被逼找寻到的出路……

太平洋战争爆发后，日本战线越拉越长，卢作孚、刘国钧断言日本离败局不远了。为能在战后重建工厂全面复业，刘国钧赴香港开设大孚建业公司，为购买原料、机器做准备，并新开设一家毛纺厂。抗战胜利后，除保留重庆大明的股份外，刘国钧重返家乡常州，修复和重建大成三厂及上海的分厂。但他始终感念在重庆动荡岁月中卢作孚对他热诚的帮助。刘国钧把与卢作孚的合作以及内迁之旅看作一次"特训"。他在自述中多次提到，一个张謇，一个卢作孚，是指引他在黑暗的乱世中闪亮登场的两盏明灯——他们发出的光像圣火一样明亮。

西迁，在上海长风烈火般厮杀的一幕幕惨剧中艰难地进行着。生命的恣肆张扬中，中国军人节节败退，丰收的原野上，留下了鲜血和尸骸。江阔云垂，长川激流，西迁在继续。中国儒家文化的传统以及民国商人所创造的工商文明的血脉，在这个历史大变局的暗夜，是暴力所不能消灭的。

这些经历不同、品格相异、理念有别的企业家坚守着抵御外敌侵略的责任感、爱国精神和道德底线。他们渴望看到光芒，懂得危墙之下焉有完卵的道理。

1937年10月26日，闸北被日军占领，苏州河航路中断，西迁物资即由黄浦江运往松江，然后再经苏州、无锡运至镇江，航程较苏州河长许多。

黄浦江上的日晖港，处于上海市南郊。苏州河断航后，日晖港成了西迁的重要出口港，招商局派"恒吉轮"拖上木驳船队从这里驶往镇江，获得了成功。

中华橡胶厂的西迁决定较迟，当时苏州河航路已不通，只能走黄浦江转松江了。1937年11月初，日晖港内四艘木船紧张地装载中华橡胶厂制造轮胎的设备、原料，还有六十只汽车轮胎、一万余双胶鞋，共一百二十吨物资。运送途中，安徽省境内马当航道已被封锁，四条船中有三条船在裕溪口至巢湖一带散失，仅有一条船继续前往武汉。这艘船上装有九十匹马力的马达等重要机件三十一吨，于1938年1月18日抵达汉口，之后再向长沙转运。长沙会战时大火燃烧数天，惨绝人寰，中华橡胶厂又撤到重庆。

龙章造纸厂是中国那个时代造纸业的翘楚。经理庞赞排除干扰，力主内迁，但决定晚了点儿，苏州河已走不通。龙章造纸厂的厂址就在日晖港旁，从日晖港起运较为方便。这个厂拥有一千千瓦的整套发电设备及造纸机的两个大烘缸，每个重十二吨，体积大、笨重，搬运不易。但他们采用在地上铺上钢管进行滚动的方式，终于在运输工人的努力下把物资装上四十六条木船，分十组迁出上海，第一至第四组安全到达镇江，转江轮去往武汉；第五、第六两组到镇江后，没联系到轮船，就用人力划向汉口；最后四组到镇江后被日军截获，被威逼退回上海。

1937年11月5日，日军在金山卫登陆，直扑闵行。西迁船只无法由黄浦江西行，但日本人对外轮不干涉，西迁厂不得不雇用怡和（英商）公司等外轮，挂了外国旗，把物资运往南通，然后转民船经京杭大运河运往扬州、镇江，这一段航路也只使用了很短的时间。11月12日，上海失守，工厂西迁基本被迫中止。

11月14日，亚浦耳灯泡厂在胡西园的率领下，运载机件物资西行，成为同行中第一家往内地迁移的企业，或许也是淞沪战争尾声中最后一家西迁的企业。在重庆，亚浦耳除继续制造灯泡外，还开办了制革、热水瓶、植物油提炼等八家工厂。

除林继庸牵头的上海工厂迁移监督委员会外，新民机器厂、上海机器厂、亚浦耳灯泡厂等企业成立了"上海工厂联合迁移委员会"，由颜耀秋、胡厥文等十一人组成。

另有近四百家企业成立了"迁川工厂联合会"，它们最后均陆续迁移到四川，涉及化学工业、机器制造业、纺织业、电工器材业、冶炼工业、印刷出版业、建筑工程业、服务用品制造业、橡胶制造业、饰物文具业及仪器制造业等。

在上海沦陷之前，除公营及国营厂外，上海共拆迁民营工厂一百四十六家，运往武汉的机器设备、各种材料共一万四千六百余吨，技工二千五百余人。这不包括沿海其他城市内迁的工厂，例如南京范旭东的永利铔厂、常州刘国钧的几家印染纺织厂、无锡荣家的公益铁工厂和申新三厂。

这些大西迁的先行者、随行者和承运者，不管时间上的先后及迁移过程中遭遇怎样的曲折，他们都是勇者，都是英才，在日本对中华文明和国本的侵略浩劫中，为民族为国家保留了火种，保留了工业底子。这是一种恢宏而沉重的责任心，波光桨声中，他们为了国运商脉，以忧时救世的紧迫感，进行了一次又一次工业远征。

他们不是奔波于名利之场，也不是苟且怕死逃离险境，而是在拯救国家和民族。随着时间的推移，大西迁越发显示出对后来的抗日持久战所具有的意义。这无疑是中国爱国企业家穷则独善其身、达则兼济天下的财富精神和公益精神在天崩地坼特殊时期的弘扬，是足以惊天地泣鬼神的一个大手笔。

第五章 西迁的纷乱和艰难

淞沪会战爆发之后，荣宗敬的心情跌宕起伏。相比于被毁坏的工厂，他更关注战事的进展。8月、9月这两个月，盛夏时节，闷热难当，阳光灼烫，中国军队打得很勇猛。上海战役全面开打后，交战双方展开激烈的攻防战。此时，日军以虹口为根据地，背靠黄浦江。其阵地以汇山码头为起点，经吴淞路、北四川路，抵日本海军司令部，形成一字长蛇阵。故中国军队在作战部署上，以攻击其指挥中心——汇山码头为主要目标。

1937年8月19日、20日，从西安调来的第36师，成为进攻汇山码头的先头部队。经过两夜激战，中国军队一度攻至东煦华德路、百老汇路，直逼汇山码头。败退的日军纷纷逃至外滩以南，向公共租界英美海军陆战队投降。中国军队乘胜追击，进至汇山码头，却无法在第一时间摧毁坚固的大铁门。黄浦江上的日舰炮击中国军队，击毁国军坦克和跟随在后面的士兵。36师伤亡五百七十多人。尽管国军出动空军进行轰炸，但仍未攻下，战斗受阻，伤亡更加严重。

现代战争的残酷性，从中日双方开战之时就充分显示出来。中国军队为自身武器和战术的落后付出了极大的代价，仅沪郊江湾路一战，第88师第264旅旅长黄梅兴及其所部一千余人伤亡。黄梅兴少将是"八一三"以来第一位牺牲的中方高级将领，年仅三十三岁，黄埔军校一期生。

随着后援的源源增加，凭重型武器和制空权、制海权，日军慢慢占了上风。中国军队且战且退，占领的据点和阵地一个个丢失。只要是稍有爱国心的中国人，都希望中国军队打胜仗，住在租界里的华人

第五章 西迁的纷乱和艰难

焦急地看着,战场逐步扩大、转移。

荣宗敬当然关注那些在战争中受到袭击的工厂。这些工厂所在地已经被日军占领,暂时没有军队交战了,厮杀声已渐渐远去,由日军士兵在某个建筑物内把守,屋顶上插着日本的太阳旗。村庄里居民已逃走,村舍都敞着门,里面本来就没有什么东西,经过洗劫,已一无所有。工厂已停产,厂房崩塌,杂草丛生,机器设备残散一地,围墙上弹痕累累,布满多个被炮弹击穿的洞口。

城镇乡村,都是空荡荡的,阒然无声,战争留下的惨状触目惊心。断壁残垣、断桥沉船、废弃的工事、毁损的车辆等,空气中散发着阵阵扑鼻的焦煳气味。一些双方交战酷烈之处成了人间炼狱,遍地是焦土和废墟,随处可见已被烧成黑炭一般的人或牲畜的焦尸。一些几层高的建筑,墙体虽还耸立着,但所有的门窗、梁柱、地板、楼梯都已被烧尽,只剩下少许家具的残骸,满目疮痍,余烟熏壁。成堆的小山般的瓦砾,到处可见到褐色的斑斑血迹,游荡的野狗因为吃死尸而长得肥硕无比。双方战死的军人的遗体已各自处理,百姓的残躯由打着红十字旗帜的慈善组织的人收拾掩埋。

荣宗敬在战争间隙曾派人悄悄到几家纱厂和面粉厂看了一遍,十余家工厂的损坏程度有所不同。申新五厂曾一度被日军占领,几乎所有设施被毁。福新一、三、六厂被日军强占为办事处和军用材料的仓库,办事处已撤走,军用材料仓库可能还储存一些东西,但不多了,只有几个日本兵在那里守卫。三家厂的面粉和麦子已被抢劫一空,但设备和厂房还是基本完好的。而设备最为先进的申新一厂、八厂虽然被日军轰炸机投下了多枚炸弹轰炸,当场炸死七十多人,伤三百五十人,荣德生的长子荣伟仁险遭不测,但踏勘下来,还有一百二十多台精纺机及棉花、棉纱、棉布未遭掠夺。

荣宗敬听后,心里窃喜,经此一劫,居然还有这么多东西幸存下来,特别是三家面粉厂未受太大损失,申新两厂的一百二十多台精纺

95

机是从英国进口的，它们能死里逃生并被保存下来，确实值得庆幸。荣宗敬想到有些企业家就是在战火中抢运设备西迁的，那么，福新一厂、三厂、六厂这三家完整的面粉厂和申新一厂、八厂、六厂、七厂等残剩的设备也可以伺机抢运出来，西迁到武汉或西南其他地方。

福新一厂、三厂、六厂是王禹卿管理的，荣宗敬马上找来王禹卿，把自己的打算说了一遍。荣宗敬说："从法律上说，这些厂还是属于我们的私产，对于战争造成的损伤，我们自认倒霉，和强盗、窃贼是没有道理可讲的。但我们有权收回这些资产，日本人无权阻挠。我们收拾被炸毁的厂的破烂，将日本人占用的厂要回来是正当的、合理的。我们把这些设备、原料抢出来，迁到内地去。"

王禹卿一听，大吃一惊，他没有想到荣宗敬有这么大胆的想法。不错，淞沪会战爆发后，上海工厂迁移监督委员会和上海工厂联合迁移委员会相继成立了。荣宗敬和王禹卿与在委员会中任职的吴蕴初、刘鸿生、胡厥文曾经讨论过工厂内迁，但被告知政府对内迁的工厂是区别对待的，与军事有关的优先，政府所给的内迁补贴也是根据这个原则来划拨的。

国民政府的用意最初只是想把那些与军事有关的工厂内迁。之前提案涉及的有机器厂、橡胶厂、炼气公司、制罐厂、钢铁厂等，并没有包括纺织厂、面粉厂、印刷厂、砖瓦厂、玻璃厂、火柴厂、民用造船厂等似乎与军事无关的企业。

荣宗敬、王禹卿听后十分恼火，认为政府这个方案非常不合理、不公正。"印刷厂、冠生园食品厂不是给了内迁的津贴费用了吗？为什么我们的纺织厂、面粉厂就打入另册呢？"

荣宗敬打电话给林继庸，问："林主任，俗话说，兵马未动，粮草先行。难道我们的军队一个个都是活神仙，不吃不喝，也不需被褥、军衣？机器厂、钢铁厂与打仗有关，我们纺织厂、面粉厂与打仗就无关了？这岂非笑话！"

林继庸回答说："宗敬先生，你的意见我赞成，但政府有政府的考虑，认为内迁有轻重缓急，最急的和战争有关，机器厂、化工厂是造武器的，所以首先西迁，有的在八一三之前就迁了，那时还没有这些规定。我来上海找企业界诸公商量此事，没有找宗敬先生，就是这个原因。我已多次向实业部、资源委员会提出过这个问题，但运输工具、经费都有限，只能分期分批进行，其实，盱衡时局，一个工厂都不能落下。"

荣宗敬说："现在战争还在进行，打胜了，我们也用不着西迁，但战局进展不顺，迁厂也是无奈之举。我调查过了，我们三新公司在战区的申新纱厂、福新面粉厂在前一时期战事中，有的给日本人占领当仓库、办事处；有的被小日本投了炸弹，损伤严重，但还有残剩的设备、原料，可以抢救出来西迁。几家给小日本占领的面粉厂，兵力已大部撤走了，一旦撤空，可以伺机迁移。机不可失，时不再来，日商虎视眈眈，我们不迁，就会有资敌之危险。"

荣宗敬慷慨激昂地说着，林继庸在电话里"是、是"地回答着，他对这个有"纺织大王""面粉大王"之称的上海滩实业巨子的义愤之情非常理解。可是，林继庸有难言的苦衷，他没有调动一艘船、动用一元法币的权力，他只是做些具体的协调、动员、沟通的工作。等荣宗敬说完后，林继庸高声说："荣公，我一直很敬仰你，你是了不起的实业家，我会尽力的，只要是我们中国人的工厂，一家都不能留给小日本。不管什么行业的厂，能迁则迁，穿衣吃饭，人皆需之，西南西北纺织厂、面粉厂都很紧缺。"

听林继庸说得很诚恳，荣宗敬有些不好意思了，觉得刚才朝林继庸发脾气有些过分了，他好声好气说："林主任，对不起，我刚才说的那些话，不是针对你的，你别往心里去。听说何应钦是国家总动员设计委员会主任委员，他是军政部部长，他自然以军政为重。钱、车子、船舶都在蒋、孔、宋和何应钦这些大员手里，说句不好听的话，他们连自己的私货都来不及运,哪里会管我们这些民营厂的死活。"

林继庸说:"荣公言重了,你说的句句是实,荣家纺织面粉占中国半壁江山,这次一大半工厂毁于战火,实在可惜,能挽回的当竭力挽回。我虽人微言轻,也会向上报告,你们有献言,可直接呈报行政院。"

林继庸最后一句话提醒了荣宗敬。他带头联合刘鸿生、郭顺、吴蕴初、胡厥文、严裕棠、王云五等三十二名上海滩有影响的企业家联名上书行政院,批评国民政府缺乏长期抗战的计划,呼吁扩大协助内迁的范围,不能人为设限,作茧自缚。在林继庸等人的奔走下,1937年9月18日,资源委员会给行政院的《上海工厂迁移内地扩充范围请增经费案》,将范围扩充到纺织食品业、化工业和包括出版、新闻在内的印刷业。

其中吴蕴初的天利氮气厂、天盛陶器厂、天原电化厂、天厨味精厂拟补助迁移费六十五万六千元法币,增拨地四百三十亩,贷款一百七十万法币;虞洽卿的三北等八家造船厂拟补助迁移费七万六千元法币,增拨江边地六十亩,贷款二万五千元法币;商务印书馆、中华书局、大东书局、开明书店、时事新报、中国标准铅笔厂以及多家印刷厂拟补助迁厂经费。

然而,令人不解的是,纺织业、食品业仍没有被列入补助拨地的名单中,资源委员会给行政院的提案中是有的,林继庸等人也多次在会议上提到纺织业、食品业对于后方是不可缺失的。但国民政府依然听不进去,对于荣宗敬等上海企业家的联名呼吁不闻不问,荣宗敬气得拍案大骂。

无锡的荣德生也很恼火,想不通政府是怎么想的。就连当时的上海社会局都表示不满,在给实业部的公函中说:查军用工业战时固属重要,而有关民生之工业在长期抗战中亦不可缺少,况且我工业基础原来就极脆弱,而各种工厂又多集中于上海一隅,倘不设法迁至后方地带，则其未来直接间接之损失，实堪隐忧。

许多自动西迁的纺织业等轻工业企业，连一分补助费都没有，地块也是由自己购得的。如刘国钧，他的大成纱厂内迁了，未得到政府分文补助。即使已承诺补助某些企业的费用也迟迟没到位，甚至落入某些贪官私囊。运输工具的严重匮乏，还有通行证等人为设置的障碍，更不用说天上敌机的轰炸，路途遥远坎坷，这一切都为西迁增添了难以想象的困难。

据林继庸回忆，其实，1937年8月12日，即八一三事变爆发前一天，也就是江阴长江段大规模沉船塞江那一天，上海工厂迁移监督委员会在斜桥路42号举行第一次会议，决定事项如下：一、建立上海工厂联合迁移委员会。公选颜耀秋、胡厥文、支秉渊为正副主任委员，叶有才、严裕棠等八人为委员。二、上海各厂均可迁移。三、迁移目的地为武汉，或其他内地。四、上海各厂经苏州河或南市水、陆两路同时抢运。五、各厂按件计量由政府发给内迁津贴，每吨不得超过五十三元法币。六、职工和职员等随迁者每人发给津贴与生活费三十五元至四十五元法币。

然而，这些事项究竟有没有下发到各企业，现在已无从知晓。可以确定的是，荣宗敬并未收到过此类通知，否则他也不会和林继庸发脾气了。另外，第二天就发生了战事，战争成了最大的事情，在西迁问题上，企业家有积极的，有观望的，有消极的，整体形势十分复杂。

随着战事的升级，战区内的企业有的在中国军人控制范围内，有的在日军控制范围内，两个不同区域的工厂都在战火中不同程度地受损，不少遭到严重毁坏。在中国军人控制内的企业，当然允许迁移，但在日本人控制内的工厂，吃了豹子胆都不敢去动迁的。

有迁移条件且态度积极的企业闻讯后，纷纷前来要求协助迁厂。但是，通知中所提到的内迁津贴始终落实不下来。早在8月10日，行政院就批了五十六万元法币为上海民营工厂的内迁经费，但财政部迟迟不划拨。此时狼烟已起，费用猛增，欲内迁的工厂焦急万分，有的等不及的，弄到船就装箱走了。几经催促，财政部方才拨款十五万元。

然而得到支票后，上海各银行却奉命暂停兑现，后又宣布可以兑现，但限制提款，划汇头寸时每户每天限取一二百元，尽管有支票也不能一次兑现。一些工厂想用自己账户里的存款也不行。许多工厂动弹不得，不仅工资开不出，甚至连食堂都难以为继。

上海机器厂职工三百多人，每天只能喝粥，饥肠辘辘地拆卸设备、装箱。颜耀秋是该厂总经理，他急不可耐，焦头烂额，像热锅上的蚂蚁团团转。作为上海联合迁移委员会主任委员，他尚且如此，别的企业更是一筹莫展。

林继庸天天与银行交涉，毫无用处。银行称要财政部下令解禁。财政部会计司司长庞松舟是工厂迁移监督委员会的委员，受林继庸领导。但林继庸这个主任却联系不上庞松舟，庞松舟不在上海，南京的电话又打不通。

这天，颜耀秋听说庞松舟到上海来了，多方打听，才了解到他住在霞飞路（今淮海路）伟达饭店。颜耀秋赶紧拉着林继庸和大鑫钢铁厂总经理余名珏去饭店找他。他们找到了庞松舟，不料此公两手一摊说："对不起，我无能为力，这要问徐次长（财政部次长徐堪）才行。"

颜耀秋着急了，问："那可要命了！乱哄哄的，我们到哪里去找徐次长啊！这事怎么办呢？"

庞松舟笑笑说："别急，他人在上海。每天中午他都要来伟达饭店睡午觉，今天已经晚了，你们明天可以来找他。"

林继庸始终不吭声，他看了一下颜耀秋，摇摇头，撇一下嘴，终于憋不住了，对庞松舟说："庞司长，你也是迁移监督委员会委员。战争期间，战情多变，事不宜迟，内迁企业为了津贴的事，已等待了好几天，大家都在分秒必争。徐次长却非要打盹儿，真是不可理喻。还有行政院明明批了五十六万元，又一拖一再拖，末了仅拨了十五万元。

而且，银行还不肯兑现支票，这不是明摆着为难内迁企业吗？为什么要这样做，我们弄不懂了。"

庞松舟说："林主任，我也是小人物，银行的这些事，只有行政院、财政部、军政部等那些大人物才有权作出决定。蒋委员长的第一等大事，莫过于淞沪战争，他可能不一定会管银行的事。据我所知，银行限制提现，是担心战事引起挤兑，挤兑一旦成风，一泻千里，犹如山崩地裂，不可阻挡，所以政府不得不实行一系列战时经济政策与措施。"

林继庸说："组织上海企业内迁，正是战时紧急对策的一部分，这些企业是我们的命根子。国民政府行政院第324会议决议，以资源委员会为主办机关，严密监督，克日迁移。津贴是推动工厂迁移用的，现在一再卡扣，完全有违战时政策，一旦贻误，资敌的罪责谁都担不起。请庞司长催催徐次长。好了，我们明天再来。"

林继庸说完和颜耀秋等人转身离去。

庞松舟干笑了几声，回自己房间去。

次日一大早，颜耀秋他们来到伟达饭店等候徐次长，林继庸未去。在徐次长休息的房间里等了一上午，直到下午一时，徐堪才乘车来到饭店，踱着方步迈进来。有人见后连忙上二楼向颜耀秋报信，颜耀秋欣喜地感叹，财神菩萨总算等到了，说话间欲下楼找他。

庞松舟说："不急，不急，先让徐次长午睡后再说，否则批不成。"

颜耀秋点点头，这时脚步声已近房门，他四顾无处可藏，匆匆躲到阳台上去。从玻璃门缝偷偷望进去，只见徐堪进来，朝床上一横，随之呼呼大睡，庞松舟坐在沙发里看报，他都没有注意到。

苦了阳台上的颜耀秋等人，幸亏阳台上有椅子，他们不至于站着。但等了一上午，中午饭未吃，又渴又饿。阳台闷热异常，太阳直晒进来，个个大汗淋漓，又不敢出去吃饭喝水，只能忍着。午后两点了，徐堪未醒。三点了，徐堪仍在梦中。庞松舟头靠着沙发背，也打起了盹儿。

三点半，徐堪终于醒了过来，坐了起来，看到了坐在沙发上的庞松舟，打着哈欠问："松舟，有什么事没有？"

庞松舟连忙站起来，说："次长，颜耀秋他们来谈工厂迁移经费问题。"

徐堪不耐烦地说，叫他们进来。

庞松舟打开阳台门，让颜耀秋进房间。颜耀秋如获大赦，满脸汗水地进入房间，赔着笑脸连叫"打扰"，说明事由。

徐堪接过批文，签上"照办"两字，加盖私章。递给颜耀秋，说："怎么不早点找我？打仗了，迁移工厂不易。"

颜耀秋说："我们不知徐次长在哪里。"

徐堪说："我在南京财政部，会到哪里去？"

颜耀秋他们连连道谢，匆匆退出。

出得门来，浑身汗水已湿透衣衫，相视苦笑。来到一家小点心馆，各人吃了一碗冷拌面，把批文给了银行，支票才得以兑现。

但是，西迁的交通运输工具是一个难题。前面已提到，战乱中，军队征用了大批车辆、船只，用于战争之需。即使方法粗鲁一点，大家也理解和支持。还有一些船只被逃难者所乘所雇，也造成了交通工具的紧张。而国民政府根本没有统一安排，原先答应用于内迁工厂的交通工具根本不见踪影。卢作孚主动找到林继庸，愿派船在镇江西津渡码头接应上海西迁的驳运船只，但驳运船只都是木船。即便是载重量和安全性都很低的木船，当时都已非常缺乏，各厂只得自己设法寻觅运输工具。林继庸几个月中一直为船只、车辆着急，虽然组建了一个运输处，但使尽浑身解数的他一条船都没有要到。

原来，上海大批交通工具由宋子文一手控制。

战事发生后，中国银行董事长宋子文指使上海银行、交通及公用等各部门出面,成立了一个上海市运输委员会。会址就设在杜美路(今东湖路)杜月笙家中。这个运输委员会不隶属交通部,部长俞飞鹏也管不了。

上海工厂迁移监督委员会副主任委员颜耀秋是这个机构的委员之一,当时林继庸听了还很高兴,认为"这下有办法了"。可是,他们高兴得太早了,宋子文控制的这些轮船和车辆根本不会为西迁企业提供方便,而主要用于搬运他们银行的物资和私人物品,单单洋酒就达一千多瓶,有上百箱之多。还有宋美龄的东西,服饰、鞋子、首饰以及每天供她饮用的挤鲜奶的奶牛等,不一而足。

在上海市运输委员会的一次会议上,颜耀秋代表迁委会一再陈述工厂内迁的迫切性,关系到后方建设与生产军火支援前线云云,所以应该先到镇江,直至武汉。宋子文认为这将直接妨碍他自己的迁移计划,以为工厂先到苏州即可。会上,参加会议的人都坐在会议桌周围,唯独宋子文一人颐指气使地坐在沙发上。主持会议的人,不时扭头看宋子文的脸色行事。

颜耀秋一再坚持工厂迁到武汉是资源委员会的决定时,宋子文勃然大怒,从沙发上猛地跳起饿道:"不行!先抢出上海大门再说。银行是国之命脉,没有银行,企业怎么转得动。我再说一遍,抢上来以后,别说武汉,你们要搬到伦敦也行。"

宋子文声色俱厉,横竖不给上海工厂迁移监督委员会一艘船,他根本不把企业西迁当一回事,口口声声"你们、你们",好像工厂西迁与他毫无关系似的。

大家再也不敢吱声,都知道宋子文权势冲天,不是等闲之辈,惹不起的。颜耀秋等几个企业家壮着胆顶撞他几句,已经让大家为他们捏把汗了。大多数人只能忍气吞声,听他的调遣。后来,几乎所有的轮船都运了银行的物资和宋子文的私人物品。

随着日本援军在金山湾登陆,大场失守,宋子文等人知道上海告急，沦陷只是时间问题，又动用轮船、飞机将在苏州的东西抢运到重庆，因为彼时国民政府已迁都重庆。即使抢得快，但宋氏的私货——部分钢板来不及运走，全部被日军占有。

上海工厂迁移监督委员会开了两个星期的会，连一条小船都没有得到。后来全靠各厂自己想办法，重金雇到一些木船，才分批把部分关键的机件设备抢运出去。

此外，还有不少问题使内迁企业欲迁不能、欲留不甘，处于进退两难的境地，如通行证的问题。由于政出多门，互相矛盾，缺乏通盘考虑和统一安排，各地军队均在其防区自行颁发通行证，而领取手续繁杂。上海工厂迁移监督委员会运用各方面的关系，好不容易从上海市政府领到一百张通行证，却被财政部次长徐堪帮着宋子文半道拦截，硬是扣留了九十九张，迁委会忙碌了一场，仅得一张通行证。

直到 1937 年 10 月 17 日，宋子文的物资运得差不多了，林继庸才又争取到一百张通行证。然而，此时民营工厂的西迁已接近尾声，他们对政府不抱希望了，凭着一颗抗日救亡的爱国心，设法走上西迁征途。

上海工厂联合迁移委员会虽然无实权，但靠林继庸、颜耀秋、胡厥文等人多方设法、通融、斡旋，还是帮助一部分企业解决了津贴和土地问题。随着国民党军战场连连失利，西迁难度越来越大。有些人不得不抱着"破罐子破摔"的态度，干脆放弃了西迁的想法，听天由命。

荣宗敬就是其中一个。他呼吁了，但行政院没有采纳。他找了宋子文、孔祥熙，都碰了壁。他写信给何应钦，直言不讳地说："对于战争于企业造成的毁灭，有切肤之痛，但既无政府保护，又无具体的拆迁计划，还将纺织、食品行业排除在外，令人费解。粮棉之重要，三岁孩童都懂得，可某些指挥千军万马的人却不懂，昏庸之至，与何不食肉糜者何其相似乃尔？"话说得很犀利、尖刻。何应钦的秘书回电，让他找资源委员会副秘书长钱昌照。钱昌照坐镇南京，指挥西迁，但种种纠葛，他都知晓，自称实在帮不上忙。只得将信转给了林继庸。林继庸已经帮了，逢会必提。有感于人微言轻，对荣宗敬的吁请，林继庸实在无能为力，怀着惭愧的心情，向荣宗敬打了个电话，把情况说了一遍，说本来想上门解释，但觉得无脸见先生，同为企业家，只能在电话中道一声对不起。

荣宗敬理解林继庸的难处，说："林主任不必自责，此事你已尽力了，宋子文、孔祥熙、何应钦我都找了，他们都在踢皮球，根本不愿帮着做点实事。我确实想迁移，但现在看来，我一个锭子都迁不出，事至此地步，我只能听老天爷的了。"

从此，他不再提迁厂的事，但心里很失望，很悲哀，不仅仅是迁移的事情，而是战局已明显对中方不利。特别是大场失守和日本援军在金山湾登陆，对中国军队形成包抄之势。日本军队继续在猖獗地扩大战争，在上海美丽的郊区，暴行累累，但中国军队不屈不挠。侵略者的野蛮力量，在中国人不可撼动的爱国赤子之心面前头破血流。

日本人以为能像刀切西瓜那样轻易地在短时间内占领上海，但中国军队用坚韧、顽强和牺牲，寸血寸土地抵抗，日本人的飞机大炮无法让一个为国而战的民族屈服。

荣宗敬密切关注着这场战争，考虑着无锡申新三厂，茂新一厂、二厂、三厂的去向问题。他和弟弟荣德生约定，要吸取上海的教训，是否迁移要早做决断。

第六章

锦园成了第三战区司令部

1937年8月20日，国民政府军委会将全国划为五个战区。

京沪杭地区为第三战区，司令长官是冯玉祥，副司令长官是顾祝同，前敌总指挥是陈诚，加强了淞沪会战的指挥力量。作战方针为以主力集中华东，迅速扫荡淞沪日军海军根据地，阻止后继敌军登陆，或乘机把他们歼灭。

第三战区将十九个师六个旅的兵力分为三路：淞沪围攻军由张治中指挥，长江南岸守备区由第五十四军军长霍揆章指挥，浙东守备区由第十集团军总司令刘建绪指挥。

冯玉祥是坚定的抗日派，1933年曾组织察哈尔民众抗日同盟军抗击日军。"七七"事变后，冯玉祥主张抗战，但"千呼万唤"都得不到蒋介石的支持。当时盛传在一次中央会议上，因抗战要求为蒋介石所阻，冯玉祥气愤之极，欲拔枪自杀，被众人劝阻。

冯玉祥出任第三战区司令长官的消息传出后，上海人民欢呼雀跃，奔走相告。冯玉祥也很兴奋，这正符合他报效国家、指挥大军和日军决一死战的愿望。他表示自己定将不负众望，和敌人作战到底。很快，冯玉祥写下遗书后便只身前来履职。

第三战区司令部设在无锡荣宗敬的私家花园锦园内，之所以选择锦园是因为那里比较隐蔽，军队军车出入不易受人注目。当地驻军曾征求荣德生意见，荣德生代表哥哥荣宗敬一口同意，并派人把锦园里外打扫了一遍，把私人物品收纳起来，那时冯玉祥还未到职。

冯玉祥出身贫穷，生活俭朴，性格豪放，疾恶如仇。他是西北军首领，作战勇猛，是有名的虎将。冯玉祥是蒋介石的换帖兄弟，但一生与蒋介石因政见或对某些事情的看法不同而多次发生过争吵。两人一生恩怨相缠，直至反目成仇、彻底决裂，冯玉祥被蒋介石开除党籍。

中原大战失败后，西北军解体，冯玉祥只剩下少量的兵，空挂国民政府军委会副委员长头衔。冯玉祥没读过几年书，但他喜欢结交文人，曾隐居泰山，聘请文化界诸多进步人士为其补习文化，学文学，学哲学。他还在住室墙壁上题了一副对联"救民安有息肩日，革命方为绝顶人"，并以此作为自己的座右铭。

冯玉祥常称自己有两大爱好：一是骑自行车和打猎；二是等死，不怕死——等死几乎成了他的口头禅。在无锡锦园驻扎了几天后，一天冯玉祥骑着自行车来到梅园拜访荣德生。荣德生久闻其大名，赶忙把冯玉祥迎到诵豳堂。只见冯玉祥穿着一身皱巴巴的士兵服，一个剽悍的黑胖汉子，精神沉实，不失伟岸的气度。

冯玉祥不知这诵豳两字是何意，对荣德生说："宗铨先生，谢谢宗敬先生的别舍让我驻辕，你又捐了两万包面粉，你们也不容易啊。这次上海的工厂惨遭劫难，我们只能多打胜仗来回报你们了。"

荣德生说："冯将军客气了，锦园别舍能成为抗日军人行辕，是我们的荣耀。至于区区几包面粉，是一点小小的心意。除此之外，我们帮不上什么大忙了，打仗杀鬼子老朽无能为力了，只能指望冯将军了……"

冯玉祥哈哈大笑："我是个文化不高的大老粗，有时兴趣来了，写几首歪诗，因为我是当兵的，人称'丘八诗'。但这'诵豳'两字，我真的不懂，请宗铨先生指教。"

荣德生说："将军谦虚了，指教不敢。这两个字的意思很简单，是取自《诗经》里当年秦地农民咏唱农事的诗歌。不怕将军见笑，我和哥哥宗敬是农民出身，从小种地养蚕，现在虽不种地了，也不养蚕了，但我还是喜欢农民的日出而作、日落而息的生活。"

冯玉祥说："我也是农民出身，和老先生不同的是，我扛上了枪，当了丘八，你们兄弟成了实业界翘楚，但我们都是为了救国。可惜我没有什么大出息，都说我冯玉祥善变，反过蒋，又归顺蒋，一忽儿联合这个，一忽儿联合那个，但抵抗日本人，我从不含糊。面对外敌入侵，身为中国人，我们都要忘记那些恩恩怨怨，同心抗日，众志成城，枪口一致对外。"

荣德生说："我从报上读到了冯将军的抗日讲话，说得好，慷慨激昂，掷地有声啊！"

冯玉祥说："那是打嘴炮，真正的较量是在战场，那可是真刀实枪地拿命来拼搏。上海大战，事关国运，飞机、重炮、坦克，这都是好东西呀，只怪我们国家太穷了，国库空空的，买不起啊！无饷不聚兵，我的士兵至今还穿着单衣单裤，秋冬天还没有着落呢……我又要打仗，又要筹饷，八路军、新四军更寒酸，十个人中间只有五六人有枪，其余的武器是长矛、大刀……"

荣德生怔住了，说："武器就像我们纺织厂的织机和纱锭，缺少的话，纺不出纱织不出布来的，那何以实业救国？同样的道理，军队装备这么差，怎么和倭寇作战呢？"

冯玉祥说："中国军队有一件武器，是日本人所没有的，那就是正义感和勇气。凭这一点，没有了马鞭，我们同样会驰骋战场。日本人虽然武器先进，'得道多助，失道寡助'，日本人的行为，必遭天谴，我们可能会暂时失利，但最终胜利必属于我们。"

荣德生说："冯将军所言极是，将军刚才提到的秋冬军服，不知贵军需要多少套？"

冯玉祥说："要五六万套吧，还得加被褥。现在是夏天，上海又热又湿，士兵们都是光着膀子睡觉，或者和衣在坑道里打个盹儿。可到了十月份，天就凉下来了，单衣服勉强可以对付，如果这个仗打到十二月份，那就需要寒衣被褥了，这个钱我得向蒋介石要。老蒋这个人，对他的嫡系照顾得很好，一色的德国装备，可对别的部队，一向

第六章 锦园成了第三战区司令部

很抠门。"

荣德生说:"这个军服、被褥我们替冯将军解决,灰色卡其布还是黄色的?也算我们给抗战出一点力。"

冯玉祥连连摇头:"不行,不行,我再困难,也不能打你们的秋风。你们在战争中损失已经很严重了,又要西迁,这是大事,耽误不得。我劝你们把工厂尽快迁走,不管战争结果如何,日本人必定会对沪宁线城市狂轰滥炸,日本人可是要把我们的家底打个稀巴烂。"

荣德生说:"我们的公益铁工厂准备西迁了,正在找船。申新三厂和茂新面粉厂正在生产,铁工厂在制造手榴弹、地雷,等完成了订单就迁移。现在的问题是找不到足够的运输工具,我们自己有船队,但远远不够用。冯将军,军服被褥,我们出布料,服装加工费你们出,我们申新三厂不做衣服,得另找服装厂加工。冯将军不用客气,我是开纺织厂的,为抗日军队做几套服装还做得起。"

冯玉祥思考了一会,说:"这样,服装加工费我马上付,这点钱我还有。布料不能让你们捐助,我写张欠条,等我向蒋介石要到了钱,连本带利还给你。这已经是破例了,你不答应,我就不麻烦宗铨先生了。"

荣德生连忙答应:"好,好,就这么办,我答应你。"

冯玉祥说:"宗铨先生出手相助,临危受命,爱国诚意让冯某感佩,我也不说谢谢之类的空话了,我让刘副官明天来找你,具体商量这件事。"

荣德生说:"让刘副官明天来找我三儿子荣伊仁和四儿子荣毅仁,他们来经办这些事。不知将军在无锡能待多少时间?"

冯玉祥说:"此事不急,你们慢慢做,部队可能半个月时间会开拔,我会让人在这里等你们的。"

此时,冯玉祥的刘副官乘坐军用吉普车来到梅园诵豳堂,车上还

111

坐着一个外国人，他就是蒋介石的德国顾问亚历山大·冯·法肯豪森。

荣德生和刚刚到来不久的过国忠、钱雪元欲回避，被冯玉祥喊住了。冯玉祥说："只有老蒋相信德国人，我早就看透德国人帮助中国是黄鼠狼给鸡拜年，不安好心。你们别走，这是荣老先生的园子，怎么能烧香赶走老和尚呢？"

过国忠和钱雪元前几天曾代表商界、学界的青年去锦园第三战区司令部慰问抗日将士，冯玉祥接见过他们，所以他一眼就认出了俩人，但喊不出他们的姓名。荣德生作了介绍后，冯玉祥说："小过先生，你是技师，能替军队造手榴弹、地雷，这样的人才和工厂，是国家的宝贝，以后迁移到后方，请多多出力，多生产弹药武器，有什么困难，可以来找我。"

钱雪元知道冯玉祥早年去苏联考察过，是抗日名将，因此对冯玉祥很敬仰。当听到钱雪元说自己准备去武汉参加抗日，有投笔从戎的意思时，冯玉祥明白她将赴延安，但并没有说穿，只是鼓励她，念了花木兰的几句诗："万里赴戎机，关山度若飞。朔气传金柝，寒光照铁衣。将军百战死，壮士十年归。"

冯玉祥将法肯豪森和刘副官介绍给了荣德生和过国忠、钱雪元后，就问他们有什么事。穿着一身德式将官军服的法肯豪森看了荣德生和过国忠、钱雪元一眼，态度有些迟疑。冯玉祥明白他的意思，说："没事，他们都是爱国者。我的司令部锦园就是荣先生哥哥在无锡的别舍。这两位年轻人，都是讲民族大义的人，一位是来商量工厂内迁的事，一位还是学生，准备投笔从戎。他们都是荣先生儿子儿媳的好友，都是自己人。像暂时驻扎在锦园里的我的军官一样可靠，甚至更可靠，你有什么尽管说吧。"

法肯豪森用生硬的中文对淞沪一带的军事部署提出了一系列建议，提出应多研究现代军事作战方略，以早做应对之策。上海的战争打得很艰苦，中国的装备和战术都比较落后，只知道硬拼，建议冯司令改变应对之策。冯玉祥不以为然，说："中国是个落后国家，工业赶不上日本，武器也不如日本，这是事实，短期内不可能改变。除非德国多援助飞机、大炮、坦克、军舰，但你们的元首希特勒是不会同意的。因此，我们的战略战术等应面对现实，不同于敌人。当年在喜峰口作战，我第二十九军用大刀照样战胜了敌人，特别奏效，我何惧敌人的现代化坦克！"

法肯豪森苦笑一下，耸耸肩，没有再说什么。

冯玉祥对法肯豪森说："我十六日要去上海南翔地区视察，你有兴趣的话，一起去吧，把你刚才的意见向集团军长官张治中、张发奎说说。"

冯玉祥对刘副官说："明天你和荣四公子谈谈做军服的事，带好样品，布料由申新三厂提供，我们写好欠条，我签字盖章，等蒋介石拨款下来再还他们，记住，一个钱都不能少。做衣服的工钱，我们立即付掉。另外，你安排五辆军用卡车，送公益铁工厂西迁到武汉，派车技好一点的司机，带上几个卫兵保护。他们厂正在制造手榴弹、地雷，是我们当兵的衣食父母，一定要保护好他们，毫发无损地送到武汉。"

过国忠欣喜地说："冯将军，太谢谢你了，我们正发愁没有交通工具呢。不过，还要过一段时间才能西迁，我们生产的手榴弹、地雷还没有完成订单，大约要二十天。"

刘副官说："没事，我先把卡车和司机安排好，让他们等你。"

荣德生说："有劳冯将军了，会不会耽误你们的军务？"

冯玉祥说："五辆卡车就像你们荣家五台纺机，对于你们荣家来说就是九牛一毛，对我来说也是这样，哈哈……"

刘副官带了法肯豪森回锦园，荣德生和冯玉祥又聊了一会，荣德生执意要留他吃饭。冯玉祥说下次再来，今天回去要接听南京的电话和上海战况的电报，说完就骑着自行车回去了。

荣德生见冯玉祥孤身一人，一个卫兵都未带，就让过国忠和钱雪元骑车陪同冯玉祥回锦园。

冯玉祥去作战室（楠木厅）开会了，他叮嘱过国忠和钱雪元在庭院里逗留一会，吃完晚饭再回："钱小姐不是要投笔从戎吗？先和士兵一起吃顿饭，先体验一下军营吧！"虽然是国民党军队，但钱雪元对冯玉祥的印象不错，而且她从未见过军营里的生活，有着强烈的好奇心，她爽快地答应了。

俩人坐在草坪上，过国忠来过锦园几次，知道这锦园是1929年荣宗敬委托弟弟荣德生购买小箕山荡田两百余亩规划建成的，有锦堤、锦带桥、嘉莲阁、望湖亭、荷水池、楠木厅等主要建筑。园内一枝杨柳一枝桃，与鼋头渚、太湖三山隔湖相望，水势浩阔，帆樯点点，景致宏大。最初一次还是过国忠刚从交通大学毕业时，暑假和荣毅仁从梅园骑自行车到锦园的。

他们那次去见了荣宗敬。荣宗敬的卧室在山坡上一幢红砖洋楼里，他们坐在藤制的沙发里。荣宗敬赞赏过国忠设计的纺机比英美进口的还先进，让过国忠继续努力，以后专门成立一个纺织机械厂，让他任厂长，说得过国忠很兴奋。后来，过国忠随荣毅仁、杨鉴清又来过两次。

钱雪元没有来过，她只是听杨鉴清谈论过锦园的景色。可今天，他们没有机会游览锦园了，原因在于这里成了军事重地，也没有这个心思。钱雪元看了几眼锦园的景色就问过国忠："公益铁工厂肯定要迁移到武汉了？"

过国忠说："这句话你问过无数遍了，德生先生正式决定了，肯定将公益铁工厂迁移到武汉，等这批手榴弹、地雷做完就将设备装箱。本来还担心找不到船，冯将军答应借五辆军用卡车，这下帮了大忙了。但申新三厂临危受命，要替冯玉祥部生产五万套军服，几家茂新面粉厂也正在为部队生产军粉，暂时还不能迁移。"

第六章　锦园成了第三战区司令部

钱雪元欣慰地说:"我和赵雅安先去武汉,丁光羽早就去了,我在武汉等你。"

过国忠说:"好的,不过,我这里具体日期定不下来,我们说好了,无论如何你在武汉要等我的。"

钱雪元说:"放心,我们一言为定,你可不许赖皮,到时候再找借口改变主意。"

过国忠说:"我对天发誓,永不食言,一辈子当你的网球教练或者陪练。"

钱雪元笑着说:"就你这水平,马马虎虎当个陪练吧,别装模作样当什么教练了。"

傍晚他们在锦园的兵营食堂用晚餐,这里的军官和士兵其实并不多,除了冯玉祥的警卫部队,其余就是司令部的参谋、报务员、译电员和后勤人员。冯玉祥和下属一起用餐,饮食非常简单,大米饭和白馒头、红烧萝卜、炒茄子、白菜、炒鸡蛋和咸菜汤。冯玉祥一边大口吃饭,一边和下属说笑,气氛轻松,一点拘谨感都没有。

冯玉祥对钱雪元说:"这是我们最好的菜了,上海战场上打仗的战士,随身带几个干馒头、一壶水,就这么对付了。八路军、新四军更苦,小米加步枪,你这个大小姐可要做好准备啊。"

这时传来了飞机的轰鸣声,刘副官一听是日本人的飞机。他对冯玉祥说:"司令,日本人的飞机看到灯火密集的地方就掷炸弹,锦园灯火通明,作战室、食堂都开着灯。我担心日本人会知道这里是第三战区司令部,黄秋岳[*]这样的内奸可不是一个,司令是不是躲一躲?"

飞机声越来越大,听声响飞得很低,而且是在盘旋,食堂里的军人出现了骚动。冯玉祥若无其事,说:"躲什么?我不怕,不要说晚上

---

[*] 黄秋岳,中华民国时期知名政客,汉奸。1937 年 8 月 26 日,因出卖国民党封领长江计划情报和蒋介石行踪而被处决。——编者注

115

日本飞机找不太准目标，就是白天冲我来，我也不躲，我早就说了，我是等死啊，民不畏死，奈何以死惧之。我冯玉祥军装一脱，就是平民一个，吃饱喝足就够了。"说着，要刘副官再给他拿两个馒头来，再添一碗咸菜汤。刘副官马上站起来取来馒头和咸菜汤，一会儿飞机声音远去了。原来并不是轰炸机，而是侦察机。

第二天，刘副官和荣伊仁、荣毅仁见面，选择了比较牢固的卡其布白坯布（染成灰色）做五万套三种尺码的军装，同时选择做面粉袋的白坯布（染成土黄色）做五万件被褥。双方签了协议，刘副官签了张法币的支票，用于制作服装和被褥；布料费由冯玉祥签署名字、盖印章的空白纸，结算后，由刘副官填上布料数字和价格，加上三分利息，算得清清楚楚，毫不含糊。刘副官把借条给了荣伊仁。

荣伊仁郑重地说："刘副官，这借条免了，这布料我们捐了。父亲说，这是我们为抗战做点事，你对冯将军解释说，这是我们的一点心意，国难当头，匹夫有责，请冯将军不要推却。"

刘副官也郑重地说："这不行，你们不知道冯司令的为人，他是个干干净净的人，他带兵不允许搜刮百姓的财物。这借条他已经破例了，所以他不可能让你们破费的，欠条请你们收好，冯司令收到拨款就会还你们的。别推辞了，如果你们不收，我回去会被他骂得狗血喷头，他会亲自送来。"

话说到这个份儿上，荣伊仁看了一下荣毅仁，荣毅仁点了下头。

荣伊仁这才把欠条收下，对刘副官说："好吧，我收下，请禀报冯将军，这事别放在心上，我们不少这笔钱，那么多厂都毁掉了，这些布料对我们来说不算什么。你们抗日部队主动帮我们运送西迁工厂，为我们保住了最后一点家业，也是为国家保留一点工业的火种。你想想，我们捐一点布料是不是应该了？"

刘副官笑了笑说："我理解你们的用心良苦，但事情一码归一码。好了，谢谢三公子、四公子，铁打的营房流水的兵，司令长官和部队随时会调防，我们会留两个军需官在这里等，一旦做好了，司令长官会派人来取，估计那个时候，冬衣和被褥已用得上了。"

刘副官说："对了，9月12日，冯司令调任第六战区司令长官，距其出任第三战区司令长官仅一个月，蒋介石亲自兼任第三战区司令长官。"

冯玉祥离开无锡时，向荣德生提出要参观申新三厂和宝界桥，荣德生慨然答应陪同前往。这是一个早晨，荣德生乘黄包车到锦园，坐上哥哥荣宗敬的汽船，到鼋头渚，再乘刘副官在鼋头渚码头候接的军用吉普车，来到宝界桥。

无锡五里湖，是和太湖相连的内太湖，又称蠡湖，有西湖之静美，然而比西湖宏阔。有西湖的典雅清澈，环山逶迤，远山影影绰绰，但比西湖大一些，柔婉天然，气韵万千。西湖有许仙白娘子的传说，一把雨伞一段曲折的情缘；五里湖有范蠡西施的佳话，一条小舟一段漂泊隐居的生涯。故事是真是假并不重要，它们为这江南标志性的水域增添了几分神秘、几分浪漫、几分肃穆。

在宝界桥未建之前，人们需乘渡船从此岸到彼岸，然而至鼋头渚眺望雄奇的太湖，乘车者只能隔湖相望。荣德生一直想在湖面上造一座桥，把两岸连接起来。1934年，荣德生六十岁，他将亲友馈赠的寿仪六万元全部捐出建桥，历时一百七十三天合龙而成，对岸有山名为宝界山，桥因山名，故称"宝界桥"，长三百九十米，有桥洞六十个，象征荣德生六十寿辰。桥成时，百姓自发焚香燃烛进行庆贺。一向谦虚低调的荣德生一提到这座桥也会流露出些许自豪，说："我一生唯一事或可留作身后纪念，即自蠡湖直通鼋头渚跨水建一长桥。……他年我无锡乡人，犹知一荣德生，唯赖此桥。我之所以报乡里者，亦唯有此桥。"

冯玉祥和荣德生沿着宝界桥慢慢走着。冯玉祥赞叹不已，说："宗铨先生，这桥确实是长桥，你这是造福乡里啊！这五里湖，有海之气势,有江南山水之秀气,加上这座桥,不失为一处优美的风景。"

荣德生说:"修桥补路积点德,为桑梓略尽绵薄之力罢了,本人信笔写了篇拙文,名《无锡之未来》,希望无锡能在太湖之畔扩建新城。不过,日本人挑起战争,坏事做绝,城乡都被炸成一片废墟,无锡之未来只能打败小鬼子再说了。但愿能早日罢兵息战,堂堂中华,怎么就被倭寇搞得这么惨啊。恕我直言,这么大的国家,四万万人口,竟然打不过一个蕞尔小国。长江里沉了那么多船,来阻塞他们沿江西进,想想也太窝囊,中国军队连长江都守不住吗?还未开战,就把长江堵上了。"

冯玉祥孔武有力地说:"宗铨先生说得对,作为一个带兵的将领,玉祥惭愧啊,山河破碎、铁蹄横行,你们的工厂都成了战争的牺牲品。不过,玉祥不是胆小鬼,我对蒋介石说,我不惜这条老命和小日本拼杀,文官谏死,武官战死。小日本宣扬三个月灭掉中国,这是痴心妄想!这次总算国共联手了,国家之大幸啊。对共产党我是佩服的,他们战斗在穷乡僻壤,却生机勃勃,人气很旺。告诉你荣老一个消息,我奉命调到北方的第六战区了,今天正式和你辞行,我已做好马革裹尸的准备,如败而侥幸活着,一个败将,不仅愧对军中兄弟,也无脸见先生了。"

荣德生说:"冯将军言重了,老朽等着冯将军的捷报,祈祷冯将军活着凯旋。别说等死、等死的这些不吉利的话,打仗免不了死人的,但冯将军是一军之帅,可不能出师未捷身先亡,长使英雄泪满襟啊。好了,不说这些了。"

冯玉祥说:"对,不说这个了,刘副官,你带了照相机吗?我和荣老先生合个影,留个纪念。"

刘副官跑过来,为他们拍了几张合影照。

冯玉祥说:"上次偶遇桥梁专家茅以升,他的学校迁贵州了,搬迁费是汉口的实业家李国伟先生捐助的。"

荣德生说:"李国伟是我大女婿。他一直在武汉主持申新四厂和福新五厂。"

冯玉祥惊喜地说："真的，太巧了，荣家不愧为名满江南的望族啊！你们翁婿都是热心人、爱国实业家。你大女婿对茅以升说，以后发达了，要资助他造长江大桥。要真把长江大桥造出来，那可是了不得的事，是咱中国人的骄傲。蒋介石沉船塞江，荣家一桥飞天堑，那时，我要是不死，一定约了荣老游览长江大桥，并像今天一样合影。记住我的话，申三和茂新尽早搬迁到武汉去，宜早不宜迟，风口浪尖，兵火无情啊！"

荣德生连连点头，说："知道了，谢谢冯将军提醒，我明白宜早不宜迟的意思。"

参观宝界桥后，荣德生陪同冯玉祥和刘副官乘军用吉普到申三参观了工人自治区和一个纺纱车间。冯玉祥对工人自治区赞不绝口，说这在全国的工厂里是绝无仅有的一个管理模式。后来，他们在申三职员食堂用早餐，豆浆油条肉包子，冯玉祥吃得津津有味。荣德生照例是一碗面疙瘩汤，是用茂新的面粉做的，既充饥又能把控面粉质量。这个习惯，荣德生兄弟已保持多年了。有部分职员久闻冯玉祥大名，都围了上来，冯玉祥和他们说说笑笑："你们食堂的饭菜比我们部队好多了。我们的士兵吃了后，都不愿当兵了，情愿来当工人了。吃得好，还有夜校、医院，宿舍又干净，我和刘副官也愿意来了，替你们荣老板护厂。"大家笑了起来。

第二天，冯玉祥就离开了无锡，去南京面见蒋介石，参加关于淞沪会战的一个重要会议。会上宣布了对冯玉祥新的任命，张治中、顾祝同等参加了会议。北方的日军步步进逼，调冯玉祥去北方和日军作战，还是考虑他对北方的熟悉，希望他把北方的日军牵制住，避免让其南北夹击，坚决阻止他们沿着津浦路南犯，进攻长江腹地，尤其要护卫兵家必争之地重镇武汉。这个地方位于中国的中心，西进蜀地西北，东连江南华东，自古以来就是战略要津，历来撩拨着交战双方

119

的神经。

公益铁工厂到十月底才完成手榴弹、地雷等武器的生产任务,交给了军需部门,而申新三厂承担的五万套军装和被褥生产任务并不轻松,到十月底只完成百分之六十。此时,申新和茂新的订单还在增加。

荣德生征得哥哥同意后,决定首先迁移公益铁工厂,由过国忠负责将机件设备装箱,日夜不停,耗时一个星期才装好。过国忠准备随五辆军车西迁到武汉。但荣德生临时变卦了,他不放心荣伊仁随船运纺织厂设备,要过国忠留下来协助拆申三的织机、纺机,然后陪伴荣伊仁一起乘木船绕道到镇江,找卢作孚的江轮去武汉,由大女婿在武汉接应他们。公益铁工厂的设备由会计师许晓轩负责押运,由几个带枪的卫兵守护,司机也是军人,车子是军车,估计路上比较顺利。许晓轩和几个老工人可以担当了。让过国忠陪着荣伊仁,荣德生放心些。荣毅仁则留下来和父亲一起维持工厂的生产。

过国忠思索了一下就同意了,他本来拟向荣德生说明一下自己想早点和钱雪元会合的情况,也考虑委托荣毅仁代他去解释,但他憋住了。过国忠知道,钱雪元等他等得有些不耐烦了。后来,她和赵雅安先去了武汉。无锡企业的迁移,荣德生是经过深思熟虑的,过国忠不好意思推托。反正迟不了几天,由他陪伴荣伊仁也在理。军车走陆路要绕上很大一个圈子,只是由军人押运会安全些,过国忠不愿荣德生、荣毅仁误解自己胆小怕事。

天气一天天冷下来,"无边落木萧萧下,不尽长江滚滚来",局势就像长江之水,呈无形之势,半个中国陷入战火,历史的长河"惊涛骇浪,卷起千堆雪"。身在武汉的钱雪元由赵雅安陪着,住在八路军驻武汉办事处招待所,等待过国忠到来后再一同赴延安。

一批又一批的青年去延安了,但过国忠却迟迟不见踪影。虽然过国忠来过几封信,称快了,快了,但只听到雷响,不见雨下来。钱雪元心里很着急,寝食难安,有几次想与赵雅安不等了,跟着某一批人员一起过去，但最后她还是忍住了，耐着性子继续等下去。

在一场气势如虹的民族工业大迁移拉开帷幕后，无锡纺织业的申新三厂、庆丰、丽新、广勤、豫康、协新和赓豫等纺织厂、毛纺厂，针织业的中华针织厂，缫丝业的华新和永泰丝厂，造纸业的利用造纸厂，机器制造业的公益铁工厂、公艺机器厂、广勤机器厂和震旦机器厂都被江苏省的资源委员会列为内迁对象。

但是，因为缺乏交通工具，也没有迁移补贴，各企业难以迁移。随着战事的急转直下，无锡工厂的内迁计划多数未及实施。截至1937年底，无锡众多工厂中仅有荣家的公益铁工厂和薛震祥的震旦机器厂迁至武汉再转迁重庆，谈家骏的合众铁工厂迁至广西全州。

公益铁工厂有各种车、刨、钻床一百余台，具有制造母机百余部、每日能出新式布机八台的机器制造能力。由于各种原因，这些机件设备在1937年10月底才由冯玉祥提供的五辆军用卡车经宜兴、广德运至安徽、江西，再至武汉。路上车队曾遇到一股土匪，专门抢劫富豪装运家产的车队，其中不乏军用车辆，但这伙人打开木箱发现是机件设备，觉得一点价值都没有，车队才有惊无险地离开。

在公路上行驶，往往会有日本轰炸机跟踪俯射、投弹，幸亏司机是军人，久经战场，一听到飞机声，就能分辨出是日机，便驶进树林或山洞躲避，但有一辆卡车还是中了一弹，部分机器受损。这些机件设备最终到达武汉后，由李国伟接收，存在申新四厂的仓库内，后武汉告急，由李国伟迁移到重庆。1938年6月，在重庆菜园坝租地建厂，定名复兴铁工厂，仍以生产手榴弹和地雷等军工产品为主业。

与此同时，申新三厂利用自家船队的几艘船和租来的木船，迁出第一批旧的粗纱纺机三十部和新购买的布机二百台，10月中旬又迁出第二批四十台布机及部分棉花和纱布。这两批设备经过伪装——船上覆盖树枝、茅草等物，循运河用人力划出。每船相距几百公尺，互相照应，途中几次遇敌机来袭，就停泊于芦苇荡中暂避。到了镇江口岸，却遇到了一件意外的事，镇江海关人员百般刁难，坚持要见资源委员会开具的内迁证明后才予放行。

荣伊仁不得不从镇江坐火车到南京，找资源委员会开内迁证明，被告知江苏不需开内迁证明，只有通行证，但因为船只要服从军事需要，因而江苏资源委员会很少领到通行证。荣伊仁到处碰壁，又回到船上。

如此一来，装有两批设备的船只泊于西津渡码头，眼睁睁地看着无数张挂帆叶的木船、小火轮驱动的拖驳及江轮繁忙地在宽阔的江面上驶过，倒是十分壮观，而日军轰炸机几乎每天来长江空中投掷炸弹、俯冲扫射，船只被炸沉炸毁已是常见现象。荣伊仁和过国忠茫然焦虑，终日惶惶。进不能进，退不能退，主管部门互相推诿，上海说得很清楚，无锡的企业不属上海管，江苏也有资源委员会的驻地机构，江苏又一味地推。申新三厂虽然在无锡，但是三新总公司管辖的厂还是要上海工厂迁移监督委员会和上海企业内迁联合委员会管。荣宗敬接到过国忠从镇江打来的电话后，马上打电话给林继庸。

林继庸已经被折腾得筋疲力尽，他表示，通行证早就没有了，他给镇江海关打去电话。结果打下来，海关回答，我们只认通行证，不认人。

林继庸说："申新三厂不要政府补贴，用自己工厂的船，已经到长江了，就不要为难他们了。"海关负责人还是坚持不能放行。

气得好脾气的林继庸在电话中大骂："你们是不是看到这些厂被敌人炸掉才舒服。这是非常时期，内迁一个厂给抗战增添一份力，这个道理你懂不懂？"

对方说了句"我不懂"，就把电话搁下了。过国忠犯了一个错误，海关卡他们的脖子是为了索要好处，但他没有想到。如果给上一二千元法币，不需任何手续，他们马上就会被放行。颜耀秋后来感慨地说："如此荆棘载途，难怪部分厂商视内迁为畏途，望而却步。假如当时政令统一，能有一个机关公平合理地分配运输工具，并主发通行凭证，不失时机，处理得当，公而忘私，我们工作必可增加许多方便，动员更多厂，抢救更多的机器和物资。"

除了海关的原因，还有政府的原因。随着局势的紧张与大批内迁工厂的起运，一些原先观望、犹豫的厂家也积极要求内迁了。由于数量猛增，经费不敷，资源委员会向政府要求增加经费。国民政府此时的态度却变得谨慎、暧昧，原因何在呢？

由于日军大规模入侵，沿海、沿江一带各省市均有受日军破坏及占领的危险，工厂内迁以防资敌当然是应该的，如此大规模的西迁，急需统一协调，在运输和经费上统一办理。但如此多的工厂，如何迁、迁往哪里、怎样重建复工、土地怎么安排等问题，处在动荡不安之中的国民政府不仅没有通盘考虑，而且有不堪重负之感。更何况国民党仍然对国联出面调停充满幻想，对大规模内迁工厂，嘴上说得多，实际上不使劲或者使不上劲。

1937年9月27日，新成立的工矿调整委员会全面接管工厂内迁事务后，举行了第一次会议，作出了几项关键性的决定，将原先自由报名改为有条件限制。即迁移厂分为两种：一为军需厂矿，二为普通厂矿。军需厂矿为必迁，此类工厂的迁移为强制性，政府予以补贴、奖励。普通厂矿原则上自愿内迁，但必须经过主管部门核准与"斟酌选择之"。除主持机关认为有特别援助之必要者外，其余除予以免税、免验、代征地亩等优惠条件外，不再予以补贴，全部自行办理。

1937年11月12日，上海失守，参加淞沪抗战的军队向南京方向撤退。上海沦陷后，沪上几乎所有知名的商贾大亨都连夜出逃避难，只有少数人留了下来。

年过七旬的虞洽卿没有走。他思量再三，决意留下。8月淞沪会战的时候，百万难民挤进弹丸之地的租界。虞洽卿再次担当"调解人"，他奔走呼号，发起成立上海难民救济协会，自任会长，英商迈克·诺登为副会长。该会设三十余处收容点，按期支付代养金，先后收养难民八万余人，发放八十一期给养，共计九百七十余万元。为了阻止日军西进，虞洽卿的轮船或被沉江或被征用，他总算尽到了一个匹夫的责任，为他前半生的劣迹做了些弥补。

日军占领上海后，对港口和海面进行全面封锁，全市陷入米荒。又是虞洽卿出面召集各行业公会开会，倡议成立上海平粜委员会。他恳请各公会先行垫款，以便购买南洋大米，保持物价平稳。为了避免运米轮船被日军击沉，他与意大利商人合开中意轮船公司，船挂意大利和中立国挪威、巴拿马国旗。所运大米均按市价七折出售，差额由各公会捐款补贴，平粜米共办三十多期，被颂为善事。

也是在这段时间，各方政治力量角逐上海滩，像虞洽卿这样的老牌商界头面人物自然是被拉拢的对象，他又收到了夹有子弹的恐吓信。这是他继1911年的辛亥革命、1925年的"五卅运动"之后，第三次遭到政治势力的生命威胁。

在诡异和动荡的乱世，企业家总是被要求选择立场。虞洽卿于1941年春离沪去了重庆。1945年4月26日，他因急性淋巴腺炎突发去世，弥留时遗嘱捐献黄金千两，"用以支持国民政府抗战"。虞氏殒后，国民政府赠匾额一副，上书"输财报国"四字。此匾迄今仍悬于浙江省慈溪市东郊伏龙山下的虞洽卿故居。数十年后，虞氏事迹鲜为人知，其老宅倒是因建筑精巧而成当地的"重点保护文物"。偶有游人踏春参观，仰见此匾，只当是一块称颂亡者的寻常俗物而已。

荣家在上海的最强对手日本丰田纱厂——就是1935年竞购申新七厂未遂的那家日本企业——趁乱雇用了一批日本浪人和黑社会分子冲进已遭严重破坏的申新八厂，用重磅榔头把残余的一百二十六台精纺机尽数砸毁，车头、马达、油箱全部砸烂，皮带盘、滚筒也打得粉碎，还把仓库里的棉花、棉纱、棉布全部抢走。1937年11月26日，无锡沦陷。在此之前，五万套军装、被褥刚刚完成，由冯玉祥部的军需官用卡车提走。

由于汉奸告密，日本军队知道申新三厂曾经为中国军队生产过军需，因而申新三厂成为日军的重要攻击目标，他们用火药和柴油焚烧了工厂和仓库。来不及迁移的茂新一厂仓库里的四万袋面粉被日军抢劫一空，然后放火焚烧厂房机器，大火烧了半个多月。其余的两家茂新面粉厂库存的几万包面粉和数千担小麦，还好在最后一刻被全部运出来为中国军队做军粮。

消息传来，过国忠意识到停泊在镇江码头的设备不能再停下去了。那位参加过长江江阴段沉船的民生公司的队长陈大春，建议过国忠雇小船，像燕子衔泥那样装几箱设备偷越关卡，能装多少是多少。但过国忠觉得这样太慢了，不知要装到何时何日，没有接受陈大春的建议。

他们找到镇江乡间的荣家的麦庄，设法将设备机件掩藏在麦庄的堆栈里。日军占领镇江后，由于汉奸的出卖，这些纺机、织机均被日军掠夺。申新三厂西迁就此中途夭折。过国忠最后辗转来到武汉，在路上耽搁了不少时间。

荣毅仁则从无锡回了上海租界。荣宗敬接到李国伟从武汉打来的电话告知申三内迁失败后，兜头又被浇了一盆冷水似的，一个寒战，猛地瘫坐在摇椅里。摇椅摇晃起来，他隐约听见了身上发出的嘎吱声响，仿佛骨头在碎裂。过了一会儿他才坐起来，碎裂的不是骨骼，而是他的心。他的心感到灌了冰块似的寒冷。荣鸿元说："爹爹，你要想通，那么多厂都变成废墟了，何在乎几百台纺机呢？"

荣宗敬喃喃说："日本人破坏的，我没办法的，可我要内迁，却自己人卡自己人，我怎么能想通呢？"说完，长长叹息了一声。

有人说，都是替冯玉祥做部队军装，耽误了申三和茂新的西迁。荣德生说："西迁不是给冯玉祥耽误的，是给南京政府卡住的，即便给

125

冯玉祥耽误了一点时间，也是值得的，这没有可后悔的。"

荣德生与哥哥商量后，决定由荣德生去武汉，将福新五厂、申新四厂管理好。这是除租界之外，荣家在外地最后的资产了，不能让它们受到损失了。荣宗敬留在上海维持在租界的工厂，租界虽成为孤岛，却令人诧异地呈现出畸形的繁荣。江浙两省的有钱人大量涌入租界，无事可做，整天寻欢作乐，灯红酒绿，极尽奢华之能事，消费需求极其旺盛，连昂贵的钢琴、名家字画、水晶吊灯、古董都卖断货。留在租界的在工部局注册为英美企业的几家申新纺织厂和福新面粉厂的产品供不应求，获利甚丰。

战争让荣家分成了几摊子，各自为政，而荣德生和哥哥荣宗敬就此永诀。像荣家这样欲迁者而无法迁移的不是少数。据统计，整个上海共迁出工厂一百五十家左右，仅占上海工厂总数的百分之二点五。1937年11月初，上海市社会局调查统计显示，当时查得被毁工厂二千九百九十八家……其时南市的我国军队尚未撤退，而事实上南市的工厂计二千二百七十二家，占工厂总数的三分之二以上，所以沪市的全部工业损失，当在八亿元以上。

第七章

兵工厂的西撤

按照大多数人的理解，兵工企业在战时应该火力全开，西迁的优先级最高，应该是不折不扣的西迁的先行者，而且资源委员会等类似组织也优先把兵工企业列入必迁行业。就是与军工有关联的工厂，如机器厂，也被列入重点关注和支持西迁的行业名录，并在津贴、交通运输、土地安排等方面给予优惠。

但事实并非如此，兵工厂的西迁整体落后于民营企业。原因很简单，那就是上海的这场侵略和反侵略战争厮杀得非常艰苦、非常残酷，炮火连天，弹片横飞，浓烟蔽日。中国军队的精锐遭受重大伤亡和重大损耗，急需南京、上海和各地的兵工厂夜以继日地生产武器和弹药，支援和补充前线的需要。因此这些兵工厂不仅不可能及早西迁，而且生产几乎停不下来。

资源委员会专员、上海工厂迁移监督委员会主任委员林继庸在1937年7月28日主持关于西迁的会议后，于八一三淞沪会战前夕到达上海进行动员。8月22日以后的六天内，有四家工厂调动二十一艘木船装了数百台机器率先从上海启程，奔向那时还很平静的武汉。迁厂不是一蹴而就的事，拆卸机器设备十分烦琐复杂，某种意义上而言，比新安装设备机器的难度还要大。但二十余天时间，四家工厂都完成了拆卸、装箱、装载等事宜并踏上西迁之路，这速度够快的了。

可兵工厂要慢得多。兵工署署长俞大维鉴于战局的不利，上海大势已去，败局已定，于是下令上海等地所有兵工厂要在11月15日前迁往后方。但大多数兵工厂仍按兵不动，俞大维的命令是一纸空文。上海于11月12日失守，南京的金陵兵工厂16日才接到搬迁令，这时日

第七章　兵工厂的西撤

寇已占领无锡，在江阴和中国守军激战。好在金陵兵工厂在 9 月间已先将枪弹分厂和三百余工人迁往重庆。

金陵兵工厂是一家规模较大的综合性军品制造企业，拥有机器设备一千多台、职工二千八百人，年产重机枪六百挺、迫击炮四百八十门、迫击炮弹二万零四百发。在"一·二八"和"八一三"两次淞沪抗战中，该厂都给中国军队输送了大量武器，功不可没。金陵兵工厂生产的重机枪和迫击炮与德国或日本造的重机枪、迫击炮的性能差别不大，战士们都很喜爱它们，把它们当作宝贝。因此，金陵兵工厂的重要性在当时的兵工厂中是无可替代的。金陵兵工厂的迁移非常重要，但也是很不容易的。

金陵兵工厂是非迁不可的，万不得已时哪怕毁掉，也绝不能落在日本人手里。金陵兵工厂的厂长李承干非常清楚这一点。他是日本留学生，曾在东京帝国大学攻读机电工程科，回国后在 1927 年被任命为南京金陵制造局工务科长，潜心研究枪械、弹药制造。第二年金陵制造局改名为金陵兵工厂，他被任命为工务处长。1931 年 7 月，43 岁的李承干被破格提升为厂长。当时，国民党军队在抗战初期的武器装备非常落后，除了几个师使用的武器是德国制造外，其余部队的装备都比较差，远远敌不过日本军队的武器。李承干研制出了宁造 24 式马克沁重机枪、82 迫击炮等重武器，性能精良，填补了空白，享誉兵工界，曾获国民政府九次嘉奖。

当时，国民党规定兵工厂的职员都要加入国民党。李承干拒绝加入，并对国民党元老张继说："我曾见到一些党员，所作所为均未遵照'国父'遗愿，违反三民主义。我虽非党员，但敢自誓所行所言迄今未违反三民主义。"李承干曾三上辞呈，宁愿不当厂长，也不愿加入国民党。当局后改定"技术人员应笃信三民主义，不必一定入党"，他才未离职。李承干在兵工企业二十年，其中任厂长十七年，由少将升至中将军衔，坚持洁身自好，清廉平淡，离职时所携只有几个装衣服和书籍的旧肥皂箱，一生未曾婚娶，常以"匈奴未灭，何以家为"自勉。

淞沪会战期间，金陵兵工厂作为国民党军队最大的武器库屡次遭到日机的轰炸，但每次被轰炸后，李承干都身先士卒、以身作则带领员工迅速复产，最大限度地为前线将士提供武器弹药。后来形势越来越严峻，兵工厂面临被日军炸毁的危险，李承干才同意将工厂西迁。

金陵兵工厂枪弹厂9月中旬迁到重庆后，随即转运到南岸铜元局安装机器，准备恢复生产。而南京工厂暂缓迁移，仍坚持生产，撤离时间等候兵工署命令。

当时，卢作孚正在南京，9月间，他筹组镇江办事处后，就与金陵兵工厂商谈迁厂事宜。10月，金陵兵工厂与民生公司开始商谈所属枪弹厂此前未能带走的两千吨器材西迁四川的具体问题。10月18日，双方在南京签署合同。

这是民生公司第一次承运兵工器材，卢作孚亲自调度，安排了民本轮、民风轮、民元轮等六条装载量最大、质量最优的甲级江轮载运。公司上下都十分重视，各就各位，采取一系列措施确保这批器材顺利西迁。

双方商定的路线是，金陵兵工厂将设备装箱后，由本厂的船只运到芜湖，民生公司的江轮在芜湖受载，运至重庆。但不料设备的拆卸装箱比预想困难得多，加上运输到芜湖这段水路敌机轰炸频繁，所以运至芜湖时比预定时间延迟了。

按时到芜湖的民本轮一面装载一面等候，被耽搁在芜湖码头。按计划接踵而至的民风轮，也只好在码头候载。民生公司不得不改变计划，将原拟按计划下行的民元轮暂泊汉口。

将两千吨货物直运重庆，对民生公司来说是驾轻就熟的事，公司原计划在半个月内将设备、器材运到重庆。李承干查明原因后，改进了拆卸装箱方式，并雇用了较大的船，尽量在夜间运输，抢回来一些时间。民生公司的船舶一艘艘抵达芜湖码头，装载货物后开足马力沿长江西进，最终提前一天抵达重庆。

第七章　兵工厂的西撤

民生公司成功迁移了金陵兵工厂的部分器材，取得了兵工署的信任，为以后承运大批兵工器材西迁打下了基础。

1937 年 11 月 16 日，金陵兵工厂在战争逼近南京之时接到西迁命令，随即开始全厂拆迁。李承干和全厂职工一起，将多种炮弹和炮弹制造设备，以及发电设备等机械材料共四千三百余吨拆卸装箱。12 月 1 日，分水、陆两路全部撤离，其中水路由船舶司令部预先准备的船只承运，目的地是武汉。

李承干和职工们站在厂门口，时已初冬，大地冰凉，万物凋敝，下着雨，大家站在尖厉的风中，面向工厂大门脱帽三鞠躬挥泪告别。一片静默。只有雨水落在雨伞上的声音，还有家眷轻微的抽泣声。

"The hell is other people"（他人即地狱），李承干轻轻地说了句英语。"他人"当然是指日本人。他放下雨伞，大声说："再见啦！我还会回来的！"

他的话表达了全厂职工的愿望和决心。

李承干说完，又看了下灰蒙蒙的天空。远处竖着几根大烟囱，其中有两根烟囱只剩下半截，这是被日本飞机炸掉的，像两棵截去了树冠的大树，孤零零地站在那里。

李承干等众人转身走到码头，登上松浦轮前往武汉。这时，留在南京的家属顿时迸发出一片号啕的哭声，职工们个个淌着眼泪，心里都很辛酸。而他们没有停下脚步，只是频频回首。

李承干回忆："国破家亡之痛，猛袭万人之心。当同人离京之日，江边等车站哭声震耳。不能挈将西上之眷属，痛极号啕，呼天抢地，此别无殊锥心，旅人千百均深蕴悲壮之情，萧萧易水，其景差复相同。"

金陵兵工厂大批机件被撤离南京后，尚有七十吨机枪毛坯件未及运出。留守这最后一批器材的工人姚志良、王相越、吴堂三人想尽办法找到了几艘木船，于 12 月 6 日，距离南京沦陷仅一个礼拜之日，才

131

将这批七十吨器材装运上船。木船依靠风力和人力绕道向武汉驶去，经过两个多月的水上颠簸，才到达安徽望江，然后搭轮西上。

到达宜昌后，由于民生公司在宜昌的装卸设备不适配，转口速度缓慢，金陵兵工厂于是自雇木船运往重庆。装卸没有起重设备，笨重的设备全靠滚木、扁担、绳索搬动。木船自身没有动力，只能靠风力和人摇橹、撑篙、拉纤前进，而三峡两岸高山连绵，悬崖峭壁，处处千仞之渊，猿声啼叫，狂风怒号。这是一段曲折艰险、水流湍急的航道。又是逆流而上，加上头顶时有日机轰炸，船时行时停，行驶速度很慢，但乘桴远行，纵使难上加难，西迁此志不改。工人们和雇用的纤夫一起，沿着崎岖不平的江滩拉纤，大家光着膀子，打着赤脚，用上海、南京、湖北、四川各地不同的口音汇聚成高亢有力的号子，将重载的船只一寸一寸拖过浅滩激流。

装运主机的木船行至万县时，遭遇敌机轰炸，船被炸弹激起的巨浪打翻，工人们纷纷跳进江中打捞机器、扶正木船并装载好后继续上行。1938年1月，金陵兵工厂又在宜昌雇到了十二艘木船，载运紫铜、钢材、机器设备西迁，因重雾锁江，水路险恶，船工凭经验航行，虽然小心翼翼、如履薄冰，但两艘船在巴东江段还是触礁沉没了。工人们顾不上江水寒冷刺骨，顽强地将落入江中的设备和材料全部打捞上来，人员和物件都无损失。金陵兵工厂西迁大部队抵达重庆时，已是1938年3月8日。

那些与西迁职工分开走、单独赴川的员工家眷更是一路艰辛，伴随着带血的涕泣，跌跌撞撞地踏上西迁的路。因为出发时船只承载不了足够的人，只挤得下机器设备和员工，五百余名家属只能另行取道离开南京赴千里之外的重庆。

家眷们携老扶幼，背着行李，往西跋涉。一路上都是仓皇逃难的人，撕心裂肺、生死离别每天都在上演。大家饱受饥渴、寒冷、病痛的折磨。途中因过度疲劳、急病发作去世的有好几个，人们将其就地

第七章　兵工厂的西撤

安葬后,继续行走。一行人终于到达重庆,每个人都变得比难民更像难民。

乘船的员工先行到达重庆,在预先选定的地址上卸下比生命还要宝贵的设备机件和金属材料。落好了脚,李承干立即安排人去接应家属队伍。当接应的人见到疲惫不堪的家属时,大家都抑制不住抱头痛哭起来。

对于这一史实,李承干有一段文字记述:"维时吾人为期早日复工,赶造枪械,供应国库,杀敌致果,虽雨雪载途,敌机频袭,亦不稍馁。计自汉口而宜昌,而万县,以至重庆,几经转驳装卸,各位莫不以同样的努力,始终无懈,夜以继日,不分职别,不分员,不计辛苦,分途迁运……"

在金陵兵工厂枪弹厂迁移期间,承运的民生公司船舶还曾协助杭州、南昌两家飞机制造厂搬迁。

一家是中央杭州飞机制造厂,该厂设于杭州笕桥。早在1937年8月战事开始之时,航空委员会为保存实力,决定将飞机制造厂迁往武汉。所有机器设备装箱后经火车运往芜湖,在芜湖联系民生公司的船舶运到武汉,重新组装后在武汉南湖机场附近一处旧厂房中恢复生产。在武汉期间,中央杭州飞机制造厂共修理和制造了飞机一百二十八架,工厂规模得到了扩展,员工增至一千五百多人。后遭日机轰炸,迁入汉口租界内,过了一段时间又迁往云南边境地区。

这家飞机制造厂抗战期间一直生产飞机,除了战斗机外,还有运输机。美国飞虎队和苏联志愿空军大队在中国内陆建立机场后,该厂又派技工参与飞机修理和地勤服务。

另一家是南昌飞机制造厂(抗战时名为空军第二制造厂),该厂于1937年建成主厂房八座,其中总装厂房面积达五千平方米,设备从德国进口,在当时堪称全国最先进的飞机厂。1937年,该厂开始仿制飞机，抗战爆发前共生产布瑞达 25 式教练机二十架，还有数架萨伏亚 S81 轰炸机。

在生产逐步发展时，全面抗战爆发。日本人对中国的兵工企业尤其是飞机制造厂了如指掌，在其军事地图上，每座山、每座桥、每个村庄、每个工厂和学校都标得清清楚楚，而且准确率达百分之九十，比中国军队自己的地图还要精确。对于南昌这家飞机制造厂，日本人早就掌握了，而且成了重点轰炸目标。一连几天，日机对南昌飞机制造厂狂轰滥炸，厂房悉数被炸毁。厂长率领员工把残存机器设备整理装箱，雇了大木船，装运货物向重庆迁移。由赣江进入鄱阳湖到九江，在九江期间联系江轮将全部器材运到武汉，转往宜昌。从宜昌开始由民生公司承运至重庆，后在距重庆两百里的南川县境内的一个深八十米、宽五十米的天然大溶洞中重建工厂。抗战期间，重建的南昌飞机制造厂一直在洞内坚持生产。

1937 年 12 月，兵工署派员找到民生公司汉口分公司，商洽兵工厂西迁事宜。与上次不同的是，因水位下降，民生公司的大轮不能直接航行至重庆，需分为武汉至宜昌、宜昌至重庆两段运输。武汉至宜昌用吨位大的江轮，宜昌至重庆则改用吨位小的江轮。兵工署同意了，实际上，除此之外没有更好的办法了。12 月 15 日，双方正式签订了一万吨器材的运输合同。

民生公司对一万吨军工器材的货运船只做出安排：武汉至宜昌段，民元、民权、民风、民俗等六轮；宜昌至重庆段，民主、民苏、民熙等六轮（后来卢作孚又增加了民安等三轮，共九轮）。关于运费，汉渝全线每吨货净运费五十二元（汉宜十五元，宜渝三十七元），价格低于国有和其他民营长江航运公司的收费。

合同签订后，卢作孚担心运输船只会被部队和政府部门等强势单位临时征用，于是要求兵工署将双方的协议上报军政部，要求言明

"值此军运拥挤,以上各轮在专运兵工期间,恳请免予扣应其他军差,以免延误"。

军政部接此报告,当即向船舶运输司令部发出临字第125号训令:"报请各节,应办。合行令仰该司令准照办理,并转饬所属船舶管理所知照。"

卢作孚觉得自己考虑得已经很周全,该做的事都做了,既有与兵工署的合同,又有军政部的批文,可以排除拉差的干扰,从容地运送一万吨兵工物资到重庆了。

但还是节外生枝了。12月20日,民生公司的第一艘船满载器材进入宜昌港,港内竟没有船来接转,器材只好囤积在驳船上。

缘由还是卢作孚所担心的军队的拉差。原来,军库有一批弹药急需由宜昌运到万县储备,军委会重庆行营下令民生派船运送。民生总公司宜昌办事处主任李肇基拿了和兵工署签的合同及军政部的批文到行营交涉。

军委会重庆行营主任顾祝同根本不当回事,任由李肇基磨破嘴皮,顾祝同都全然不顾,最后还把李肇基递给他看的合同给撕得粉碎。最终,李肇基只能答应先运送这批弹药。

卢作孚十分关注宜昌转口运输,每天都要审阅船舶进出港口动态表。他发现船到宜昌港往往要停泊两到三天,而过去都只停一夜,第二天清晨就开走了。三天显然过长了,卢作孚要求加速装卸。当他了解到停时过长的原因是港口的转口设备不足、堆存货物的栈房不够、港口驳船欠缺、码头太少时,当即提出在宜昌对岸地势较高的五龙另辟一处码头。不久,卢作孚在五龙辟码头的愿望实现了。12月29日李肇基向卢作孚报告,民生公司宜昌办事处已向有关单位借用铁驳和跳板在该处搭建成两个码头。

李肇基又租得五龙地皮十二亩,作为中转货物囤存之所,民生公司包运之兵工署器材无处囤放的问题得到解决。但是,由于客观情况的变化，新的问题又出来了。枯水季节，沙市江段的天星洲水道淤浅，民生船舶经过这里时必须减载，并借助趸船转送货物。民生宜昌分公司不得不将五龙码头的三号铁驳拖至天星洲应急，而五龙码头只剩下军政部铁驳一艘，以维持靠泊。李肇基只好设法拆去民乐轮的舱面木板，把它置于五龙码头，当趸船使用。

李肇基在此艰难困顿的局面下，维持着兵工厂迁移器材的正常中转运输。在给卢作孚的信中，他不无感慨地说："五龙地方有此两个码头，利用一切设备，纯系因地制宜地凑合，其盼望于各方面帮助者，迄今均未办到。今后如宜汉轮有两只以上同时到宜，或先后一日到宜，恐将受码头及栈房影响，不能早日提卸货物。"

趸船减少，而船舶不能及时接转，又形成了租用的木驳积压。1938年2月，民生公司积压的木驳达二十五只。3月2日，宜昌县驳船公会及公兴、联益等驳船公司联名向交通部状告民生，说民生公司宜昌办事处对驳船"多方运用不得其方"。宜昌可使用的木驳七十只，而民生公司竟占了二十五只，"或囤公物，或囤器材，不独日晒，浸蚀堪虞"。

交通部向民生公司发出通知：将趸囤者即行起卸，善为运用，以利运输。交通部的通知应该是一种推动力。实际上，李肇基一直在谋求解决堆存货物的设备问题，2月间，他在卢作孚的支持下，购进五龙上段七十亩地，并开始以四千元一栋的价格修建四栋砖墙青瓦栈房，以缓解堆货场所的局促。

民生公司安排宜昌至重庆的船舶载量较小，每只载量为五十五吨至一百六十吨。为加快疏运，卢作孚决定将宜昌至重庆航线分为宜昌至万县、万县至重庆两段。1938年初，卢作孚以军委会水运处主任的名义，向军委会报告宜渝线分段办法，宜昌至重庆原有船只每艘最多装一百六十吨，最少装五十五吨，平时每月走四次或三次计，可运三千余吨。现将宜渝航线分为宜万、万渝两段，每月载运量可提高至

第七章 兵工厂的西撤

八千余吨，比原来增加五千吨，这当然是让人兴奋的事。问题是，民生公司的运力安排要得到保证。设想和现实会不会保持一致，是大家隐隐感到担心的。

分段运输开始后，担心的事果然发生了。

1938年2月初，重庆行营又找到了民生公司，有一千八百余吨子弹由宜昌运到四川境内储存。民享、民俭两艘轮船被强行征用运输，无法推却。这样一来，势必再次影响兵工署的一万吨器材的迁移。卢作孚对此极为焦虑，不得不于2月3日夜致电何应钦、张群，建议"将存在宜昌的子弹移藏于宜昌上游一二十里之山洞中，既可免去敌机轰炸之危险，将来供给前方需要亦极方便"。

这一建议未被采纳，何应钦讽刺说："春秋战国时期，越国的勾践在山洞里练兵、打造武器。让我们把子弹藏在山洞中，是要我们学勾践，我何应钦是否需要睡在硬柴上，吊一只苦胆，每天尝一尝？山洞里有潮气，子弹火药潮湿了，还有用吗？"

卢作孚被奚落一顿后，无话可说，用起重机卸下民俭轮和民享轮上的兵工署重件，两轮被装上子弹箱，至2月中旬仍在应差，兵工器材的迁运不可避免地拖延了。

每月运八千吨的计划又落空了，兵工署当然不高兴了，指责民生公司不守信用，说话不算数，甚至另外承运客货，并没有像承诺的那样把运力集中在运输兵工厂迁移设备上。以信为本的卢作孚不接受这种指责，他以公司为名作出了解释，除重庆行营强行征船外，还有军委会水道管理处支配，拨船装中央图书馆物品一百三十三件、航空委员会物品六十件、天恒机厂机件九件、大公机器厂机件一件，均系公物或工矿调整处的器材，并无一吨客货，这都是有事实证据的。

卢作孚虽然据理力争，但还是感到自己理亏，毕竟没有实现自己的承诺，使得多家兵工厂没能如期复建开工，拖了武器装备生产的后腿。他竭力采取措施，想方设法提高运力。1938年2月18日，卢作孚以公司名义再次致函重庆行营交通处，提出以民苏轮交换作为条件，将民俭轮拨用于兵工器材运营。函中对比了民苏轮与民俭轮的优劣，民俭轮枯水期的载量，交通处定为一百二十吨，民苏轮亦为一百二十吨，民俭轮载客铺位九十六个，而民苏轮为一百一十三个。运送部队，民苏轮优于民俭轮。为此，民生公司希望行营交通处能够在"民俭轮此次抵渝时即行解租"。而民俭轮速度快，有吊杆，转运速度比较快。公司还表示："将来大处如有重件待运，需要吊杆船只时，仍可互相调换。"

由此可见，民生公司实在是尽其所能，在重庆行营和兵工署之间周旋平衡。战争年代，各方都有迫不及待的事情，但民生公司只有那么些船舶，粥少僧多，对于兵工厂器材设备的运输确实力不从心。

一万吨兵工器材设备的宜昌上运计划，自1937年12月25日民苏轮开始起运，到1938年3月27日，民贵轮装运兵工署第四库一百二十吨器材驶离宜昌为止，民生公司共运出一万零五百九十五吨。此后，该公司又分别在4月和5月各运输两千吨，合计四千吨。卢作孚的船队以大局为重，为抗战运输特别是兵工厂的西迁和一些武器弹药的运送及保存实力作出了卓越的贡献。

抗战时期，卢作孚的心始终放在长江船运上。

为此，他不愿做官，对于政府要他出任官职之事一概坚辞。无法推辞的，他就在任期上提出要派一个得力的副职，以便这个副职能代替他做事，他在上任前就筹划着尽早离任。在全面抗战展开之初，卢作孚被委任了有点不伦不类的官职，叫大本营第二部副部长。这是个闲职，到底管什么的，卢作孚自己都很糊涂。但他意识到，出任政府官职已难以避免。于是，与其被任命，还不如想好一个与自己的职业有关、能真正做点实事的职务。

12月13日，南京失守。长江航运秩序动荡、芜杂而混乱，军队

第七章 兵工厂的西撤

任意扣船，货物到港不卸货，把船当作仓库。在这样的情势下，民生公司的运力不免受损。为了川江的军运，民生交出两条船为重庆行营长期租用。行营仗着它的特殊地位仍然一次又一次地征用民生的船舶，打乱了民生公司对船只的正常安排。作为船主，卢作孚对自己的船失去了应有的支配权。民生公司上下都很恼火，却无力改变。大敌当前，军事行动无人能够干涉。

卢作孚想明白了，如果要他做官，他就选择或者要求做一个有利于维护航运秩序、有利于民生公司的差事，而官职大小不是他所考虑的。

1937年12月20日，武汉。由军委会秘书长张群主持的政府会议对政府进行改组，俞飞鹏已不兼交通部部长，转任军委会后勤部部长。铁道部和交通部两部合并，原铁道部部长张公权任合并后的交通部部长，卢作孚任交通部常务次长，这是个不小的官了，但卢作孚并不向往。因为，交通部是一个行政管理机构，对水运并无直接的管理职能，但毕竟和水运沾上了边，所以他没有辞职，也不宜推辞。他要把这个职务尽量往水运方面靠，使长江航运能够在战时有一个良好的秩序。如果有私心的话，他希望经过整顿后，民生公司能在正常的航运秩序中为抗日救亡出力。

会议商讨了行政院所属各部迁移重庆的运输计划。除行政院各部负责人参会外，运输企业只有民生公司和招商局参加。会议决定由卢作孚担负行政院西迁之总责，也须顾及一般社会交通运输。会议指定卢作孚起草一个规划，十天内先运出行政院各部现有人员六百名、辎重一千五百箱。

这对卢作孚来说，无疑是一个机会。当时运输秩序十分混乱，军队随意扣船拉差，给承担着西迁繁重任务的民生公司和招商局都带来了很大的麻烦。腥风劲刮，血雨如注，中国两条横贯东西的河流已袒露在敌人面前，笼罩在侵略战争所造成的巨大的灾难中。而中国军方的一些自以为是的做法把长江的运输搞成一个乱局,这无疑对大西迁是很不利的。

就在12月20日会议的当天夜间九时,军委会后勤部部长、原交通部部长俞飞鹏在汉口航政局召开运输会议,针对当时混乱的运输秩序及其他问题提出了十二项措施,其中一项就是抽调民生公司的五条船参与军运。民生公司汉宜段甲级船十一艘,除六艘用于商运外,其余由军方租用,用作军运之需,如果商运满足不了,由民生公司自行商租外轮应用。这是以军委会后勤部的名义下的命令,将对民生公司的船只进行拉差并使之合法化、公开化。

卢作孚很快就获得了这个消息。白天的会议上要他负迁移政府总责,晚上就要抽走他五艘甲级船。俞飞鹏是参加了会议的,卢作孚的职责他是清楚的。俞飞鹏转向转得实在太快了,从交通部部长位置上瞬间就转到军方立场上,而且明知故犯,违背白天会议的精神,挖民生公司的墙脚。这使得卢作孚十分愤怒,他坚定地提出在军委会下设立专门的水运机构的决心。只有这个机构才能顶住军方的蛮横拉差。打定主意后,卢作孚立即去找张群。卢作孚没有提及俞飞鹏召开的会议内容,他只当不知道有这么一个会议。

卢作孚只是从政府顺利西迁的大局出发,强调了长江水运的混乱状况,军队任何部门都可任意征用船只,而他个人对这种局面无能为力,无从下手。若这个问题不处理好,政府以及兵工厂西迁势必会受到牵制,而且后患无穷。因此,当务之急,必须在军委会下成立专门的运输管理部门,统一管理协调,才能有力地完成西迁任务,不至于拖了企业西迁特别是政府西迁的后腿。

卢作孚说得头头是道,理由充分,张群连连点头,表示赞同。

大约卢作孚见张群两天后,在军委会召开的会议上,张群宣布:"根据蒋委员长的命令,决定军委会下设水道运输管理处(简称'水运处'),卢作孚兼主任,后勤部秘书长、驻汉办事处处长黄振兴与武汉警备司令部司令郭忏为副主任,负责政府西迁和汉宜、宜渝水运事宜。政府机关一切迁运物资均由水运处全权分配派船运输,其他单位包括各部队不得擅自征用,必须报水运处批准调拨。"会议决定由俞飞鹏拟"训令"等文件,他在会议上不动声色,抽调民生公司五艘船的计划也只字不提了。军委会水运处和行营、后勤部平起平坐,卢作孚成为指挥战时长江航运的最高领导人。

为了协调矛盾和分歧并作出示范,也是出于实际需要,卢作孚在担任军委会水运处主任后的第一件大事就是,在十天内将行政院各部门人员和辎重迁移到重庆。卢作孚对十天内完成政府西迁的任务极为重视,特意派出一条甲级船装着一千五百箱货物和六百名政府人员前往重庆。

他对部下写信说:此事非常重要,实在表现公司整个办事之良好精神,匪特报效国家而已也。实际上,民生公司的船舶已极其紧张了,民生汉口分公司了解了卢作孚的意图,发函给万县分公司说,目前虽然民生船只因全力运送兵工署货物而运力紧张,如再负担此事,事实上固有极大困难,唯此事关系公司未来前途及政府认识,故不得不勉力承办。要求万县分公司着力准备一切,以免将来临时仓促。万县分公司虽然在船舶调度上左支右绌,还是抽出船只在规定时间内将武汉的政府人员和货物顺利迁移至重庆。

1938年1月4日,军委会发出第174号训令,公布了水运处的职责、任务及相关规定。这个训令显示,政府各部的公物器材的运输已由水运处统制,军队也不能为所欲为了。这是长江运输体制的重大变化,对扭转当时一团乱麻的运输局面起到了重要作用,解决了长期困扰长江运输的军方扣船拉差问题。

卢作孚利用自己的职权,统筹了招商局、民生公司、三北公司等运输企业派来参与水运处调配的船舶,恢复了秩序。采取这些措施,难免触动和调整各方利益,引起各种矛盾。为了处事公平,卢作孚从民生公司超脱出来，专职在水运处处理、协调、平衡船舶的分配使用，在各船运公司之间求同存异，聚同化异，扫雪融冰。当然，他也竭力保护民生公司应有的权益，这是他的本钱，是确保兵工厂和其他厂家西迁不可缺少的力量。

但是，军队对水运处的限制开始不在乎，仗是要打下去的！这是当时最大的事，大量军品调运还是要船的。时间一长，就觉得水运处有些束手束脚了。部分人心里很不舒服，在顾祝同等军方人士的筹划下，借口卢作孚偏护民生公司，假公济私，状告卢作孚。由于扛不住军方的压力，军委会水运处运作不久就被撤销了。

卢作孚继续主持民生公司，他的交通部次长成了一个空头衔。

作为爱国企业家，卢作孚对水运处撤销感到有些遗憾，好在他并不追求官位，而且长江水运的乱局基本上整改过来了。

他的理想是实业救国，毕生的追求就是壮大长江船运，让长江成为真正的大动脉，民生公司是卢作孚的事业试验场和实业大舞台。不尽长江凸显了他的神态、神采、神韵，显示了他的担当、情怀和坚韧的精神力量。在抗战期间，特别是在大西迁中，民生公司作为长江船运中最大的企业，始终承担着军需民运的西迁重任，在完成了一万吨兵工署器材迁移运输任务后，又参与了兵工署八万吨军用器材的西迁。

第八章 武汉,不平静的『风眼』

一国之都设在何处,是大有讲究的。

南京是六朝古都,有着悠长的文化渊源和历史沧桑,龙盘虎踞,气象豪迈。近现代南京多事,最大的伤痛莫过于被日军占领,人民遭到人类前所未有的大屠杀。但不管怎样,南京作为国家首都,自古以来都是具有都城风范的。

国民政府迁都重庆的决策,是在1937年10月中下旬由军委会讨论、蒋介石最后拍板的。据说,蒋介石和宋美龄、高级顾问端纳专门赴重庆进行了考察。重庆除了地形险峻外,城市破旧,街道狭小,高低悬殊,台阶层层,上上下下人人靠步行,房舍鳞次栉比,其中有不少密密麻麻的古老吊脚楼,参差错落地相互挤压,呈积叠绵延之势。这座矗立在长江、嘉陵江交汇处的山城,其实不太合适做都城,只是战乱中不得已的选择。而地形险峻是当时考虑将重庆作为陪都的主要原因,事实证明,这个选择是正确的。

全面抗战爆发后,经过三个多月的作战,国民党军队在北方相继丢失河北、察哈尔、绥远、山西、河南北部地区,退向黄河沿岸。在上海,中日双方不断增兵。9月中旬,从日本本土出发增援的三个师团计十万人陆续抵达上海,日军在上海的兵力扩大到三十万之多,随即以海陆空军联合向月浦发动攻击。而中国军队也从各地抽调到上海,达七十多万,各地将士闻义赴难,朝令夕至。虽然中国军队在数量上占绝对优势,但在装备上、军事实力上明显弱于日军,而且日本海空军的力量远比中国强大。

中国的几百架飞机和几个舰队在淞沪战役的头两个月中就基本消

第八章 武汉，不平静的"风眼"

耗殆尽，及至 1937 年 11 月上海沦陷，中国空军能起飞的飞机已经不足二十架了。中日两国海军对比也极为悬殊。"八一三"抗战刚开始时，日本海军有三十多艘舰艇集中在淞沪地区，其所有战舰总排水量已数倍于中国海军。排水量一万吨的旗舰"出云号"与世界最先进的英美大型舰艇相比，毫不逊色。而中国海军新旧舰艇合计六十六艘，其中吨位最大的为三千吨，总排水量五千九百余吨，仅占日本海军总吨位的百分之五左右。

日军进攻南京时，中国空军已无力迎战，南京机场只剩七架能起飞的飞机和三十六架待修理的飞机，海军只剩下停在武汉、重庆的六七艘舰艇，无力支持南京保卫战。这是南京政府长期以来攘外必先安内、重陆军、轻海军造成的恶果。

侵华日军掌握了制空权和制海权，步步进逼，极其凶恶和野蛮，凭借轰炸机、军舰火炮、陆军坦克及大炮等重武器，恣意攻击，杀伤性极大。所到之处，烧杀抢掠，无恶不作。淞沪会战是在狭小的地面上展开的一场极其血腥、极其惨烈的战争。中国军队伤亡达三十余万人，日军伤亡四万余人。

月浦在上海北面，与宝山、大场相连，地理位置十分重要，一旦被攻占，中国军队将被包围。因而，中国军队奋力抵抗，付出了惨重的代价。

1937 年 10 月 25 日，大场失守，中国军队陷入被动局面，渐渐无力抵抗，开始全线撤退。尽管国民政府对国际干预抱有很大希望，却很难得到西方国家的实际支持。10 月 26 日，中国军队主力不得不陆续撤出上海市区，退至苏州河以南小南翔地区。第 88 师 524 团 1 营四百多人（对外号称八百壮士）在团副谢晋元率领下，坚守苏州河以北四行仓库多日，最后撤退到租界，租界当局屈服于日方压力，将谢部扣押在胶州路原万国商团的一处兵营内。

在战事不能很快结束的情况下，国民政府被迫接受准备打持久战的事实。10月下旬，蒋介石在国防最高会议上提出将国民政府迁往重庆，以四川为抗日大后方，继续抗战。但实际上，蒋介石一直抱有幻想，期待国联和西方国家出面调停，并通过德国驻华大使陶德曼与日本进行谈判。从1937年10月下旬到次年1月中旬，陶德曼受柏林指使，充当了中日关系调解人和信息传达者的角色。但日本人铁了心要侵占中国，要价越来越高，蒋介石终于明白日本的要求是无限制的，几乎是要把中国半壁江山拱手让给他们。陶德曼调停无果而终，而德国纳粹政府也和日本结盟，在中日关系问题上从原来的中立倒向日本。

10月30日，国民政府正式发表移驻重庆宣言。宣言指出："暴日分兵西进，逼我首都，察其用意，无非欲挟其暴力，要我为城下之盟。殊不知我国自抗日自卫之日，即已深知此为最后关头，为国家生命计，为民族人格计，为国际信义与世界和平计，皆无屈服之余地。凡有血气，无不具宁为玉碎，不为瓦全之决心。国民政府兹为适应战况，统筹全局长期抗战起见，本日移驻重庆。"

从8月13日至11月11日，淞沪血战历经三个月，粉碎了日本帝国主义一个月占领上海、三个月占领中国的狂妄叫嚣。淞沪会战期间，上海人民和全国人民以各种方式积极抗战，支援前线。海外侨胞踊跃捐款，达三百三十余万元。中国共产党领导的抗日武装挺进敌后，从战略上配合了淞沪会战。因此，淞沪会战是中国全民族的抗战。

1937年12月8日，蒋介石率军事委员会大本营由桂林飞抵重庆。与此同时，以周恩来为首的中共中央代表团也迁抵重庆，并在重庆相继成立中共中央南方局和八路军驻重庆办事处。重庆由一座古老的内陆城市一跃成为中国的战时首都。

值得关注的是，在南京失守之前，包括在明确重庆是陪都前后，武汉成了实际上的临时首都。武汉在当时的地位很特殊，它位于长江中游，在飓风般的侵略战争横扫黄河以北和东南沿海时，它像是一个相对平静其实不平静的"风眼"。

第八章 武汉，不平静的"风眼"

相比于重庆，长江边上的武汉由三镇组成，其中以汉口为最大——武汉三镇（武昌、汉口、汉阳）城大、繁华、热闹、喧嚣，拥挤程度远超重庆。许多西迁的工厂在武汉落脚，各界人士也从不同渠道辗转抵汉。

10月30日，国民政府在宣布迁都重庆的同时还决定，财政部、外交部、内政部以及卫生署等部分党政机关先迁至武汉。汪精卫以国民参政会议长的身份，带领机构和人员也到了武汉。历史让武汉在战火遍地的中国扮演了一个重要的角色。这让武汉在喧哗、混乱中有一种看似远离了战争的笃定。自然，这种笃定是一种假象，细细观察，笃定的背后是仓皇。

武汉地处江汉平原东部、长江中游，长江及其最大支流汉江在城中交汇，形成武汉三镇隔江鼎立的格局。武汉是全国水陆交通枢纽，有"九省通衢"之称。汉口辟有英、德、俄、法、日五国租界，是全国仅次于上海的国际大都市，工业、金融、商业都比较发达。全面抗战开始后，武汉俨然成了中国战时风云际会的政治、文化、经济中心。

武汉的申四和福五，在一定意义上讲是荣家最后的退路和希望所在。当年在武汉建厂，是荣宗敬一手定的，他看准了武汉的地理位置，加上湖北、湖南、四川等内地纺织业、面粉业薄弱，在武汉建面粉、纺织厂，是大有作为的。荣宗敬到武汉实地视察，李国伟陪他看了几个地方，最后选定了地处汉江北岸的硚口铁桥北村，这地方紧靠铁路和汉江，交通便捷。

李国伟一再说，几个地方中，此处最为理想，荣宗敬连连点头，马上就一锤定音。李国伟亲身感受到大伯做事的魄力，回去对慕蕴说："大伯做事雷厉风行，他是真正做大事的人。"荣宗敬回上海前，委任李国伟具体筹建该厂。荣德生有些担心："他是学土木工程的，没有干过实业。这副担子他挑得了吗？"荣宗敬说："建厂就是土木工程嘛，这是他的特长啊，依我对他的观察，这是块好料子，他不会负你我所望的。"

李国伟出生于无锡的一个书香门第,父亲李皋秀早故,自幼依靠母亲抚养长大。祖父是一位学识比较渊博的塾师,李国伟从六岁起,便跟随祖父读四书五经,学习算术、历史、天文、地理等知识。在祖父的栽培下,他养成了好学上进的良好品质。

1907年,李国伟考入上海澄衷中学,同年秋季入震旦大学。1910年读完预科,因家里交不起学费被迫退学。他在家自学英语,半年后适逢唐山路矿学堂招收学膳免费生,李国伟赴考被录取,攻读土木工程科。毕业后在铁路上担任过测量员、绘图员、副工程师等职。1917年,李国伟二十八岁,经堂姑丈华艺三(时任无锡商会会长)介绍,与荣德生长女荣慕蕴结婚。当时,李国伟家徒四壁,什么财产都没有,但荣德生看中他的人品、才干和上进心。荣德生曾在《乐农自订行年纪事》中写道:"知为大器,不论家况也。"

1918年初,李国伟在徐州铁路分局任绘图员,全家亦随迁徐州。后来,荣宗敬请华艺三致函李国伟改行,走"实业救国"之路。李国伟接受了这个建议,于1919年冬全家迁至汉口,开始负责福五的筹建和设备安装工程。筹建中,除了工厂设计依靠行家外,其余工程李国伟均亲自动手。1919年10月福五竣工投产,当时拥有美制面粉机二十二台、六百匹马力蒸汽机一台等主要设备,能日产牡丹牌面粉六千四百包。荣家任命李国伟为协理兼工程师,经理为荣月泉。从此,李国伟致力于钻研制粉工艺,选择优良麦种,改进制粉机的性能,面粉质量稳步提高,畅销湖北、湖南、江西等地,并远销英荷等国。后来经理荣月泉告老还乡,李国伟接任福五经理,开工八个月就获利二十余万元。1925年增建了第二车间,增添了美制最新制粉机一套。福五面粉日产量增加到一万二千包,雄踞华中面粉厂之首,在荣家十二家面粉厂(茂新加福新)中也跃升到第四位。

福五投产一年半之后,经荣宗敬、荣德生同意,李国伟又着手创办申四。1922年2月申四投产，李国伟任副经理和工程师。申四创办之初，因为主要生产面粉袋布，以平价供应福五，出现了亏损，因而引起福新系统一些股东的忧虑。他们以申四会把福五拖垮为由，向上海总公司提出卖掉申四专办福五的建议。风声传出，汉口的日商安泰纱厂四处活动，妄图吞并申四。李国伟派代表到上海找大伯荣宗敬陈说利害关系。荣宗敬一向警惕日本人的奸诈，没有同意出售申四的提议，最终才避免了一场被日商吞并的危机。

随后申四不断更新设备，扩大产品品种和产量，生产有了转机，扭亏为盈。1933年3月，申四在停工维修时，因工人点蜡烛不慎点燃机油，引起火灾，全厂除栈房和公事房外，厂房、设备全被烧毁。李国伟和荣慕蕴压力极重，内心充满愧疚，黯然神伤，甚至想到了辞职。但荣氏兄弟并没有责怪李国伟，荣宗敬随即召开股东大会，决定增加股金，重建申四。李国伟利用追加股金、保险赔款和银行的抵押贷款着手重建，添置了当时最先进的英制纱锭二万枚，修复了被毁纱锭五万余枚，新添三千千瓦发电机一台和全套锅炉设备等。至1935年春，终于建成了当时国内第一流的大型纺织厂。

李国伟还改革了三项管理措施：在原来改革工头制的基础上，引进荣家办的公益工商中学的毕业生，培养了章剑慧等一批管理骨干；招收大批青年女工，开设养成所进行技术培训，在十个月中，培训出了新工人千余名，取代了工厂遭灾后的老工人；为适应美制纱机的性能，断然改变总公司规定的混纺工艺，采用长纤维细绒棉花专纺十六支纱，使产量大增、成本降低、棉纱拉力增强，同时织出了名闻一时的轻质细布。

这些措施有力而坚定，播下的种子终于开花结果。1935年，李国伟又通过卖旧机，添购新机，把原来的布厂扩充成拥有八百台布机的大厂。申四名声大振，显示出蒸蒸日上的发展趋势。李国伟做事果敢而又扎实，他对工人利益格外重视，信任有"外国铜匠"之称的工匠王阿庭等人，不拘一格重用这些老职工，又培养有专业知识的青年技师，在员工中有相当的亲和力。他的这些做法，受到了岳父荣德生创办的"工人自治区"以仁爱为核心的公益精神的影响。

　　李国伟的一系列极富人情味的举措，使大家的心凝聚起来，申四的发展不断加速、提升。正是在众人的共同推动下，李国伟战胜了一个个困难，翻过了几个山头，一条新的大路在他面前伸展。工厂半路出的岔子，被李国伟靠智力和毅力，更靠众志成城化解了，令荣宗敬和荣德生刮目相看。荣宗敬对荣德生说："李国伟这个人正如你所说的，是一个成大器的人，你的眼光不错，荣家女婿中，他无论品行、才干、相貌都是上乘的。"

　　荣德生说："虽然他家境不大好，但家风很正，世代都是读书人出身。慕蕴也不是那种爱虚荣的孩子，她去徐州夫君在铁路局的住所，看到国伟睡的床是用四个瓮头搁脚的一块门板，她什么也没有说，一住就是两年。有人说，李国伟高攀她了。她说，李国伟是她最好的依靠。况且，我们家也不过是种田养蚕的农村人家出身。"

　　1937年抗战的枪声打响，华北、华东等工业集中的地区在战火中相继沦陷，武汉三镇的经济出现了暂时的繁荣。李国伟抓住这个时机，全力组织申四、福五两厂开足马力，加班加点，获得了丰厚的利润。申四1937年的盈利高达一百八十五万元，为1936年的三点八倍。在1938年8月工厂迁往陕西宝鸡之前，申四、福五所积欠的约七百万元债务已经还得差不多了。消息传来，因为战争带来的损害而深感疲累、失望、负重累累的荣宗敬略有一丝慰藉，武汉的这两家工厂让他在暗无天日中看到了一点曙光。

　　后来西迁陕西，李国伟能度尽劫波，细嗅蔷薇，也是依靠众人的托举和努力。李国伟后来说："西迁之难，一言难尽。所以会成功，是接受天地正气，经理、厂长、工匠、技师、工人不分彼此，能量互助合一。我们的活气硬是靠大家一起逼出来的。真正应验了那句话，'倾厦非一木之支也,决河非捧土之障也'。"

无锡沦陷之前,荣德生身边只有三子荣伊仁、四子荣毅仁、五女婿唐雄源(申三副经理)和六女婿杨通谊(茂新协理)。此外就是众多眷属,大房二房加起来有二十余口。时局日益恶化,荣德生很清楚,眷属的安全不可大意,要妥善安置,一根毫毛都不能让他们受到损伤。他嘱咐三子伊仁和两位女婿护送全家老小到浙江莫干山暂避,自己则带着荣毅仁管理厂务。10月6日,日军出动八架飞机轰炸无锡火车站,投弹二十余枚。荣德生知道申三和几家茂新面粉厂已经错过了最佳的迁厂时机,随即召开家庭会议,大家众口一词:"不要说迁厂了,还是迁人吧。"荣伊仁提出立即将家眷从莫干山护送去芜湖再转汉口,荣德生同意了,但他执意要留在无锡,坚持工厂开工到最后一分钟。

荣氏眷属被荣伊仁和两位女婿安排在莫干山的几幢租来的漂亮别墅里。他们三位虽然人在莫干山,但仍心系留守无锡的爹爹荣德生,于是商定,每人回无锡陪侍荣德生一个星期。日军在金山卫登陆后,上海战局已急转直下,上海一旦沦陷,很快就会危及无锡。

这时,荣伊仁当轮值回无锡,但护送家眷去芜湖不能没有他;唐雄源表示这么多人去芜湖,他要协助荣伊仁。杨通谊和妻子荣漱仁商量,便由杨通谊回去陪侍父亲,并劝说老人不要在无锡待下去了,应该和眷属们一样前往武汉,毕竟上次回去,他就流露出对武汉申四、福五的关注。

杨通谊出生于无锡望族之家,父亲杨味云两度担任北洋政府财政部次长,卸任后专心经营天津华新纱厂,并先后在青岛、唐山等地办新厂,组成雄踞北方的华新纺织资本集团。叔父杨翰西是广勤、业勤纱厂的创办人。杨通谊1927年留学美国麻省理工学院,1932年毕业。1934年与荣漱仁结婚,第二年被聘为茂新面粉公司协理。他很快成长为荣家的一个杰出管理者,是荣德生的得力助手。

杨通谊到了无锡，向岳父荣德生说明自己是专门来接他去汉口的。荣德生还在犹豫，他实在舍不得这几个厂。他对杨通谊说："这几家厂弃之等于往日本人的虎口里送，结局可想而知。但目前上海的战役还在进行，说不定会像1932年那样，最后通过谈判解决。即便没有这种可能，日本军队进攻无锡还有些时日，工厂还在生产，能坚持一天是一天，我有毅仁陪着，还有薛明剑总管也在，我还没到必须扔下工厂的时候。"

杨通谊、荣毅仁、薛明剑异口同声劝荣德生去汉口："无锡的工厂既然不能西迁，只能顺其自然了。局势已火烧眉毛，无锡绝非久留之处，你留在这里救不了工厂，而且什么事都做不了，万一日本鬼子打来怎么办？你无论如何都应去汉口。时不我待，不要再犹豫了。"

荣德生思考一下说："好吧，我去汉口，毅仁立即回上海，帮伟仁、尔仁管理工厂，无锡的工厂交给薛总管。明剑，你觉得如何？"

薛明剑回答："放心，你去汉口吧，我会坚持到最后一分钟。至于一旦日本人打来，后果难测，如遭损毁，像上海那样，也只能由他去了，还是那句话，覆巢之下，岂有完卵？德公，你想开些吧，大好河山都丢失了，我们几家厂算什么？"

荣德生长叹了一声说："日本人暴虐成性，一旦像饿狼一样扑来，什么事都干得出来，他们不是人，是畜生。所以，工人兄弟要尽量安全疏散，疏散费要发足，告诉他们保命为要，把话说在前面，不谓言之不预也。"

薛明剑说："我知道了，让工人兄弟尽量逃难到乡下去，乡下比城里要安全些。"

荣德生交代完，便打电话给上海的荣宗敬，告诉哥哥，自己准备去汉口，申三和茂新只能听天由命了，无人能力挽狂澜。他一再嘱咐哥哥等保重，战区的工厂受损不必多痛惜，身体要紧，以后再说，留得青山在，不怕没柴烧。

第八章 武汉，不平静的"风眼"

荣宗敬说："国运如此，给我们碰上了，审时度势吧，你去汉口也好，申四和福五是我们荣家最后一点产业了，是全家立命之地了，务必保住，不能有闪失。如果武汉有险情，赶快往安全的地方迁，三十六计，走为上计。"

荣德生说："武汉目前很安全，申四和福五的利润也极可观，不到万不得已，是不会迁的。国伟是聪明人，这个分寸他会把握的，请哥哥别操心。这份产业，我拼了老命也会把它保住的。"

由于无锡工厂中的车辆都已遭到损坏，只有杨通谊的一辆福特牌汽车坚固耐用，他又设法买了一辆二手的小卡车。莫干山全家大小二十余口和六十余件行李全靠这两辆车一趟又一趟地运抵芜湖。杨通谊将小卡车留下给毅仁带了几个厂的账册、资料和他的行李回上海用，自己开了福特车，连夜将荣德生的一些重要东西收拾好装上车。第二天一早便护送荣德生离开岌岌可危的无锡，赶赴芜湖，从那里上船，两天以后到达汉口。

在汉口主管申四、福五的李国伟夫妇忙不迭地找居所、买家什安置父亲和逃难来的亲人。大家住下不久，就传来无锡陷落敌手、工厂遭殃的坏消息。荣德生在《乐农自订行年纪事》中写道：每日闻苏锡一带避难来汉者谈及，沿途水急风狂，人多船挤，吃尽苦楚，为之恻然。

荣德生已是六十二岁的老人，一路颠簸，尽管已疲惫不堪，但他抵达汉口第二天就下厂视察，和女婿李国伟运筹增产之计。荣慕蕴知道父亲的脾气，爱厂如命，几十年里，无一日不到厂里转悠。所以也不劝阻他，对丈夫使了个眼色。李国伟心领神会，马上就领着荣德生、荣伊仁等来到申四。一入厂门，就传来荣德生所熟悉的一阵阵机杼声，他心里颤动一下，兴奋起来。远人弩末，没有一点战争的气息。

申四厂长章剑慧在厂门口迎接。荣德生向章剑慧拱拱手说："武汉有一批荣巷工商中学的毕业生，你们是少壮派啊，现在都独当一面了。

我历年所办学校，以工商中学的人最为盛，今日在各工厂、各企业任技术员、工程师、厂长者不少，尤其是纺织界为最多。你章剑慧是其中的佼佼者。"

章剑慧连忙说："不敢当，不敢当，荣老板谬赞了。"

荣德生又问："申四还有什么人是工商中学毕业的？"

章剑慧回答："有瞿冠英、章映芬、张械泉、何致中、华煜卿、孙荫庭等三十多人，我们自称'工商派'。李经理厂里有几个铁路局过来的工程师，自称'铁路派'。当然，是说说笑话的。"

荣德生听了哈哈大笑道："这个派那个派，其实都是'实业派'。"

李国伟一边走一边告诉荣德生武汉市面上当前的棉花价格为三十四元，纱价为二百四十元。

荣德生听后笑了，说："花贱纱贵，对申四来说可是天赐良机，这段时间是一寸光阴一寸金，此时不谋发展，更待何时？"

李国伟说："岳丈大人说得很对，申四利润丰厚，福五同样兴旺，这是因祸得福，但愿这个势头能保持下去。我可以告诉岳丈大人一件好事，不需要多少时日，武汉两厂积欠中国银行、上海银行的七百万元借款就可以还清，而且申四还能够不断盈余增资，并将股东所得红利充作股本。"

荣德生说："这是这段时间我听到的最好的消息，等会我要给你大伯打个电话，向他报喜。上海战事发生后，在战区的工厂大多数毁于战火，他的心情很坏，头痛的老毛病又犯了。我最懂得他的心思，工厂就是他的命，几十年的心血付之一炬，变成瓦砾，这对他的打击太大了！如果说三六年申新搁浅让大伯大伤元气，那么这次兵燹之祸，可是对大伯的釜底抽薪啊！不夸张地说，我们荣家一下倒退了二三十年。武汉申四、福五和上海租界的几家厂，成了我们荣家最后几根柴火了。"

李国伟说："大伯、岳丈大人的心情我们都理解。慕蕴不知哭了多

第八章 武汉，不平静的"风眼"

少回，她几次吵着要回无锡、回上海看看你们，劝劝你们。"

荣德生苦笑说："傻丫头，她回来干吗？有啥好看的？也没什么可劝的，事已至此，什么样的话都不要说了。千金散尽，厂已毁掉，这是泼出去的水，已回不来了。好在还有申四、福五，老天没有把我们赶尽杀绝。"

但李国伟和章剑慧心里很明白，局势变得越来越危险和棘手，云谲波诡，危机四伏，武汉的繁荣是过眼云烟，持久不了的。李国伟已在考虑西迁，迁往西南或西北。当然，他在岳父荣德生面前只字不提这件事。

赵雅安陪钱雪元在武汉八路军办事处招待所等过国忠，赵雅安的男朋友丁光羽等一同来武汉的七八个人，都已先后去了延安。钱雪元、赵雅安天天翘首以盼过国忠到武汉，结果不但不见他人，连音讯都没有了。只收到他开始的几封信，后来就没有信来了。钱雪元有一种不祥的预感，过国忠一定是在长江中遇到意外情况了，最大的可能就是挨了日本轰炸机的炸弹。李国伟安慰她，不一定，如果出了什么事，船运公司会有通报的，再等几天吧。钱雪元寝食不安，天天在码头上徘徊。望着一艘艘船靠岸，成群的人走下来，就是没有过国忠。

荣德生在李国伟、章剑慧陪同下视察申四的时候，过国忠终于到了武汉，他先到八路军驻武汉办事处找到了钱雪元。钱雪元、杨鉴清和赵雅安三人正在房间里聊天。有人敲门，钱雪元开门一看，过国忠站在门口，衣冠不整，头发蓬乱，又黑又瘦，风尘仆仆，拎着一只旅行袋，肩上背了一副装在布袋里的网球拍子，神色疲惫。钱雪元顿时愣住了，英俊潇洒的过国忠完全变了样子，活脱是一个脏兮兮的流浪汉。

钱雪元深深地看着过国忠，像是要把他吸进心里去，半晌才问："你从哪里来的？怎么搞成这个样子？"

杨鉴清、赵雅安互相对视了一下，和过国忠打了个招呼，借故离开了。过国忠走进房间，先向钱雪元要吃的，钱雪元取出了一盒饼干。过国忠狼吞虎咽地吃了十几块，又喝了一杯茶，然后讲起他的经过。

过国忠说："镇江卡住西迁的纺机和纱锭后，在那里停留了近十天，后来实在没有办法，就把设备藏在荣家麦庄的堆栈里，我就来了武汉。这一路上历尽千辛万苦，路上汽车、轮船基本挤不上。我从镇江来武汉路上，只乘过一小段路的汽车，后来就一段路一段路地向武汉方向步行。路上挤满了逃难的人，我跟着他们一起逃，睡过桥洞、破庙、车站候车室，也在好心的农民家借过宿。饭店都关掉了，怕难民挤进去抢东西吃。我碰巧能买到烧饼、馒头，就这样饱一顿饿一顿，这还不算什么。更要命的是日本的轰炸机，炸弹、机枪扫射，子弹、弹片在身边飞过，我已学会弯腰或卧倒。有一次我伏在稻田里，戴着一顶草帽，一颗子弹从帽檐上穿了个洞，离脑袋就相差那么一点……"

钱雪元轻声说："别说了，吃点苦也好，我们过来有人接应，但也不容易。这可能刚刚开始，以后到了延安，可能会经受更多的苦。你这次应该和我一起去那边了，我一直等你，赵雅安一直陪我，这段时间至少走了四五批人。"

过国忠说："我知道了，我要去申四，听说荣德生已到武汉。我要去见荣伯伯，把情况向他说清楚。公益铁工厂已迁移到重庆，说不定我要去看看。对了，我把网球拍子也带上了，到了那边，有时间我可以陪你打网球。"

钱雪元说："你呀，真是死心眼，真的带了网球拍子。你先去申四洗个澡，换身衣服，和荣伯伯、李国伟经理谈谈，晚上来我这里，我们和赵雅安一起找家饭店替你接风。"

过国忠拎了旅行袋去申四，恰好碰到了荣德生、李国伟等。李国伟见到过国忠到来，十分高兴，见过国忠神情憔悴，明白他来武汉的这一路上必定受了折磨。

李国伟把他带到家里，见他还穿着夏衣，就把自己的一件毛衣和外套、几件衬衣给了他。过国忠洗了把脸,把毛衣套上,穿上外套,简要地把情况说了下。

荣德生气愤地说:"国忠,机器卡在镇江不怪你,也不怪伊仁。这是国民政府那帮人混账,哪里来的通行证?发十张,宋子文拿掉九张,政府部门硬性对纺织业、面粉业工厂西迁加以限制,好像军队都是神仙,用不着吃饭穿衣似的。这些人把设备硬扣下来,是明着要好处,更是一种有意的资敌行为,我要告他们。"

过国忠说:"荣伯伯,我没有尽职,太笨了。有人建议我用小木船像蚂蚁搬大山那样,一船船搬出去,但我觉得这样搬迁太慢,没有采纳,后来我懊悔了,应该试试这个办法。"

李国伟说:"一只小木船一次运一两台纺机,运到何年何月?而且,哪里去找这么多小木船?这个办法行不通。"

李国伟让章剑慧给过国忠安排了一个单人宿舍,让他先休息。过国忠进房间后,有些惊异的神色,感到很意外——这单人宿舍居然是个套房,里面是卧室,外面是书房兼会客室,卫生设备一应俱全。这显然是给贵宾住的。李国伟对自己如此礼遇,他有点受宠若惊。过国忠痛痛快快洗了个热水澡,又好好打扮了一下,那个俊朗的高个青年又回来了,只是脸黝黑了一些,身材单薄了一些,但显得个头更高了。

晚上,大雨。几乎是在转眼之间,黑云聚集起来,天变得漆黑,刮起了狂风,雨水如注,来势汹汹。但来得快去得快,在过国忠准备拿起雨伞出门时,大雨骤停,乌云散尽,露出满天繁星。过国忠按约定来到汉水边的一家饭店。

除了钱雪元、赵雅安,还来了一个中年人,他叫钱汉清,是钱雪元的父亲。很凑巧,他也是这天刚到汉口的。钱汉清是李国伟唐山路矿学堂的校友,比李国伟高三级,学的也是土木工程专业,和李国伟有书信往来。钱汉清是个典型的知识分子,长得十分周正,人也健谈,斯文之外还有点豪气。他大学毕业后，钱雪元的爷爷让儿子继承了在无锡三里桥的米行。钱汉清是独子，这个米行的老板非他莫属。但他对做商人不感兴趣，请了个协理，代他管理，他把精力放在研究建筑上。

随着淞沪会战军事行动逐步升级，无锡的布码头、米码头也受到了猛烈冲击，米麦交易基本停止。加之，钱雪元的祖父和母亲相继去世，钱汉清果断地把米行连同房子卖掉。这样跌宕起伏的时代和家庭变故使钱雪元和她父亲压抑至极，也更坚定了钱雪元去延安的决心。李国伟获悉后，要钱汉清来武汉帮他。钱汉清知道女儿也在武汉，第二天就从贩子手里买了张火车票，中转了几趟火车，两天内到了汉口。

钱雪元显然已把她和过国忠的关系如实告诉了父亲。钱汉清一看到过国忠，就很喜欢这个男孩子，和他朋友似的聊起来，也谈到了赴延安的事。过国忠说，他从镇江到武汉的路上，碰到不少奔赴延安的青年，他们的眼神中都有种发亮的东西，这眼神钱雪元、赵雅安都有。

他虽然不了解延安，但知道那里是个令人神往的地方，所以他已决定和钱雪元去延安。

钱汉清说了不少自己听到的关于延安的传闻，是豁达与赞赏的口气，最后他说："那里是中国的希望，别看那里穷乡僻壤，住的是窑洞，士兵穿的是土布军衣，却成了中国令人神往的地方——一块磁铁，吸引有志青年都奔赴那里。这磁场没话说的，这是人心所向啊！"他显然有激励过国忠的意思。

钱雪元看到父亲和过国忠谈得很投机，悄悄对赵雅安说："你看，这一老一小，一见面就谈得那么热络，把我们撂在一边，有点喧宾夺主了……"

赵雅安说："不是一家人，不进一家门嘛！"

丁光羽被派回武汉八路军办事处，协助高校和文艺界的内迁事务，

第八章 武汉，不平静的"风眼"

并做学生和文艺界人士赴延安的联络工作。这样，钱雪元和赵雅安继续在武汉待着，成为八路军办事处的工作人员，暂时没前往延安。

第二天，李国伟把过国忠找到办公室，很郑重地说："申四、福五的兴旺是暂时的。中国军队在上海把老本都打掉了，南京一旦失守，就轮到武汉了。我预计一年以后，武汉就会落入敌手。所以，我们要吸取上海、无锡的教训，不能等日本人对武汉动手了再考虑迁厂，那肯定措手不及。别指望政府会提供帮助，他们帮不了我们什么，只会添乱。"

过国忠问："李经理要我干什么？"

李国伟说："那我就直说吧，我知道你已打算和钱雪元、赵雅安投奔延安，但我觉得你留在申四、福五更合适，你的特长是造机器，而不是扛枪杆子打仗。抗日救亡，少不了物质条件。你留下来，比去延安更有作为。据我了解，延安有些小的兵工厂，修修补补，你如果去那里是大材小用。"

过国忠沉默着，李国伟说的是对的，他研制的纺机在上海受到荣宗敬和那些留洋归来的工程师的高度肯定，而且已装备申新的几家厂，但他已承诺和钱雪元一起去延安，他不能食言。而且他深爱钱雪元，在这动荡的岁月，希望能守在她身边。在宝塔山下或延河边散散步、打打网球，这种烽火爱情给他带来了美好的憧憬。

李国伟看透了过国忠的心思，对他说："我知道你已和钱小姐约好一起去那边，你不能毁约，让钱小姐失望，是不是？这个问题我让钱小姐的父亲钱先生来说服她。"

过国忠说："我明白了，李经理，你让我想想。让她等了那么多天，是我亏欠她的。"

李国伟说："可以，你好好想想，我不勉强你。你们去那边当然是好的选择。说实话，我对共产党是挺佩服的，陕北那个不毛之地，给他们搞得红红火火。国民党这个派那个派，四分五裂。最可怕的是，那些身居高位的人不思国家安危，一门心思发国难财。可现在国共合作，共同抗日，去延安也好，留在申四也好，都是抗日救亡，如果工厂迁到陕西，随时可以来往。"

钱汉清了解李国伟的想法后，也同意过国忠留在申四造纺机和其他设备。过国忠的一手好技术留在申四、福五是能派上大用场的。到了那边，当然不能说废了，但那里的工业是一片空白，只有手摇纺纱、小修理厂，像申四、福五这样现代化的大企业，陕北的黄土高坡上并没有。过国忠这个特长，不能被埋没了，人尽其才啊！钱汉清表示，他来说服雪元，现在不是讲儿女情长的时候，要以民族利益为重，再说，等西迁后，工厂站住了脚，走上正轨了，过国忠也可以过去。

钱汉清不知对女儿是怎么说的，不过钱雪元被父亲说服了。初秋的武汉白天还有点闷热，到了晚上就凉快了，甚至从长江吹过来的风还有了几分寒意。她从父亲的宿舍跑到过国忠住的宿舍，坐在沙发上，喝着过国忠泡的绿茶说："淞沪战场大势已去，国民党军队节节后退，上海告急，南京危急，武汉必有一战，能守住的可能性不大。李国伟对局势看得很清楚，申四、福五打算迁厂了，这是为中国留下工业火种，需要你留下再待一段时间。我同意了，但有一个条件，你要照顾好我父亲。"

过国忠还以为这是钱雪元违心的话，他反问："你这是真心的？"

钱雪元说："你以为我是哄你，我有这个必要吗？我等你二十多天，当然希望我们一起去延安，但个人意愿要服从民族利益，只要对抗战有利，我们暂时把儿女情长放一放吧。如果申四、福五迁移陕西，我们有见面的机会的。而且我还要在武汉待一段时间，和雅安还住在招待所，白天去办事处上班。下次和你见面，我就会穿上灰布军装了。我和雅安是办事处的人了，内迁的高校学生和文艺界人士有不少赴延安的，我和雅安负责接待，登记造册。"

过国忠听后，很高兴，大喜过望地蹦起来，问："太好了，太好了，你们要待多长时间呢？"

钱雪元望着他清癯的、单纯的大孩子的模样，说："不知道，不会太长的，随时可能会去延安。"

李国伟让过国忠去了一趟重庆，看看从无锡西迁的公益铁工厂的情况。这个厂已更名为复兴铁工厂，厂址在重庆菜园坝，会计许晓轩担任了副厂长，厂长是李国伟派去的，是个"工商派"，姓施，学机械的。施厂长原来是申四机修车间的副主任、技师。复兴铁工厂仍旧以生产手榴弹、地雷为主，正在试制迫击炮炮弹。

除了施厂长，过国忠对厂里的技工和工程师都很熟悉。久别重逢，大家都感到很亲切。许晓轩也比在无锡的时候开朗多了，话也多了。实际上，他在重庆，经沙千里介绍，参加了中国共产党领导的职业互助会的活动，并在1938年加入中国共产党。这些，施厂长当然不知道。

过国忠在重庆复兴铁工厂待了十余天，协助试制成功迫击炮炮弹，并开始批量生产。回到武汉后，钱雪元给他看了封信，是上海去延安的一个女同学给她的信，寄到办事处的。内容很简单，对方只说自己在抗日军政大学学习，生活充实而紧张。虽然那里生活艰苦，但没有蝇营狗苟，空气清新，热情高昂，没有惶然，觉得有无尽的意蕴，并嘱咐她不必回信，让她早点去延安。

钱雪元和赵雅安穿着灰色军装，有一种特别的俏丽，走在街上很是引人注目。丁光羽关照她们，在办事处和招待所可以穿军服，外出穿便服，虽然这军服是国民革命军的军服，但有经验的人一看就是共产党的军队。武汉三教九流，各种各样的人都有，虽然当前是国共合作时期，但还是要小心，单人不要出门，出门不穿军服。钱雪元去得最多的地方就是申四的招待所，看过国忠和父亲钱汉清。

就在荣德生滞留武汉期间，一连串的噩耗相继传来。

11月12日，上海失陷，国军全线溃退。日军向沪宁线和沪杭线进攻，苏州与嘉兴告急。19日，吴福线阵地和乍嘉线阵地被日军攻破。这是意料之中的事，大家并不感到突然。让荣德生担心的是荣家在战区的那些厂会面临什么样的命运，哥哥的情绪和身体又怎样。

11月25日，无锡沦于敌手。有汉奸告密，申新三厂曾为中国军队生产过军装、被褥、布匹，日军听后便丧心病狂地用硫黄火药和柴油焚烧了厂房和堆栈。茂新一厂、二厂的数万包小麦、面粉、麸皮被抢劫一空，茂新二厂成为日本人的养马场。听说锦园曾经是第三战区前司令长官冯玉祥的司令部，日本人对锦园大肆破坏，楠木厅被烧掉，洋房和几幢建筑被严重损坏。

接着常州、江阴、镇江失守，日军占领江阴要塞，开始打捞沉船，企图将江阴的水上防线清除，结果成效不大。日本人只得放弃，但还是打通了一个狭窄的通道，小型舰船能通行，不过那些沉船还是让日军通过长江和陆地两个通道迅速攻占南京的计划破灭。南京进入临战前的危急状态。除了从淞沪战场退下来的七个师，各地军队被紧急调往南京周边，构筑防线，沙袋堆成的掩体和工事占据了道路和要冲。

防空洞继续在建，从1937年8月15日起，日机就轰炸南京。几个月来，尖厉的警报声几乎每天都在南京空中回荡。上海沦陷后，日机对南京的轰炸更频繁更猛烈。南京的有钱人都避到上海租界和香港，平民能逃则逃，人心惶惶，军心不振，满城的废墟瓦砾使这座六朝古都满目苍凉。

11月27日，蒋介石巡视南京防空工事，叹息说：南京孤城不能守，然不能不守也。

12月9日——南京城破前夕，天将破晓之时，日军于小石山升起巨大的探空气球，距离地面约一千米，于空中侦测紫金山以南到雨花台一线的火力部署，并引导其炮兵部队密集炮击中国守军前线阵地，攻击精度大为提高。守军虽然知道日军气球用途，无奈缺乏攻击手段，

第八章 武汉，不平静的"风眼"

官兵愤恨不已，纷纷举枪"砰砰啪啪"朝着气球射击，但因距离太远而成徒劳。

12月12日，日军突破南京城防，由城南的豁口潮水般拥入，巷战异常激烈。炮声枪声震天撼地，紫金山火光冲天。兵败如山倒，守军都往江边逃去，这是唯一的退路。傍晚，督战部队在挹江门的城楼上架起机枪，阻止溃退下来的国军部队靠近江边。所有人只能从正面突围而出，但队伍编制已乱，无人指挥，也不听指挥，已完全失控，成群成群朝码头拥来。当时，渡江船只很少，当第一批部队过江后再把船只放回对岸时，人人争先恐后上船。有的船因过重沉没，有的船到江心又被岸上无法挤上船的军人开枪打沉。这种混乱状态一直延续到13日，敌军还没有完全占领南京城，可溃军仍在江边搭木筏抢渡，自相践踏，死伤惨重。有的赶头牛拉着牛尾巴渡江，有的捡到个木盆或拿着木板向江中划去。

高喊与南京共存亡的卫戍司令长官唐生智早已乘船渡江到了北岸，徒步至六合，再乘车逃至安徽滁县。脱离险境的唐生智致电蒋介石，报告已撤出南京的消息。第88师师长孙元良躲进了一家妓院，拜鸨母做干妈，旋即被集中到难民区躲藏了一个月，后化装为难民才混出南京城，逃过一劫。

12月13日，南京陷落。一国首都就这样丢失了。不管是谁之过，南京丢失是事实，不能说守军没有抵抗，虽然指挥混乱，许多新补充的士兵之前连枪都没摸过，但还是奋勇抵抗。

残暴的日本法西斯军队对中国军民进行惨绝人寰的大屠杀，南京变成了人间地狱。已放下武器的军人和手无寸铁的平民在机枪喷射的火焰中，像被收割的麦子或稻子一样成批倒下。许多年轻、不年轻甚至年老的妇女遭受日军野兽般的粗野凌辱。在寒意深重的阵阵萧瑟江风中，六朝古都充满了血腥气。

马蹄声碎，残阳如血，迅即夜幕降临，南京城变得漆黑与沉寂。

日军已完全控制了国民政府的首都,在黑夜中继续到处肆意杀戮作恶,长江变成血河,漂浮的死尸层层叠叠。

消息传来,身在武汉的荣德生、李国伟悲愤交加,五内俱焚;过国忠等年轻人更是咬牙切齿,心里充满了仇恨和悲哀,无奈地叹气。他们都不说话,用表情交换各自的想法,如同默片上演。

李国伟打通了上海的电话,荣宗敬和荣德生在电话中略讲了下上海、无锡、南京的情况后,便是一声声叹息。最后,荣宗敬说:"宗铨,依我看,这样下去,武汉也岌岌可危。你和国伟说,申四、福五在武汉不能待了,可以考虑迁移,迁移到哪里,由国伟定。上海这边,我再来想想办法,那些损坏的厂绝不能弃之不管。"

荣德生说:"我知道了,武汉目前还是太平的,政府机关、西迁工厂和学校,包括中央大学都在武汉好好的,我们会时时事事留心的。哥哥,无论如何,你要保重身体啊,不要多想了,更不要焦急,急也没有用。一个大国被一个小国如此欺负,说到底,还是国力弱的原因。"

荣宗敬没有回答,把电话搁上了,从轻轻的"嗒"声中,荣德生感觉到哥哥有一种说不出的无奈和沉痛。

李国伟知道岳父荣德生对于迁厂顾虑重重,虽然荣宗敬在电话中提醒了他,淞沪战争前夕或开始那几天,正是由于他们包括王禹卿的踌躇不前,没有采取紧急措施向内地转移,结果遭到了极其严重的损失。所以,这次荣宗敬吸取了教训,要荣德生提前行动,荣德生嘴上答应了哥哥,但内心并没有做出决断。

荣德生来武汉的路上,目睹的不是成群的难民,就是车毁船沉的种种惨状。申四、福五不管迁往西南还是西北,都要跋山涉水,千辛万苦,即使有一部分器材设备能搬出战区,路途中的损失是可以想象的。而且战争还在进行当中,说不定随着战线的西移、日本军队的推进,会第三次、第四次迁移。

从上海及沿海地区迁至武汉的工厂，多达七百多家。武汉此时已成为门类最全的工业生产中心和最重要的经济中心。这些企业还未站稳脚跟，就要再次迁移，而最后是否会经历第三次、第四次迁移，谁都说不准。一家企业，移一次就散了骨架，如果再迁上一两次，反复折腾，这家企业无疑会变成一盘散沙。

荣德生的这些想法不能说是杞人忧天，但还是有些道理的。他对李国伟说："一动不如一静，汉口守不住，内迁也没有办法。我意申四、福五不拆、不迁，紧要时拆机堆存外商栈房，也比毁弃在西迁道上强。"

李国伟没有和岳丈争论，他只说了句，武汉三镇的外国人都出走了，外商栈房是有的，但并不牢靠，一旦日本人打进来，便成了他们的战利品。

荣德生不说话了，心里一点谱都没有，他知道李国伟话中有话，大女婿是主张迁移的。与其束手待毙，不如拼力迁厂，这也是一种突围。荣德生有自知之明，对于武汉和西北、西南的情况，大女婿比自己明了得多，又有主见和胆识，也就不便勉强。

李国伟已着手筹备自己的西迁计划。

第九章 荣宗敬差点掉进汉奸挖的坑

1937年11月12日，上海沦陷，租界成为孤岛。

江浙富裕人家避居上海租界，他们带来了金钱和消费，支撑起租界的畸形繁荣。也有几十万难民拥入这个花花世界，成为乞丐和苦力。租界的中国企业受益于物资的刚需和劳力的充足，竟出现了罕见的兴盛。但沦陷区的那些工厂怎么办呢？难道就这样被日本人白白抢走，成为日本军队和日商的猎物或废墟一堆？

荣宗敬非常不甘心自己辛辛苦苦建立的企业就这么失去了，他煞费苦心地想把它们重建起来，在力所能及的范围内修复厂房、设备，争取继续开工。如果实在不行，就把那些残留的设备机件运到租界，装配到租界内的几个工厂。荣宗敬很懊悔，当时大侄子荣伟仁曾建议将一些重要设备迁移到租界厂内，可自己对于日军是否敢进攻上海心存侥幸，对局势的严峻程度估计不足。同时，内迁的艰难与前途未卜使自己望而却步，加上政府将纺织业和面粉业的内迁排除在外，不给予迁移补贴和土地安排，荣宗敬上书行政院都没有用。

这些都是荣家企业没有及时西迁的原因，当然，更主要的是自己动作迟疑，连搬入租界都没顾上。上海有两百多家工厂搬进租界，甚至无锡、常州、江阴、青岛的一些工厂都迁到上海租界，躲进了英美法这些国家的保护伞之下。可自己竟然那么迟钝、麻木，失去了那么好的机会。

悔恨中的荣宗敬受邀参加上海市民协会筹备会。这个协会是由杂粮业同业公会会长顾馨一和南市电器公司总经理陆伯鸿发起成立的。据称，该协会是公共租界和法租界提议的，以图救济战后工商界之苦

第九章 荣宗敬差点掉进汉奸挖的坑

境。主要工作包括处置在战争中受损和被侵占的企业，争取将这些私产回归给产权人。未经讨论和本人同意，他们提出了一个二十一人的委员名单，荣宗敬和王禹卿都在其中，荣宗敬还是常委和主席团委员。荣宗敬在会上表示过质疑：这个组织是否报国民政府审批过？顾馨一咬定已设法将备案材料送行政院院长汪精卫了。于是，荣宗敬不再多问了。

这一机构的宗旨符合荣宗敬保护受损产业，修整、重启战区内工厂的目的。荣宗敬事先确实对这个组织的内情一无所知，只以为是工商界的自救组织，在他看来这并不是坏事。但会后他并不是很积极，对这样的机构不抱多大希望，在大兵压境的情况下，战区那些毁于战火的烂厂、破厂看来是难以收拾的，西迁更无可能。至于今后怎么办，那是今后的事，只能走一步看一步。让他没想到的是，这次会议给他带来了巨大的麻烦。开始有友人告诉他，这个组织实际上是日本人在背后操纵的。接着，有报纸揭露，市民协会是直属于伪上海大道政府的汉奸组织。

不久，《大陆报》记者为上海市民协会一事来荣公馆访谈。

荣宗敬首先向记者说，中国目前事实上已无政府，在此情况下，人民当果敢胆大，做减少痛苦之举。

记者问："市民协会是否受日本人指使、操纵？"

荣宗敬断然否认说："我已一再询问发起人，已确定该组织向行政院申报备案，组织方案我都看到，用的是中国国旗，称呼为中华民国。因此，该新组织与伪大道政府毫无关系，并无政治性质。目的在于使居住公共租界及法租界的难民回到闸北、南市、浦东及吴淞老家，重操旧业。我个人并不属于任何党派，纯系一商人，且坚决抗日救亡，对中国军队的军事行动已尽绵薄之力。无锡的申新三厂为生产五万套军衣、被褥而耽误了西迁。我本人在无锡的私人宅第，先是供国军第三战区作为指挥部，而后遭到日军破坏。三新公司的纺织厂、面粉厂因受战事影响，损失极巨。我希望市民协会成立后，互相协作，自行治理，使在华界拥有工厂的实业家得以重理旧业。无论是西迁还是转移到租界，我们都应该有处理自己工厂的权利。这是无可厚非的。"

记者又问："这个组织是否具有'维持会'的性质？"

荣宗敬说："我重申，这不是日本人操弄的所谓'维持会'，但当然具有维持的性质。我们的事业这么多，工厂大多在战区，现在被搞得一团糟，我们不出来维持叫谁来维持？这些民族工业来之不易，难道就让它们自生自灭？"

陪同荣宗敬接受记者采访的，还有上海自来水公司总经理姚慕莲和闸北保卫团团长王彬彦。这两个人也是上海市民协会的委员，王彬彦还是九名常委之一，姚慕莲是三人主席团委员中的一个。他们向记者申明上海市民协会是自发的民间自治组织，不具有政治性质，也不受任何政治组织授意。但新组织之规则及成立宣言已寄呈武汉国民政府，重申该会在文件中仍援用中华民国，国旗亦仍用青天白日旗，这一点毋庸置疑。

荣宗敬补充说："国难当头，匹夫有责，国民政府已远在武汉，并宣布要迁都重庆，我们这些从事实业的，身在孤岛，如失去父母的孤儿。我们只能救己救人，勇往直前，担起责任，把企业拿回来，做减少人民痛苦之举。我以为无须惧怕，只需宗旨纯正，可不问其结果如何，能为国分忧解难，也算为抗战出份力吧。"

上海市民协会成立的消息和荣宗敬等人的谈话在报纸上公开发表之后，遭到了一致谴责。有媒体揭露伪大道政府是其后台，相关证据被披露出来，有鼻子有眼儿。上海各界爱国人士集会，宣布该协会属汉奸当道的为敌人张目的非法组织，并决议如下：一、发表宣言，联合否认上海市民协会的合法性。二、劝告全市同胞，勿与该组织合作。三、忠告报载之参与分子，切莫自绝国人，自毁人格。为此，上海市商会、地方协会、总工会、市教育会、市农会、中国文化建设协会、

第九章　荣宗敬差点掉进汉奸挖的坑

各大学教职员联合会等大大小小的各类团体，成立了各团体联合办事处，对上海市民协会进行抵制，内幕被彻底揭开。

荣宗敬和王禹卿吓了一跳，他们差一点掉进汉奸挖的坑里，或者说已走在奔向这个坑的路上。他们立即在报上刊登声明，澄清与这个组织的关系，表示不与此类组织合作。国民党军统锄奸团暗杀了陆伯鸿、顾馨一、杨福源，击伤了尤菊荪——保镖做了他的替死鬼。

日本商会会长在公开场合为陆伯鸿、顾馨一的死鸣不平，公开为他们的汉奸行为张目，用心险恶地抬出荣宗敬大加赞誉，说他是德高望重的商界领袖，市民协会主席非荣先生莫属。日本人还利用一些被市民讽刺为"东洋草纸"的小报，影射他过去"著有劳绩，在此时期，似不致甘愿傀儡登场，容系奸徒假名活动"。通过一吹一打，日本人硬是揪住荣宗敬不放，逼他就范，他要么投靠日本人当汉奸，要么上军统锄奸团的黑名单，血淋淋地倒在冷枪下面。

1938年1月1日，人们已无心过元旦这个节日了。荣宗敬虽然为差点掉入顾馨一等挖的坑内而感到惶恐，但自我反省一番，又感到坦然起来，自己只参加了一次会议，并问清了该协会是否与日本人和汉奸有关。他们言之凿凿：与所谓的大道政府无关，并申报了武汉的行政院。自己只是轻信他们的话而已，出发点就是抢救沦落在战区的那些被损毁的、被抢占的企业，能迁则迁，能修则修，继续实业救国。

如果早知道市民协会与伪大道政府和日本人有染，他是断然不会参与这个组织的。元旦这天，他读到了《大美晚报晨刊》上刊登的各界爱国人士集会的消息，一颗心又揪紧了。尤其报道中有这么一段话：该组织显属非法，且查其中分子，过去多数著有劳绩，在此时期，似不致甘愿傀儡登场，容系奸徒假名活动。这一个个字明显是针对自己的。但人们显然并不一定了解他荣宗敬的苦心，一个实业家对国家民族最大的贡献，尤其是在战乱时期的最大贡献就是保住工厂并使之正常生产——如果工厂都毁掉了，一个实业家如何来抗战，如何来救

大西迁

国呢？

　　这一天，荣宗敬收到了一封信，不是邮局寄来的，是直接送给门房的，信封上写着"荣宗敬先生亲启"。落款是"一个不愿做亡国奴者——王钧平"。荣鸿元以为是恐吓信，先拆开浏览了一遍，便塞到父亲的手里。荣宗敬略有些紧张地读起了这封字迹工整的信件：

　　前几天看到报纸上的消息，知道上海要成立一个市民协会来维持过去的繁荣，救济失业同胞。尽管这件事表面上看来是伟大的，可是实际上不但不能达到目的，而且会使许多失业同胞走上被奴役的道路。这种组织，实在是傀儡的变相；这些主持人当然也是敌人的走狗。抗战图存的时候，每个人都要担起使命，才能达到真正自由解放的目的！

　　外传先生也是这个组织的负责人之一，我以为这是神经过敏的人在反宣传，因为先生过去对于社会慈善事业非常热心，对于救亡图存事业不遗余力，向为同情者所钦佩。前一段时间，先生为企业西迁带头上书国民政府，要求其对纺织面粉业的西迁工作提供支持。先生说，兵马未动，粮草先行，抵抗倭寇岂能不要粮食棉布？此言极是。当时，我和几个朋友议论，如先生西迁成功，我们几个技师一定追随先生赴西部地区，在大后方为抗战生产面粉、棉纱布匹出力。报界矛盾的宣传，虽然我感觉是伪作，然而难免公众的猜疑。那么先生最好牢记过去光荣历史并用实际行动来洗掉外界的恶传，希望不要病急乱投医。工厂不管在哪里，先生决不会把它们资敌助奸，我这样的期望，先生是不会让我失望的吧？

　　这封信写得很诚恳，是非分明，很有分寸，谴责了所谓的上海市民协会，也建议荣宗敬进行补救。写信人对荣宗敬的过去是抱有好感的，甚至是敬仰的，对他抱着善意规劝的态度。但字里行间，还是对荣宗敬有所怀疑，写信给荣宗敬本人就说明了这一点。当荣宗敬看到"当然也是敌人的走狗"一句时，脸露愧色；当看到"如先生西迁成功，我们几个技师一定追随先生赴西部地区，在大后方为抗战生产面粉、棉纱布匹出力"时，又感到莫大的慰藉。对于外界的误会和陆伯鸿、顾馨一、杨福源等发起人被锄奸团杀死，荣宗敬不免有些紧张，感到十分委屈。

他连忙举行记者招待会，说明真相，声明不会参与市民协会的任何活动，慷慨陈词决不会屈服于日本人的威胁利诱。

此番表白虽消除了一部分人的猜疑，但日本人和汉奸一再从中挑拨是非，荣宗敬的行动受到了日本特务和军统的双重监视。鉴于此，他决定暂时避离上海。一天晚上，荣公馆东墙一扇黑漆小铁门悄然无声地打开了。墙角下，停着英国通和洋行薛克大班的专车，荣宗敬穿着西式大衣，头戴呢帽，足蹬皮鞋，握着手杖，和他平时长衫西裤、马褂长袍的打扮完全不同。车门打开了，薛克下车，和荣伟仁一起搀扶荣宗敬上车。

荣宗敬坐下后说："我这是怎么啦？俯仰无愧，却要像贼一样溜走……"

荣伟仁说："大伯，世道险恶，不能不提防啊。"

荣宗敬感叹说："我荣宗敬在上海滩落到如此下场，连自己的车都不敢坐了，我这老脸挂不住了，尴尬啊，尴尬……"

薛克说："这没有什么尴尬的，荣先生会创造新的历史的，重返上海的时候，我到码头来接你。"

荣宗敬忽然想到了一件事，对荣鸿元说："鸿元，把那个通知拿来！"

荣鸿元问："什么通知啊？"

荣宗敬说："就是市民协会的那个通知，放在我办公桌右边的第一只抽屉里。"

荣鸿元立即下车回家，到父亲办公室找出那份通知，回到车内递给了父亲。原来荣宗敬在报上刊登启事，举行记者招待会后，上海市民协会的发起人虽然受到了惩处，但对荣宗敬仍不死心，仍然缠住他不放，由市民协会秘书处发给他一个通知。通知写道：

敬启者：

本会兹定于一月廿三日下午五时在外滩廿四号楼四十九号本会办事处开全体委员会，讨论重要事项，务请台端准时出席，幸勿自弃为盼。

　　此致
　　荣宗敬委员　　台鉴
　　　　　　　　　　　　　上海市民协会秘书处谨启

荣宗敬又看了一遍。"幸勿自弃为盼"这几个字使得他哑然失笑了，他将这张通知朝薛克一扬，说："就是这个来历不明的协会害得我跳进黄浦江都洗不清了，事实终究是事实，我差一点被他们骗了，可我问心无愧，没做什么见不得人的事情。"说着狠狠地把通知撕成碎片，拉下车窗，扔到车外去，说："见它的鬼去吧，惹不起躲得起，想拉我上贼船，休想！开车吧。"

通和洋行的汽车在黑暗中启动了，离开了荣公馆。荣尔仁开着一辆装着行李的车在后面跟着。两辆车穿过宁静的小街和灯火璀璨、声色犬马的大街。孤岛依然红尘滚滚，全然没有战争和乱世的阴影，荣宗敬呆呆地看着车窗外他熟悉的街景。他嗅到了黄浦江、苏州河刺鼻的水腥气，这是他闻惯了的浸润了工厂污水和烟尘的气味，眼前掠过外滩石砌建筑苍茫巍峨的姿影。

荣宗敬在车内往外看着、想着，他很眷恋这个他从少年时就打拼、奋斗而发家的城市，这个城市里留下了他太多的痕迹。不说别的，光

第九章 荣宗敬差点掉进汉奸挖的坑

苏州河两岸,荣家的厂房绵延达十几公里,他经常乘小火轮观看两岸的荣氏纺织厂和面粉厂,一个个烟囱吐着浓烟,像一团团墨黑的乌云染遍了蓝天。他踌躇满志,就像一个将军检阅他的部队。这支部队已被战争摧毁了,只剩下残兵败将。

可是,他竟会以这样一种方式离开这座城市,离开他的"部队",他很败兴,真的很败兴。他又很不甘心,希望很快就能回来。可是,他没想到,今晚他离开上海,是和这座城市永诀,他这一去就再也没有活着回来。五年后,回来的是他的漆黑的灵柩。就像他去香港时一样,他的灵柩也是搭载外国邮船回来的。

荣宗敬乘薛克的轿车来到十六铺,登上停靠在那儿的一艘加拿大邮轮,悄悄驶向香港,荣伟仁、荣鸿元、荣鸿三陪同。荣宗敬走后不久,王禹卿也到了香港。荣德生在他的《乐农自订行年纪事》中记叙了哥哥荣宗敬出入香港这件事:"上海亦有人发动组织市民协会,拟挽余兄加入。外间谣言日甚,各友暗暗通知,劝其不便在内,兄亦以沪上未宜再留,决定离沪去港,借息浮言。"

荣宗敬在香港不甘寂寞,频频会见一些要人,其中有在北洋政府当过司法总长和段祺瑞内阁总理、1936 年任驻日大使、时任香港赈济委员会主任委员的许世英,上海滩闻人、国民政府赈济委员会常务委员、中国红十字会副会长杜月笙,时任中央信托局驻港常务理事孔令侃等。孔令侃和他母亲宋霭玲利用中央信托局这块牌子,在香港开设母子店,大发其财。荣毅仁曾写信给孔令侃,请他对大伯多加照应。孔令侃没有食言,拨冗去荣公馆探望了荣宗敬几次,送去了一些药品和滋补品。

尽管门庭并不冷落,但荣宗敬依然心情沉重,人在香港,心在上海。他借酒浇愁,寝食不安,时时顾念家事国事,导致旧疾未愈,又突患脑出血,住进香港养和医院。这是荣宗敬一生中最艰难的时期,他忧思成疾，油尽灯枯。他脾气很大，但已经瘫痪在榻上，没有力气发脾气了，他被病魔推动着，一步步走向不可抑制的生命的尽头。他想念无锡家乡广袤的田野、浓密低矮的桑树、逶迤的青山和浩荡的太湖水，这一切让他难以割舍，但他知道自己已不能活着回去了。经过一系列的抢救，但终究无效，荣宗敬于1938年2月10日逝世。

临终前，遗言荣鸿元和荣伟仁：欠下的债务要尽一切努力偿还；要让荣德生回上海主持总公司，二叔柔中有刚，做事稳笃；任何时候不能和日本人搞在一起；还以"实业救国"告诫子侄；如果战区的那些厂能要回来，就尽量迁到内地去。

国民政府派实业部刘荫佛司长为主祭员，赴港祭奠，香港总督罗富国爵士及在港的国民政府要员、友人、名流纷纷前往祭奠。

2月15日，行政院通过决议，提请国民政府明令褒扬荣宗敬"提倡实业，苦心经营数十年功绩和不畏日伪威胁，遁迹香港的志节"。2月17日，国民政府颁布褒扬令："荣宗敬兴办实业，历数十年，功效昭彰，民生利赖。此次日军侵入淞沪，复能不受威胁，避地远引，志节凛然，尤堪嘉赏。兹闻溘逝，悼惜殊深。应予以命令褒扬，用昭激励。"

这是符合实际的盖棺论定，香港、上海的报纸以显著的位置刊登了褒扬令，上海、无锡、汉口等地的荣氏企业一片哀悼声。对荣宗敬的种种传闻、谣言、猜忌也随之烟消云散。荣宗敬身后一洗其屈辱，但他为此付出了沉重的代价。临终时，儿子鸿元、鸿三，侄儿伟仁，侄女漱仁及夫婿杨通谊守候在他身边。

一颗实业巨星陨落了，他曾经发出过绚丽的光芒，而此刻，在这块被英国人强占的国土上，他的陨落并没有引起普通民众的多大关注。上海各报都以显著位置登载了荣宗敬在港去世的消息，发表悼念文章。哀荣之后，只有他的子侄和远在汉口的弟弟荣德生才痛感这是一个多么巨大的损失。

第九章　荣宗敬差点掉进汉奸挖的坑

1943年3月8日，荣鸿元、荣伟仁搭乘加拿大"皇后号"邮轮将荣宗敬灵柩运回上海，停厝在西摩路荣公馆厢房内。直到1943年9月1日，在举行了家祭后，由荣鸿元兄弟扶柩回乡，13日在无锡梅园公祭，14日安葬于太湖边上的杨湾。这块墓地是荣德生踏勘了太湖周围好几处地方才为兄长选定的。面对浩如烟海的太湖，背靠一脉青山，幽静安宁，是块居高临下、风光绝佳的长眠之地。荣德生在笔记中说，墓地"乾山巽向，后枕全山，面向太湖，气势雄浑，为不可多遇之地，与吾兄身份、事业亦相称"。

荣德生痛心疾首，回忆着他和兄长创业的艰难与成功，感慨万分。在这艰危的时刻，和自己相濡以沫的哥哥偏偏离开人世，他觉得自己孤独而不知所措。哥哥是这个家族的一棵大树，现在这棵大树轰然倒下，荣德生失去了有力的依靠。面对这么一个烂摊子，他不知道怎么办是好，有劲使不出，整个人软弱无力。荣宗敬的逝世使他越发感到哥哥存在的意义，他在《乐农自订行年纪事》中写道：（吾荣家）事业之大，实由兄主持，才有此成就。家兄一生事业，非持有充实之资本，乃持有充实之精神，精神为立业之本。

后来，荣德生在汉口滞留，不返回上海接班，除了身体不好，患上了脑血栓，右手难举外，不得不承认他缺乏足够的底气和胆略。上海那么一个局面和巨额债务让他感到棘手，哥哥在的时候，都是由哥哥撑着，兄弟同心，其利断金。过去他们兄弟始终如一地同心同德，有难同当，有福同享，现在两缺一，他难以驾驭偌大的总公司，也不敢想象自己坐在哥哥的办公室里去干什么。想到这些，他的心又剧烈地疼痛起来。这份心思，他没向任何人透露。当大女婿和大女儿问他，爹爹为何不出山时，他用嘶哑的嗓音说："我没有这个信心和心思。你们有所不知，此时若回上海，无异于飞蛾投火，大伯不在了，我势单力薄。你们不想想，上海大半事业不是毁于战火，就是陷于敌手，可是行庄（银行和钱庄）并没有因为荣家遭此大难而有所体谅，反而纷纷起诉追讨战前债务，他们不管你死活，也不顾荣家已倾家荡产，哪有偿还债务的能力？这种时候，我去当总经理，不是坐到火山口上去吗？"

荣德生这么说，并非推诿，而是事实。上海战事开始之后，金融市场风云变幻，急剧动荡。过去和荣宗敬有过许多纠缠的信康钱庄，借口申新总公司末期欠款迟付了二十分钟，向法院起诉，提出要拍卖总公司财产；紧接着，随康钱庄步其后尘，不顾福新一厂陷入敌占区无法开工，暂时不能履约的实际困难，也状告至法院。状子中提到，荣宗敬有西迁的打算，所以要法院将福新一厂冻结，还钱后再作处置。此类诉讼案子一件件接踵而来，数次把总公司逼上被告席，难以应对。此时荣宗敬在香港去世，荣德生人在汉口，总公司由面粉部主任、老资格的王禹卿暂时出面维持。荣鸿元、荣鸿三、荣伟仁刚从香港回沪。王禹卿便把诉讼书给他们看，说："福新名义负债近九十万，茂、福、申名义负债四百六十余万。都是欠银行钱庄方面的款项，目前这样的局面，怎么还得了债呢？连法院都看不下去了，质问：'荣家产业遭受这么大的损失，他们用什么东西还你们？'"

荣伟仁气愤地说："让他们去向日本人要去，我们不会赖账的，即使迁厂迁到天边，也不会赖他们一个铜板。可是人，总要有点良心，不能乘人之危，逼人太甚！"

荣德生在长江边的一个渔棚里整整坐了半天，他神情悲戚，泪流如泉。枯萎的芦苇铺在江滩上白花花的一片，在寒风中摇曳着。一个老渔民看到了不放心，问他为何事这样伤心？他号啕起来，对老渔民说："昨天，昨天，家兄在香港去世了，他一辈子办厂，实业救国，没过上一天安稳的日子……他太冤了……"老渔民说："这年头不好，年头不好啊，穷人活得累，有钱人也活得不轻松，这都是小鬼子害的。老先生，你别难过，记着这份仇恨就是了。"

第九章 荣宗敬差点掉进汉奸挖的坑

王禹卿与哥哥王尧臣、荣氏企业的元老吴昆生、陆辅仁等联名致电滞留在汉口的荣德生,请他来沪主持公司大局。电报说:"令兄去世,纠纷日多,穷于应付。总经理一席,内外一致,均邀德生先生主持。"

荣鸿元也按照父亲遗嘱,发电报给叔叔,请他赴沪接任总经理之职。荣德生还没有从悲伤中回过神来,又忽患臂疾,右手难以举起,加上上海局面复杂,债台高筑,权衡下来,他暂不想回沪。

他在给荣鸿元的信中说:"俟大局安定,即到申料理。"并要两个侄子荣鸿元、荣鸿三与他的两个儿子荣伟仁、荣尔仁共同担起责任,其中两个人当协理,两个人当襄理,总经理之位空缺。关于福新面粉公司,信中明确关照由王禹卿、王尧臣主持。

后来上海总公司因偿还债务等问题再次面临窘状,四面楚歌,债权方咄咄逼人。受荣德生委托,处世老到的王禹卿出面周旋,王禹卿和银账房的会计通宵磋商,打算盘轧账,火急火燎的荣鸿元到处搬救兵,比如找杜月笙帮忙。王禹卿和荣鸿元不断催促荣德生回上海掌控全局,荣德生忙于汉口事务,心情又灰暗,除了遥控指挥,和王禹卿及子侄书信往来,依然不愿返沪。他在《乐农自订行年纪事》中写道:"余身虽居汉,而心怀家乡。念及半生事业,全付劫灰,深为怅然。"

1938年6月,荣德生在电疗臂疾后回到上海。这时的上海虽繁华不减当日,但已是豺狼当道,暗无天日。荣家二十余家厂已支离破碎。除了申二、申九、福二、福七、福八等几家在租界的厂在开工,利润丰盈,并在债权银团监控下由荣家管理,其余均为日商所窃据或毁损。

不幸又接踵而来。1939年,荣德生的长子荣伟仁病倒了,确诊为鼻咽癌晚期,经过多方医治无效而过世,年仅33岁,他安葬在苏州七子山,遗下三子四女。

哥哥去世不到一年,现在大儿子又英年早逝,这是荣德生难以接受的。在哥哥和自己眼里,伟仁是个大好人,无论做儿子,做侄子,做父亲，做丈夫，做事业，都认真、豁达、憨直，众人一致公认他道德品质高尚，国家民族在心。可上苍不公平，甚至蛮不讲理，那些恶人、奸人活得好好的，自己的爱子、哥哥的爱侄偏偏撒手而去，这让荣德生的心情更变得凄楚悲切，万念俱灰，感觉一点希望和乐趣都没有了。他有一种刻骨铭心的危机感。回到家后，二子荣尔仁、三子荣伊仁意味深长地对父亲说，荣鸿元已成了事实上的总经理。荣德生淡然地说，就让荣鸿元去做吧。

从此，荣德生住在高安路的寓所，深居简出，在这恶劣的情绪下，外面发生了什么，他已经无须再问。以字画、古玩、诗文自娱，不太过问总公司的事了，进入半退休状态，任凭子侄们在乱世中闯荡。当然，他对时局和公司的运行还是关切的，重要的决断，子侄们还是要让他拿主意。对于武汉申四、福五，他的态度已完全改变了，局面继续在恶化，武汉危在旦夕，这两家厂的西迁不能再有半点迟疑。他把一切权限都交给了大女婿李国伟，他相信李国伟有能力处置好企业。

他深切地感到，自己已老了，已丧失了回天之力。特别是哥哥不在了，让他踽踽独行，他茫然、无奈，缺乏方向感，好像没有舵的船。倒是后辈个个年轻敢闯，勤勉肯学，脑子好使，已能独当一面，赚钱有方，做事干练，就说让荣德生心忧的债务，他们都对付得很恰当，已还了不少债。荣鸿元对他说："父债子还，我负责这两年把这笔欠款还清，二叔放心。"不仅是荣鸿元，每个人都雄心勃勃，都有自己的打算和想法，他们早已不是初生牛犊那般有勇无谋了。

第十章

武汉：内迁厂的泊地

武汉作为国民政府临时首都，其实是暂时的、过渡性的。

武汉只是一个驿站。重庆才是战时首都，又称陪都。

政府暂设在这里，职能之一是引导沿海省份的企业西迁。武汉一下变得和上海的十六铺码头一样，万船云集，汽笛震天。迁来这么多人、这么多工厂、这么多政府机构，武汉三镇一下变得蓬勃起来。众多的阔大的码头从大汗淋漓的暑天一直忙碌到寒风劲刮的冬天，满满当当的船只在江面上延伸了两千多米，气势磅礴。

从1937年下半年到1938年初，沿江、沿海地区共一百七十多家工厂迁至武汉。其中，上海厂家为一百四十六家，占了绝大多数。其余几十家为山东、河南、江苏、湖北、江西的少数工厂。如山东济南的成通铁工厂和纱厂，青岛的仁生东制油厂，河南漯河的大新面粉厂，郑州的光华机器厂、全盛隆弹花厂，许昌的三泰面粉厂等。机器设备安全抵达武汉的共一万四千六百吨，随行技术工人二千五百余名。

之所以选择武汉为迁厂目的地，主要是因为国民政府不少机构先期迁至武汉，不仅仅是工厂，还有大专学校、新闻机构、文艺团体等。大家都有一个印象，认为日军不会那么快进攻武汉或者攻不进武汉，故欲与政府同步，以图安全。这些工厂还成立了迁汉企业联合会，相互协调在建厂复业中的种种纠葛。

他们不知道，码头被一股恶势力把持着，这个行帮形成已久，大小把头控制着两万之多的脚夫，就是码头的搬运工。公开登记的脚夫有一万九千人，实际持证的只有一万五千人，其余四千张登记证都被行帮控制着。他们人多势众，靠码头吃码头，小把头每天拿着几千张空头登记证在找活儿做的临时散工身上提成，一般要敲诈三分之一的报酬，然后交给大把头，小把头当然也会分得一杯羹。

码头不止有一个行帮，而是有多个行帮，相互之间为抢码头明争暗斗。脚夫是他们的工具，不仅要出卖苦力、背扛肩担，而且为了保住饭碗，还要被把头驱使参加持械群殴。每每殴斗，总有人伤亡，没有人管，连警察都不管，因为这些人势力太大，得罪不起。外地来汉载货的船只，不管愿意不愿意，都得由他们卸货装货，要价随便喊。即便像民生、招商局这样有名的有实力的航运公司，凡在武汉停泊的，装卸业务也是由这些把头所垄断，只是不敢狮子大开口。航运公司对这伙恶势力深恶痛绝，但奈何不得他们，只能忍让着，避免引起是非。

申新、福新在汉口建厂多年，也没少吃他们的亏。过去，福新五厂的小麦运到码头后，也需要由码头上的脚夫们搬运进仓。后来，福五对仓底传送设备进行改造，不需要脚夫们搬运了，这让把头大为恼火。福五主任技师华迩英来码头试车检查，把头鼓动脚夫们围殴华迩英，华迩英被打得遍体鳞伤，送至医院治疗。

华迩英毕业于美国宾夕法尼亚州学院（今宾夕法尼亚州立大学）机械工程系，专业就是面粉制造。他毕业后先在福特和派克汽车制造厂实习两年，后出于抗战热情，来荣家福五任职。无辜挨打，欺行霸市，华迩英气不过。李国伟更是愤慨不已，他一纸告到法院、警局，要求对凶手严惩不贷。申四、福五是武汉的大厂，地位举足轻重，而且是上海荣家的企业，警方、法院不敢怠慢，于是抓了几个为首的脚夫，但唆使他们的把头却逃之夭夭。

李国伟知道这些人都是穷人、苦力，于是要求放了他们，要处置的是那些教唆者。肇事的大把头难以承受压力，把两个小把头交了出来，并承担了医疗费用，承诺对申四、福五的货船不再干预。李国伟见好就收，并没有和这些人死缠烂打。几个小把头没几天就放了出来，但从此气焰收敛了一些。

上海等沿海企业内迁武汉，让这些掌控码头的大小把头以为"上海大亨"来了。在他们眼里，个个都是送上门的肥肉，自然不会放过内迁企业。行帮们便串通起来，准备对这些西迁的"上海大亨"狠宰一刀。而各家企业初来乍到，船只缺乏，急于卸货后另启新的航程，这么多的设备机件不能久搁在码头上，因此，对于码头把头的宰客行为，他们只得不情愿地认了。但武汉的企业家看不下去了，平时耍赖盘剥就不多说了，而现在事关抗战大业，发国难财是不可容忍的。于是，武汉的舆论谴责这些行帮的行径是趁火打劫、助纣为虐、形同汉奸。大小把头感受到了很大的压力，汉奸这顶帽子都戴上了，虽然蛮横惯了，也都是油滑的料，但都是懂得世故的，便再也不敢宰得太凶，收敛了很多。

从兵燹之中闯过来的西迁企业家从上海到武汉历经坎坷，回首来路，污泥浊水，遥望前程，遍布荆榛。不是吗？一上武汉的码头就碰到这样的事虽然影响心情，但大家并没灰心丧气。诸如此类的事上海还少吗？敲竹杠、耍流氓，甚至绑票的事在大上海屡见不鲜。所以，除了感到有些不屑，还是有种挣脱日寇铁蹄的幸运，心里也就释然了。

他们和上海工厂联合迁移委员会的委员们集聚到一起商量，认为武汉虽为临时首都，但环境杂乱，各式人等都有，都在高喊抗日。很多人心里都有小九九，有些人明明担着责，却什么事都不管。鉴于此，他们决定成立一个名叫迁鄂工厂联合会的组织，由这个组织出面交涉和办事。大家一致推选颜耀秋、支秉渊为正副主席，联合会成员还包括"天"字号企业的吴蕴初、化工企业家范旭东、亚浦耳灯泡厂的老板胡西园以及大鑫钢铁厂的经理。他们都是西迁的先行者，好不容易到了武汉，却因找不到合适的落脚地而像一艘急于前行的船受阻搁浅在河滩上一样，他们搁浅在喧嚣的武汉。由他们代表西迁工厂对外联系，能够在武汉这个复杂的环境里待下去。

专门协调内迁企业的工矿调整委员会武汉办事处也紧跟着成立了，林继庸担任主任。办事处的招牌还未挂出来，林继庸已经带领办事处成员前往徐家棚火车站等地去看望上海西迁来的工厂，其中有不少厂家还是经林继庸动员后迁来武汉的。武汉工商界人士闻讯也赶来探望和慰问，有种亲切的感觉，没有那种走形式的庄重。申新和福新也派人来了，由副厂长瞿冠英和申新营业部主任厉无咎带队。西迁工厂急于找地方建临时厂房恢复生产，大家交谈的话题集中在这上面，至于迁移的蹉跎只字不提，武汉的工厂也都心领神会。

林继庸从未见过堆积成山一样的木箱，很雄壮地很有气势地堆积在车站附近的货场上。他还去了码头的露天堆栈及几个空旷的地方，都是堆积如山，绵延不绝。而随迁来的员工就在这些木箱的缝隙中挤挤挨挨地用钢铁支架搭起油布凉棚，在里面用草席搭了地铺，日夜看护着这些设备和机件，同时也是他们生活的场所。

有些人显得很焦虑烦躁，也有些人露出百无聊赖的神色。季节已过了立秋，酷热已消退，但"秋老虎"依然厉害，天气异常闷热。在这木箱堆积的小山头旁，密不透风，没有半点凉气，热气逼人，与夏季没有什么不同，或者说是夏季的回光返照。到了晚上，才凉风习习，痛快之中又觉得有些寒气了。久未下雨，干燥得让人不太好受。员工们盼望下场大雨，那种酣畅淋漓席卷而来的风雨，但又害怕下大雨淋湿机件设备，造成损坏。

林继庸看了后心里不是滋味，陆续迁来的众多工厂，连厂址都找不到，无法做出长期的打算。林继庸心急如焚。迁来的机器设备需要检修保养，而比机器设备更为重要的是，这二千五百余名技术工人需要善待，没有操作这些机器的人，再多再好的设备只是一种摆设。

林继庸懂得，不能挫伤这些西迁企业的抗战热情。工矿调整委员会武汉办事处的当务之急是全力抢救镇江至武汉沿江一带的物资器材。

林继庸已经有了一张遗失物资器材的申报表,要尽量找到它们,绝对不能抛弃丢失。其次才是安置已经西迁到武汉的工厂,让他们有点耐心,少安毋躁,过一段时间再把他们分途向西、南、北三个方向迁徙。

但林继庸认为抢救镇江至武汉的物资难度很大,如荣家的纺机和纱锭由于镇江海关的苛求而掩藏在麦庄里,镇江已被日军占领,怎么去取回来?而且据说已为日本人所掠。倒是迁入武汉的企业要尽快安置,先到武汉的企业等待有一段时日了,也不知道等到哪一天?遥遥无期地等待下去,生产资金没有着落,生活费用也差不多要耗尽,坐吃山空,只出不进,无以为继。许多企业已经很拮据了,搁在这里是一种无望的折磨。林继庸目睹了他们中很多人抑制不住的迷茫和焦灼的神色。这个固然让他担心,更让他担心的是慵懒,一个队伍慵懒了,就意味着完全失去希望了,那肯定会出大事。

他甚至能够透视到他们热血沸腾的内心明显在慢慢地冷却下去。

林继庸对大家说:"我们会尽一切办法安排你们尽快复工,实在不行,我们设法在邻近地区寻找地方安置你们,绝不会让这些设备白白地躺在这里。"

工矿调整委员会终于注意到上海西迁工厂在武汉的处境,决定在机械五金行业中选择一批工厂暂时在武汉就地开工生产,同时等候再行迁移的安排。被选中的新民机器厂、中国钢铁厂等十来家工厂立即付诸行动,利用自己堆放物资的仓库,再租赁一些民房,因陋就简地当厂房,迅速安装机器,投入了生产。林继庸又协助他们在兵工厂签下大批订单,为前线提供军需产品,这些订货足够他们忙碌几个月。这些人都颇有经营头脑与远见,个个绝顶聪明,技艺娴熟,拿出来的东西显示了"上海货"的可靠质地和精致的外观,订货单位忍不住夸奖"到底是上海货,就是不一样"。新的订单随之而来。

结果资本回来了,企业运作了,员工有了工资,衣食无忧了。还有余钱寄回家,能养家糊口了。电器行业和轻工行业的振华电器厂、合众电池厂、中华无线电厂和梁新记牙刷厂、中华铅笔厂等共三十七家工厂,陆续在 1937 年内复工。1938 年 1 月,又有华丰、华生、华成电器工厂,希孟氏和姚顺兴铁工厂等二十七家工厂,相继用同样的方式复工。

至此,共有六十四家工厂在武汉复工,他们为部队生产了大量的手榴弹、迫击炮炮弹、圆锹、十字镐、机枪零件、炸弹引信、弹尾等军用品;此外,冠生园生产了一批军用食品,华生、华成电器厂生产了七百余只马达。合作马达厂继续为军需署制造被服、干粮袋及背包上的铜质配件,除此之外还承制了大批炸弹引信和炸弹尾翼,虽然数量不是很多,但还是满足了一部分部队之需。

可是,武汉越来越不太平了,从 1937 年 8 月 20 日起,日军开始空袭武汉而且规模越来越大。那些暂时不能复工的工厂,忧心忡忡,担心露天堆放的设备会遭空袭,西迁极有可能功亏一篑,便以迁鄂工厂联合会的名义找林继庸设法解决。林继庸其实已考虑到这些状况,他看到码头和江滩的木箱,就意识到其危险性。其中有不少笨重的设备,确实不能这么暴露在外面,这些地方往往是日机袭击的目标。日本人很清楚,武汉是西迁企业的集中地,在空中俯瞰大地,那些木箱历历在目,掷下一串炸弹,就会火烧连营,辛辛苦苦西迁到武汉的设备机械顷刻间会化为废物。但这些设备装运、搬迁绝非易事。武汉三镇已难以找到它们的藏身之处。要避免损失,最好是离开武汉,先找个地方隐蔽起来,等待迁移他处。

林继庸将这些设备的危险和自己的担心向工矿调整委员会说了,引起了工矿调整委员会的重视。他们及时派出人员到宜昌,考察了不少地方,终于找到一个三面环山、地形相对隐蔽的叫小红溪的宽阔的平地,于是花钱租地搭棚,作为物资的暂存地。

迁鄂工厂联合会和工厂商议后,把龙章造纸公司的一千千瓦时整套发电机组和重达十二吨的烘缸等重型设备全部运往小红溪。对于后来陆续到达武汉的工厂中和龙章造纸公司情况相似的企业，林继庸预先提示它们不要在武汉停留，直接运到宜昌再转往重庆。后来，到达小红溪的设备器材渐渐多了，一时又往重庆转运不及，工矿调整委员会便在宜昌物色合适的地方建立了物资运输站，协助工厂暂存和转运物资。

在武汉复工的六十四家工厂，以机器厂和轻工企业为主，厂的规模不大，适应性较强，它们一直生产到1938年6月武汉形势告急时才开始第二次西迁。而一些在当地找到新址的大型工厂还未安装好设备，甚至装机件的木箱还未完全拆开，就面临再次迁移。上海西迁的工厂，有的并未在武汉停留多久。负责内迁企业具体安置问题的工矿调整委员会比较现实，对于机件笨重、装卸困难、复工条件复杂、不宜留汉的即劝它们迅速经宜昌转运至重庆。

据统计，从1937年11月底至1938年2月底，继续他迁的工厂有六十六家，其中五十二家沿长江上行，除一家迁宜昌，一家迁恩施，其他五十家全部入川设厂。这五十二家工厂运出货物总计为七千三百余吨，其中三千七百余吨从武汉由帆船运出，占到总货运量的一半以上。轮船运出的三千五百余吨中，包括卢作孚的民生公司包运的大成纺织厂与大鑫钢铁厂的一千余吨。

但西迁到武汉的民营企业得不到妥善安置的还有好多家，码头、江滩的设备机件还有一些无法转移。有些企业具有一定的复工条件，缺少的是相对稳定的厂址，再耽搁下去企业已承受不起，而战争所造成的物资紧缺也日趋严重，急需复工复产。日军已封锁半个中国，物资很难进入内地，内迁厂尽早投产是缓解困难的办法之一。

当时，武汉虽已遭到日机轰炸，但日军还在别的地方攻城。中国军队抵抗得很顽强，日军接连受挫，像攻占上海后席卷沪宁线城市那样的势头已经不复存在。大多数人认为日军还不会集中兵力进攻武汉，

第十章 武汉：内迁厂的泊地

虽然这个估计可能有点盲目乐观，但怎么办呢？对于焦急和忧虑的西迁企业来说，它们需要一点信心和鼓励。

工矿调整委员会武汉办事处和迁鄂企业联合会看中了汉口城外洪山脚下那几百亩平地。经过几次勘查，大家觉得这地方不错，交通便利，地势较高，即使发洪水也淹不到，周围住户不多，人们零散地居住在这一带。工厂办在这里，不会扰民。而且这里不是种稻麦的地方，只是种些红菜薹，对农业没有大的影响。

权衡下来，工矿调整委员会武汉办事处决定购下这块地来建立工业区，分给西迁工厂使用，新中、华成机器厂也想单独买地建厂。工矿调整委员会原以为，土地所有人一听会很乐意卖地，因为这块地产生不了什么效益，把地卖了，会有很大的获利，对他们来说，应该是件求之不得的事。但一谈下来，和预料的完全不同。迁鄂工厂联合会和工厂的代表一提出这个问题，对方的脸马上阴沉下来，连说："这地我们不卖，这事没有商量的余地，请走吧。"厂家以为是双方语言不通，或者是不熟悉这地方的礼数，冒犯了他们，一次不行二次再见就能好些了。于是派出了会说当地方言的人出面谈。对方这次不说不卖了，而是把地价抬高了一倍，谈一次涨一倍，显然是没有诚意。

工矿调整委员会知道购地情况后，派林继庸带人到湖北省和武昌县（今江夏区）政府去商洽，请他们出面调和，裁决一个公道的地价，尽早促成这笔交易。林继庸感觉事情没有这么简单，很蹊跷，和武昌县政府接触下来，县政府果然不配合，让他找省政府裁决。林继庸估计，与湖北省政府的交涉也不会有理想的结果，因为要去拜访的三位省政府厅长都是很难缠的人物。

果然，一番接触之后，民政厅、财政厅和建设厅的厅长都万般推诿，一百个不愿意。此事虽经多重努力，但最终不了了之。

大量西迁厂在武汉复产无望，让林继庸极为犯愁，但就在这时，出现了一个机会。正在汉口住院治病的第七战区司令长官、四川省主席刘湘，了解到西迁工厂的困境后，主动邀请滞留在武汉的工厂转移到四川去。刘湘表示，国民政府已宣布重庆是战时首都，许多兵工厂都迁移到了四川。四川有原料有人力，不仅适宜国防工业、动力工业的建设，同样宜于其他工业的发展，四川省政府对于迁往的工厂会给予各种优惠条件。为解除人们的疑惑，刘湘急电四川省政府有关部门，派出人员飞抵武汉，向内迁各厂介绍四川的资源和环境，并可在运输、场地、电力、劳力、原材料、销售、资金、纳税等方面给予优惠与方便。

此外，四川省政府对于迁川的工厂，除给予复工费百余万元外，还采取了一些具体的很有诱惑力的措施：调拨船只一百五十艘，代为转运各厂器材；拨给各厂用地并妥善安置；代办运输保险，保险费用为器材价值的百分之二十，厂方支付百分之四，其余百分之十六由四川省政府支付；组织评价会，公平核定地价，以确保厂家能以平价收购建厂土地；扩建重庆发电厂，增加发电量，以供各厂所需；组织机构，协助各厂解决原料获取、成品转销等问题。

四川方面承诺的条件和措施不谓不周全，对西迁工厂来说，无疑是柳暗花明、雪中送炭。这与武汉的态度形成鲜明的对照，刘湘成了西迁企业家尊崇的人物，得了重病，还念着川地的发展，其热情和考虑之周到，让大家感动、感激。尽管如此，上当上怕了的一些厂家还是有些不放心，一些厂主去四川亲自考察了一番，所到之处，都是一片热诚。

颜耀秋和林继庸等也于1938年2月赴四川考察，百闻不如一见，他们先后跑了内江、自流井、邓井关、成都、彭山、夹江、乐山、五通桥等地，勘查工业资源，查看建厂地点。亲眼看到了四川的物产丰饶，民风淳朴，天府之国之称名不虚传。

唯一不足的是，交通没有武汉方便。蜀道之难，难于上青天，这

第十章 武汉：内迁厂的泊地

是指四川的山路，尽管这话有些夸大。四川周围群山连绵，地形险峻，东有巫山和长江三峡，北有秦岭、大巴山，南屏云贵高原，西临横断山、青藏高原，仅有长江一线与外部相连。但是有利之处在于：进可攻退可守，比武汉安全得多。政府所以选择川东重庆为陪都，也在于其地理位置的安全可靠，确实交通不太畅通，但四川省政府已准备好船只了，经水路运输还是比较方便的。

更重要的是，日军步步紧逼，剑指武汉，武汉必有大仗，能否固守，很难预料，即便有了适合办厂的地方，留此亦非长久之计。于是，内迁工厂纷纷选择入川办厂。也是在这个时候，宜昌、云南等地纷纷有人来武汉邀请西迁工厂去当地办厂。在武汉连连碰壁的林继庸、颜耀秋等发现天无绝人之路，内迁厂并非走投无路了。

四川之所以这么积极，主要是当地有丰富的自然资源和经济资源，自古以来农业发达、物产丰富。但与之不相配的是，陪都重庆的工业却相当薄弱，甚至脆弱，仅有十六个主要行业的七十七家工厂，大部分工厂规模小，机械化程度低，整体还处在手工业工厂向大工业转变阶段，和西迁工厂的技术水平与生产能力不能比。

重庆最急需的是纺织、钢铁、机械、制革、造纸和酸碱化工企业，而这些正是上海等地西迁企业中的主体部分。受刘湘之命，到武汉来和西迁企业对接的四川省建设厅厅长何北衡如实介绍了四川的情况，他特别向二十多位工厂代表介绍，刘湘主席已经在 12 月 21 日从汉口电令四川省政府秘书长邓汉祥，要他务必协助解决迁川工厂的一切问题，不能有任何推诿；事关地方建设要政，机会难得，省政府要珍惜并予以特殊便利；公布的措施要一一落实、兑现，不许打折扣；各厂需要的场地由政府先为征收，严禁地主漫天要价，要挟、刁难；对于金融周转，亦已告知省内工商业界，尽全力给予协助，西迁工厂入川，对四川工商业是久旱逢甘霖，首先得益的是四川工商业界。

西迁的企业家担心的就是这些难题，听了何北衡的慷慨陈词，大家激昂起来，心里万分激动，比刚踏上武汉码头还要兴奋。这样的地方不去，还有什么更好的地方去呢？他们决定立即迁川。

1938年1月5日，西迁工厂对四川的诚意作出了回应，吴蕴初、范旭东、胡西园、颜耀秋、庞赞臣、石光荣等十六名企业家代表飞往重庆，做实地考察。其中就有申四和福五的代表瞿冠英和厉无咎两人，还有武汉裕华纱厂的董事长苏汰余。

让人感到担忧的是，刘湘的病恶化了，昏迷了几次。1938年1月20日，刘湘病逝在武汉。去世前他留下遗嘱，勉励川军将士"抗战到底，始终不渝，即敌军一日不退出国境，川军一日誓不还乡"！刘湘还交代，西迁工厂入川后一定要处置好，不能有半点怠慢。他的遗嘱很长时间内是前线川军升旗时必同声高喊的口号，激励着川军抗战的信念。将士们喊这口号时，不禁回想起1937年8月7日的国防会议上，刘湘发出的豪言壮语：抗战，四川可出兵三十万，供给壮丁五百万，供给粮食若干万石。他说到了，四川百姓没有食言，也做到了。据统计，抗战期间，四川向抗战前线提供了近三百万人的兵源，占全国同期实征壮丁一千四百余万的五分之一还多。

刘湘去世后，西迁厂家在武汉举行了一次隆重的悼念刘湘的大会，许多企业家都为他的离世感到心痛，先是忍着，后来忍不住了，眼泪夺眶而出。

1938年3月5日，四川省政府召开迁川工厂用地评价委员会第一次会议，议定"凡迁川工厂厂地印契准免收附加税三成"，以示优惠。该条款后来也被陕西仿照执行。不久，四川省一度把印契附加税减少到六成，另外还贷款给各工厂复工经费百余万元。联系介绍中央信托局代办运输保险，保险费用为器材价值的百分之二十，其中百分之四由工厂负担，其余的百分之十六由四川省政府拨款补助。这些都是刘湘在世时的承诺。这些迁汉工厂看到四川这么诚恳、条件这么优厚，

第十章 武汉：内迁厂的泊地

纷纷同意工厂即刻迁往宜昌，再转重庆。

1937年12月29日，工矿调整委员会召开武汉各纺纱厂厂长会议，讨论了迁川重建问题。刚过元旦的1938年1月2日，工矿调整委员会再次召开纺纱厂厂长会议，宣布武汉的震寰纱厂和裕华纱厂要迁出三万枚纱锭，申新四厂要迁出两万枚纱锭。

这两次会议的内容是相同的，第一次没有点名，第二次就直截了当点名申新等三家纱厂。李国伟已体会出这并不是工矿调整委员会的意思，而是高层授意的。这意味着武汉有战事了，可能吸取了上海淞沪会战的教训。

对于会议的决定，李国伟心里有点高兴，他早就认为工业集于上海等沿海地区，危若累卵，不利于长期抗战。上海许多厂内迁武汉，他觉得虽然迟了一步，但仍是很正确的决策。那么多纺织厂在战区不堪一击，可惜的是荣家只迁了一家铁工厂到重庆。

现在政府命令申四内迁，正符合他的意图。武汉这样的城市陷入战争是早晚的事，应该早做打算，迁厂是最好的选择。工矿调整委员会点名申四内迁，可见战争的阴霾已笼罩武汉，只是有些人不觉得而已。但申四、福五两个厂的迁移不是他能说了算的。荣家是无限公司，公司的大事和重要决策只有荣宗敬、荣德生能够一锤定音。股东们做不了主，也制约不了荣氏兄弟。

荣宗敬避居香港，他是最有话语权的；其次是荣德生，他刚来武汉时间不久。李国伟了解自己的岳父，他不是那种杀伐果断、干练大胆的企业家，而是处事极其谨慎小心、不显山不露水，处处藏着思索与机变的人，不会轻易赞成内迁。李国伟和妻子慕蕴商量后，采取了引而不发的态度。

李国伟把政府的决定原原本本告诉了荣德生，荣德生听后只说了一句"我知道了"就不吭声了。李国伟补充说："迁鄂企业联合会要

193

派企业家代表到四川去考察，我准备派瞿冠英和厉无咎一起去实地考察。"荣德生微微点了下头。

家中有收音机，厂里订了几份报纸，包括上海的《申报》《时报》《新闻报》。李国伟每天将报纸带回来给岳父读。荣德生一字不漏地读完各条新闻，收音机也是专听时事新闻节目。一周他有三至四天时间到厂里兜上一圈，看栈房的原料、成品、码头等。

1938年初，徐州会战打响，直到5月18日徐州失守。日军入城后发现进了一座空城，突围成功的五十多万中国军队成了保卫武汉的重要力量。徐州会战改变了日军的侵华路线，为保卫武汉赢得了时间，包括西迁企业第二次迁移的时间。日本企图通过徐州会战围歼中国主力，然而轻取徐州的计划落了空。经过几个月的拼杀，中国军队取得了台儿庄大捷。这场战役的胜利，鼓舞了全民族抗日救亡的士气，改变了国际视听，打击了日本侵略者的威风，歼灭了日军大量有生力量。

武汉的四五十万市民举行了盛大的游行集会，在中山公园举行万人大合唱。庆祝活动一直持续到晚上，无数的火把熊熊燃烧，火光映照着人们兴奋的面孔。

内迁工厂对于台儿庄大捷当然是兴奋的，但并没有因此改变第二次迁移的计划。因为武汉保卫战即将开始，这肯定是一场规模超过徐州会战的恶仗，避战迁移是上策。第二次迁移工作量大而集中，虽有四川方面的配合，但无奈船只远远不够，民生公司等民营运输企业又被拉差为武汉外围战役运输兵力和武器，因而大量设备机件只得暂放宜昌。

当时，武汉的工厂共有五百一十六家，内迁企业有三百余家，其中包括沿江、沿海迁至武汉的工厂。这次迁移由于时间仓促加上资金缺乏、运输工具不足以及工人失散等问题，虽有林继庸等人统筹安排，还是出现了一些混乱，造成了一些损失，如复兴面粉五厂的一套一千千瓦发电机在途中沉入汉水。据斯诺统计，约有四十万吨机器被

第十章 武汉：内迁厂的泊地

抛弃在长江流域。

对于申四和福五的迁移问题，虽然瞿冠英、厉无咎此前入川考察的印象不错，但李国伟并不放心，又亲自去了一趟四川。

到了6月，荣德生决定返回上海，临走前几天他对李国伟说："对于迁厂，不是我不同意，是上海股东反对。上海迁至武汉的企业，大部分还搁在江滩、码头、车站附近，日晒夜露，少部分因陋就简复业。武汉待不下去，又要去四川，甚至更远更偏僻的地方。好端端的工厂怎么经得起这么闹腾呢？上海股东和申四副经理华栋臣主张不拆不迁，甚至主张'宁可弃之江中，也不迁于川'，这当然是气话。你再想想办法，能否将厂租给外商，像上海租界一样，日本人对欧美企业是不敢下手的。"

李国伟听了岳父的建议，与美商公司代表奥而曼进行了几轮谈判，而后签订了租约，并在美国驻汉口领事馆进行注册。申新四厂便以"缺乏营运资本无法周转，将厂房机器出租美商"为由向经济部呈文申报，结果被经济部批复"未便照准"驳回。

荣德生见此路不通，也无可奈何了。他又了解到政府限令武汉工厂迁移，不能留一砖一瓦给日本人，采取焦土抵抗政策。并且了解到在蒋介石命令下，经济部与兵工署联合成立了钢铁厂迁建委员会，组织拆迁汉阳铁厂、三河沟铁厂、汉阳炼钢厂和大冶铁厂的机器设备。此外，政府还在武汉、岳阳、宜昌和重庆征集海轮十一艘、江轮二十一艘，动用炮舰二艘等各种工具，把几个钢铁厂大量的冶炼设备及起重机械物资运往大后方，开始进行重庆大渡口钢铁厂的建设。此后，兵工署和经济部又先后将武汉的十八家兵工厂内迁。

这些事实，尤其是刘国钧的大成纺织厂已在卢作孚的协助与合作下，成功在重庆筹备重建，让荣德生感到申四、福五迁移是阻挡不住的。于是，他对李国伟说："你是经理，迁厂看来已经不可避免，你见机行事吧。我要回去了，我留在这里，你不能做事，我成了某些人的

195

挡箭牌。只要能保留工厂，你就是立了大功。华栋臣是副经理，政府有什么会议，让他去参加领命，他会第一时间通报给上海那些股东和银团。"

李国伟明白了岳丈的意思，说："我明白了，申四、福五是我一手办起来的，我会想办法保住它们的。上海的股东要我们不拆不迁，留下来和日本人合作，我做不到。我宁可辞去经理职务，决不会去和日商勾勾搭搭。为了钱，连民族大义都不要了，这种事，杀我李国伟的头，我也不屑去做。"

荣德生拍拍桌子，大声说："你大伯参加了一次会议，惹了多少麻烦！我了解他，他是坚决不会和汉奸合作的。我们荣家是实业救国，绝不是实业卖国。你有这么一个志气很好，我赞成，谋事忠诚为要。什么都可以牺牲，包括金钱、房子、工厂，唯独民族气节、忠诚国家不能放弃。记住，宁为玉碎，不为瓦全。"

李国伟说："我记住了，岳丈放心。我李国伟金钱可以不要，奴才坚决不做。"

李国伟给荣一心打了电话，告诉他岳父要回上海，自己会陪他回去。

荣一心说："武汉少不了你，我来接爹吧，我早就劝父亲回来了，把总经理的位置禅让给荣鸿元，他待在武汉干什么？碍手碍脚的，眼下这局势，申四、福五这两厂再不迁不拆，必成日本炸弹下的废墟。大姐夫，爹回上海后，你放开手脚干吧！三十六计，走为上策！"

李国伟说："好的，我这里忙得不可开交，劳你跑一趟了，家眷早由杨通谊陪着回上海了。你陪老爷子回上海外，还要和那些'宁可将设备弃之江中，也不迁川'的人讲讲道理，让他们写下字条，到时有什么后果，由他们负责。"

荣一心说："父亲会跟这些人说清楚的，我也会说的，不要到时候埋怨你。他们看人挑担不吃力，这段时间你把申四、福五的七百万债务都还掉了，再赚钱他们可以分红了，所以才不让拆迁。殊不知，武汉一旦沦陷，会允许中国人办厂吗？除非做汉奸，和日本人合作。我会跟他们说，我们荣家是绝对不会做汉奸卖国贼的。谁不要脸谁来，我们荣家撤股。几只小虾米眼睛里见到钱就发亮，国格人格都不要了。"

李国伟在电话里哈哈大笑。

隔了几天，荣一心来武汉，陪同荣德生转道香港回到上海。这是1938年6月中旬，在机场，荣德生见到武汉政府部门的官员包了飞机去重庆了。李国伟告诉岳父，低级的办事员带着文书档案也一船一船地前往重庆了。荣德生自言自语："武汉不长久了，不长久了。"

荣德生回上海后，看到租界并非他想象中的冷清、萧条、黯淡，而是比原来更繁荣、热闹、时尚，大小街道无不闪烁着色彩艳丽的霓虹灯，火树银花，炫目奢华，一派大都市的豪华景观。夜总会、电影院、酒吧、剧场、餐馆、跑马场，从国际饭店到外滩的华懋饭店，都挤满了人。每幢大楼的窗户都是明亮的，气派依旧。每条街上都涌动着很多衣冠楚楚的人，每个人都笑意盈盈，春风得意，是尽情享受的神态。十里洋场丝毫没有战争的痕迹和阴影，这让荣德生感到吃惊，对租界的畸形繁华感到不可思议。

荣德生参加了两次座谈会，他向股东们介绍了武汉的情况。他平心静气地说："蒋介石已下令武汉所有的厂必须迁到后方去，一根洋钉都不能留给日本人。另外，徐州会战打了四个多月，下面就是武汉会战了。如果你们要抵制蒋介石的命令，谁有本事谁去顶，李国伟是顶不住的，把设备扔在长江里也不迁厂这种话以后别说了。李国伟说了，要他扔到长江里，他可以办，不过，你们写个协议，经总公司批准，他马上回去拆了设备往长江里扔。这就是他的态度。另外要和汉奸、日本合作，做卖国贼，李国伟不同意，我也不会同意。我们是中国人，国难当头，匹夫有责，金钱、工厂可以不要，绝不做汉奸，绝不卖国求荣，做日本人的哈巴狗。有人说，日本人来了，也要吃饭穿衣，这意思就是日本人会让我们把厂办下去。说这种话的人太不了解日本人了。不错，只要你愿意当日本人的奴才，也许他们会让你把厂办下去，棉布供应他们做军衣，面粉给他们做军饷。谁骨头软，谁去武汉管理申四、福五。李国伟说，他可以让出经理的位子。"

荣德生说这些话时，口气始终很平和，脸上笑嘻嘻的，但话的分量很重。参加座谈会的人面面相觑，没有一个人站出来提出异议。

长久的缄默。

王禹卿也参加了座谈会，他沉吟着说："宗铨兄刚从武汉回来，许多事情他都亲眼看到了。国伟经营申四、福五卓有成效，不简单，不容易。武汉的情况，已是黑云压城，政府是不可能把工厂留在武汉的，不是说了吗，一砖一瓦都不能留给日本人，这是不可抗拒的。唯一的选择就是迁移到太平的地方去，这是大势所趋。有人反对拆迁，谁愿意拆迁呢？我相信宗敬先生在，他决不会轻易拆迁厂的，国伟先生也不愿意，好端端的工厂，迁来迁去，损失是不可避免的，但总比扔在长江里强。别说那样的气话，李国伟这两年经营得不错，把七百万债务都还了，这是了不起的。这个债务不是他一个人的，是所有股东共担的。我相信国伟先生会审时度势，把握好的。荣家是大股东，他们比在座的都更重视工厂。宗铨兄对武汉的情况都看在眼里，在座的说日本人来了穿衣吃饭也是需要的，你们的想法刚才宗铨兄已经解释了，即便蒋介石同意工厂可以保存，那么申四、福五只有和日本人合作，才能维持生产，受日本人的支配，给日本人提供军衣、军饷。可是，这是汉奸才做得出的卑鄙无耻的事。我们是中国人，即使工厂毁掉，也不会去做汉奸，这是大是大非问题。我想在座各位绝不会为了分红，甘愿堕落为汉奸，所以各位要理解李国伟先生对工厂的处置措施。"

王禹卿的资历、阅历和对荣氏企业作出的贡献，是众所周知的。

第十章 武汉：内迁厂的泊地

他曾一度代理过总公司的总经理一职，在上海滩也算是个大亨级的人物，荣氏企业的股东和高层管理层人员对他都很敬畏。因此，他这番话既撑了李国伟的腰，又堵住了那些说三道四的股东的嘴。会上，没有人当面责怪李国伟，也没有提出什么异议，当然，心里都会有想法，只是不敢多言了。武汉的局势摆在那里，他们再说什么就是不识趣了。荣德生就当他们默认申四、福五迁移了，实际上，包括荣德生自己在内的所有人都别无选择了。

荣德生在会上就说了这么多。荣鸿元、荣鸿三兄弟只是说："武汉的情况，刚才叔叔说了，迁厂的代价很大，要郑重处置，李国伟也不会轻易把厂拆了迁移。一句话，能不迁尽量不迁，不得不迁，要挑合适的地方。"

让荣德生感到安慰的是，租界的纺织厂和面粉厂收益奇好，超过历史上任何时期，而且那笔巨大的债务开始按月偿还了，而原来起诉荣家的行庄都已撤诉。他们看到了申新、福新的丰厚利润，也不担心战区的企业再会迁移。荣氏第二代已开始接班，他们在租界如鱼得水，除了老的企业管得不错，还办起了新的企业，如银行、贸易公司等。这一代人不是外国留学归来，就是上海名牌大学毕业，他们更懂得适应时代的变化和步伐。没有了老一辈的荣氏两兄弟，他们成功了，也许可以更成功，成功是没有止境的。

已鼻咽癌缠身的荣伟仁说："我们其实很难想象自己的空间会有多大，但只要存有不断前行的一股劲儿，人生和企业就能'海阔天空'。"

第十一章

重庆、宝鸡、延安

大西迁

1938年6月，武汉大会战开始了。到秋天，形势急转直下，武汉三镇浪波翻涌。西迁的人那种身为寄客的漂泊感令他们不能再沉默了，他们待不住了，武汉绝非他们的容身之地。

此前的4月间，李国伟曾亲自带人到重庆考察，并且在重庆的南岸一个叫猫背沱的地方选购了建设用地，那是个临河靠山的地方，他计划先迁两万枚纱锭去那里建一家中小型纺织厂。6月起，一批设备和人员开始向重庆转移，首批两千枚纱锭已拆运到重庆新址。李国伟、章剑慧好不容易雇用了英商怡和轮船公司的嘉和轮，装载旧纱机两千三百锭驶往重庆。由于长江上游航道狭窄，滩多水浅，巨轮无法驶过，至宜昌时不得不另外租了七十多只木船转运。船与船之间首尾相接，排成了很长的船队，冒着被敌机轰炸的风险，并用树枝、茅草伪装，变成了浮动的绿色草木带。

但日本人的飞机飞得并不高，驾驶员已看出这是伪装，便对这流动的绿带集中开火，损失不小。另外，由于川江水险，船只碰撞、触礁造成倾覆的事故时有发生，这批设备和纱锭用了半年时间才运抵重庆。这是李国伟没有想到的，因此他考虑余下的几万枚纱锭只能另选一个比重庆更合适的、发展余地更大的地方去建厂。

政府催得很紧，态度也很严厉。6月中下旬，宋美龄和蒋介石私人顾问端纳、工合运动倡导人艾黎、新生活运动总会的负责人俞庆棠来到申四视察。宋美龄此行，是申四厂长章剑慧的妹妹章映芬直接促成的。

章映芬从苏州女子师范学校毕业后入南京金陵女子大学教育系，

第十一章　重庆、宝鸡、延安

后到北京燕京大学执教，偶然认识了宋美龄，颇受宋美龄赏识。艾黎在一定程度上受到中共长江局领导人秦邦宪的支持。秦邦宪又名博古，他是无锡人，对武汉申四、福五这两家无锡人办的企业特别关心。

1937年"七七"事变后，北平被日本人侵占，章映芬到武汉申新四厂协助哥哥治理工厂。为了让李国伟和章剑慧冲破阻力，下定决心将工厂西迁，她通过新生活运动总会黄仁霖的关系，邀请宋美龄和相关人员到申四考察。

章剑慧以厂长身份陪同宋美龄一行参观了工厂。宋美龄称赞了申四的规模和技术，同时坚决表示申四必须西迁。她早前接受了艾黎的建议，西北是产棉区，地广人稀，尤其是有铁路直达的宝鸡，是个值得考虑的纺织业开发区域。在艾黎看来，内迁工厂不必一窝蜂挤在重庆周围，可以分散布局，免遭日机轰炸。宋美龄也接受了艾黎迁移三家大纺织厂、六七家小纺织厂到西北集聚发展的建议。而工合运动的西北办事处就设在宝鸡，发起者还有美国记者埃德加·斯诺。

宋美龄等一行考察结束后，来到会议室。章剑慧向宋美龄汇报申新四厂有五万枚纱锭、一千台织布机正在西北推广，已在当地投产一个染厂及产品产量等简要情况。面对宋美龄这样的特殊人物，章剑慧没有诚惶诚恐，而是不卑不亢。他很清楚地告诉宋美龄，申四和福五早就开始做迁移准备了，已在重庆猫背沱购买了土地，建了一个两千多枚纱锭的纺织厂。章剑慧同时表达了对工厂西迁的担心："这么点纱锭足足运了半年多，剩下的四万多枚纱锭要顺利运到重庆实在太难了。"宋庆龄提议，去重庆的水路已经拥挤不堪，没有船只运送机器，而陕西的宝鸡比较安全，而且铁路运输眼下还是畅通的，政府可协助调拨车皮和补贴搬迁费。艾黎用英文讲了他在西北的见闻，宋美龄亲自为他翻译。其实，艾黎的建议不仅来自他个人的观察和体验，也来自中国共产党人秦邦宪将武汉企业内迁至宝鸡的建议。

章剑慧是一个反应敏捷的人，他既有理论，又有实践经验，办事果断、泼辣，有勇有谋。从荣家办的工商中学毕业后，他就由表兄李国伟带到武汉申新四厂，但他不愿当职员，而自愿进车间，从练习生做起。

当时申新四厂经理是荣月泉，李国伟是副经理，全厂有一万四千余枚纱锭，机器全部从英美进口，非常先进。不过，工厂管理则是因循旧式的工头制，谈不上现代化的科学管理。章剑慧进入管理层后对此弊端深感担忧，认为设备和管理模式不匹配，若不改良，会妨碍企业的发展。章剑慧自己设法进万国函授学校纺织科参加业余学习，边读书边工作边试验，收获甚大。他先后向申四推荐大量工商中学毕业生，李国伟大胆任用，并让他们参加万国函授学校纺织科的再教育。工厂有了一大批新鲜血液。那些工头由于观念保守落后，管理粗暴简单，加上年龄偏大，逐步遭到淘汰。

章剑慧还向已升任经理的李国伟建议要有一个专门人才出任厂长。李国伟采纳了他的建议，聘请了当时纺织界有名的专家萧伦豫为厂长兼总工程师。萧伦豫锐意改进厂务，在管理上狠下功夫，工厂业务大幅提升。在此过程中，章剑慧出任萧伦豫的助手，辅佐得力，深受萧伦豫的器重，他从萧厂长的学识、才能、作风、为人等方面学到许多东西。十年后，章剑慧被任命为申四厂长。荣宗敬每次来汉口视察，除李国伟外，常和章剑慧深谈。有一次，荣家在上海拟购入一家纱厂，荣宗敬特意来电请章剑慧去上海考察此厂，并让他乘坐一般人不易乘坐的飞机去上海。章剑慧去了上海，考察了这个纱厂，觉得不合适购买，把理由一一摆了出来。荣宗敬听了后把收购方案撤销了，可见荣宗敬对他的倚重。

李国伟更是看重他，把章剑慧作为申四、福五的股肱，认为他甘愿立足于内地发展，而放弃在上海、无锡这些经济发达地区创业，是胸怀大志、有抱负的企业家。章剑慧认为内地在许多方面（如资源丰

第十一章　重庆、宝鸡、延安

富、劳动力成本较低且吃苦耐劳等）优于沿海地区，而且实业救国就是要把工业发展到落后地区，内地与沿海的差距缩小了，国家才能兴盛。李国伟很欣赏他的这些想法。

宋美龄提到的陕西宝鸡，武汉企业家对其并非一无所知。著名的《大公报》记者范长江曾深入广袤的西北地区采访，公开出版了《中国的西北角》一书，该书数月内风行全国。此后，范长江又在西安事变期间赴事变中心采访，1937年2月赴延安采访毛泽东等中共领导人。

1937年夏天至1938年10月，范长江在武汉举行讲座，也曾轰动一时。章映芬听过范长江的讲座，了解陕北黄土高坡的情况，知道了幅员辽阔、高天厚土、民风朴实的大西北，知道有个小县城宝鸡。那里虽然穷困，但它是陇海铁路的终端，有渭水潺潺流过，地价便宜，交通通畅，日本轰炸机很少光临。因而，她把宝鸡的情况详细告诉了哥哥章剑慧。章剑慧听后眼睛一亮，还取出地图查找了一下，他对交通、地价以及日军轰炸不多很感兴趣。有了这三项，对于迁厂来说就不怎么可怕了。

所以，章剑慧听宋美龄提到宝鸡时，他并不感到陌生，于是迅速把工厂迁往西北和重庆的优劣势做了比较。他觉得宋美龄说的是实话，西迁重庆的交通堵塞他有亲身的体验，把厂迁往西北可能比入川更合适，况且宋美龄承诺由政府解决车皮，还有可能取得一定的搬迁补偿金。

等宋美龄一行离开工厂后，章剑慧急忙打长途电话给正在上海租界的李国伟，详细说了宋美龄来厂里视察的情况以及她提出的建议和承诺。李国伟听了说："陕西我去过，西安是古都，在唐朝是世界上最大的城市，宝鸡没有去过，但我知道陇海铁路的终点站就在那里。你觉得怎么样？"

章剑慧说："我个人认为，宝鸡比较合适。现在的重庆挤得水泄不通，往重庆去，风险太大。我征求了钱汉清、王阿庭的意见，他们都倾向于迁向西北。武汉已危在旦夕，我们不能等待下去了。"

李国伟在电话里很久没有声音，显然他在思考。过了一会儿，他说："特殊时期特殊处理，这儿的一部分股东，又要马儿跑得快，又要马儿不吃草，不理他们了，这事你决定吧，后果我负责。俯仰天地，我们问心无愧，你大胆干吧，我尽快回来。"

在电话里，李国伟让章剑慧先派瞿冠英到宝鸡考察购地。

章剑慧搁下电话，心里踏实了，但眼睛里饱含热泪。他马上把瞿冠英找来，让他立即带领十八个人乘小火轮去宝鸡考察，重点是看地。当时的宝鸡是一座仅有六七千人的农业小县城，几乎没有近代工业，只有数十家手工业作坊，经济十分落后。随着1938年6月9日蒋介石下令黄河花园口决堤，不到一个月的时间，就有三万多难民沿陇海铁路拥入这里，饿殍遍野，惨象连天。艰难的环境下，瞿冠英发现，位于宝鸡县城以东的十里铺陈仓峪塬下有一片荒滩，东西长约二里，南北宽约一里，紧邻渭河和陇海铁路的斗鸡台火车站，便于装卸货物。大家商议后初步决定选址于此。

1938年8月5日，武汉市市长吴国桢召集部分纱厂和其他行业负责人商谈内迁事宜，艾黎参加了会议。吴国桢首先向章剑慧确认了宋美龄考察申四工厂的情况及她提出的迁厂建议。

随后，艾黎介绍了工合运动在西北的发展情况。他建议各工厂迁往大西北，并重点介绍了宝鸡的情况。他鼓励有远见的工厂业主不要在意大西北的荒凉贫穷，要看到那里的发展空间。

吴国桢问大家："艾黎先生介绍的西北和西南一样，也是一条内迁的出路，你们在座的谁愿意迁到西北去，给大家带个头。"

与会者保持着沉默，不表态，章剑慧站起来说："申四、福五愿意迁移到西北宝鸡去，明天起，工厂停工，拆解机器设备，然后装箱。请政府提供车皮和拆迁费用。"

第十一章　重庆、宝鸡、延安

对于申四、福五率先要求迁往西北，响应者寥寥。8月7日，武汉市政府再次召集各厂厂长会议。这次会议是警告性的，宣布了武汉警备司令部奉军政部命令，要求各工厂在三天之内上报迁移地点及准备情况，在半个月内把生产设备拆卸完毕，否则派出工兵来炸毁工厂，任何工厂都要无条件接受，不得违命。

形势紧迫，留给申四、福五的转圜时间和空间已经很小很小了。虽然李国伟不在，但他授权章剑慧全权处置。章剑慧当仁不让，迅速采取措施启动拆迁工作，倒排时间表，算提前量。

申四和福五早已由建筑师钱汉清、技工王阿庭和过国忠一起制订了一整套工厂拆迁计划，计划书分门别类写着拆迁设备、机件、纱锭的详细数字和编号，做标记，分别装入已制作好的八十只大小木箱。此外，他们列出了拆、卸、装箱、登记、搬运、装船、领通行证、报关、办公楼保险等拆迁步骤。过国忠告诉章剑慧，王师傅对申四、福五的所有设备都了如指掌，给它们都编了号，并将大木箱的木板加厚，一来可以牢固些，防止撞击损坏，二来到了新址，这些木箱的木板可拆下来铺地板。

钱汉清对于申四、福五的大小建筑已非常熟悉，他指挥工人将厂房的木梁、栈房的白铁皮瓦楞板、钢架屋顶、木头门窗、完好的地板全部拆下来，还有修理工厂的机床和扩建用的建筑材料全部装运入箱，共装了十五节车皮。地板、木头门做成木箱，用来装运设备机件。钱汉清派专人把厂房的建筑图纸、设备机件图纸全部收集好。王阿庭买来一批草绳和砻糠，装箱时将重要机件用草绳仔细绕好，把砻糠填充在木箱空当里，避免碰撞损坏。工人们日夜拆卸设备和机件，包括纱锭、马达、发电机、锅炉、织机、钢磨、装袋设备等，并按编号装入木箱。过国忠和钱汉清找到林继庸，在林继庸协助下办理了迁厂的各种手续。

宋美龄许诺的政府设法调拨车辆的事情，几经波折也有了着落。

李国伟在铁路局做过事，交通部铁路车务处的一个副处长和他共事过，分配车皮时他对李国伟很照应。工矿调整处借贷了十万元搬迁费。李国伟认可副厂长瞿冠英等人在宝鸡看中的地块，并在不久之前已经买下了。他委派章映芬和厉无咎两人留在重庆，负责重庆的纺织厂建设。章剑慧、过国忠、王阿庭、钱汉清负责内迁宝鸡的具体事务。武汉只留下几个留守职工，负责照看已被搬空的厂房、仓库等建筑物，以便今后可以再使用。章剑慧一再表态，他最后一个离开工厂，不管什么样的情况，他要待所有事情处理完毕且工厂全部设备已随火车奔向西北后，他再设法赶赴宝鸡。

李国伟去了重庆，回到武汉后看到迁移事项做得井井有条，比他预想得好，也比章剑慧电话中说得好。随后，李国伟亲手处理了一件让他于心有愧和不忍的事，那就是疏散职工。

申四和福五两厂合计两千多工人职员，这么多人，不可能全部带到西北去，这个负担承受不起，但又不能丢下不管。武汉西迁企业通常的做法是把绝大多数职工遣散，让他们自谋生路。被遣散的人员中，职员按各自薪金发二十个月遣散费，另外还发给旅费一百元；工人每人发二十元至二十五元不等，少数技术工人所发数目比一般工人高些，有五十元的，也有一百元的。工厂原定留下七十名技术工人随工厂内迁，遣散的职工中有二百多人出于对企业的感情，拒收遣散费，坚决要随工厂去宝鸡，和工厂风雨同舟。李国伟很感动，把这二百多人留下了。

看着职工排队领遣散费，李国伟心里惭愧、痛苦。这些职工已经在工厂多年了，有些是无锡人，大多数是武汉三镇及其周边的人，他们都很努力，早已以厂为家。现在他们都强忍着内心涌动的不可名状的情感，阴沉着脸，拿着简单的行李，取了遣散费，揣在怀里。男工们站立在那里，久久不愿离去，打量着静寂的工厂。女工们相拥而泣，

第十一章 重庆、宝鸡、延安

忍不住放声大哭,哭声震天,撕裂人心,如同生死离别,不,就是生死离别!武汉将要失守,面对侵略者的血腥残暴,谁也不知道怎么活下去,国破山河在,但无处可安身啊!

李国伟看不下去,泪流满面地跑开了,把自己关在办公室捶胸顿足。他责备自己就这样把职工放出去,他们或许从此会成为难民,没有了活儿干,生活艰难,生死未卜。但自己和留厂人员马上就要赴西北,这何尝不是逃难?厂的命运也将曲折多舛,到了穷乡僻壤的黄土高坡前景如何,他心里也没有底。这一切都是自己的能力无法主宰的,但他心中一直充满了不舍和歉意。

好久,有人敲门,进来的是章剑慧和华栋臣,二人脸色凝重而悲苦。章剑慧手里拿着一封电报,电报是荣德生发来的。原来上海的大股东听说武汉两厂西迁宝鸡,都表示那里过于偏僻荒凉,野兽出没,民风粗野,是不开化的边陲之地,春风不度,荒草遍野,不具备开设工厂的条件。其实这是因为他们谁都没有去过宝鸡,只是想当然地认为宝鸡是那样一种景象。荣德生不管事了,他们就借荣德生的名义拍来电报"设法挽回"。

章剑慧问:"国伟,怎么办?"

荣德生在武汉时和李国伟商量好,工厂如果拆迁则由华栋臣长期驻守上海并设立办事处,负责西迁工厂与总公司的联系,传递有关信息,接济工厂流落在沦陷区生活艰难的职工家属,采购一些工厂急需的物资。华栋臣一向不主张迁厂,但武汉的情况使他改变了看法。当局已出动军队联合林继庸组织的一百多年轻力壮的技术工人,由工矿调整委员会训练的技术人员带队,到各工厂督促拆迁。林继庸告诉他们,若有行动不力或借口拖延拆迁的工厂,这些技术工人可以随时动手强行拆卸机器设备。

李国伟严肃地说:"我们的机器设备都装箱发运了,工人也已经遣散,一切无可挽回了。岳父回上海后,已把事情讲得清清楚楚,王禹卿也发了话，说了几句公道话。他说，'即使不拆留下来生产，只能和日本人合作，当日本鬼子的哈巴狗。'话说到这份儿上了，他们还在说三道四，剑慧，你去回电，拆迁已定，无法挽回。我明天和华栋臣一起乘飞机回上海，把这里的情况向岳丈和总公司报告，希望他们理解。迁厂绝非我们所愿，武汉不日就会被日本人侵占，我们是不能为而为之，是在赌命！另外，我和慕蕴要把十个孩子安置好。这里的一切都交给章厂长了。你离开武汉后先去重庆，把重庆的厂建起来。"

章剑慧应声而去。他给上海总公司拍了个电报：拆迁已启，无法挽回，李、华近日返沪。

第三天，李国伟和华栋臣、荣慕蕴乘飞机回上海，孩子已由杨通谊送家眷回上海时带去了，暂时住在尔仁、伟仁家里。李国伟在上海建起了申四、福五的办事处，他在第一时间向荣伟仁、荣尔仁、荣鸿元、荣鸿三详细讲述了武汉的状况，以及宋美龄到厂考察和西迁宝鸡的建议。晚上，李国伟又到岳父荣德生住所讲述了一遍迁厂步骤。

荣德生听后微微点头，华栋臣已和他说了武汉的情况，这个坚决反对迁厂的人竭力为迁厂辩护。荣德生对李国伟说："宋美龄到申四考察，武汉凶多吉少，这事让你们为难了。上海有些人不通人情，也不知情，都在胡思乱想。我对他们说，'只有一座独木桥，不走那座桥，你让李国伟怎么过河？而且他连赌命的话都说出来了，还要怎么样？让国伟他们在荒僻处创造事业，报效国家社会吧。'他们都不出声了。我会告诉鸿元他们，以后对申四、福五的事，要多多照应，不准强人所难。你们也给我争点气。说实话，我对西迁没有兴趣，这都是日本人逼的，连首都都内迁了，大后方面临战时经济问题，迁厂是避免不了的，不是有没有兴趣的事。再说，你若不肯迁移，这可是资敌，这种事绝非我们荣家所为。"

装载申四、福五机件装备的最后一列火车十五节车皮，晚上就要

第十一章 重庆、宝鸡、延安

从武汉出发前往斗鸡台，瞿冠英、钱汉清、过国忠和几个工商中学毕业的"少壮派"乘这列火车正式到斗鸡台落户。申四、福五至此，已西迁结束。从武汉、河南漯河、山西等地迁入宝鸡的工厂共计十五家，汇聚在以十里铺为中心、沿陇海铁路分布的区域内。申四、福五是其中最大的工厂。

随工厂迁移到这个荒僻之地的共有二百四十名工人和技术人员。后来又有四名工人沿着平汉铁路、陇海铁路，徒步近千公里来到宝鸡，还有十几名工人从重庆翻山越岭而来，一路风餐露宿，经历的苦难一言难尽。

但空空的武汉厂区还留着一个人，他就是章剑慧，履行了自己的诺言，最后一个离开工厂。章剑慧后来回忆说，当时，武汉三镇已十室九空，全城沉寂无声，平时市肆繁华，生意旺盛，而今门户紧闭，人走房空。以前，沿江的江面上百舸争流，沿码头停泊的船只密密麻麻，吊机列成长队。可现在的码头冷冷清清，已无船停泊，宽阔的江面已难见到一艘船驶过。武汉已由一座喧嚣的繁华之都变成一座静默的空城。正如荣毅仁的一首诗中所曰：可怜征战地，戎马正仓皇。

章剑慧孤独地走在街上，感到背部有股深深的寒意，设想着如何离开这座已毫无生机的城市，他踽踽独行，感到走投无路。守厂的几个人他已关照好，嘱咐他们一旦日本军队入厂，能应付就应付，有危险就设法逃到乡下去。

章剑慧正走在街上，一辆军用吉普车停在他身旁，一个军人跳下车。章剑慧一看，是同乡友人徐祖善。徐祖善是海军出身，当时任江汉关监督，平时常来往，一起喝酒聊天。他问章剑慧："你为什么还不走？"章剑慧回答："我不知道怎么走？"徐祖善听后，沉默了一会儿说："你别乱走，日本军队随时会打进武汉，你待在家里，我来想想办法。"

下午三点，章剑慧在寓所，有人大声叩门。原来是徐祖善送来了一张去成都的机票,说晚上六时起飞,一再叮嘱,早点去机场,切勿错失这可能的最后机会。

徐祖善说:"到机场后,机务员叫徐祖善时,你即应声上机。"章剑慧答应后反问:"你把机票给了我,你怎么办?"徐祖善回答:"我是海军部高级参谋,可随大军向湖南撤退,你不必担心我。"

章剑慧感激不已,徐祖善挥挥手说:"别说客气话了,快去准备行李吧。我知道你们工厂已迁往宝鸡,过国忠来办的手续,大家都是为了抗战,后会有期。"

正是有了这张机票,章剑慧绝处逢生,最后一刻离开了死气沉沉的武汉,与同机的政府官员在当晚十二点到达成都。很多年以后,章剑慧在回忆录深情记录了这段经历:我以大难不死之身,怀建设报国之心,从此在西南成都、重庆,西北宝鸡、天水等地方经营工厂……我对徐祖善更觉心灵上有无限深切怀念!所惜汉埠一别,天各一方,此后无缘一面。他现已去世多年,前时在京,遇其哲嗣,提及此事,神往久之。

此后,章剑慧再辗转前往重庆与章映芬、厉无咎会合,沿途对成都平原小麦和棉花的出产情况作了考察,多方了解市场行情。

章剑慧一到重庆,立刻着手在厉无咎和章映芬已经平整过的猫背沱地基上修建厂房,筹备复工。西迁时从武汉抢运出来的一千多件成品棉纱,成为重庆市场上的走俏货,价格上涨,能卖出好价钱。章剑慧原来计划用这笔收益建厂,按照预算,绰绰有余了。

但远在上海的总公司却惦记着这笔钱,一再来电报催促将一千件棉纱尽快兑现并将货款汇往上海。章剑慧想不通,这棉纱本来就是申四的产品,申四分两部分迁厂,不用总公司出费用。把自己的产品卖掉后再建新厂,这是合情合理的事,为何要上交总公司呢?交给总公司后,重庆用什么来建厂复产?

章剑慧写信给正在上海述职的李国伟,请他和岳父商量商量,让

第十一章　重庆、宝鸡、延安

他们留下这笔建厂资金。不久，李国伟来电话，称此事没有商量的余地，你把钱汇到总公司吧。

章剑慧有些气恼地说："那重庆这厂怎么建？迁厂是你岳父和总公司同意的，又要马儿跑得快，又要马儿不吃草的事我办不了。"

李国伟知道章剑慧生气了，其实他心里也很懊恼，便好声对章剑慧说："大伯去世后，情况和以前不同了，岳父这人的性格你是知道的，碰到什么事情都是很迁就的。你再想想办法吧，拜托了！我在这里处境也很尴尬，迁移宝鸡的事，唱反调的人不少，岳父要我看菜吃饭，自己觉得好就可以了。"

章剑慧不吭声了，知道李国伟很为难，也不想与总公司和大股东搞僵关系，宝鸡是西迁的重头戏，他寄予了很大的希望。想到这里，章剑慧才说："好吧，我马上把棉纱卖了把钱汇到总公司，建厂的资金再另想办法调头寸吧。重庆挤得要命，像一团乱麻。你让厉无咎买了猫背沱这块地是有先见之明的，现在已很难买到了。重庆长江两岸的荒滩野地和山里的沟壑，过去很少有人光顾，现在都被人看中了，成了建厂的场地。"

李国伟说："我在上海还要待一段时间，你在重庆积累点经验，再去宝鸡开发。那个地方不拥挤，虽然落后荒凉，但空旷宽敞，又紧靠陇海铁路和渭水，陕西有产棉和产麦区。办厂所需要的，一样都不缺。又比较偏远，日本鬼子不太可能进攻那里。这些条件可以使我们在宝鸡做出一番宏业。"

章剑慧说话是算数的，第二天就把一千件棉纱以较好的价钱卖出了，并将款汇给了上海总公司。荣鸿元对李国伟说："并不是我苛求，这笔钱给了总公司，也是还债用的。我替二叔在管事，逼债的滋味是不好受的。"

李国伟语气冷冷地说："申四、福五迁移到重庆、宝鸡，是被逼上梁山，伤得很深。章剑慧、厉无咎、章映芬等人在筹划复建，可两手空空，没有资金，他们的滋味更难过。实在不行，我只能把重庆猫背沱的地卖了，把设备迁到宝鸡去，那里我们有四百亩地，还可以增购，这样总比重庆那块地和设备白白空置着好。"

荣鸿元说："这样做可不行的，大股东听到后会跳出来的！"

李国伟说："他们再怎么跳都没有用，如果他们多理解一点，会觉得要我们在内地的人既要马儿跑得快，又要马儿不吃草，是不是太过分了？这好比打仗，要去进攻敌人的阵地，又不给枪支弹药，这仗怎么打？"

荣鸿元呵呵笑起来，笑容满面地说："我只是个代理指挥官，真正的指挥官是你老丈人，枪支弹药你可以问他去要。"

李国伟也轻笑一声，语气温和地说："他这个指挥官已经把虎符交给你了，他已基本上不管事了，而且体弱年迈。无论是作为荣氏企业的创始人，还是作为我们的长辈，我都不好意思去纠缠他。虽然我是他的女婿，但在这些事情上，岳父历来公私分明。申四、福五是不属于我李国伟的，这两个厂的成败是荣家企业的成败，这事已经到了这地步，希望总公司能体谅到我们的难处。我不久就回宝鸡，大伯说过，办厂力求其快，头寸再说吧，车到山前必有路。另外，希望那些大股东不要瞎起哄，没有到过重庆猫背沱，没有到过陕西宝鸡，不要乱说一通。华栋臣是申四、福五驻上海办事处主任，他两头跑，股东和总公司可以通过他来了解情况，他的为人和说的话上海方面应该相信的吧。"

荣鸿元说："国伟，你多心了，上海有上海的难处，你有你的难处，这点我是知道的。你和慕蕴姐不容易，十个孩子分散在好几个地方，不管是重庆还是陕西，你们所处的环境要比上海恶劣得多。今后，有难处尽管说，我能帮忙的，绝不推辞。刚才你说了，申四、福五是荣家在内地最大的企业，我爹亲自到武汉选的厂址，亲自拨付的资金。时局关系，不得不内迁，谁反对都没有用的。反正，一荣俱荣，一损俱损，肉烂在汤里，我们荣家的企业都是一品锅。至少我，不会另眼

第十一章　重庆、宝鸡、延安

看待你们。"

李国伟觉得荣鸿元这番话还是比较坦诚的，想起了荣宗敬对自己的器重和信任，心里对荣鸿元的一些不满情绪也消失了，片刻沉寂后说："鸿元，你说得好，一损俱损，一荣俱荣，申四、福五不管到哪里，都是岳父和大伯开创出来的事业的一部分，打断骨头连着筋，是割不开的。放心吧，我们会把这两个厂迁移到西北重建。如果没有意外的话，我相信它们会重新崛起的，给总公司一个完璧归赵。"

李国伟在上海待了近半个月，本来他不会待这么多天，他开车回了趟无锡。住到自己家里，他的家是一幢西式花园洋房，在学前街孔庙背后的四郎君庙巷（现健康里16号）。建于民国初年，房子有两层，有主楼、厢房、附房、网球场、前后花园及围墙。因为长期工作生活在内地，李国伟将此房委托亲戚看管。

这次回无锡，一次在花园里散步时，在有些潮湿的、已青苔斑驳的砖铺小道上不慎滑倒，脚踝严重骨裂。他到医院治疗后，上了石膏，即回上海，在上海又休息了几天，就裹着绑带要和荣慕蕴乘飞机到香港稍做停留。在和荣德生辞行时，尽管岳父情绪低落，但还是罕见地请他们在一家镇江餐馆吃了顿饭，说："此去你们会吃更多的苦，做我荣德生的儿子、女儿、女婿享不了清福的。陕西蛮荒，你们实实在在做事吧，在僻壤处做出一番事业来。"荣德生还提到，当时银团方面（尤其是上海银行）支持荣德生出任总经理，但他以身体不好为由婉拒了。申四、福五在重庆、宝鸡的事他时时放在心上。荣慕蕴看着已白发苍苍的父亲，眼含泪水，一再说："我们的事，你放心吧，国伟是怎样的人，你是清楚的，他做起事来，从来是不成功不罢手的。"

到香港后，因为骨裂未愈，他们又待了一段时间。

章剑慧原来指望的资金一下落空了，怎么办呢？到哪里去解决资金呢？他苦苦思索，夜不能寐，寝食难安。还是妹妹章映芬提醒了他，可以向负责工厂内迁的工矿调整处商借建厂款，有些厂都借到了钱，包括申四旁的裕华纱厂也从工矿调整处调了一部分头寸。这个提示让章剑慧如梦初醒，他来得晚，不了解这个情况。他马上写了资金商借函，自己送到了工矿调整处，请求他们借款建厂。

事情非常顺利，工矿调整处一听说是申四，没有犹豫，很爽快地答应了。办好了手续，工矿调整处按章剑慧要求的数额，把资金打到了申四的账户上。

有了这笔款子，章剑慧有了底气，便和厉无咎、章映芬开始建厂。新厂房全部使用砖木结构，属于简易厂房，仅能容纳西迁来的一万枚纱锭，其余的一百台布机及漂染机、日产量达五百包的面粉机等设备需要暂时放一放，待棉纱出产后，有了利润再建设新厂房。

厂房刚建起来，工人们便紧跟着进去安装设备。但章剑慧急得团团转，原因很简单，向工矿调整处借的钱只能盖厂房，购买原棉的钱还无着落。章剑慧进出于各银行的经理室。申四、福五在武汉大名鼎鼎，不少银行也是从武汉迁移到重庆的，与章剑慧以前有些来往。

即便如此，银行却是很现实的，一般都锦上添花，不太会雪中送炭。工厂兴旺发达、规模大、产品销售好，银行会围着你转，你只要开口，要贷多少款就给多少款。如果工厂处境艰难，银行的态度就完全不一样了，唯恐避之不及，上门要求贷款通常都会吃闭门羹。章剑慧一家家银行钱庄走过来，不管熟悉的还是陌生的，都遭到了拒绝。不同的是，熟人拒绝得婉转些，陌生人拒绝得直接些。

章剑慧只是一个厂长，高级经营管理人员，并非资产拥有人，这样的地位也决定了他在借款之事上缺乏应有的信任度，章剑慧自己也感觉到了。他失意地在重庆街头无可奈何地转悠着，像最后一个离开武汉工厂时孤独地走在武汉街头一样，感到自己走投无路了。可是，他天生运气好，在武汉他得到了无锡友人徐祖善的无私帮助。

章剑慧走着走着，走过上海银行的门口，抬头看了下金色的招牌，心头忽然一动,他想起自己的弟弟曾是这家银行的高级职员,和金融家赵汉生关系极好。赵汉生在上海当商业储蓄银行行长时,他们两人不仅相识,而且交往颇多,对自己的能力和人品是了解的。这么一个重量级的和自己有交情的人物,自己居然在记忆中抹掉了。他在武汉时就听说赵汉生也撤退到了重庆,担任了上海银行重庆分行的行长之职,是有权贷款给申四的。

章剑慧毅然走进上海银行,来到行长室。赵汉生见到章剑慧,劈头就问:"章先生,你们申四在重庆的厂建得怎样了?听说是在猫背沱,那地方不错啊?"

章剑慧说:"厂房建了,机器安装了,工人在摩拳擦掌,可以说万事俱备,只欠东风,无钱买棉花。"

赵汉生说:"你实说,要调多少头寸?"

章剑慧说:"五十万就可以了。"

赵汉生说:"五十万,不多,我借给你。我知道你这个厂长的能力,原料到手后,马上就会生产出棉纱,现在重庆的棉纱供不应求。"

赵汉生当即打电话叫来经办人签合同,章剑慧"得寸进尺",说:"赵行长,厂里在等米下锅,刻不容缓,我今天就要把棉花采购到厂里,连夜开工。能不能先把钱给我,我后天来签合同。赵行长知道我章剑慧的为人,绝不会卷了钱跑掉的。"

赵汉生笑起来,说:"别人不相信,你章剑慧我还不相信?这么多年了,我们都是知根知底的朋友。我破例一次,先把支票给你,你方便的时候来签合同。"

章剑慧说:"我后天下午就来签合同,还要和你喝杯茶聊聊。"

赵汉生对经办人说:"你开五十万支票给他,马上办,如有闪失由我担当。"赵汉生进入银行界是从最低等的职员做起的,深知资金对有志于实业救国的企业家的重要性。他果断地在不签合同的情况下,预先给章剑慧放贷,这在整个重庆行庄中找不出第二人。章剑慧感激不尽,庆幸自己在关键时刻两次遇到了贵人相助,一个徐祖善,一个赵汉生。他们的恩情,章剑慧都没齿难忘。

　　章剑慧把支票装进皮包,辞别赵汉生,兴冲冲地来到棉花交易所。这里有不少逃难来重庆的商人,一起和他们来重庆的是一船船棉花,堆放在租借的库房里,急于出手。西迁重庆的纺织厂多数在建厂房、装设备当中,真正投产的不多,造成重庆棉纱紧俏、棉花滞销的局面,因而棉花价格低廉。章剑慧用赵汉生贷给他的五十万元买回了一万多担棉花。当运送棉花包的车队开进猫背沱厂区时,申新的工人欣喜若狂,他们简直不相信自己的眼睛。这几天章厂长都是愁容满面的,每天都一大早出去,天黑才灰溜溜地回来,晚饭都不吃,便把自己关在房里,或者和章映芬、厉无咎等商议对策。今天也是一大早出去,晚上却运回来这么多的棉花,真是太好了。

　　章映芬问哥哥:"你从哪里借到钱了?这么快就买了一万多担棉花?我早就说了,哥哥名字中有一个剑,一个慧,剑是剑客,慧是聪明,哥哥有勇有谋,没有解决不了的难事。"

　　厉无咎说:"章厂长好像变戏法一样,出去一天,一万多担棉花变出来了,我们能够复工了。"

　　章剑慧说:"什么叫绝处逢生?我章剑慧不是有勇有谋,而是注定命中有贵人相助。你知道今天我遇到谁了?赵汉生,上海银行重庆分行的行长,合同都未签署,他就放给我五十万元款子。我拿了钱,唯恐钱跑掉,连忙到棉花交易所,又碰巧碰到几个急于出手的棉花商人,便以每担四十元的价格买了一万多担。他们还说,荣家的申新就是不一样,财大气粗!"

　　章映芬哈哈大笑:"哥哥,你真是好运气,天大的好事你总能遇到。不得不说,赵汉生确实够朋友、讲义气,我们要好好报答他,最好的报答就是早生产,早出产品。"

　　章剑慧说:"这话说得没错。这样,我们现在万事俱备了,东风也有了，今晚就开工，怎么样？"

员工们早已等待这一天这一刻了，一听章剑慧这么说，马上热烈响应并行动起来。从这晚起，申四重庆厂正式开机生产，从搭建厂房到开机生产仅用了两个月时间，成为西迁来重庆的纱厂中最早复工生产的厂家。第一期开工纱锭为五千五百枚，第二期开工纱锭为四千五百枚。全厂男女工人五百五十人，除了从武汉西迁的职工外，大部分是新招收的工人，其中不少是难民，经过养成所培训就上生产线了，很快就成了熟练工。

每月生产棉纱二百二十件，这些产品立即成为抢手货。每天清晨，猫背沱厂区都有五六十位顾客排队购纱，供不应求，时常出现产销脱节。章剑慧趁热打铁，扩建厂房，安装西迁面粉设备生产面粉，也获得了丰厚的利润。厉无咎任公司业务经理，黄亦清任厂长，章映芬任副厂长，她负责管理，也就是在这个时候工厂推出了八小时工作制和其他新的管理制度。

这里面有一个小插曲，申四和福五一部分西迁重庆猫背沱，起初并没有用"申新""福新"的厂名。因为上海总公司对重庆的厂缺乏信心，担心一旦亏损会受到株连，为了切割，不让他们用申新、福新之名。李国伟、章剑慧心里不好受，但没有计较，为工厂起名"庆新实业公司""庆新纺织厂""庆新面粉厂"。

庆新建厂初期，总公司不仅不给予资金上的扶持，还硬是把抢运出来的一千件棉纱抛售的款子要了去。章剑慧为了筹集资金，在当地一小部分人士中招股投资，同时在厂内职员中集资入股，共招股十三万元。上海方面有些人知道后，很不满意，认为发展新股东后，会带来不必要的麻烦，例如赚不到钱、分不到红利、会产生纠纷，但没有过分强调。后来听说庆新公司获利不错，有利可图了，又出尔反尔，反对使用"庆新"的名称，要求恢复原称。李国伟当然不太乐意，但他忍住了，劝说章剑慧尊重总公司的意见。

章剑慧和厉无咎不得不更名，挂出了"汉口申新第四纺织印染公司重庆厂"和"汉口福新第五面粉公司重庆厂"的招牌。至于新招的股份，除了自己工厂的职员那部分仍予保留外，其余的外股一律加上百分之五十的利润全部退还。这部分股东当然会有怨言，人家是在困难之际伸出援手的，章剑慧只能逐个赔礼。

这时，荣氏企业老人薛明剑也来到了重庆。无锡沦陷前，薛明剑疏散了工人，发足了遣散费，让大家避到安全的地方去，同时把申三和茂新几家工厂的账册等文档藏到乡下亲戚的柴房里。他在乡下躲了一段时间，然后设法来到重庆。这时，章剑慧已去宝鸡。荣德生嘱薛明剑在重庆的申四分厂协助管理，工厂已恢复了生产，产品十分畅销。分厂的厉无咎、黄亦清、章映芬等经理、厂长、副厂长都很能干，对大后方的环境已非常熟悉和适应，薛明剑不便多插手。后来，他应邀到另外一家西迁厂去当总管，让年轻人放开手来办厂。

在之前一个多月，大批西迁到武汉的上海工厂得不到妥善安置，不少厂家不得已便自找出路。上海有一家小五金厂，厂长沈鸿带领十名工人和十几台最好的机器很早就开始西迁。到武汉后，沈鸿急于复工生产，为抗战尽力。然而，工矿调整处对于这样的小厂毫不关心，多次协商，均无结果。这让沈鸿郁郁不得志，很不愿意这耗下去，想另辟蹊径，又找不到出路。

沈鸿是浙江人，家境贫寒，小学未能毕业就到上海虹口区一家布店当学徒，布店附近有家机器厂。"轰隆轰隆"作响的自行运转的机器，沈鸿从未见过，他渐渐对机器产生了兴趣。他经常在晚上布店打烊后跑去观看，从此就迷恋上机器，一面做布店学徒，一面研读数理化知识和机械、汽车知识，常常通宵达旦地攻读对他来说十分艰涩的知识，努力使他慢慢学到了不少理论。沈鸿与机器厂的工人熟络起来了，师傅们教他操作，他有理论知识，一学就会，对机器的原理和构

第十一章 重庆、宝鸡、延安

造均掌握了。

沈鸿满师后,留在布店当店员。十二年后,他辞去布店工作,和几个朋友筹资五千元,开办了一家小机器厂,专门生产各种民用锁。从开厂之初起,沈鸿亲自上机床干活,这种习惯一直保持下来。经过几年的经营,他的弄堂厂发展起来了,工人从五六人发展到三十余人,产品从民用锁发展到设计生产各种机床设备。

沈鸿也成长为设计师和技师。他有自己的追求,实业救国,反对内战,反对专制独裁,同情进步人士和他们的主张。他听了范长江的一次讲座。一本破旧了的《西行漫记》,经过辗转流传落到了他的手中,他突然像在黑夜中看到一束火把在发光。淞沪会战打响后,他决心把厂迁到延安去。共产党八路军坚定地进行抗日战争,那里需要工厂,需要工业。

沈鸿在八路军驻武汉办事处的大门对面徘徊着,看见两个女孩子走出来,站在大门口,好像在等什么人。他鼓起勇气穿过马路,很客气地问:"你们是八路军办事处的吗?"

赵雅安警惕地看着这个上海口音的中年人回答:"是的,你有什么事吗?"

沈鸿说:"我姓沈,是上海利用五金厂的经理,西迁来武汉的,我有事找你们负责人。"

钱雪元说:"好吧,跟我们来吧。"

钱雪元对赵雅安说:"你在这里等一下上海来的那两个戏剧家,我陪他进去找钱主任。"

钱雪元和沈鸿边走边聊。

沈鸿笑着问:"听口音你们是无锡人?"

钱雪元回答:"是的,你是上海人?"

沈鸿说:"我原籍是浙江绍兴,十五岁就来上海学生意了。小姐,我想把厂迁到延安去,不知道可不可以?"

221

钱雪元有点吃惊，问："你真的要把厂迁到延安去？"

沈鸿说："是啊，我是'八一三'之前就迁来武汉的，到现在还没有复工，没有人管我们这些小厂。所以，我决定去延安。可以吗？"

钱雪元说："当然可以，你见了我们钱主任，可以问他？"

在办事处主任钱之光办公室门口，钱雪元敲了敲门，里面传出"进来"的声音。

钱之光正在伏案看文件，钱雪元领了沈鸿走进去。

钱雪元说："钱主任，这位先生是上海西迁到武汉的利用五金厂的经理，他想把厂迁到延安去。"

没等钱之光开口，沈鸿就迫不及待地说："我叫沈鸿，我想带着工厂去延安，只是不知道那里有事情做没有？"

钱之光笑了起来："打日本鬼子，还能没事干！就怕事情太多，你不睡觉也干不完呢。你去延安有什么条件？比如你的工人、机器怎么办？"

沈鸿说："我是把工厂迁到延安去，工人、机器一起带去。我们去延安生产机器设备，也可以制造武器弹药啊。我没有什么条件，只要让我的机器转起来，有事做，有活儿干就可以了。"

钱之光说："沈老板，延安太需要你这样的厂了。你的机器肯定会转起来，说不定日夜都停不下来。"说到这里，钱之光指了下钱雪元，"这是小钱同志，她的男朋友是荣德生办的公益铁工厂的技师。以后，他也会去延安，他可以帮你一起办厂。"

沈鸿惊喜地说："公益铁工厂迁到重庆了，这是荣家的厂，实力远远超过我们，但我们厂的性质是一样的，是母机厂，就像是老母鸡一样，会下蛋。能够生产各种机器设备，所以称为母机。钱小姐，你男朋友如愿意屈尊来我这个小厂，我求之不得。"

钱雪元说："在上海是小厂，到延安是大厂了。过国忠来了，他一定会愿意跟着沈老板干的。他是个机器迷，他设计的纺机已在上海申新厂推广。他还没有到武汉，等他到了，我让他和你见面。"

钱之光说："小钱，我和延安联系好了，你协助沈厂长迁厂，先联系火车车皮，延安方面没有汽车，可用骡车、马车去西安拉。"

钱雪元说："我去找申四的经理李国伟先生，听说陇海铁路西安局有他以前的同事，我去找他帮忙，如果过国忠到了，他去说更好。这个过国忠，不知道上哪里去了？在镇江海关拦住西迁的设备后，就没有消息了。"

钱之光说："小钱，你别着急，没有消息就是好消息。"

这时赵雅安走进来，对钱之光说："两位戏剧家已到会客室。"钱之光说："我知道了，小赵，你先接待他们，我和沈经理谈完就过来。"赵雅安转身去了会客室。

此后，钱雪元请李国伟通过铁路上的同事安排了两节车皮，把三十几个工人和十台机床运到西安，延安派了几十辆骡车和马车连人带货运到延安。陕甘宁边区地处黄土高原，自然条件很差，人口稀少，农业可耕地不多，产量有限，至于工业，几乎没有。

1936年中央红军与陕北红军会合后，在吴起镇建立了红军唯一的一家兵工厂——延安兵工厂。这家极为重要的工厂后来迁至延安东门外柳树店的一家破庙里，只有几十个工人，做些修修补补的活，没有先进一点的机器。

在抗战期间，由于大量难民涌入，国民政府赈济委员会向作为特别行政区的陕甘宁边区拨了十万元法币赈济款。边区政府将其中五万元用于开设工厂，安置部分有一技之长的难民。先后兴建了四家工厂，其中一家纺织厂生产抗大学员的军装及八路军医院的医用纱布，另外三家工厂分别是一家硝皮工厂、一家农具工厂和一家神府纺织厂。这些厂设备简陋，纺织厂都是手摇纺纱，脚踏织机，手动梭子。当地其他厂也是以手工为主，即使延长煤油厂也仅有很少的几部机器。

利用五金厂迁来后，改变了这一现状，延安兵工厂并入了五金厂，扩大为边区机械厂。沈鸿担任了陕甘宁边区机械厂总工程师，他带来的十部机器都是"母机"（车床、刨床、铣床、钻床等），是制造机器的机器，在短时间内设计制造出了印刷厂的油墨机、纸厂的造纸机、蒸汽锅炉、薄铅板轧机、炼焦设备，造币厂、制药厂的压片机，煤油厂的炼油设备，以及边区一些工厂的各种机器。这些机器设备多达二百多件，大多数是沈鸿亲自设计并直接间接从他带来的母机上制造出来的。

沈鸿还成功试炼出灰铁。灰铁是铸铁的一种，内部碳是以片状石墨存在的，断口呈灰色，光泽很暗，表面看来比较粗糙。与灰铁对应的是球墨铸铁，两者都是铸铁的一种，主要用于生产黑色金属铸件，如机件、迫击炮、炮弹外壳等。边区从此结束了无铁铸件的历史。沈鸿最大的贡献在于，帮助八路军前后方的修械所维修装备，使八路军在前线作战时，能随时修理受损的火炮、迫击炮和机枪等武器。

边区机械厂不断扩充，技工人数多达五百多人。原来的兵工厂分为两部分，一部分是修造部，就是原来延安兵工厂那部分人，又叫东厂；一部分叫机器制造部，就是沈鸿迁来的厂，又叫西厂。他带来的几十名技工都成了骨干，并带出了一大批技术工人。

沈鸿曾三次被评为边区特等劳动模范，毛泽东曾在窑洞中接见过他，嘉勉他为"边区工业之父"。沈鸿还荣获毛泽东亲笔题写的"无限忠诚"的奖状。沈鸿在延安受到重视，他的思想境界有了改变，其初衷是让他的工厂能开工，为抗日救亡生产一些产品，等抗战胜利了，把十台机床还给他，他依然迁回上海。如果延安需要，送给延安也可以。他坦率地说："其实我没有多高的觉悟，若不是日本人打来，我是不会离开上海的；若是国民党做事利索，我到武汉以后可能就跟国民党走了。我困在武汉走投无路，才选择了延安。我觉得延安抗战态度坚决，虽然穷但有志气，武汉办事处的同志热情、负责，什么事都替我想到了。我去延安的动机就是这么简单。"

后来，沈鸿慢慢融入了延安火热的充满朝气的环境。他刚到延安的时候，这里的专家和工程师还屈指可数，而几年后，已经有一大批科学技术和文化教育方面的专家、学者、工程师和大学毕业生，来自全国各地。那时的延安是一块巨大的磁石，吸引了各方面的人才。

可惜的是，沈鸿永远没有见到过国忠。当时，钱雪元对沈鸿说："到了延安，过国忠会成为你的得力助手的，他会造纺机和其他机器，还会制造手榴弹、地雷，原来是无锡公益铁工厂的技师。"沈鸿当然欢迎，当即记下过国忠这个名字，说："我就是需要这样的人才。"

这让钱雪元感到很兴奋，也颇得意，过国忠人还未到延安，自己已为他找到了他喜欢的工作。

沈鸿的工厂迁到延安后不久，钱雪元终于等到了过国忠狼狈地逃难到达武汉。两人在动荡的岁月中过了一段甜蜜而浪漫的爱情生活。

不过，过国忠和钱雪元都很忙碌，初冬即将来临，天是冷的，但过国忠和钱雪元心里却是热乎乎的。

他们几乎天天碰头，在长江边江水的清寒的潮气里，慢慢散步；或者在申四厂运动场的篮球架下，在轰隆隆的机杼声和暮雨般的虫鸣声中，他们有永远讲不完的话。

更多的是在过国忠的房间里，过国忠有时在研究宝鸡的地图，有时在整理图纸，为迁厂做准备。钱雪元静静坐在旁边，看着一本从赵雅安那里借来的诗集，身心觉得有了依归。

钱雪元知道她和过国忠迟早要分开的，但希望这样的日子能多几天，甚至期待他们一起西迁宝鸡，过国忠留下来建厂，她赴陕北。他们至少可以同行一段路，一起来到陕西地界再握别。

可是，不久的一天，离沈鸿赴延安两个多月以后，钱之光突然通知丁光羽、钱雪元、赵雅安当晚送几个重要人物乘火车去西安，再由八路军驻西安办事处安排车辆去延安。走哪条路，到了西安才会知道，而且去了延安就不再返回武汉了。武汉已到最后时刻，八路军办事处要撤了。说完，给了丁光羽九张火车票，并告诉他，车上已安排保护他们的人员。事出紧急，钱雪元匆匆收拾了自己的行李，抽出半小时的时间，骑自行车赶到申四。

钱雪元找到了过国忠，匆匆道别，说："我和丁光羽、雅安马上要有事去西安，到了西安后就直接去延安了。我到了那边，会给你写信的，希望你们厂西迁顺利。我们延安见，沈鸿在等着你呢。"

过国忠点头说："到了宝鸡，我为工厂复建做些事，工厂复产后，我就过来。"

钱雪元说："你可要说话算数啊，不要到了宝鸡就乐不思蜀了。"

过国忠说："君子一言，驷马难追，要是李国伟同意，我到了宝鸡，待上几天就过来。雪元，我一分钟都离不开你。"

钱雪元眼睛潮湿了，说："不要那么急，迁厂是重要的事，不能马虎，到了宝鸡好好干一阵，走也要走得安心。我没时间见我爹了，你跟他说一声，还有，你替我照顾好他。我去了啊！"

过国忠不吭声，走上一步，把钱雪元抱在怀里。

钱雪元推开他说："这是厂区，别人看见了，多不好意思。"

过国忠说："我不管，看见就看见。"使劲把钱雪元抱了一下，松开手。钱雪元用手背擦掉脸颊上的泪水，说了声再见，骑上自行车就走了。

过国忠久久站着，心里空落落的。

后来过国忠去了宝鸡，李国伟正式任命他为工程师。他为申四、福五的复建尽职尽责，事情千头万绪，实在太多，他日日夜夜地忙碌。

在延安，钱雪元在抗大学习，她常去沈鸿的工厂。每次去，沈鸿总要问她："你的那位小过先生何时能来啊？"钱雪元回答："他和我爹在宝鸡忙得昏天黑地，等厂步入正轨，他就会过来，重庆那个机器厂搬了个地方，他又去了一阵子。"

沈鸿说："过国忠来了，我建议他当副总工程师。"

可是，很不幸，过国忠在一次日机轰炸中中弹身亡。钱雪元接待前来拍摄中国抗战历史的苏联纪录片制作人罗曼·卡尔曼去长乐塬拍摄窑洞工厂时才获知这一消息。李国伟和钱汉清不忍心将这个噩耗告诉钱雪元，也不知道如何告诉她。

在那个动荡不安的年代，所有的美满、安稳都太短暂了，但又很长。钱雪元心里一直记着，几十年里都没有忘。在她的记忆中，有热度，有温馨，有画面，有无与伦比的美，悲痛和伤感则被时间过滤掉了，剩下的都是美好的印象，镌刻在她的心里。还有一副网球球拍，有两张镶嵌在镜框里的黑白照片，英俊的笑脸，永远那么年轻，这就够了。

沈鸿听到这个令人震惊的消息，唏嘘不已。

第十二章 『江兴轮』悲剧

1938年10月25日，武汉沦陷，此时离南京沦陷不到一年。

这天，日军第六师团先头部队推进到汉口近郊，与中国军队第545旅在戴家山（今岱家山）附近发生激烈战斗。晚6时，中国军队撤退，戴家山失陷。晚10时，日本先头部队第十一集团军第六师团第二十三联队率先进入汉口城区。1938年10月26日5时，日军第十一集团军波田支队从宾阳门突入武昌。1938年10月27日午后，日军第十五师团第六十联队占领汉阳。

武汉三镇中的汉口是夜间失守的，武昌是凌晨失守的。日军进入时，整个城市没有一点灯火，笼罩在一片死寂般深重的暮色之中，日军不得不点燃了一支支火把。10月份和11月份是武汉最好的季节。在和平年代，深秋初冬时节的武汉之夜不乏烟火气的温暖，然而它现在变得死寂，无声无息，让人仿佛沉溺于深渊般的亘古未有人迹的僻远之地，也仿佛是被巨大的火山灰掩埋的庞贝城。它曾经是那么喧嚣，那么热闹，车水马龙，鲜衣怒马，而今却一下变成了一座寂寥的空城。即便是白天失守的汉阳也只有孤零零的街道和房子，一点人气都没有。

在武汉保卫战的几个月里，尤其是日本军队开辟南方战场并占领广州后，半壁江山已落日本人之手，政府便号召所有的东西都不能留给敌人。苏联记者卡尔曼拍摄的纪录片中，不止一个镜头有战士和农民把水泥路、铁轨和桥梁彻底破坏，砍断和烧毁电线杆。日本人所到之处的一切有价值之物，或被破碎，或被运走，或被烧毁。西迁的空厂房留了下来，但烟囱却被炸掉，石条码头的石阶都拆了，扔进了长江，炼铁厂的高炉都被炸毁了。

据《武汉文史资料》记载，武汉沦陷的第二天，日军就将江汉关钟楼的时钟拨快一小时，改为东京时间，称为"新钟"。日军还强行规定每天下午5点至次日上午7时为宵禁时间，发现行人即当场枪杀。其实，武汉三镇留下来的只有少数穷人、流浪汉和隐蔽战线的人物，以及一些看守内迁工厂空厂房和住宅的雇工。他们身无分文，也无处可逃，只能留下来或者躲起来。1939年2月8日的《新华日报》报道称，下午5点以后戒严，路静人绝，大有深山幽静之态，华界无电灯更可怕。沦陷时期，日军有计划地在城内放火，大街上不断有房屋在燃烧，发出噼啪的声响，火焰腾空，浓烟滚滚，有时一天有十多处起火，有些地方竟连续七天不灭，火光映红城市和长江的天空。

烧掉的大多是迁走了设备的厂房和不再上课的学校。申四和福五的厂房也没能幸免，一半厂房烧毁成焦土，看守早已按原来的安排躲起来了。

在章剑慧离开武汉的第三天，经过一场血肉横飞、炮火连天的战役，中国军队撤离了汉口，武汉落入敌手。过了几天，这座没有烟火气的空城慢慢有了点人气。日租界挂起了太阳旗，满街都是；英美租界则洋溢着西方古典音乐，飘溢着咖啡的香味，门口挂着米字旗和星条旗，对气势汹汹的日本军队保持着一种冷视而矜持的神态。日本人对英美人暂时没有表现出恶狠狠的态度，更不敢有什么冒犯的举动。

武汉即便是一座空城，也仍有一部分人由于各种原因没有逃离。他们差不多都经历了侵略者的暴行和杀戮。被日本侵略军残杀的有一万三千多人，虽远远少于南京，但同样罪恶滔天，日本兵的凶残在他们所到之处，都留下了让人痛恨和难忘的噩梦。其中包括城市外围那些普通得不能再普通的农民，他们没有什么过高的期盼，只是在他们的地里种菜、侍弄庄稼，安然地生活，可日本军人连他们都不放过。

国民政府在武汉除了军事上考虑防守外，对其他事情未做充分准备，管理很不力。许多企业虎口脱险，辛辛苦苦到达武汉后，发现在这儿难以立脚，不合适扎根生产。国民政府对于迁厂确实逼得很紧，但对民众的转移并没有着力安排，市民只得自己选择撤出武汉。大多数人只能无目的地挤火车、挤轮船，前往西南宜昌、重庆、四川其他地方或者湖南等地避难。

到武汉会战期间，国民政府吸取了南京陷落后民众惨遭空前屠杀的沉痛教训，提前布置了武汉军民的撤退。军人有专车、专轮，撤得很快，当局把老百姓交给民营的航运公司转运。但由于船只经常被军队拉差，能乘上火车、轮船极不容易，上了船也拥挤不堪，严重超载，所以被转移走的人并不多，在途中丧失生命的也不在少数。

1938年10月24日，在日军已经完成对武汉包围的态势下，为保存实力，国民政府军事委员会在武汉举行中外记者招待会，宣布"我军自动退出武汉"。同日，中共的《新华日报》和国民党的《扫荡报》分别发出告别武汉的社论。10月25日，中国军队完全撤出武汉。

武汉大撤退时，在长江上上演一场人间悲剧，招商局旗下货轮"江兴轮"沉船惨案让万条鲜活的生命葬身江底。这场悲剧的制造者，是日本空军。

1938年10月24日，"江兴轮"装满了人，按计划，这艘巨轮接上最后一批离开武汉的公职人员和内迁厂的职员、工人及家眷，于午后2点准时开出。

就在它开出武汉三个小时后，船舶运输总司令部突然接到白崇禧来电，说此时在汉口日租界还有六门高射炮、五百箱弹药和一个高射炮队，因而让"江兴轮"立即返航，等守备日租界的部队撤退时，把高射炮、弹药和士兵运送出来。电报中，白崇禧说："此事倘有贻误，以军法论处！"

船舶运输总司令部本来就是为战时运输而设立的，从这个角度来说，白崇禧的命令无可指责。如果说有问题的话，就是这个命令下迟

第十二章 "江兴轮"悲剧

了。白崇禧不知道，此时"江兴轮"上除载有最后一批撤离的军事人员外，还有大量决定最后一刻离开武汉的市民，以及内迁厂的员工和家人。

此时的武汉，除"江兴轮"外，船舶运输总司令部还有一艘速度更快的待命小火轮，叫"建兴轮"，定于 24 日晚 9 点撤离武汉。接送日租界的武器弹药，派"建兴轮"去再适合不过了。大约是因为这艘船太小了，所以最后决定让"江兴轮"返航。

"江兴轮"是在傍晚 5 点多接到的指令，回航三个小时，在晚 8 点多重新停靠在汉口码头。船上的人员尤其是内迁工厂的人员陷入巨大的焦虑中。他们都清楚：日本军队已经逼近武汉，多停靠一秒就会增加一秒的危险，而这种危险是呈几何级数递增的。

但此时高射炮守备队还没准备撤离，士兵们正在破坏日租界的建筑。当联系上他们并将六门高射炮和五百箱弹药装上船时，已是 10 月 25 日凌晨 3 点。弹药可以装到船舱，而高射炮却没办法下舱，只好放在船面上，用帆布蒙了起来。

就这样，"江兴轮"重新起航，像个落伍的伤兵一样，奋力向上游开去。

"建兴轮"则显得轻便快捷，最主要的是可以不选择水线，自由地直航，所以开着开着，就甩下"江兴轮"了。"江兴轮"呢，作为当时的超级货轮，必须按"曲线水槽"前进。也就是说，大船受吃水深度限制，必须按一定线路航行，而不能像小船一样在江面上直航。当行至新堤江面（临近洪湖）时，"建兴轮"已超越"江兴轮"二十多公里了。

天色已亮，太阳即将升起，到 10 月 25 日清晨了。

"建兴轮"追上了军委会侍从室的"建武轮"。

"建武轮"上除陈布雷等侍从室人员外，还有船舶运输总司令部的机关人员，包括副司令庄达和秘书陈良屏等人。他们是 10 月 24 日下

233

午启程的，当天他们就遭日机袭击，十多人死伤。当时陈布雷藏身锅炉旁，身上的长袍被子弹打了好几个洞，幸而本人没被击中。

按规律，船只离开武汉超过十五公里，也就是说超出武汉卫戍区防空区域，就随时可能遇到日机。攻击长江航道的日机通常是水上飞机，不携带炸弹，只配备机枪，两架编为一队，看到中国船只后，先用机枪扫射，来个下马威。随后一架在空中监视，另一架俯冲，或干脆像大蜻蜓一样落在江面，机上日军做出检查手势，用蹩脚的汉语说："你的国军？检查检查！武器的有？"

日军对长江航道的袭击从战争爆发后就开始了。一年来，航行于长江上的中国船只都积累了不少经验，"建兴轮"开出后也曾遭日机多次袭击，但由于船工经验丰富，所以始终比较安全。问题就出在重新由武汉驶来的"江兴轮"。

这时候，一名引水员走进底舱。聊天时，引水员告诉船舶运输总司令部的几个人，一个小时前，两架日本飞机飞过去了，后来听到下游传来枪声，他猜测相距三十多公里的"江兴轮"可能遭日机攻击了。后来又看到那两架日机飞走了，一架好像被打伤了。半小时后，又来了几架轰炸机，看来"江兴轮"凶多吉少！

副司令庄达随即叫三名船舶运输总司令部人员外加一名水手，乘火轮上的一艘备用小木船前往下游出事地点进行查看，命令他们3日内赶到沙市会合。

几个人领命后，以最快的速度赶到出事地点，也就是新堤江面，但那里已归于平静。此时天空晴朗，好像什么也没发生过，江面空空荡荡，"江兴轮"消失了。他们的小木船靠岸后，几个人到附近村子打探。有村民说，不久前听到激烈的交火声和巨大的轰鸣声，有人爬到房顶上观看，远远望见江中大轮船上的士兵用机枪射击日本人的飞机，但船最后还是被炸沉了……

正如村民描述，此时"江兴轮"已沉卧江底。

第十二章 "江兴轮"悲剧

我们回到事发当时，1938年10月25日清晨，看看到底发生了什么。

大约在6点钟，两架日军水上飞机发现并迫近"江兴轮"。此时轮船上人满为患，军民混杂。日军发现军人后，立即用机枪扫射。随后飞行员打手势，叫"江兴轮"回航武汉。自然遭到拒绝。船上高射炮队的士兵悄悄拉开所蒙帆布，朝日机开火，当即击中一架，但没有坠落，跟另一架一起跑掉了。

日机跑掉后，"江兴轮"上的船舶运输总司令部的人员觉得事情危急，建议立即将船搁浅岸滩，疏散人员登陆。但由于船上人太多，这个建议传了许久竟然没传下去。另外，高射炮队的连长自负地认为，日军水上飞机不足为惧，因为他们不携带炸弹，只有几挺机枪，火力十分有限，根本不是船上高射炮的对手。

在连长的命令下，六门高射炮对空架设起来，但他忽略了一点：日本人的水上飞机确实不能携带炸弹，但他们可以给轰炸机报信。也就在高射炮队的士兵还在架设炮位时，四架日军轻型轰炸机在两架战斗机的护航下呼啸而至。接下来的场景可想而知。

日机循环往复地盘旋俯冲，除了扔炸弹外还投下大量燃烧弹。一时间，"江兴轮"上妇女的呐喊声、孩子的哭叫声、老人的咒骂声和炸弹的轰隆声连成一片。

高射炮手倒是勇敢，在轰炸中对空还击，虽然他击中一架俯冲的日机，但于事无补，另外几架日机死死咬住"江兴轮"，船上的炮手也接连受伤。此时中舱起火，船尾中弹严重，船身开始缓缓下沉。

为求生，很多人都跳到江里。跳到江里，并不是脱身之策！不会游泳的人在江水里挣扎了一会，就沉下去了。淹死的人不计其数，江面上漂浮着无数的尸体。

武汉船舶管理所书记李世芳夫妇以及三个孩子在船上。在阵阵爆炸声中，位于三层边舱的李世芳，先是用随身携带的绷带把妻子和自己连在一起,叫妻子抱着最小的孩子先跳入江中。随后,李世芳一手抱着一个孩子,也不顾一切地跳了下去。

一个浪打过来,绷带开了,李世芳的妻子和最小的孩子消失不见。

李世芳大叫一声,喝了口水,两手下意识地一松,另外两个孩子也被湍急的水流卷走。江中人头攒动,日机上的机枪不停扫射,很多人中弹,江水渐红。会游泳的人,拼命往岸上游;不会游泳的人,很快就下沉了。

李世芳顺流冲了十多公里,才被村民救起。

那个在江阴塞江时唱船工号子的陈大春也在这艘船上,他后来去了卢作孚的民生船运公司。田家镇建水泥船时,陈大春在沉船封锁江面前夕被抽调到现场当工头。田家镇水泥船塞江完成后,他便来到武汉。他本在民生公司驻武汉办事处等待搭民生的船回重庆,但民生的船实在紧张,他也没有紧急的事要回去,办事处忙于安排船只载人或内迁厂的机器设备,人手少,便让陈大春留下帮忙。

这次陈大春和办事处的人一起乘"江兴轮"撤回重庆,不料遭到了大量日本轰炸机轮番袭击。密集的子弹如急雨般向轮船扫射,间或夹杂着炸弹,在长江水面激起一股股水柱和浪花。轮船上的火势越来越旺,军人们比较冷静,在船顶找到两艘急救船,安排一些妇女、儿童和老人紧急疏散,松开绳子放下去,跟下去两个士兵划船。

更多人是跳江,陈大春把船上木头做的东西,包括椅子、小桌子、木箱子等往江里扔,让不会游冰的人能抓住这些东西漂浮。许多沉溺于江中的人拼命抓住这些东西,有些人因此逃过了一命,有些人还是被俯冲的日机扫射打死。

军人们得到命令:可以弃船逃生。湍急的江水很冷,他们还带着武器和一些必须带的东西,如背包、水壶。这些小件物品也有些浮力,加上受过训练,所以他们很快游到了岸边。

陈大春水性当然很好,他跳入水中救那些不谙水性的妇女、孩子,把他们送到岸边,岸上已没有人,都逃离了。陈大春救了四五个人,在救一个十四五岁的孩子时,刚把孩子托举给一个在岸上的军人,一梭子弹打进了他的头部和身体,他几乎没有任何挣扎就被江水吞噬了。

这时候,船上的人除了跳江外再没其他办法。日机像带刺的马蜂,无论怎么驱赶都驱赶不走,一圈圈地把"毒刺"扎过来。"江兴轮"已遍体鳞伤,船尾完全沉下,船头悲怆地翘起……

"江兴轮"沉没时载有乘客一万多人,只有八十四人生还,遇难人数是"泰坦尼克号"的六倍还多。那六门高射炮因为船头翘起,船尾下沉,只能胡乱开炮,根本射不中猖狂的敌机,到最后跟着船沉没了。

这场人间悲剧,是侵华日军在中国犯下的又一罪行,长江江底一万多亡魂就是这一暴行的铁证!一天后,日军就进入了汉口,接着是武昌和汉阳。这场灾难固然是丧心病狂的日本军国主义分子欠下的血债,但军委会组织混乱以及轮船上防空兵的大意也是一个原因。有一点是肯定的,我们为这一万多亡灵感到悲哀,为这段历史感到悲哀。

内迁员工和家人的不幸遭遇并没有影响西迁的进程。噩耗传到厂里,让这些经受颠簸的内迁者伤心不已,好好的人就这样葬身江底了。战争时期,人的生命简直像蝼蚁那样脆弱。看得多了,经历得多了,一次次苦难的洗礼使他们耐受力变强了,伤心归伤心,他们没有退场,锐意不减,在呼啸的战火中继续办厂。

第十三章 宜昌大撤退

1938 年 6 月武汉保卫战打响，30 万穷凶极恶的日本侵略军人先后扑向华中地区。中国第五、第九两个战区所属部队总兵力近 110 万人，利用鄱阳湖、大别山等天然屏障，组织防御，保卫国土。

中国军队浴血奋战，坚持抵抗了四个多月，包括著名的万家岭大捷等大小战斗数百次，以伤亡 40 余万的代价，毙伤日军 25 万多人，大大消耗了日军的有生力量，但是华中重镇武汉还是失守了。

这场大会战虽然最终还是没有保住武汉，但仔细分析，还是有重大收获的。

武汉这场会战是战略防御阶段规模最大的一次战役。日军在攻占空城武汉的过程中，消耗了三十亿日元以上的物力。日本因此债务剧增，内债达到了一百四十亿日元，外债十二亿日元。而且，由于急剧的战争消耗，日本本土的劳力、能源和粮食等均出现了紧张。战争的巨额支出，已掏空了国家的储备。日本军方明白，如果不尽快打败中国，它已经耗不起了。因而，他们只有继续进攻，攻宜昌，攻长沙，攻重庆，继续烧杀抢掠，夺取中国的资源，来弥补自己已捉襟见肘的物力，颠覆中国的国本，逼迫国民政府投降。

在武汉会战中，抗日民族统一战线得到了强化和巩固，国共在战略战术上配合得比较好。英语里有一个表达方式，"每一朵乌云，都还有一个银边"。国民政府虽然问题多多，一开始对日本的进逼软弱妥协，但他们依然在维护中国的国本，和中共合作抗击侵略者。这也是这场大会战中唯一的"银边"。

第十三章　宜昌大撤退

武汉失陷后，距离武汉三百多公里的宜昌成为日本人下一个目标。

宜昌古称夷陵，因"水至此而夷，山至此而陵"得名，是屈原、王昭君、嫘祖、杨守敬等历史名人的故里。后于清朝雍正年间改称为宜昌，有着"宜于昌盛"的寓意。

宜昌沿江一字排开九个码头，聚集了当时最具有代表性的码头建筑和设施，例如宜昌海关，大阪、怡和、太古等外国洋行，以及民生、三北、强华等航运公司。

武汉会战期间，宜昌成为大批战略物资和人员西迁四川的中转站与枢纽。从长江中下游撤退到武汉的设备和物资，以及撤往大后方的机关、学校和工厂的人流再次沿江而上，拥塞到宜昌，等待船只通过三峡转运入川。当时进入四川没有铁路，公路很少且路况极差，从北面进川还必须翻越秦岭天险，所以运输大量物资只有走长江水路。

平时载重一千五百吨以上的轮船，所有乘客和货物都必须在有"川鄂咽喉"之称的宜昌下船，换乘小船后通过三峡进入川渝地区。宜昌城从1938年1月24日起就遭到日本飞机的轰炸，那天有九架轰炸机投下几十颗炸弹，炸毁了当地机场上的六架中国飞机，二百多名修机场的工人和多名附近的无辜百姓被炸死炸伤。至武汉失守前，宜昌的处境让有点头脑的人都深为担心。

从1938年7月开始，湖北省公路处组织了十万民工抢修了武汉到宜昌的公路。经过这条公路撤退到宜昌的汽车达三千多辆，人力车和马车四千多辆，难民有十多万人。乘不上轮船的人，不得不步行去宜昌，这条横贯东西、翻山越岭的简易公路，变成了一条横贯东西的人流。靠步行长途跋涉是很辛劳的，忍饥挨饿，风餐露宿，还有头顶穿梭的日机的炸弹和扫射。只要听到飞机的轰鸣声，人们便钻进小树林，趴在草丛里，或站在岩壁下，胆战心惊，经过十天半月的艰难步行，才会到达宜昌。

至武汉危殆时，在宜昌等待撤退到四川的政府官员、企业家和工人、大学师生和难民越来越多，仅吃饭住宿一项，就使这座内地小山城不堪承受。而且，还有更多的人员潮水般涌入宜昌。

宜昌人满为患，大街小巷到处是人，他们知道宜昌已处在一场大战的前夕，千方百计要离开这个小城。人流中有几千名从华北、华东抢救出来的孤儿和难童，准备乘船转移到四川去。他们的命运受人注目，但一时同样上不了船。

船运公司的窗口挤得水泄不通，一票难求，实在是人多船少。轮船公司穷于应付，乘客等待一张船票居然要个把月的时间。极少的黑市票要价竟高达三至五根金条。普通人能吃上一个菜包子就犹如赴宴品尝到美味佳肴了，能在一张柔软的床上睡上一宿已是奢望，身上怎么会有这么多金条呢？

一到晚上，宜昌仅有的十几个客栈和七八家中小学的教室里早已人满为患，许多人只能在桥底下、屋檐下栖身。而民宅，任凭你怎么敲门也不会开门给陌生人留宿的，动乱的世道让每个人都像惊弓之鸟。另外，居所大多狭小，即使是亲朋好友借宿，也腾不出多余的床铺，只能打地铺或在长条木椅上躺着。

在宜昌等待运送入川的各种人员、难民以及伤兵有三万多，而设备和器材的运输更加困难。当时仅积压在宜昌的兵工器材就有十三万吨，这些物资可是全中国的兵工工业、航空工业和轻重工业的命脉。此外，堆积在码头上的军民两用器材超过了十二万吨、油料一万吨、各类器物六万吨。其中不少是西迁企业的设备器材，都要从这里中转到四川等大后方。可以说，这里几乎集中了中国兵器工业、西迁企业的众多设备机件，关乎国运商脉的存亡。

已经是秋天了，气候多变，经常是大风骤起，接着是暴雨，再过段时间，可能会风雪弥漫了。

现在我们不能想象当年航运条件的困难。从宜昌溯江而上，首先就会遇到西陵峡，航道狭窄且湾多，急流险滩遍布，继续上行还有巫

第十三章　宜昌大撤退

峡和瞿塘峡的复杂航道，而且三峡还不能夜航。

更为急迫的是，这时距离长江上游冬季的枯水期只剩下四十天左右，到那时水位下降，所有轮船都只能停航。当时运输船只奇缺，能够通过三峡航线的除了卢作孚民生公司的二十二艘轮船外，只有两艘其他公司的轮船和几艘外国轮船。将如此多的人员和物资在四十天内运送入川几乎是不可能的。加上日机还不断轰炸侵扰，人们充满了焦虑和绝望之情。

当时也身处逃难人群中的作家叶圣陶曾作《宜昌杂诗》记下当时的情景："下游到客日盈千，逆旅麋居待入川。种种方音如鼎沸，俱言上水苦无船。"

一面是水位下降，一面是日寇进攻，宜昌的物资和人员运输已急不可待。

这个时候，一个人挺身而出了，他就是卢作孚。

1938年10月23日，卢作孚从重庆乘飞机赶到了宜昌，来到民生船运公司驻宜昌办事处大楼。连日来，这幢大楼始终人流不断，大家都知道只有民生公司才可能有船载货，众人为早日能挤上险恶的峡江货轮而前来打探消息。

卢作孚不动声色地走进公司，看到前来找船的人挤满了大厅和各个办公室，公司职员被紧紧围住，他们仍然耐心地一一接待，但已经很疲倦了，个个都唇焦口燥。卢作孚认出了几个熟人，其中有无锡申新四厂的人。申四第二批发往重庆的纺机、纱锭等设备已报单好多天了，还是安排不了。李国伟派申四职员蒋叔澄、华煜卿、孙荫庭到重庆总公司找过卢作孚，章剑慧后来也去过。卢作孚答应帮申四解决，也给宜昌办事处说过，但出于种种原因，此事还是拖延着，看来宜昌办事处不是一般的为难，没有船，一切都是空谈。

卢作孚曾受邀到申四重庆纺织厂参观过，对荣家的工厂留下了深

243

刻的印象。章剑慧的妹妹章映芬在那里主持企业管理。该厂首创八小时工作制，当时的工厂都实行十二小时工作制，一天早晚两班。而八小时工作制一天分早中晚三班，等于要增加三分之一的劳动力。但工人的积极性提高了，增加了这么多工人，产量也递增了一半多。厂方在八小时外抽出一小时，安排工人上业余学校识字、学文化，并由技术员对工人进行技术培训。过国忠也从武汉来到重庆，迁往重庆的公益铁工厂除生产手榴弹、地雷、水雷外，也开始生产由过国忠设计的纺织机器。

民生公司宜昌办事处会聚的众人没有人认出卢作孚。他戴着船工平时戴的工作帽，穿着公司统一发放的"芝麻布"制服，神情凝重，皱着眉头，步履匆匆地上楼，走进办事处主任办公室旁的会议室。

卢作孚连夜召集各轮船公司负责人和轮船船长、引水员以及港口技术人员开会，制定出在四十天内运完撤退人员和物资的详细计划及具体措施，设计出宜昌大撤退的方案。

第二天，卢作孚就以国民政府联合运输办事处主任的身份在宜昌船舶运输司令部的会议上坚定地宣布，有把握在四十天内将滞留在宜昌的人员和物资运完。会场顿时响起如雷的掌声，人们重新燃起了希望。他们了解卢作孚的性格，没有把握，他不会说出这样的话。可是大家也顾虑重重，毕竟当前面临着种种难题。

当时最大的问题是缺少船只，运力差得太多。按照当时的航运能力计算，如此多的人员和物资运抵重庆，需要一年左右的时间，而不是区区四十天。

卢作孚对此当然有过深思熟虑，他认为解决这个棘手问题的关键是采取民生公司创造的枯水季节"三段航行法"。就是说，把航行条件差的川江航线分为三段（宜昌到三斗坪为第一段，三斗坪到万县为第二段，万县到重庆为第三段），根据每个航段不同的水位、流速和地形情况，选择马力大小和吃水深度相适应的轮船分段进行运输。

第十三章　宜昌大撤退

不易装卸的大型机器设备和重要的军用物资直接运往重庆，在重庆满载出川抗日的军队顺江返回。其他的物资则按照"三段航行法"组织运输，有的运到万县就返回，有的运到奉节、巫山、巴东就返回。这样航程缩短了，得以将运输能力发挥到最大。同时，对船只航行时间、物资装卸做出最合理、最周密的安排，一分钟都不荒废。白天航行，夜间装卸，环环相扣，挖掘潜力，把运输能力运用到极限。从总公司到各分公司、办事处，都定时清理自己的设备、器材，配套装箱，人员到位，按轻重缓急，依次分配吨位。

10月24日，第一艘满载人员和物资的轮船驶离宜昌码头，在卢作孚指挥下，中国的"敦刻尔克"大撤退开始了。卢作孚还特意亲自护送，优先安排让几百名孤儿难童搭乘这艘船去往大后方，现场情景十分感人。此后，民生公司二十多艘轮船夜以继日地在宜昌和上游各个码头之间往返，加紧抢运。

长江三峡，两岸峭壁高耸，水流湍急曲折，到处是暗礁险滩，唯有白天航行、夜间装卸才可以尽量争取时间。所有航行人员绝不空耗一个小时甚至一分钟，无时无刻不在紧张地干活。

卢作孚这样记叙：每晨宜昌总得开出五只、六只、七只轮船，下午总得有几只轮船回来。当轮船刚要抵达码头的时候，舱口盖子早已揭开，窗门早已拉开，起重机的长臂早已举起，两岸的器材早已装在驳船上，拖头已靠近驳船。轮船刚抛了锚，驳船即已被拖到轮船边，开始紧张地装货了。两岸照耀着下货的灯光，船上照耀着装货的灯光，彻底映在江上。岸上数人或数十人一队，抬着沉重的机器，不断地歌唱，拖头往来的汽笛，不断地鸣叫，轮船上起重机的牙齿不断地呼号，配合成了一支极其悲壮的交响曲，写出了中国人动员起来反抗敌人的力量。

卢作孚本人也不辞辛劳，日夜守在他的指挥中心。收发报机二十四小时不停地响着，上游各港口、各轮船发来的电讯源源不断。工作人员日夜坚守岗位，处理各种电文，所有电文都要由卢作孚亲自审阅、批示。全部运输情况的每一步骤、每一个环节，他都一清二楚。灯影摇曳下，他在纸上记下每只船在什么位置，哪些物资在哪个港口卸载，哪些单位的物资正在装船。他每天抽出时间到码头视察，遇到困难时亲自当场解决。他常常不吃不喝，甚至连续几天几夜不睡觉。一个个不眠之夜，他像打仗似的关注着每一个阵地，每一支队伍，紧张肃穆的气氛笼罩在指挥中心。过度的体力和精力上的透支，使得本来就瘦小的他形容枯槁，脸色苍白，骨瘦如柴，又是喉咙发炎，又是胸部疼痛。他的副官看着心疼，熬了鸡汤和白木耳给他喝。他断然推开了，说："这个时候我没心思补身体，等过了四十天运完了再说。"他对部下说："这一年我们没有做生意，我们上前线了，我们在前线冲锋，我们在同敌人拼命。"

在卢作孚心目中，这就是一场恶仗，一场没有硝烟的战争。

正当大撤退的运输处于高潮时，不知从哪儿冒出来一个工会组织的头目，煽动、挑拨部分船员以增加工资为由而罢工。中共长江海员委员会查明原因，坚决反对罢工。委员会认为，此时此刻，采取这样的行动是破坏大撤退大西迁，直接影响抗战的大局。中共长江海员委员会发出通知要求海员坚守岗位，以抢运物资为己任，顾全抗战、西迁大局。海员们绝大多数深明大义，全力支持卢作孚，继续按卢作孚的计划运送物资器材，没有半点懈怠。这场罢工终于被平息下去。

这是前所未有的大规模的战时运输，几十艘轮船在奔腾的峡江急流中往返穿梭。日军攻占武汉后，加紧了对湖北、湖南的地面攻击，对宜昌实施高频度的轰炸。据不完全统计，日机轰炸宜昌达九十五次，投下炸弹两千多颗，宜昌军民死伤近四千人，三千余栋房屋被炸弹炸毁或被火焰吞噬。三峡江面更是敌机轰炸的重点区域。无遮掩、无躲避的江面上，轮船不管前进和倒退都面临中弹的威胁。但没有一条船放弃，人们完全置生死于度外，他们都豁出去了。

卢作孚不断收到遭到轰炸、人员伤亡、轮船和物资受损的电报。他神态平静地把电报放在一边，这是在他预料之中的，敌人的轰炸没有使他坚定的决心和信心受挫。他的镇静和身先士卒始终是至暗时刻的一束光，给人们带来勇气和信心。

宜昌九个码头日夜进行的大撤退瞒不过什么人，估计是汉奸告密，也可能是日军侦察到了。日机对宜昌的轰炸加剧了，堆在码头上和其他场所的器材物资处境危急。这些亟待运输转移的物资的安全牵动了无数人的心，其中就包括走在西迁第一线的林继庸。除了要求军方的高射炮能在码头上打击敌机，苏联空军志愿队出击外，林继庸想起了昔日行驶在川江上的古老的柏木船。

在轮船没有出现之前，行驶在三峡江面的主要是柏木船，这种木船大的载重量大约一百吨，通常以载重量四五十吨为多，小的载重量为十几吨至二十吨。柏木船逆水航行是顺水航行的载重量的百分之六十。从宜昌到重庆的水路约一千三百里，全程航程时间逆行三十天至四十天。每艘船要有熟悉航道的掌舵人，纤夫三十人，撑船摇橹的十人，六七条船同行，互相照应。因为航程危机四伏，一旦遇险，有人搭救。自从轮船公司成为长江航行的主角，柏木船就逐步退出川江主航道，只是在长江支流上进行一些小规模的运输。

林继庸感到，在目前特殊情况下，组织柏木船参与大撤退，还是能起到一定作用的。毕竟在几百年的时间里，它们长期在川江里乘风破浪，樯帆连绵，塑造了古代到近代长江航行的一道风景线。卢作孚同意林继庸的建议，虽然它不是机动的，完全靠人工的劳力来行驶，但只要能装运物资就行。

林继庸经过多方联系、协调，组织到了八百五十多条柏木船。这些船由民生公司征用，加入了抢运物资的行列。近千条柏木船阵容非常庞大、壮观，它们的装载量抵得上十几艘轮船。申新四厂的第二批纺机、织机和纱锭等设备也装上了柏木船。船主用绿色的油布将设备扎得严严实实，蒋淑澄、华煜卿、孙荫庭和厂里的工人分头押运，随船前往重庆。根据卢作孚的吩咐，柏木船五六条一组，分批行驶，不能太集中。

逆水行舟很吃力，柏木船队尽管分开了，但从空中看去，还是浩浩荡荡的，所以被日本轰炸机盯上了。子弹和炸弹落在木船的周围，溅起浪头和水花，也有射在船身上的，穿透了油布，布满了一个个洞眼。射在船身上，有的会射穿船板，有的嵌入木头，这些都不会造成致命的后果。舵手对付日本轰炸机有些经验，也会想办法来对付。木船体量小，炸弹不易命中，扫射子弹也大多落在船周围。木船既要按航道行驶，绕过暗礁险滩，又要对付敌机的袭击，所以掌舵人的灵活机动能力是很重要的，压力也大。

好在船多，日机不可能对每条木船都瞄准轰炸。它们盯住几条扫射一番，扔上几颗炸弹就飞走了。柏木船全靠艄匠用竹篙撑船和纤夫在岸上牵拉上行。他们唱着三峡的纤夫号子、川渝地区的川江号子，节奏强而有力，有领有合，顿挫分明，内容根据现场情况随意发挥。蜿蜒的拉纤道上，纤夫们弯曲着腰，几乎以趴着的姿势躬身，两手抠着地上的石窝，双脚用力蹬着石梭一步一步攀爬。

夏坚勇先生曾在《大运河传》中写道，大运河和淮河交汇处，有个闸门，由于河道淤塞，水路狭浅，致使北上的漕船都得由人工一艘艘地用纤绳挽牵过闸。前人在诗中曾描写过船只过闸时那种"邪许万口呼，共拽一绳直。死力各挣前，前起或后跌"的艰难。

"邪许"为纤夫拉纤时的吆喝声，也是纤夫号子。夜深人静，运河上的"邪许"声听来十分悲怆。清朝中期体恤民生之苦、国脉之艰的改革派知识分子龚自珍闻后心情沉重，禁不住热泪盈眶，不由得写下了一首诗：

第十三章 宜昌大撤退

只筹一缆十夫多，

细算千艘渡此河。

我亦曾靡太仓粟，

夜闻邪许泪滂沱。

这首诗的意思是，一艘船要十个纤夫拉绳才能过闸，非常辛苦，如果一千艘漕船过闸北上，那要用上多少劳力？想到自己也吃过来自江南的贡米，惭愧之余，邪许声声中，竟然泪流满面。龚自珍的心情固然可敬，但大运河纤夫的辛苦和长江三峡的纤夫比起来，那真是小巫见大巫了。一艘沉甸甸的柏木船一直由十个纤夫牵拉，碰到坎坷处，可能要几十人邪许着狠命地牵拉。一代又一代纤夫的纤绳早已把江边突出的石路磨出一条条光滑的凹槽，这是纤夫们用血汗留下的印记。

在我见到的所有的纤道中，江南大运河的纤道是最有人性的，不是铺就的石板路，平整而光滑，就是山脚下靠河的羊肠小道——那种夯实的泥土路，更有在河岸打一根根木桩后用木板筑起的长长的栈道。京杭大运河是人工开挖的，处在平原地带，地形的不同，纤道也就不同。

最险峻、最崎岖不平的莫过于三峡的纤道，那是几百年中无数纤夫用命拉拽出来的。

川江纤夫俗称老桡胡子，他们一律称拉船工具为"纤藤"，从来不说纤绳。绳的材料主要是棕丝或麻丝与莎草，质地柔软，结实耐用，但成本高，浸水后笨重。纤藤，材料是竹子篾条，编织成麻花状，浸水后很快能沥干。木船一般配备三根纤藤，有粗有细，都比较长，达百丈（约三百米），甚至更长，故称"百丈"。

最粗的纤藤由南竹或斑竹篾条编织，称"坐藤"，重载船过激流险滩时使用；中号的用斑竹或慈竹篾条编成，称"二行"，过一般险滩时用；小号纤藤拿慈竹或水竹篾条编结，称"飞子"，空载或过缓流时使用。纤藤的粗细没有定规，按船只大小选用，大船的二行能当短航船的坐藤，小船的坐藤可用作短航船的二行。纤夫拉纤，纤藤不直接套在肩上，而是挎一个布套子连接，称褡裢。川江纤夫是极其危险、极其艰辛的活计，拉纤时，低头弓腰，手脚并用，艰难爬行。当船被激流冲得打横时，他们就会被拖下江滩岩石上，摔伤摔死。纤夫也有精疲力竭累死的。他们长年低头拉纤，抬眼看路，额头往上皱，留下深深的抬头纹，像一道道水波。有经验的人一看这样的长相，就会知道他是老桡胡子。

川江险滩激流中最危险的地方数青滩和泄滩，这里上下水位落差近两米。轮船经过这里，船长也极为紧张，机房把火烧得最旺，蒸汽机有充足的汽去驱动传动设备，双座烟囱浓烟滚滚，火星溅空，轮船开足马力向前冲滩。江沿上设置的绞滩站上的工人抛出缆绳，轮船系牢缆绳，在绞盘工的拉动下才能闯过激流。

机轮尚且如此，柏木船经过这些激流险滩更是跟过鬼门关一样。一条船上三十个纤夫的力量拉不动船冲滩，只有把几条木船上的纤夫聚集起来，往往是两百多个纤夫拉三四根纤藤。纤夫把身子紧贴到纤道上，哼着号子，邪许邪许地使出浑身解数，才能使船慢慢向前移动，一个小时只能使柏木船向前迈进七八公尺。押船的人员和船工也会下船一起拉纤，最终冲出激流。见过此景的人，与龚自珍潸然泪下不同，而是为此深深惊叹，并深受感动和激励。

经过四十天的艰苦奋战，滞留在宜昌的三万多人全部撤离，堆积在码头的物资运走大半。在宜昌沦陷前，长江两岸各码头地面仅剩下零碎废铁。宜昌大撤退终于落下帷幕。如同在南京和武汉撤退时一样，卢作孚仍然是乘坐最后一艘轮船离开即将被日寇占领的空城宜昌。为了民族的事业，民生公司为完成这"东方敦刻尔克大撤退"壮举付出了巨大的代价。

1940年6月，宜昌终告失守。这时，在接近日军阵地的平善坝、

第十三章 宜昌大撤退

南沱一带,还有一部分军工器材没有撤尽,没人敢冒险去抢运。卢作孚亲自带船前往抢运,趁夜色掩护连夜装船,黎明开走,在几天内把那批物资全部运了出来。

在日寇的轰炸下,四十天内先后有一百一十七人牺牲,六十一人伤残,被炸沉炸毁轮船十六艘,这还根本不计其他经济方面的损失。整个宜昌大撤退,民生公司的船只担负了百分之九十以上的运输量,卢作孚只收取极为低廉的运费:兵工器材每吨象征性地收三十元至三十七元,其他国有器物四十元,民间器材也只收六十元至八十多元一吨,而同时在参与运输的外国轮船要收三百元至四百元一吨。差距悬殊,民生公司的经济损失达到四百万元以上。此次四十天的抢运量,相当于民生公司1936年的总运量。在长江枯水期来临之前,他们在预定的时间里奇迹般地运完了全部人员和三分之二的主要设备机件等物资。又过了二十天,长江水位降到无法运输时,宜昌沿江九个码头只剩下一些废铁碎片,就像大海退潮,海滩上只留下了空空的贝壳一样。

敦刻尔克大撤退,将三十多万英法联军安全撤到了英国,保存了盟军的实力,为以后的大反攻创造了有利条件。如果没有这几十万军队,第二次世界大战的胜利将会推迟,历史可能会被改写。人们将卢作孚组织的这次宜昌大撤退称为"中国实业史上的敦刻尔克"。当时的著名记者徐盈在《中华民国人物志》中评价:中国的敦刻尔克撤退的紧张程度与英国的敦刻尔克撤退并没有什么两样,或者我们比他们还要艰苦些。卢作孚也自认,宜昌大撤退比敦刻尔克还要艰难很多。

卢作孚的锲而不舍、坚忍不拔、为国奉献的精神,得到了广大军民的钦佩和敬重。冯玉祥将军在写给卢作孚的一封信中赞美他是"最爱国也是最有作为的人"。冯玉祥写道:贵公司人才之多,事业之大,有功于抗战,均为其他公司所少有,敬佩万分。

宜昌大撤退后,民生公司的船继续抢运物资和人员。尽管环境险恶，牺牲极大，损失惨重，但卢作孚并没有退却。整个抗战时期，民生公司船只运送出川的军队共计二百七十万五千人，武器弹药等三十多万吨，这是个惊人的数字。

而宜昌大撤退的成功，包括其他地区的企业的西迁，对中国抗日战争的胜利具有重大意义。运往大后方的人员和重要的物资、兵工设备可以说是关乎中华民族的存亡和复兴。抢运入川的物资，很快在西南建立了一系列新的工业企业，其中以重庆为中心的兵工、钢铁等行业构成的综合性工业区，成为抗战时期中国的工业命脉。

宜昌大撤退作为中国抗战史中的辉煌一页将永载史册。从某种意义上说，"中国企业史上的敦刻尔克大撤退"并不仅仅是宜昌大撤退，而是整个企业的大撤退。一直到1941年，各地内迁企业总数为六百三十九家，虽然大约只占当时全国工厂总数的百分之十五，但它们却是一些重要的企业（其中机器厂、兵工厂占多数），而且它们在后方落地后，又萌生出新的企业，孕育了更多的人才。这是一股巨大的经济力量，有力地支撑了持久抗战。

这里要特别提一下一个特殊群体的撤离，就是宜昌大撤退中第一船运送的难民中失去亲人的难童。他们无依无靠，孤苦伶仃，幼小的心灵和身体脆弱不堪，如果他们得不到抢救和保护，就只能在战乱中流离失所，被饿死或被冻死，或者死于日寇的枪炮之下。

为拯救战乱中的难童，一批中国妇女界著名人士和儿童工作者响应中国共产党的号召，发起组织中国战时儿童保育会，开展抢救、收容和保育战区难童的工作。

保育会于1938年3月1日在汉口正式成立，推选宋美龄、李德全分别担任正副理事长，邓颖超等十七人任常务理事，还聘请蒋介石、毛泽东、沈钧儒、史沫特莱等为名誉理事。保育会以汉口为中心，总会下设二十三个分会，在各交通要地设立接运站。

宜昌接运站于1938年4月设立，地址在下铁路坝，负责人为方雪，有不少宗教界和其他爱国人士参加。由汉口转移难童至四川的四条主要路线中有三条经过宜昌，宜昌接运站的重要地位及其工作的繁忙程度可想而知。

面对庞大的西迁人流，宜昌人民想尽办法，克服困难，优先接待难童。住宿紧张，让孩子们住校舍、教堂或自己的家里；运输困难，民生公司规定对难童优先、免费或半费运送。第一艘满载难童的轮船从宜昌起运时，总经理卢作孚曾亲自到码头送行。

这时，刚重建不久的宜昌地下党组织也遵照上级指示，派出得力的同志分批上前线去抢救、运送难童。据当年在宜昌从事地下活动的韦君宜回忆说："1938年，我们在宜昌建立党组织后的第一个重要任务就是抢救难童。同志们到前线把那些在逃难中失去父母亲的小孩收拢在一起，给他们洗澡、检查眼睛、治病、换衣，还组织他们念书。宜昌也成立了儿童保育院，把从武汉接来的孩子送往重庆。"

宜昌党组织领导的抗战剧团在赴汉江前线慰问演出时，在沙洋一带抢救难童九十余人，送往奉节儿童救济院。他们还走上街头，为难童征募冬衣，缝补衣裤，教孩子们唱歌、学文化。

当时，在宜昌参加抢救和收容难童的还有中国战时儿童救济会、中国慈幼协会等单位。许世英任理事长，周恩来等一百四十五人为理事的中国战时儿童救济会宜昌办事处，曾将武汉会战期间转移来的难童三百余人接往万县。中华慈幼协会宜昌救济会曾于1938年7月派员赴鄂北前线抢救难童。

难童在宜昌得到了社会各界的极大关注和鼎力相助，各阶层人士纷纷慷慨解囊和积极主动接待安置。欧拿女子中学在校长刘自铮（解放后曾任宜昌市政协第六届、第七届副主席）主持下，腾出校舍、动员全校师生员工，倾力做好难童接待，特别是利用暑假时机，多方照抚，供给膳食，教唱抗战歌曲，并开设文化课。据当时报载，1938年

"八一三"周年大会,欧拿女子中学组织一千四百名难童集会,让他们以亲身经历愤怒声讨日寇暴行。为此,该校曾受到上级嘉奖。从1938年到宜昌沦陷前夕,由于宜昌地下党的参加和组织,战时儿童保育会宜昌接运站及中华慈幼协会等组织的共同努力,宜昌接运、护送难童共一万五千多名至大后方。

1988年3月10日,北京召开了隆重纪念中国战时儿童保育会成立五十周年大会,同一天几十名两鬓染霜的老人聚集在宜昌市强华里干休所。他们含泪追忆战时儿童保育院的艰难岁月,同唱五十多年前唱过的院歌:

我们离开了爸爸,
我们离开了妈妈,
我们失去了土地,失去了老家。
我们的大敌人,就是日本帝国主义和军阀。
我们要打倒它,打倒它!
才可以回老家,才可以建立新中华……

第十四章 黄土地上那个寒冷的冬天

时间要回到八九十年前陕西一个叫长乐塬的地方。塬是黄土高原上的典型地貌，呈台状，因流水冲刷而四周陡峭，顶上平坦。长乐塬位于陕西八百里秦川西端的宝鸡。秦岭逶迤，龙马奔腾状，充满原始格调的山野间，回荡着高亢的秦腔，带着苍凉的意味。

这里是荒芜的、萧瑟的，很少有房子，即使有，也多半是蓬门荜户。四堵土墙围成的屋子，山坡上、平地上，稀稀落落排列着一座座简陋的窑洞，居住着被劲风和日光吹晒得皮肤黝黑的男女老少，过着男耕女织、日出而作、日落而息的生活。田地里长着高粱、稷、黍等耐旱的庄稼，未垦殖的黄土地长满了一人高的蒿草和一丛丛灌木，贫瘠和闭塞造成的寂寥中有鸡鸣犬吠的声音；有白色的羊群在高坡上出没，有一缕缕炊烟飘扬。

那时的斗鸡台就是这个样子，荒僻粗野，沟壑密布，色泽单调，然而颇有一种雄浑辽阔的气象。1936年，陇海铁路修至斗鸡台，两条铁轨延伸到这里，这是陇海线的尽头。1937年通车时，一天两列货车、一列客车。

蒸汽机火车头桀骜不驯的黑色圆筒般的身躯，尖厉或低沉的吼叫声震动着这片古老的黄土地，云团般的白色雾气和一个小小的站台使这片黄土地上的农民大开眼界。前所未有的速度，代表工业化成果的庞然大物，还有那两条伸向远方的铮亮铁轨，使他们感到惊骇、新鲜和震撼。后来他们也就习惯了，没事的时候会三五成群地放下农具，坐在山坡上，抽着烟斗，看着不远处火车驶来的风驰电掣、杂草伏地、声势凌厉的景象。那些夹杂着水汽的烟雾会飘向自己，云遮雾罩的，他们喜欢这种潮湿的气息。这个荒原有了一丝现代的感觉。

申四、福五共有六十节车皮的器材运至宝鸡,包括纱锭两万枚、布机四百台、三千千瓦发电机一组、日产三千袋的面粉机一套、染机一整套。申四副厂长瞿冠英是最早到斗鸡台的,这个地方也是他再三考察后选下的。在机器设备尚未运来前,他就带了几个帮手租了间窑洞住下来。几十节车皮的机器、物件需要迅速卸车,然而这里缺乏专门的搬运工人。

斗鸡台车站当时也没有这样的工人,货车到这里,往往是押车的人当卸货人,也会临时叫上当地几个农民帮忙。有一些年轻的农民见货车来了,会来到车站,临时帮着搬货,一次的工钱可能会超过他们全年的现金收入。

宝鸡每年会举行一两次庙会,但都是以货易货,农民拿得出的只有黄小米、高粱、红薯、板栗等农作物。庙会上小吃虽然不少,但多是面食,获利微薄。还有藤条编织的箩筐、渭河蒲草编织的蒲包,有人收购,这是当地农民唯一能靠手艺赚到现钱的渠道。现在多了搬运这个苦活儿,瞿冠英便找来当地上百个庄稼汉帮着卸车。

这些关中大汉有力气,却大多笨手笨脚,从火车上架块木板,将装机器设备的木箱滑下,少量木箱被摔坏。幸亏王阿庭用草绳捆绑、砻糠填塞,但还是有一些沉重的机器从破箱里掉出来,有一些遭到损坏。工人们肩扛手抬,把一箱箱机器设备安放在临时工棚里,放不下就放在茅草丛中。不久,人们便发现有日机在黄土高坡的空中出现,日本军方已得到有西迁企业落户陕西的消息。而临时厂房都搭建得比较低矮,屋顶盖上了这里铺天盖地的荒草。

在李国伟到来之前,瞿冠英、钱汉清、过国忠、王阿庭带着几百名工人先做了一些建厂的准备工作。首先,依高坡平整土地,将运到的木梁、钢架、白铁皮瓦楞板、木质门窗等建材,连同大小木箱按编号搬运堆放在一起,待李国伟、章剑慧到后再正式建厂房。他们搭建了几幢临时厂房,把带来的木床等家具布置成大通间和十几间小房间,既是临时宿舍,又是临时办公地点。

过国忠对这旷远恢宏的黄土地很有感觉,厚实的黄土高坡很有尊严地展示着它浓烈的黄色,像凡·高油画那样的浓烈。太阳是明朗的、透彻的,在它映照下的天空是那么辽阔、纯净、澄澈。他很喜欢这样的环境。

一眼望去,是一望无际的粗犷的原野。望着贫瘠而原始的高天厚土,过国忠顿时感到自己的心胸宽敞起来,他贪婪地呼吸着这里没有任何杂质的带有泥土草木气息的空气。他一次又一次深呼吸,似乎要把前一段时期所吸进去的窒闷和混浊全部过滤掉、清除掉。

夕阳的余晖下,过国忠享受万籁俱寂的宁静。这种宁静与江南运河畔田园式的宁静不同,这是一种孤寂而空旷的宁静。

太阳在塬的尽头沉落了,天色暗了下来。没有什么东西去缠绕黄昏的光线,一个个沉默的窑洞弥漫着孤独和寂寥,整个塬上的风情看上去像是一幅静止而宏大的画面。过国忠披着一件棉大衣,忘情地坐在黄土高坡的一个土墩上,望着辽阔高远的夜空和满天的繁星,听着晚归的农民吼着秦腔。他感受到这块土地的空旷、静寂、神秘和忧伤。

钱汉清走过来,手里拿了个手电筒,一束光在夜色朦胧的原野上异常明亮。为了找过国忠,他还把手电向四处照射,最后发现了坐在高处的一个人的背影,那人一动不动,像座雕塑。钱汉清马上断定那就是过国忠,于是坐到他旁边,棉袄怀里揣着用纸包的两个菜包子,这是工地做的晚餐。当地人吃的最好的东西是肉夹馍、羊汤泡馍,次一点是面条或馕——一种用麦面发酵、揉成饼坯再经过火炉烤熟的面饼,有窝窝馕、玉米面馕、黑麦或荞麦馕。无锡、上海过来的人吃不惯这些食品,他们习惯吃包子、面条和米饭。

钱汉清把菜包子递给了过国忠，过国忠说声谢谢，就吃了起来。

因为有了钱雪元这层关系，过国忠始终对钱汉清有些拘谨。两人在称呼上达成了默契，钱汉清称他小过或国忠，过国忠起初称钱汉清钱先生，后来改为钱工程师。

因为厂区还没有通电，周围都暗下来了，那是一种无边无际的黑暗。工地上点着汽油灯，若隐若现，附近的农民住的窑洞会透出些许微弱的亮光。

钱汉清说："再过三天，最后一辆运送设备的列车就要抵达这里了。李经理和太太也要来了，他们有十个孩子，分别送到上海、无锡、九江亲戚朋友家中，最小的孩子才两岁。国伟先生骨折的手腕还没有完全好，他是个事业至上的人。慕蕴夫人是贤妻良母，上得了厅堂，下得了厨房，没有一点有钱人家千金小姐的脾气。"

过国忠静静听着，突然脱口而出："雪元身上也没有千金小姐的娇气，略有点傲气，这不是坏事，女孩子嘛，不能太嗲。待人接物要爽气，又要矜持和自尊，雪元就是这样的女孩子。她认定了要去延安，一腔热血，不可动摇。我这才明白，这不是她一时冲动，而是出于她的信仰。为了信仰，她什么都可以放弃，包括我。"

钱汉清接口说："也包括我，我开始也不太同意，我是舍不得她。可一向听话的她，宁可不要家和我这个父亲，坚决要去陕北。雪元像她妈，心肠特别好，你对她好一分，她会回报十分，特别有人情味。但她有时候固执得不近人情，你可要有点耐心。"

过国忠说："我有耐心，她认我当她的网球教练，其实我也不怎么行，是毅仁教我的，我一边练一边教她。我在斗鸡台待上一段时间，把生产纺机、纱锭的铁工厂建起来。有家上海的五金厂经雪元联系八路军武汉办事处迁移到了延安，还把我预先安排到这个厂当工程师。我答应了。"

钱汉清惊讶地说："这个厂迁移延安，我听说过，但没想到是雪元

259

牵的线，还把你安置到这家厂里去了。这个孩子，脑子真好使，只是她一直瞒着我。"

这对准翁婿都笑了起来。这是他们第一次以钱雪元作为话题。通过这次谈话，过国忠在钱汉清面前的拘谨解除了。在暮色苍茫的黄土高坡上，周围是荒草萋萋，不远处，传来声声狼嗥。在这块陌生的土地上，他们相互敞开了心扉。不远处的临时工棚，挂起几盏汽油灯，它发出的白色光芒让斗鸡台昏暗小火车站的职员感到羡慕。

隔了几天，过国忠从瞿冠英那里了解到：不远处的宝鸡是个只有六七千人的小县城；唯一的一条马路叫中山路，是土石铺就的；路旁有几家店铺，售卖农具、麻绳、鞍架、种子等，还有铁匠铺，都是为耕作服务的。除中山路外，县城里还有几条小街巷。十几年前还很闭塞，只有古驿道和驮道与外界联系，后来修了到斗鸡台的大车道，1936年才通了公路。1936年12月陇海铁路通到了宝鸡，当时并未设斗鸡台车站。1938年8月，为适应西迁企业的需要，陇海铁路管理局遂在宝鸡、卧龙寺两站间增设斗鸡台站。

日本侵华战争全面爆发，宝鸡并不安宁，国民政府把日本俘虏收容所的俘虏兵从西安转移到宝鸡。当地人都为此感到不满，要冲进安置在太寅寺的收容所把俘虏干掉。警察不得不加强了警戒。另外，大批难民拥入宝鸡，打破了这个小县城的平静。瞿冠英来宝鸡寻找厂址的时候，亲眼看到大批灾民和难民扒火车进入宝鸡。

1938年6月，日军逼近开封，郑州告急，并威胁到武汉。为了阻止日军进攻步伐，国民政府军事委员会不顾老百姓死活，掘开了黄河花园口大堤放水，以水代兵。黄河洪流夺堤而出，澎湃汹涌，淹没了广阔的田野、城镇和村庄。

黄河水在几百公里的范围内，迅速地蔓延开了。

它确实在一定程度上迟滞了日军的脚步，虽然也预先通知大家撤离，但无奈动员不力，波及人口众多，还是导致了一千二百万人受灾，三百万人流离失所，八十九万人被淹死。

宝鸡是陇海铁路西边的终点，驶向宝鸡的火车连车顶上都挤满了逃出来的难民。他们没有目的地，能到哪里就到哪里，只要那个地方没有日本人，能有容身之地。所以，西北是他们的去处之一，一车一车的难民到了宝鸡，就被丢在站台上。短短几天，宝鸡城涌进了三万多难民。这些难民需要起码的吃住，当地人民同情他们，但无能为力帮助这么多人。

难民们只得自谋活路，先聚集在火车站周围，后来又往周围的荒坡上流散。他们把宝鸡所有的寺庙都住满了，家家户户的屋檐下和城门洞里一到晚上也都躺满了人。有人将旧城墙掏成窑洞住进去，也有人在渭河滩上用树干做屋架，用高粱秆、苞谷秆编扎成墙体和屋顶，用稀泥涂上，搭起了一个个简陋的窝棚。县政府和警备司令部商量后，派出工兵在山沟中挖了一百二十口窑洞，每洞能容二十人，安排了一批妇幼老孺、体弱有病的难民容身。

一些难民被招募到"工合"建起的小作坊做零活儿，还有一些人开垦荒地种植蔬菜、高粱、苞米等，身上有些钱的做起了小买卖，甚至在县城中山路摆地摊、练拳耍功夫、卖药丸和狗皮膏药，还有说书卖艺、唱曲拉琴……形形色色，讨一口饭吃。

不久，国民政府着手在县城北面的陵塬上修飞机场。这项工程需要大量劳力，难民中的青壮年大量被征去运送石料、平整土地。这些难民慢慢勉强稳定下来，在异乡过着颠沛流离的生活。但有些难民熬不下去，惦记着家乡几亩地、几间草房，便设法回乡去了。

1938年9月，国民政府资源委员会在宝鸡投资建设了西京发电厂宝鸡分厂，发电供县城中山路上县级机关办公用电和火车站照明。县城也有了路灯，西安的商人在宝鸡投资建起了简易的电影院和演戏的剧院，这是新鲜事。一些口袋里有几个钱的宝鸡人很快就热衷于看电影和看戏。各种商铺不断涌现，其中有餐馆、茶楼、旅馆、理发店和照相馆等，鸦片馆和妓院也悄然出现，流动商贩也多了起来。宝鸡这个闭塞清静的小县城变得热闹起来。

难民以河南人居多，宝鸡县城人口猛增了几倍。难民居然反客为主，成了宝鸡的主要群体，但他们仍需为生存而苦苦挣扎。

申四和福五相关工厂复建的事宜要与县政府交涉，瞿冠英派人在位于五福巷的县政府值守。过国忠经常来这里办事，看到了他原来想象中冷清的宝鸡县城也变得喧闹起来。

1938年11月，李国伟和荣慕蕴夫妇来到宝鸡，瞿冠英前去迎接他们。没走出几步，李国伟就问："新厂厂址就选择在斗鸡台火车站周围，而且机器设备已卸在那里，并搭建了临时工棚，是这样吗？"瞿冠英说："是这样。"

正是下午，阳光灿烂，寒风凛冽。荣慕蕴直喊冷，李国伟便让妻子先到旅馆休息，要瞿冠英领他先去斗鸡台新厂。安排好荣慕蕴后，瞿冠英叫来一辆胶轮马车，有车篷。上车后，瞿冠英和李国伟脱下满是尘土的鞋子，放在车厢一边，盘腿坐在车里。

马车行驶得很慢，马蹄声碎。车夫不时在空中扬着鞭子，发出一阵呼啸声，但皮鞭并没有落在马身上。一路上，瞿冠英告诉李国伟："脚下这条大车道经过的地方叫店子上，路边的这片房子就是车马店，原来是清末的驿站。前面不远处叫侍郎坟，据说曾是明代一个叫张抚的侍郎的陵寝。再往前走就是我为申新四厂和福新五厂选择的新厂址十里铺了。至于为什么叫宝鸡？为什么叫斗鸡台？我以前跟你说过了。"

李国伟说："我在地图上反复研究了这个地方，宝鸡位于关中平原西部，古称陈仓，当年韩信'明修栈道，暗度陈仓'指的就是这个地方。相传在唐肃宗至德二年，此地东南鸡峰山有'石鸡啼鸣'之祥瑞

第十四章　黄土地上那个寒冷的冬天

而改称宝鸡。这里地理位置非常重要，是长安的西大门、巴蜀的北大门，有关中'气眼'之称。更令人吃惊的是，两千多年前，秦始皇在时称雍城的今宝鸡凤翔加冕；一千多年前，诸葛亮在这里纵横捭阖、鞠躬尽瘁，演绎了三国那些烽火战事。这里是华夏始祖炎帝的故乡，周、秦王朝的发祥地，八百里秦川开篇之地。不过，我看中的不是这些，而是陇海铁路和渭水通到这里。历史烟云已经过去了，我们要的是有利于我们工厂的稳定发展。听说，日本人已注意到这地方了。"

瞿冠英说："是的，日本的侦察机和轰炸机已在我们搭建的临时厂房和器材堆栈上空飞过几次了，看来，他们已发现这个地方了。幸亏我们箱子上铺了荒草，日本人还没有认出来。"

李国伟说："不能有侥幸心理，日本人肯定会来轰炸，我们要采取措施避免损失。这个地方，日本人不一定会打进来，但轰炸机会来。"

瞿冠英继续把这里的情况向李国伟汇报。

李国伟来到了瞿冠英寻找的新厂址，当地人叫十里铺。

在没有进入木箱做的围墙前，李国伟先打量了塬上那辽阔的气势恢宏的黄土高坡——散布着几排窑洞，蓝天白云，苍鹭和雄鹰在空中翱翔，有一群群白色的羊自由自在地啃着杂草野果，荒凉和粗犷中有一种古朴的沧桑感和难得的静谧。许多地方长满了一人高的茅草，沟壑和山坡层层叠叠，一眼望去，无边无涯。有一种粗野之美，甚至很雄伟很壮观。这景致和江南青山隐隐、绿水迢迢的秀润清丽迥然不同，它缺乏江南的精巧、丰韵和草木葱茏，但自有它的雄浑和淳朴，天高地广人稀中，弥漫着一种动人心魄的纯净和豁朗的气息。

这片黄土地还是平和的，无烽火之警，无逃亡之艰，无战争之痛，虽有饥馑之患，但没有生活在沦陷区的劳顿、压抑和恐慌。经历过战乱之苦的人，对此最为珍惜。李国伟凝视着这片祥和的荒芜土地，像过国忠一样，马上就喜欢上了。

瞿冠英看着李国伟的神情，心里略有不安，忍不住问："国伟经理,这地方太荒野了,也是个穷地方。我听说,上海有些股东说,陕西黄土高坡是穷山恶水,砍柴之童山,树根之高无逾三尺者,不论人迹,连鸟雀都无栖止。但这十里铺,冯玉祥、杨虎城在这里练过兵,你觉得如何?"

李国伟回过了神,说:"我看是好地方,真的是好地方,谁说是穷山恶水?别理会那些人说的话,他们来过吗?根本没有到过,是凭空瞎说。我李国伟以前来甘肃采购过棉花,黄土高坡有它的特产。宝鸡是荒野一点,但留给拓荒者的从来都是这种荒僻所在,这种地方也正是创业者大有作为的舞台。岳丈让我在荒僻处创一番事业。你看,有这么大的天地,有铁路,有渭河,正适合办厂,比我想象的好得多,瞿副厂长,你的眼光不错!走,见见工友去。"

瞿冠英听了,深感欣慰,一颗悬着的心放了下来,高兴地陪着李国伟继续往前走。走了几步,李国伟若有所思地说:"这个十里铺名称不好听,我们重新起个名,你想想,起个什么名?"

瞿冠英说:"这里都叫这个塬,那个塬的,我们就叫申新塬吧?"

李国伟说:"不要用厂名,上海那些人会有想法的。我看就叫长乐塬吧,讨个吉利,办厂顺利,长久安乐!"

瞿冠英击节称好:"长乐塬这个名称好,知足常乐,我们只图能在这里做出一番事业,就长乐了。"

李国伟说:"下午你派人到旅馆把慕蕴接过来,她是闲不住的人,让她做点力所能及的事。孩子不在身边,她有些不习惯,晚上睡不好觉,想这个,想那个,一个个想过来。她跟了我,没过上一天安顿日子,可从没有啥怨言,我觉得很对不起她。"

瞿冠英说:"嫂子出生在大户人家,一点娇气都没有,标准的贤妻良母,德生先生家教严格。听说,她们姐妹小时候不准穿皮鞋,衣服都是最普通的。儿子星期天和暑寒假都要到厂里实习,跟着师傅爬上蹲下地干活。毅仁跟我说过,他经常钻到机器下面修理,脸上、身上都沾了油污。他父亲还经常派人查岗，怕他偷懒溜了。"

李国伟说："这点我很佩服，荣家两房几十个孩子，没有一个是纨绔子弟，女孩子大多聪明好学，都很贤惠。现在岳丈不太管事了，荣家第二代已成人的个个独当一面，自强不息，在上海干得有声有色。管工厂的管工厂，开公司的开公司，毅仁还办了家银行。子承父业，荣家受了那么大的挫折和失败，硬是给挺过来了。欠下的数千万债务还得差不多了。"

看到李国伟来了，员工们都感到很惊喜，一起围了上来。大家像久别重逢的亲人，亲切地和李国伟争着问长问短。过国忠和钱汉清也夹在人群当中，李国伟看到他们后说："晚上我们开个会，争取尽量解决一些迫在眉睫的问题，尽快建厂。"他和过国忠、钱汉清、王阿庭握手后，再和几个主要员工一一握手。向其他工人作揖说："我早就想来了，辛苦各位了。这里的条件不能和武汉比，财务会计那里的钱越来越少。既来之则安之，我们要安下心来，没有别的办法，只有尽快把厂建起来，让机器转起来。宗敬先生在世时不止一次说过，建厂要力求其快。如今我们在大西北这个叫十里铺、陈仓峪的地方立下脚，问题和困难还有一大堆。汉口已经陷入敌手，长沙一场大火烧成瓦砾，我们已经没有退路了。只有孤注一掷，努力快干，尽快把厂建成投产。我已粗粗看了下这个地方，觉得很不错，有火车，有河道，黄土高坡很大很广阔，气势不凡。这块平地，我重新取了一个名字，叫长乐塬。倭寇横行，山河破碎，我们是带了机器逃难到这里的难民，我们希望在这里能顺利快乐，你们觉得怎么样？"

大家鼓起掌，连声喊道："好，好，就叫长乐塬，这名字好听，吉利！"

随后，李国伟在瞿冠英、钱汉清、过国忠、王阿庭等人的陪同下，看了木箱搭成的围墙，用武汉带来的拆迁下来的木料、钢架、白铁皮瓦楞板搭成的工棚，还有一个用油布搭建的厨房，里面有一个旧砖砌的炉灶。除了两口铁锅和其他烹饪工具，还堆着大堆的劈柴、荒草挽成的草把，这些都是就地取材的柴火。厨房里还有三张木制的粗糙的长条桌，摆菜肴、碗筷，以便坐着用餐。

围墙里还有一些蒲席、芦苇秆、树木搭起的矮房子，堆放一些设备、工具和杂物，并挤出一些地方住人。瞿冠英把李国伟领进工棚一间有窗户的房间，里面有两张单人木床拼凑起来的大床，几把椅子，一张写字桌，说："国伟经理，你和慕蕴嫂子就在这里凑合住吧。"

李国伟说："很好，很好，我当年在徐州铁路局，慕蕴从无锡过来，看到我睡的床是四个瓮头搁了块门板。我当时是个穷小子，可人家千金大小姐都没嫌弃我。这二十多年，我们没少遭罪，可慕蕴毫无怨言，不离不弃。这地方她肯定欢喜，这床至少不是瓮头搁的啊！"

大家哄笑起来。正说笑着，瞿冠英派人去旅馆把荣慕蕴接来了，并把几个藤条箱和其他行李都带来了。

李国伟说："说曹操，曹操就到。慕蕴，这就是我们的新家了，怎样？"

荣慕蕴说："蛮好，蛮好，我还以为住窑洞呢？"

瞿冠英说："我们确实租了几孔窑洞，千百年来，这里的人都是住的窑洞，那洞可是冬暖夏凉，又安全又方便。"

李国伟说："慕蕴，你想不想住窑洞？想的话，让瞿厂长去租一个，我们一起住到窑洞里去，好不好？"

荣慕蕴说："住就住嘛，人家这么多年都住了，为什么我们不能住？我无所谓，不是说冬暖夏凉吗？只要没有蛇虫百脚和蚤子就好。先在这里住下吧，你做事方便些。什么时候陪我去看看窑洞，我从来没见过呢？"

李国伟说："我这几天就陪你去，我们往坡上走上一段路，就可以看到窑洞。我们在坡上租了六七孔窑洞，住了几十个人，是我们宿舍的一部分。如果住得舒服，以后我们自己可以雇人挖上一些。"

晚饭很丰盛，过国忠带了人去旁边的河里搞到一些田螺、鱼和鳝鱼等，还买了一大块羊肉，蔬菜有黄花菜炒鸡蛋、豆角等，主食是面条，荣家的面粉厂做了不少小型的面条机。有时候厨师会做拉面，陕西人以面食为主，讲究的人家吃羊汤泡馍、肉夹馍、油泼面、裤带面、荞麦面、岐山臊子面是宝鸡的特色面。而申四、福五西迁工人经常吃的是上海的葱油拌面和无锡的阳春面，还有武汉的热干面。

李国伟看到有炒鳝片、脆鳝、田螺、红烧青蛙、黄花菜鱼汤、红烧羊肉和豆角等一桌子菜，感到很意外。在这穷乡僻壤居然有脆鳝、炒鳝片这样的家乡菜，而且这么丰盛。他以为是特地为他准备的。

瞿冠英说："这里的人不吃鱼，更不吃青蛙，他们把青蛙和癞蛤蟆当作一回事，把鳝鱼当水蛇，从来不碰。过国忠第一个发现了这些水产品，便捕来做菜吃。当地人都感到我们很怪异，连这些东西都敢吃，可能从心底里瞧不起我们，认为我们这些从大城市迁徙来的人很野蛮。有几个农民摸着国忠的手，端详他的皮肤，说他的手比棉花还软，脸上的皮肤又白又嫩，这里最漂亮的'婆姨'都比不上他白嫩。过国忠穿了一件绒线衫，他们轮流摸着，一个劲儿问是什么料子做的。过国忠告诉他们，是你们放牧的羊的羊毛做的。他们半信半疑，硬是说过国忠骗他们。"

李国伟哈哈大笑，对过国忠说："你这风流小生可要小心点噢，有没有当地的漂亮'婆姨'看中你啊？钱雪元知道了，可会恨我的，是我把你留下来的啊！"

过国忠很实诚地说："没有，她们看到我一句话都不说，在她们眼里，我是个怪人。青蛙都敢抓、都敢吃的人，她们害怕。再说，我一口无锡官话，她们没有一个人听得懂。她们说我说的是外国话，很可能是日本鬼子的话。不信，你问钱工程师，他天天和我在一起。"

钱汉清说："是的，国忠说的都是真的。在员工中，过国忠是一个最引人注目的人，什么捕鱼、吃青蛙、抓黄鳝都是他先动的手，一些新花样都是他搞出来的。我真没有想到，在雪元面前老实巴交、话都说不利索的人，实际上很机灵，对环境的适应能力也很强。"

李国伟笑着问钱汉清："钱工程师，你这话是表扬他还是批评他？"

钱汉清说："当然是表扬，男孩子应该活泼些、机灵些。"

李国伟大声笑起来："老丈人看女婿，越看越欢喜！"

荣慕蕴说："哪有这么说的，只有丈母娘看女婿，越看越欢喜。国忠是毅仁的要好朋友，他们是出窠兄弟，一起念的公益小学，一起上的梅园读书处。两人的性格也很像，表面上很忠厚，其实他们新花样很多。毅仁拍照、打棒球、踢足球、打网球、开汽车、骑马样样都弄得像，不知道他是什么时候学会的？功课也好，门门都是满分。但骨子里头，他们都是老实人。鉴清说，毅仁开始和她说话，脸都会红。国忠呢，在雪元面前也是这样，明明是喜欢雪元，却借口当她的网球教练，你以为雪元不知道你过国忠是借口。这小丫头是瞎子吃馄饨——心里有数目。在兄弟当中，毅仁长得最像爹，一看就是一个模子里出来的。毅仁和国忠都是高个子，十五六岁，个头就超过爹了。我说毅仁，你再长下去，要戳破天了。"

大家饶有兴趣地听着，虽然是些闲聊，但是最困难的时候，这样的闲聊也能使大家心里放松一下。过国忠不说话，会心地笑笑。厨房里的气氛是热闹的、愉快的，没有一个人愁眉苦脸。李国伟夫妇的到来增强了大家的信心和希望，他们对李国伟都有一种敬重和依靠之感。

晚饭后，红日西沉，天色渐渐暗下来。刚才聚拢的人群逐渐稀疏，他们干各自的活儿去了。李国伟在他的房间里和瞿冠英、钱汉清、王阿庭、过国忠商量大事。李国伟说："陕西的冬天马上就要来了，我一出车站，就感到这里的风吹上来辣豁豁得冷。而且这里的冬天比武汉要冷得多，所以我们不能拖了，要尽快安装设备，建厂房复工。两万枚纱锭先动一两千起来再说。"大家列举了一系列亟待解决的问题。在省政府批准的四百亩土地上要做出具体的规划，厂房、宿舍、办公楼、堆栈、厂道都要统一规划，画图纸，列出预算。这是要寄给上海的荣德生审核的。

另外，马上要建锅炉房、发电间、马达间，只有安装好这些动力设备，纺机、织机才能转动起来。下一步再扩建厂房，两万锭子都要投产。在这个基础上，再组装面粉生产线，陕西棉花、麦子有相当大的产量，原料比较充足。根据瞿冠英的调查，其价格还是比较便宜的。

瞿冠英还介绍了陕西省的工业情况。石凤翔的大华纺织公司是陕西最大的现代化纺织企业，全面抗战前一年在西安开工，现有纱锭三万零五百九十二枚、布机八百二十台、三千多工人。在此之前，山东实业家苗星恒在西安投资建立成丰面粉公司，另外还有西京发电厂、火柴厂和化学工厂，规模都不算大。这些企业都集中在西安，宝鸡没有什么工厂。艾黎的"工业合作社"西北总部虽在宝鸡，但在宝鸡刚刚开展工作。工业企业星星点点地有一些，有个发展过程。陇海铁路机厂搬到宝鸡已经开工了，申四和福五是宝鸡规模最大的厂，占地四百亩也是前所未有的。

李国伟说："独木不成桥，希望西迁陕西和宝鸡的工厂会更多，而不是我们申四、福五唱独角戏。工厂越多，越能形成气候，设备、技术、经验、人员多了，势必会充实和带动陕西的经济发展，也会使陕西摘掉'工业荒原'的帽子。这对我们来说，只会有好处，而没有坏处，店多成市嘛！我还听说经济部计划将陇海铁路西延到天水，天水到成都的铁路正在勘测设计，这对我们企业的发展都是大有益处的。"

但最让他们头疼和纠结不已的事，就是缺乏资金。将机器设备和两百多人运到这里后，账上的钱已不多了。从火车上卸货，请的当地农民，工钱给的很少；平整土地、搭建工棚，都是自己动手；伙食也是省吃俭用，带来的大米和面粉也是算计着吃，尽量吃高粱、小米、红薯、土豆等当地作物。

而员工的工资到长乐塬后从没有发过，大家也没有提出这个问题，两百多人形成了默契，困顿之中自觉坚守、磨砺着，在特殊情况下争取工厂浴火重生。他们理解西迁的不易，在这个时候，岂能计较什么个人利益？如果计较，他们也不会抛家来到这么远的地方了。来到长乐塬的时间不长，但他们都已喜欢上了沧桑大气的秦腔。有出名为《苟家滩》的戏，其中的两句唱词"人生一世莫空过，纵然一死怕什么"特别让他们感动。

李国伟神情专注地听着大家的介绍，静静地思考着。他对员工的坚韧和顾全大局非常佩服与欣慰，有这么明事理的员工，是工厂最大的一笔财富。而建厂的困难都是现实问题，特别是资金来源，这只能由他去解决。好在他在武汉时，远离上海的总公司，独当一面开拓市场，复杂的环境铸就了他独立、果敢的作风。

这次来宝鸡，李国伟在火车上就算过一笔账，在宝鸡建厂，资金上有很大的缺口。巧妇难为无米之炊，没有资金，一切都是空谈。

陕西的冬天冰天雪地，凌厉的严寒，西北风像刀子一样扎脸，人在风里不仅冻得发麻，连站都站不住，南方人是受不了的。到那时，再动手搭厂房、装机器是根本不可能的。因此，无论如何要马上安装发电机、马达，这样才会使得车间热气升腾，带来足够的温暖。李国伟曾经考虑过向上海荣鸿元或岳父荣德生借几百万元来建新厂，但他立即打消了这一念头。上海租界的几家纱厂和面粉厂效益甚佳，但银团监督着他们的开支，不会轻易将利润拿出来一部分头寸借给他，这会影响他们偿还债务。即使银团同意借款，那些对申四、福五西迁陕西持怀疑态度的股东，也肯定不会同意借钱给他们的。因而，这笔资金只能靠李国伟自筹自理。到了这一步，他已没有退路，只能硬着头皮往前走了。

在时过境迁的今天，当我们谈到李国伟当时的处境时，仍会感到

第十四章　黄土地上那个寒冷的冬天

他当时承受着多么深重的压力。李国伟很快拿定了主意，他让钱汉清和王阿庭负责设计厂房，找人打夯、铺地基，在合适安全的地方建锅炉房、烟囱。过国忠和李国伟一起去西安，求助省主席蒋鼎文解决资金问题，并设法安装调试发电机和马达，有了电，就可以生产了。李国伟曾在武汉告急时，拜访过冯玉祥。此前，岳丈荣德生在武汉时，冯玉祥曾来申四看望过他们，冯玉祥所部在淞沪会战时一度驻扎在无锡荣家的锦园。

冯玉祥听李国伟说要带领申四、福五西迁陕西，他便给陕西省主席蒋鼎文写了封信，让其尽力支持申四、福五。蒋鼎文曾是冯玉祥的部下，当然会按老长官的吩咐尽力而为。但能不能从蒋鼎文处借到资金，这很难说，李国伟得做多手准备。首先，他想到的是，申四原有十辆卡车，先到了重庆，把申四的一部分设备运送过去。章剑慧在负责这件事。现在那十辆卡车在来宝鸡的途中，顺便揽了一笔到西安的运货生意，一辆车三千元，十辆车就是三万元。今后留一辆卡车在长乐塬使用即可，其余都去做运输生意。其次，纺机一时做不到完全投入使用，可租赁给石凤翔的大华纺织公司几十台，一台纺机一天一元钱，以三十台纺机计一天就是三十元，一个月三十天的话就是九百元，大伙儿的工资和饭钱就有了。

李国伟还说："狼群和土匪也不能大意，告诉大家，晚上尽量不要出去。狼怕火，我们可以用蒲包装上黄土，在木箱围墙外筑一个高一些的堡垒并圈一道铁丝网，堡垒外点燃火堆，派人三班轮值，火堆彻夜不熄。再备上一段钢轨或钢板，有狼群或者土匪攻击时，敲击钢轨、钢板，大家立即起来，拿上木棍、钢钎、扁担等武器自卫。驻在斗鸡台的兵工枪械所属军方编制，我们可以和他们合起来联防土匪。他们人少，只有几十人，我们有二百多人，将来二万枚纱锭全启动，要两千多人，还有面粉厂，一旦建成，也要上千人。瞿冠英和枪械所的侯所长熟悉，你去和他谈联防的事，借上十来支步枪，我们自己再生产些手榴弹、地雷。有了这些武器，狼群和土匪都不足为惧了。"

　　李国伟不愧是李国伟，他没有废话，没有任何急切或迟疑的表情，对方方面面的事情有条不紊地做出了安排，把王阿庭、钱汉清、过国忠的种种顾虑、担忧、无奈和焦急都消除了。不仅仅是他们几位有这种思想负担和焦虑感，在这里的二百多人像一条搁浅的船那样，都在着急地等待一股强大的波涛涌来，让这艘船脱离困境，从海滩的沙土里回到海水中，重新扬帆起航。

　　李国伟凝视着他们，等着大家的反应，他们不约而同地笑了起来，众人所期待的那股汹涌的波涛冲击过来了。他们齐声回答说："好，我们马上办。"李国伟端起桌上一碗冒着热气的茶喝起来。在他们讲话过程中，荣慕蕴悄悄地端来了几碗茶水放在桌子上。

　　李国伟又说："我们要建比较正式的厂房，所需的大批基本材料，宝鸡当地都是奇缺的。特别是水泥、砖头和钢材，虽然从武汉的老厂拆来了一部分钢架、木头门窗、白铁皮瓦楞板，但还远远不够。当然最缺的是资金，有了钱，才能设法去购买这些材料。"

　　李国伟安排瞿冠英去办出租纺机给大华纺织公司的事和去枪械所借枪的事，因为瞿冠英认识石凤翔和侯所长。

　　李国伟和过国忠则乘火车去了西安，他们到省政府很顺利地见到了蒋鼎文。蒋鼎文已听说荣家在武汉的申四和福五迁移到了宝鸡，这对有"工业荒原"之称的陕西来说是件极好的事情。虽然西安有了一家石凤翔的大华纺织厂，但仅此一家改变不了陕西工业的落后局面。抗战以来，已有多家企业迁到西北，"工业荒原"正在改变，其中申四和福五是最大的企业，蒋鼎文对这两家入驻宝鸡很高兴。听说李国伟求见，马上派副官将他们请到办公室。一番寒暄以后，李国伟就递上冯玉祥的信。蒋鼎文读了冯玉祥的信，态度更为热情。

　　他问李国伟："李经理，你有什么难处尽管说，我能办到的，一定

第十四章 黄土地上那个寒冷的冬天

替你办。"

李国伟把造厂房所遇到的困难详细地说了一遍，尤其突出了缺少资金、钢材和水泥。

蒋鼎文听后，思索一下说："陕西是穷地方，不像上海、武汉，也不像重庆那些地方富裕，我只能挤出点东西借给你们。"他过了一会儿打了一个电话后，答应借给李国伟五十吨钢材和一千桶水泥，并说："十里铺是个荒滩，政府同意、批准就可以了。这个我让宝鸡县批你们购地四百亩，今后还可以扩充，价格上有一个限额。"

李国伟说："我们已和有土地的农民签了合同，也付了定金。"

蒋鼎文说："这还是要经过政府批准的，主要防止有人以建厂名义倒买倒卖。土地问题和建厂中的具体问题，你们可以去找宝鸡县王县长，我给他打个电话，让他帮助你们解决一些难题，如果他搞不定，再来找我。政府有对西迁企业贷款的规定，你可以到银行贷款。还有借钢材和水泥的事，我让副官陪你们去办。对了，省政府正在商量制定优惠办法，包括内迁工厂场地印契附加税免收等，很快会公布实施。"

李国伟感激地说："谢谢蒋主席对我们的特别协助，陕西对我们很优待了。我们唯有办好工厂来回报蒋主席。"

蒋鼎文说："宝鸡王县长是留过洋的，学过机械和交通，他刚调来没有多久，你们今后会常和他打交道。他是东北辽宁人，见过不少工厂。他的家乡早被日本人占领了。他看到宝鸡没有工业，提出要建一个工业区。所以，你们去找他，正好符合他的志向。你们可以好好合作，把宝鸡建成我们陕西省的工商模范县。"

李国伟说："有蒋主席倡导，有王县长这样的人才，宝鸡会大有前途的，申新四厂、福新五厂一定不会辜负蒋主席的优待和期望。岳父和大伯就是秉承实业救国起家的，这已经成了荣家企业的家传。在宝鸡这块风水宝地上，我们西迁工厂当然不会丢荣家的脸，我们算得上

273

是半个陕西人了，肯定会为振兴宝鸡出力。"

蒋鼎文说："我也不是陕西人，王县长也不是，但在陕西履职，就等同陕西人了。"

李国伟这次拜访蒋鼎文还是很成功的，在蒋鼎文副官陪同下，借到了五十吨钢材和一千桶水泥。贷款就不是那么简单了。李国伟、过国忠在蒋鼎文副官陪同下，奔走于西安各银行之间，商谈基建贷款。陕西的银行都比较弱小，实力不够，虽然有省主席的指令，但没有一家银行能一下子拿出几百万元这么大数额的贷款。银行之间经过协调，等了六七天，终于凑出一百五十万元，仅仅是李国伟所需资金的一半，另一半贷款则要等上一段时间才能拨付。李国伟和银行签订了三百万元的贷款合同，先取一百五十万元，其余在一月内再到账。这笔钱基本上可以用来建厂了。银行先将一百五十万元打入申四账户。

李国伟忽上忽下的心终于暂时定了下来。

他们回到宝鸡后，得知瞿冠英办的事有些小波折，但都办成了。向大华纺织厂出租纺机和用自有卡车搞货运两件事都如李国伟计划的那般运作了，特别是货运生意兴隆，应接不暇。

兵工枪械所是军队编制，瞿冠英找侯所长商谈了联防的事宜。侯所长叫侯士贞，原来是部队的中校副官。对于瞿冠英提出的联防问题，侯所长一口答应，他明白申四、福五是大厂，和大厂合作对枪械所是很有利的，工厂机修设备比较完整，技师又多，有些重武器也可以借厂里的设备维修了。

但对于瞿冠英提出借十五支步枪和弹药，侯所长有些犹豫了，步枪机枪都有，但动用武器他没有这个权力。他打了个电话到主管枪械所的陕西省战区后勤部，后勤部部长又报告了蒋鼎文。蒋鼎文说："既然是联防，让他们赤手空拳对付土匪、狼群怎么行？要一点武器是正常的。李国伟刚刚来找过我，是冯玉祥将军介绍来的，今后发展宝鸡

第十四章 黄土地上那个寒冷的冬天

经济要靠他们。告诉侯所长,他们要什么就借什么,今后这些厂的安全要多关心,他们有事,就是枪械所和宝鸡驻军有事。一旦发生什么情况,如有土匪威胁工厂,枪械所的兵应出动阻击,如有必要,驻军要派兵剿匪。这些土匪趁国家之危兴风作浪,就是破坏抗战,格杀勿论。"

侯士贞得到了上峰的批准,借给了瞿冠英十五支新步枪、几箱子弹、一支信号枪、几十把匕首和几十颗手榴弹。李国伟和过国忠回到工厂,在工棚里看到了这些武器。过国忠在公益铁工厂时,制造过地雷、手榴弹,修理过枪械。他是员工中唯一会开枪和使用地雷、手榴弹的人。过国忠举起一支步枪,拉开枪栓看了看,又眯着眼看着缺口准星式照门,将窗外高坡上的一棵树作为目标。放下来说:"这枪还可以,是新的,是打仗用的,对付土匪、狼群足够了。"

李国伟说:"国忠,挑三十个人,你教会他们开枪,我和钱汉清、王阿庭也要学会。今后晚上值守,两个人一班,三小时,晚上三个班轮回。火堆还是要点。"

过国忠说:"我和毅仁、一心都打过猎,用的是猎枪,猎枪的火力不比这步枪小,使用方法也是差不多的。先把打过猎的人挑出来。"

李国伟说:"我打过猎,在徐州铁路局时经常出去打。王阿庭也打过,钱工程师打过没有?"

钱汉清摇摇头说:"我年轻时,用气枪打过麻雀,那是小铅弹,还不及弹弓厉害。"

于是,过国忠找了一批人练枪。与此同时,李国伟布置钱汉清、王阿庭、过国忠制定了长乐塬工业区规划图:在五年内,申四要扩展到三四万枚纱锭、三千名职工的规模;福五扩展到日产六千袋面粉的规模,人员达一千多人,可以招聘难民和当地农民经培训到工厂就业。此外,增办铁工厂、煤矿、发电厂等企业,还要建堆栈、学校、宿舍、办公楼、会堂、果园等辅助设施。

他们对申四、福五的情况都已了如指掌，三人商议一下，很快就画好一份很完整的规划图。李国伟看过后，自信地说："我相信三五年内，只要日本人占领不了陕西，这些目标是达得到的。我们甚至可以开拓新的项目，如开煤矿、建造纸厂，这里满山坡的杂草都是造纸的原料。"

王阿庭说："宝鸡是陕甘川三省物资集散地，在这里设厂可占尽地利之便，这里可是我们办实业的人大显身手的地方。只要战乱波及不到，这些设想完全可以实现，几年以后，长乐塬定会大变样，让人刮目相看。"

李国伟和瞿冠英带着规划图来到宝鸡县政府，县政府设在县城西街一个叫"望兵楼"的大门楼里。瞿冠英告诉李国伟，传说这座"望兵楼"是魏将张郃修建的，因为他天天上楼远望有无蜀军来犯，所以取名"望兵楼"。

李国伟说："我预料日本轰炸机会盯上我们，我们也建一幢小楼，叫'望哨楼'，派人监视，发现有敌机，就敲警钟。"瞿冠英说："日本飞机已来过，兜了几个圈子就飞走了。他们肯定获得了情报，知道陕西也有西迁的工厂了。"

李国伟叹息了一声，说："日本人是东洋兵，可不是蜀军，蜀地还在我们手中，那里还有我们的工厂。唉，东洋这个蕞尔小国，居然对有五六千年历史的中国兴兵侵犯，还是国家弱了一点啊！"

他们来到了县长办公室，门卫已打电话通报了王县长，王县长已站在楼梯口等着李国伟和瞿冠英。王县长虽是东北人，但并不是想象中的关东大汉，而更像是一个书生。王县长把李国伟请到办公室，双方马上进入主题。李国伟说明来意，并送上规划图。王县长仔细看了规划图，很久才说："你们这个规划切实可行，先造厂房把旧厂的设备用起来，稳定了，再进一步扩展，不愧是荣家企业，有气魄，有措施。四百亩土地的厂区，不小了，你们留下了发展余地。我估计五年以后，这块地会造满厂房了,有可能要增加土地。"

李国伟说:"这地方虽然荒野,却是风水宝地。我们已迁来了设备,已搭建了临时的工棚和简易厂房,待发电机、马达安装好,有了动力、电力,我们就投产了。希望王县长能尽快批准用地,越快越好,想来王县长会理解我们的心情。"

王县长说:"听说蒋主席借给了你们钢材、水泥,还贷到了资金,万事俱备,我不会拖你们后腿的。这四百亩地县政府批准了,我让管地政和战时征用的部门以县政府名义下公文通知圈地,涉及私人拥有的土地,规定一个价格,荒地象征性收点费用。这事要履行一些手续,我会关照他们办得快些。建厂很不容易,有问题随时可以来找我。你们是漂泊到陕西的,我也是漂泊到陕西的,你我的家乡都陷入敌手,我们感同身受。"

李国伟听王县长这么说,心里很感动,也有点发酸,他做梦都没想到办厂会办到黄土塬上,离家乡无锡、上海有千公里之遥,离武汉也是很远。他含着眼泪连声道谢,说了声"今后有事我还会来打扰的"就告辞了。

不久,四百亩土地的批文就下来了。但农民对土地看得很重,这是他们的命根子,他们无视县里的文件,硬是扛着不肯卖,即使县里派来的人进行游说也没有用。瞿冠英请枪械所侯所长出面,枪械所经常在塬上试枪,随意选择靶场。农民一见竖立了靶子,都一声不响地离开了。

侯所长和县里派来的管地政的股长先找几个大姓的头人,对他们说:"征地办厂是抗战的需要,县里已批准了,谁都得认这个理,不能耍赖,耍是耍不过去的。再说,人家是出钱购买的,不是白占你们的地。"头人说:"农民世代靠地吃饭,那些购地费花完了,没有地种了,你们让我们怎么活?"侯所长说:"工厂建好后,会招年轻男女进厂做工,每月拿薪水,收入远远超过种田的那点收入。不愿做工的,将来

277

十里铺变成工业区，是一个新的街镇，可以做点别的活儿。你们目光要放远一些，不要抱着鸡零狗碎的小利益不放。"

头人答应对农民做工作，动员他们把田卖给申四、福五，并表示他的田愿意接受买卖，价格五十元一亩，平原水田一百元一亩。侯所长说："太贵了，一般地每亩三十五元，平原水田每亩六十元。这是政府规定的价格。"

头人说："我可以接受，但他人未必会接受，这个价格是买不到的。我其实并没有漫天要价，以前这里的地确实很便宜，一亩地卖二十五元还没人要，但现在行情不同了。陇海铁路征了铁路线南北两旁的土地后，价格就上去了。"

县里派来的股长说："县里的文件已考虑到了行情的变化，规定按三年来土地价格的平均价计算，你们不吃亏。"

头人答应以文件规定的平均价出售土地，在他们的带领下，农民勉强同意卖地，但还是一再讨价还价。瞿冠英、王阿庭慢慢和他们磨，到 1938 年 12 月，四百亩土地征了三百九十五点六亩，才算松了口气。建厂房的事由钱汉清负责，他首先选择了营造公司，随后安排物料采买。过国忠从西安、咸阳等地采购到了青砖、青瓦和石灰等，从河南采购到了铁钉、水管、铁板、铁窗等五金杂件和耐火砖，又从郑州、洛阳采购到了每桶重一百七十斤的水泥两百桶。这些建筑材料的运输过程艰险曲折，中间损失了十九桶水泥，其余建材通过铁路、公路、水路，闯过了一道道军事关卡，费了很大的劲终于运到工地。钱汉清随后亲往西安请来了从上海西迁的一家营造公司，老板和工程师是他的熟人。

这时，章剑慧已冒着寒冷来到长乐塬，从熙熙攘攘的武汉、重庆到了辽阔的黄土高坡。他的眼界顿时变得开阔了不少，虽然冷得发抖，风吹在脸上像鞭抽似的，但呼吸到了重庆、武汉所没有的新鲜空气。看到了简易厂房和工棚，土地也已征下来了，他很兴奋，履行起厂长的职责，安装动力、电力设备，建造正式的厂房，并把木箱里的设备安装好、动起来。

电力是工厂启动的最大问题。陕西省的电力全靠西京发电厂供应，发电能力仅有二千二百千瓦，无法为工业企业提供动力。西京发电厂宝鸡分厂只有一部七十五马力的柴油机，照明尚且微弱，没有能力提供工业电力。所以，当务之急要把电机房和锅炉房修建起来，建成原动部，使那套西北最大的三千千瓦发电机组尽快投产。

章剑慧担心日本飞机轰炸，如果原动部厂房不幸遭到轰炸，那将是毁灭性的，炸坏了发电机组，什么都干不下去了。他也明白李国伟来长乐塬后，迟迟不安装电机的原因。

在发电厂建立起来之前，要设法过渡一下，先小批量地开始生产。当时陕西的一些厂，包括内迁到西南的一些厂都是自行解决电力问题的，中型工厂使用蒸汽机发电，一般的小工厂使用木炭机作动力。

申新的发电厂房还在修建中，新建成的纺纱车间只得暂时使用木炭机作动力。所谓木炭机，就是使用木炭燃烧产生煤气，用电火花点火的二冲程煤气机，作为小型动力装置使用。李国伟和章剑慧商量后，让瞿冠英、王阿庭买来了两部木炭机，又买了两部旧汽车的引擎，再从西迁的大新面粉厂借来一台锅炉，从善昌新染织厂借到七十五匹马力蒸汽机引擎和发电机一部。王阿庭和几个师傅摸清了工作原理，学会了操纵木炭机。

严寒而漫长的冬天终于就要过去了。他们到北方的第一个冬季，当地下了几场大雪，渭河结起了冰。大家经历了从未经历过的严寒。日夜围着铁炉子烤火，上面一把水吊子整天噗噗地冒着热气。

春天来了，经过一个冬季的蕴蓄，黄土高坡从沉睡中醒了过来，恢复了洪荒之美。长乐塬工厂也渐成气候。1939年初夏，一台七十五匹马力的马达几经试验之后，终于发动起来，带动电机发电。斗鸡台

279

火车站原来只有若明若暗的一盏电灯和为数不多的油灯，现在装上了电灯，工棚也装上了电灯，顿时灯火通明。这是这片古老的土地在夜间第一次明亮如昼，引得工人和附近的农民一片欢腾。8月9日，几台粗纱机和一台细纱机开始出纱，机杼声打破了寥廓的荒野的静寂，许多人热泪盈眶。

但李国伟脸上笑着，心里却堵塞着什么东西似的沉重，因为要真正地大规模生产，必须有强大的电力和动力，汽车引擎驱动力太小了。不只是他感觉到这个问题，其他管理人员，如章剑慧、瞿冠英、过国忠、王阿庭都意识到靠汽车引擎来产生电力不是长久之计。有人提出再增加些木炭机和汽车引擎，李国伟否定了。

李国伟和章剑慧、瞿冠英商量后，先修建了十几间平房作为纺纱车间，安装了粗纱机和细纱机，进行批量试生产。但他们只得先用旧汽车引擎驱动木炭机来驱动发电机发电。

试运行之后，连申四过来的老工人也有同感，锅炉房一位姓林的工人随意地说："汽车引擎力道不够，要是弄个火车头就好了。"一句话提醒了李国伟，他立即把章剑慧、瞿冠英和王阿庭喊到一边，说："刚才林师傅无意说，搞个火车头做动力，他虽然是戏言，但我觉得可以考虑。我去西安铁路局一趟，那里有我的老同事，去借一个火车头、两节车厢，车厢可以住人，放东西。"王阿庭说："我听说西北制造厂曾经拖着两部火车头'旱地行舟'。起先听农民当笑话说时，我以为是分解火车头后选些钢材用，现在看来，很可能派上别的用场。"

章剑慧沉吟一会，拍着额头说："好一个'旱地行舟'！阿庭你怎么不早说，他们多半是用火车头发电，火车头就是一台大功率的蒸汽轮机啊！"

瞿冠英说："用火车头发电，马力大了。我们可以想办法弄一个火车头来，再带几节货厢过来，到时从斗鸡台车站把铁轨延伸过来，将来成为厂里的专线。但可能又要去找蒋主席了。我陪你跑一趟吧。"

第十四章 黄土地上那个寒冷的冬天

李国伟说:"火车头发电,是个好主意。我马上去西安找蒋主席,西安铁路局我有认识的同事。你管好家里这一摊,地已买下来,要测量、立界石、打木桩,先围起篱笆墙,将来围铁丝网,再造砖石围墙。这些事你和王阿庭、过国忠、钱汉清分头管。我和章厂长去西安找蒋鼎文。"

李国伟和章剑慧再次到西安,先拜访蒋鼎文。蒋鼎文听说要火车头和两节货运车厢,先是一愣,接着赞叹:"李经理,你们荣家难怪会发达,脑子太灵了!火车站的蒸汽机用来驱动纺织机、面粉机,我是第一次听说,只要管用,我赞成,在陕西这地方办厂,就是要开动脑筋。"

蒋鼎文打了一个电话,加上西安铁路局对李国伟的帮忙,1940年1月,李国伟租借到"平汉404"号机车一部和两节车厢。又于2月17日向铁路局申请修建自斗鸡台车站北道岔到厂区的铁路专用线二百五十公尺,所有费用由申四支付。陇海铁路局每月收取火车头费用和车厢费用两千元。厂区铁路专线修好后,机车带着两节空车厢一直开到厂区。

专门请的师傅和王阿庭一起改装了机车的大轴瓦等部件,确认动力装置没有问题,开始注水升火,机车开始运转起来。为防日机轰炸,整个火车头盖上了草绿色的防雨棚。机车启动后可带动七八千枚纱锭的纺织机、清花机。

但因为厂房暂时只有那么大,至多只能安装几十台纺机生产。大厂房还在筹建当中,钱汉清设计的图纸经反复修改,已确定下来,营造公司已进行了现场探测。大家商量后决定,暂时建十四间平房,黑色铁皮的瓦楞板屋顶铺上茅草,和塬上的色泽差不多,起到保护厂房免遭日机轰炸的作用。因为听章剑慧说,日本飞机在重庆轰炸日趋严重、频繁,虽然有高射炮和苏联帮助建起的飞行大队,苏联志愿空军还直接飞上天和日机对阵,但还是躲不过日机密集的轰炸。有一次,一个炸弹正好落在猫背沱申四新厂的附近,震塌了一间厂房,屋顶没留下一片完整的瓦。所幸员工听到防空警报提前疏散出去，才没有造成人员伤亡。

申新在重庆吃了亏，在宝鸡就不能再吃亏了。

远在上海的荣德生对申四在宝鸡的建厂情况相当关心。李国伟遵照他的要求，寄去了当地的地形草图，并在上面标明方向，画出宝鸡县城到斗鸡台火车站的路途，以便荣德生考虑在附近何处设置堆栈来存放成品和原料。他还附上由过国忠拍摄的黄土塬上落日、窑洞、火车通过的场景，长乐塬周边的旱地、奔腾的渭河、宝鸡县城街景及县政府"望兵楼"等照片。

李国伟深知岳父的性格、处世方式和处境，岳父已不太管上海那一摊的事了，但对宝鸡、重庆的西迁厂特别关注，这是因为他在武汉待了一段时期，申四、福五的主持人是他的女婿。而且，这两厂是唯一远离上海总公司管理的两家内地企业，股东特别是大股东看不见、摸不着，心里很不踏实。虽然他们也知道李国伟是个干练聪慧、有胆有识、守正负责的人，但终究还是不太放心，唯恐他干出出格的事。荣德生当然了解这些人的想法，他不得不对重庆、宝鸡这两家企业多把持点，杜绝发生大的纰漏。

荣德生仔细阅读了李国伟的示意图、说明，也看了照片，感到环境还是不错，沟壑纵横的黄土高坡谈不上钟灵毓秀，但壮阔粗犷，一派塞外气概。这些在荣德生看来并不重要，有码头，有火车站，有波光粼粼的渭水，有四百亩平坦的土地就够了。陕西的棉花和小麦不光产量充足，而且品质不错，是申四和福五重要的原料来源地。荣德生思考后给李国伟复信，提出了几个切中要害的注意事项：

第一，"建筑亦望从轻入手"。要以土木结构为主，少用铁料水泥。"建筑身轻，成功快"，可以早完工。

第二，鉴于日寇有可能时常空袭，特别指示了"分开造，使不延及"的"保障之法",并亲手画了一张示意图,要李国伟把房屋分散开来,一座与另一座之间应有较大的距离。这样即使遭到轰炸也可以避免大火蔓延,减少损失。

第三,建议在厂子附近造一街镇,既造福地方,又可繁荣市面,"使往来花纱有一小市场可以站脚"。

以上三项是荣德生兴办实业的经验之谈,又结合了战时的一些具体情况,没有废话,绝非居高临下瞎指挥。这些建议给李国伟很大的启发,他大部分都接受了并付诸实现。他对妻子慕蕴说:"德丈谆谆教诲,句句说到实处,他是真心实意关心我们,实在感人肺腑!"

荣慕蕴说:"你要理解他的处境,有人在看你的好戏,一大堆的问题都要你去处理。有些人除了考虑自己的股份,从来不想想我们有多不容易。这荒山野岭的地方,比在武汉、上海建厂不知要难多少,要啥没啥,还要百般刁难。有时候捎了爹牌头(无锡方言,借某个人名义的意思)说三道四,爹有时候不得不对你要求高一点。他尽量避免你做错了事给某些人以口实,他是用心良苦啊!"

李国伟说:"我知道,我了解德丈的难处,我不会计较的。到了这一步,我只有把厂建好,替岳丈争气,只要努力、尽力,花总会结果的。只是苦了你了,十个孩子让你牵肠挂肚,你从没有一句怨言。说实话,没有你的扶助,我有时真的想见难而退了。"

荣慕蕴说:"我们是夫妻,我不留在你身边,让你独自在这里创业,我还算你妻子吗?孩子嘛,是想他们,想了这个想那个,但这是暂时的,将来厂建成后,再接他们来也不迟。再说,在上海、重庆他们能在好的学校读书。我们苦些无所谓,他们的学业是大事,耽误不得。"

李国伟欣慰地说:"慕蕴,你这么贤惠明理,不愧是荣德生的大女儿。还是那句话,能娶到你这样的老婆,是我李国伟的福气。真的,你知道,我嘴笨,不会说好听的话。"

荣慕蕴连忙捂住李国伟的嘴:"别说了,我最讨厌男人花言巧语,肉麻当有趣，谁要听好听的话，别说了……你今天晚上不是轮值吗？和过国忠吗？下午到房里打个盹儿吧，闭一会儿眼睛养养神。"

李国伟说："我哪里有时间打盹儿啊，营造公司要盖厂房了，按照你爹的吩咐，要拉大厂房之间的距离，一旦遭日机轰炸，使不延及。"

下午，李国伟、章剑慧、瞿冠英、钱汉清等人到现场看了地形，确定每幢厂房之间保持十五米的距离，并采用钢结构，水泥混凝土砖墙，防止炸弹冲击波震塌。荣慕蕴带了一些员工垦荒，辟了一大片菜地。趁天气还不是太冷，撒下了蔬菜种子，还栽了不少从别的地方迁移过来的野生树，都是耐寒耐旱的四季常青的树种。

晚上，一片漆黑，李国伟和过国忠值晚班，他们燃起了一堆火，拿着枪，在堡垒里警惕地注视着周围的动向。晚上寒气彻骨，两人都穿上了棉大衣，戴上了棉帽子。远处传来一声声声嘶力竭的狼的哀嚎。

为避免分心，两人说话不多，李国伟问了过国忠家里的情况，他和父亲是否有联系，是否知道他在长乐塬。

过国忠说，和父亲通过几封信，寄了照片给他。父亲对黄土地和窑洞都很感兴趣，鼓励他好好干，关乎抗战大计，不可玩忽职守。

李国伟说："这就好，你准备什么时候去延安呢？"

过国忠说："不急，待这里走上正轨，两万多枚纱锭都投产和面粉厂一天能出粉几千包以后，我再过去。雪元已给我找了工作，一家内迁到延安的五金厂当技师，那厂的老板叫沈鸿，在武汉待过。现在成了延安最大的工厂，毛泽东还在自己居住、工作的窑洞接见了他。"

李国伟说："我在武汉听说过此事，沈鸿选了一条正道。延安那样的穷地方那么吸引人，绝非偶然，那里的人，品格非凡，在中国人的心中有重要的地位，特别具有力量。钱雪元不催你吗？在武汉时，我看你们如漆似胶，有点不忍心把你留下来，慕蕴还责怪过我。"

过国忠说："她没有一个字催促我，来信反而劝我要专心致志把这里的工厂建好。"

第十四章　黄土地上那个寒冷的冬天

过国忠突然发现火堆不旺了,要添柴火了。他正欲跨步出去,一抬头看到远处有一束束火光,亮度在增大,显然是向长乐塬这边奔来。过国忠对李国伟说:"有情况,有人朝我们厂区奔来,看那架势,人数不少,本地人一般晚上不出来。这么多人很可能是土匪。"

李国伟盯着远处,果然看到了黑暗中有一片光亮,在移动着。他有些紧张地说:"要不要叫醒大家?"

过国忠笑着说:"暂时不用,让他们闯进来再说,我们来个夜猎。我的手痒了好多天了,除了有空打网球,还没有动过枪,现在机会来了。"

一大片火把越来越亮,还隐隐可以听到脚步声。不一会儿,可以看到影影绰绰的人群了,急促的脚步声清晰可闻。过国忠举起了枪,摸了几颗手榴弹放在脚边。有说话声传来:"那边有个火堆?有守卫!"另一个人的声音:"这是防狼的,大家举起刀,快,来个突然袭击,这些上海人富得很。注意,机器不要拿,对我们没有用的。我们要他们把钱和白米白面拿出来。"

是土匪已毋庸置疑了,过国忠拿起信号枪,朝天开了一枪。信号弹嘘的一声蹿向夜空,拖拽着一串橙红色的火光,方圆几里都能看得清清楚楚。过国忠朝土匪扣动了扳机,清脆的枪声划破夜晚的寂静。有人哎哟一声喊出声,显然是被击中了。有土匪喊道:"不好,他们有枪!他们有枪!"李国伟定定神,也开了一枪,又是响彻塬上的枪声。

过国忠站起来,举起一颗手榴弹,喊道:"谁敢动炸死谁,认识这东西吗?这是手榴弹,你们这些人,这一颗就让你们统统见阎王爷去,不相信,你们过来试试!"

为首的土匪连忙说:"上海兄弟,我们是难民,是逃难的河南客,不要你们的命,给点钱、白米和白面,我们就走。"

李国伟说:"你们别糊弄人了,听你们口音根本不是河南客。这里铁路车站附近住了不少河南难民,他们从来不抢劫别人的东西,赶快

285

离开这里。否则，我们对你们不客气了。"

这时，枪械所的哨兵已看到信号弹，听到枪声，连忙报告侯所长。侯所长立即带领一个排的兵力朝厂区奔来。同时，工棚里的员工闻声而起，拿了木棒、钢钎、扁担等家伙和土匪对峙。章剑慧、瞿冠英、王阿庭等人也拿了枪站到李国伟、过国忠身旁。十几支枪对准了土匪，阵势强大。那些土匪已知道情势不妙，不可能得手了。土匪正想退去时，侯所长带着军队赶到，几十个土匪束手就擒，他们缴获了几把土枪、鸟铳和几十把大刀。

荣慕蕴脸色发白地问丈夫："你和国忠没事吧，这个地方真的有土匪啊！"

李国伟笑着说："虚惊一场，幸亏小过机灵、镇定，他早就发现了土匪举着火把过来，又是发信号枪，又打伤了一个土匪，震慑住了他们。侯所长看到了信号，带着军队过来把土匪一网打尽。好了，大家回去继续休息。"

章剑慧说："李经理，你和过国忠也回去吧，我和瞿冠英接你们班值守。"

李国伟看了下夜光表说："还有半个小时呢，我和国忠再值一会儿班。"

章剑慧说："李经理，你们回吧，几分钟时间还要算得这么清。"

从这件事以后，长乐塬再没遭到土匪侵扰。随着申四、福五的壮大，员工有了几千名，土匪即使有贼心也无贼胆打申四、福五的主意了，反而有些土匪改邪归正，被招到纱厂、面粉厂做工。加上侯士贞趁热打铁，进行了几次剿匪，把残余的土匪消灭掉了，从此再也没有土匪出没了。

枪械所接到一纸命令，调侯士贞另有所任，但他不愿意赴新岗位，干脆投奔了李国伟。李国伟便以高薪任命他为副厂长，负责工厂的保卫和安全，手下也有十来个人。侯士贞在工厂周围拉起了铁丝网。

第十四章 黄土地上那个寒冷的冬天

至于狼群，因为这一带人类活动增多，工厂灯火通明，机器轰鸣，一天早晚有汽笛声鸣响，长久在黄土高坡呼啸、回荡，对它们是一种警示。狼群也悄然转移到别的没有人烟的地方去了。

十四幢厂房逐步建好了，间隔地分布在厂区，与此同时，背靠高坡，挖进几米建造了五六排男女宿舍。从空中看下来，有植物遮掩，看不出有房子。根据章剑慧的建议，挖了七八个窑洞，作为防空洞，一旦有敌机来轰炸，人员可以躲入窑洞。过国忠不知从哪里弄来了一口钟，把它挂在停在枕木上的货车厢上。一有情况，立刻当当地敲起来，提醒大家有空袭，赶快躲到安全的地方去。为什么不拉汽笛呢？汽笛太响，穿透力强，敌机可能会听得到。有汽笛声的地方不是工厂就是军事基地，反而会打草惊蛇，会招惹日本飞机来投炸弹。

一切就绪后，李国伟马上将木箱里的纺机安装到厂房里去。十四幢厂房安装了八千枚纱锭，剩余的一万多枚纱锭的木箱不再露天放置，而是迁入用作堆栈的窑洞。那个工棚和临时厨房也拆了。李国伟、章剑慧、瞿冠英等都搬进了宿舍。买了木料，由几个会干木匠活儿的工人自己打造家具。他们将一个很大很深的窑洞布置成了经理室、厂长室兼会议室。窑洞是请当地农民挖的，当地农民告诉负责营造的钱汉清，窑洞不能挖得太快，要挖一段晾一晾，让窑洞壁干燥了再挖。经过整理，厂区顿时显得空旷、整齐起来。

一千匹马力的火车头安装妥当后运转正常，申四正式投产，带动了四千多枚纱锭，每月可以增加两百件棉纱的生产量。轰隆隆的机器声中，大批的棉纱开始输送到后方各地。

但李国伟和章剑慧并不满足，用火车头也不是长久之计，剩下的一万多枚纱锭不能白白关在堆栈里，何况棉纱那么紧缺。经济部部长翁文灏催促申四尽量要提高产量，有什么困难他可以解决，章剑慧离开重庆时曾面见翁文灏。宝鸡申四复产令翁文灏很兴奋，他为此拍来

287

电报，表示祝贺之外，希望能把剩余的纺机和纱锭开足。

　　章剑慧让重庆申新四厂的厉无咎去见翁文灏，请求批出三千包水泥和一百五十万元法币贷款，以扩建厂房和堆栈。章剑慧设想厂房要增加十五间至二十间平房。一旦能达到这么大面积的厂房，不仅一万二千多枚纱锭能安装得下，而且有扩大锭数的余地，同时能将福五的面粉设备一并投产。申四的员工达到三千多人，福五一千多人，基本恢复到武汉时的规模。

　　对于发电厂怎么建，如何能防日机轰炸，做到万无一失？这是李国伟、章剑慧苦思冥想的问题。钱汉清整天在四百亩大的厂区转悠，寻找有利的地形。厂区面对渭河方向，另一头紧挨陈仓峪——绵延数里的高坡，工厂已在坡上挖了些窑洞，作为防空洞和堆栈。钱汉清和营造公司都认定，高坡有十几公尺高，厚实的黄土峭壁，长满杂草和灌木，这里无疑是最安全的地方。钱汉清对厂房如何能够抗震抗压动足脑筋。一次他翻阅建筑图书，发现苏联莫斯科和列宁格勒的教堂都像洋葱头的式样，恢宏而壮观。他豁然开朗，由此想到了圆丘形的意象。

　　钱汉清曾经在一本书上看到，圆丘形的建筑抗压能力最强，它圆润、牢固，像一只倒扣的碗或者钵。钱汉清先和过国忠谈了自己的想法，并把建筑画册给他看。

　　过国忠说："这个构造行。从大自然到人类最早制造的器皿，都是圆丘形的。大自然中大部分果实是圆形的，太阳下沉时，在地平线上，就是半个红轮，也是圆丘形的。古人最早制造的陶器，像碗、钵都是圆丘形的，陶罐、陶瓮是拉长的圆丘形状，连庄稼收割后，堆的稻草垛、麦秸垛，也是圆丘形的，几千年来不变。"

　　钱汉清听过国忠这么一说，更有信心了，立即和营造公司的工程师商量自己的想法。营造公司的工程师赞同他的看法，认为他的想法

第十四章　黄土地上那个寒冷的冬天

太不一般，圆丘形没有棱角，和外来物体的接触面小，抗压能力自然就强了。

于是，钱汉清的设计理念慢慢成熟，他正式向李国伟、章剑慧建议将原动部厂房修建成钢筋水泥的圆丘形，减轻炸弹的直接冲击力，具体数据和营造公司一起计算，画出图纸。

章剑慧对钢筋水泥结构的圆丘形的设计很赞成，也同意尽量建在厂区的陈仓峪旁。这隆起的厚土坡是一道屏障，可以掩护建筑。

章剑慧说："重庆有多家兵工厂隐蔽在山洞里生产武器装备，防空袭的效果就很好，我们能不能效法他们在陈仓峪下也挖些地下车间呢？"钱汉清、过国忠、王阿庭等连连点头，有茅塞顿开之感。这是窑洞车间最初的灵感来源。

此后钱汉清和营造公司计算出了圆丘形钢筋水泥建筑的抗压数据，从理论上确定这种建筑足以抵抗一两颗炸弹。根据章剑慧的建议，厂房三分之一嵌入陈仓峪厚土层。李国伟批准了这个方案，营造公司开始按钱汉清的设计建造原动部厂房，并同时建别的厂房。

翁文灏很爽快地批给了章剑慧三千包水泥和一百五十万元法币的贷款。营造公司很快建成了一座圆丘形的机电房、一间小一些的锅炉房、一个经过伪装的烟囱，都是一色的黄土色。圆丘形机电房稍嵌入厚土层，呈蘑菇形状，并在屋面堆积了两米半厚的黄土作为伪装。考虑到西北黄土干燥，承压力不够，故筑了两米多高的地基，是钢筋混凝土浇筑的。内部结构是"T"字形状，一根粗大的钢筋混凝土圆柱立在中间，水泥梁内部全部采用铁路钢轨紧密排列代替钢筋，然后用四百七十桶水泥整体浇筑，壁厚是通常建筑的三倍。这样一个建筑比地堡还要牢固，抗震抗压能力更强大，可以说坚不可摧，经过施工前试验可承重一万吨。有几个台阶从地面通向机房，机房有一扇铁门、一扇铁窗。

锅炉房要矮一点，屋顶也堆积了厚土伪装，地基也有两米多厚，也是钢筋混凝土浇筑的，同样有台阶和铁门、铁窗。烟囱直接从峪壁的土层中伸上顶层，伸出部分移植了一棵大树，烟气在树顶排放出去。另外，电机厂房外修了一个很大的水池，作为排水用。电机车间和锅炉都是需要用水的，所以构筑了水管和排水系统，出口通至渭河，水池周围种了植物和树木。做到了李国伟所说的，要隐其所隐、密其所秘。从远处看来，苍然高原、平地一湾，处乎守静，根本看不出是一家纺织厂。

1940年底，耗资五十八万元、建筑面积一万六千平方英尺的申新四厂自备发电厂终于落成。同样由钱汉清设计的四间呈"田"字形的办公室，建在厂房东面的工地上，用材同样是钢筋水泥，灰黑色铁皮瓦楞屋顶。屋外修有防空洞，和各间办公室有地道相通，随时可供办公室人员躲避空袭。

王阿庭领了一班师傅将抢运出来的三千千瓦发电机组安装到新厂房，十四间厂房里纺机排得紧密有序，将近一万枚纱锭均已就位。营造公司已着手扩建更多的厂房来安置另一半纱锭。

已入严冬，开始下雪，狂风卷着雪片咆哮着，横扫黄土高坡。黄土地变成了白色的、洁净的世界，显得有些空蒙和不真实。除了塬上的窑洞口飘扬着缭绕的炊烟，让人感到有些活气外，目之所及是"千山鸟飞绝，万径人踪灭"的开阔而沉默的世界。窑洞口曾经茂盛的茅草都枯萎了，在厚厚的积雪中挣扎着露出一些硬刺般的骨节，渴望着能挺立起来。平时出现在斗鸡台上的草垛、牛羊、鸡犬、扛着锄头的农民、驴骡都不见踪迹了，他（它）们都"猫冬"了。人们都蜷缩在窑洞里的炕上，牛羊骡驴被关在牲畜棚里，嚼着干草。高亢的信天游也都消失了，偶尔有鸡犬之声相闻，但也是有气无力的。渭河河面结起厚厚的一层冰，晶莹剔透。

白雪覆盖的申四厂房里是另一番景象，锅炉的炉膛烈焰在燃烧，

第十四章　黄土地上那个寒冷的冬天

烟囱在脱了树叶的枝丫上空冒着黑色的浓烟。严丝合缝的圆丘形厂房覆盖着厚厚的黄土，电机在快速转动，厂房内传出轰鸣的机杼声和马达声。男女工人都在忙碌着，外面风雪弥漫，屋内温暖如春。十几间厂房里，每一台纺机都在有条不紊地纺着棉纱，棉花变成棉条，棉条变成粗纱，粗纱变成细纱。八千多枚纱锭二十四小时不停地穿梭着。打包车间将成品一件一件打包，盖上申四的蓝色印章和商标。刚检验过秤，未入库房就被等着的客户提走了。

申四已全面恢复生产，养成所里的技师正在培训新招来的工人，男女工人分成两个教室。这些工人是从宝鸡、西安、咸阳等地的农民和难民中招聘来的，大多数二十岁不到，还有十四五岁的童工，基本上不识字。所以，他们除了上技术课，还要上文化课，要能识数字，会写自己的名字，一直上到初小的程度为止。办公室里，三十几名职员在上班，分设备科、原料科、人事科、财务科、护卫科和正副厂长室、经理室等部门。

李国伟的经理室已装了电话，电线是从宝鸡县城拉过来的，直通斗鸡台火车站、枪械所和较大的几家厂。但由于战争的限制，通话范围只限于后方，可以打到重庆、西安，包括武汉、上海、无锡在内的日占区打不通。

1939年1月19日，日机首次轰炸宝鸡，炸死三十个平民，六十六人受伤；3月，日机又一次飞临宝鸡轰炸，伤亡八十人。后来宝鸡连续遭到日机的轰炸，西安大华纱厂毁于轰炸，纺纱机全部被损坏，连申四上一年出租给他们的三十台纺纱机也未能幸免。

章剑慧的担心成了事实，他对李国伟说："日机虽然没有轰炸长乐塬，但对西安、宝鸡的轰炸给我们敲响了警钟。"章剑慧建议在陈仓峪下挖窑洞工厂。宝鸡县政府已在城外的长寿沟一带挖出二十多孔窑洞，又在黄土夯筑的城墙上掏出了多孔窑洞，作为人们躲避空袭之处。

"日本人已获得沿海西迁工厂在西南、西北开始投产的情报，侵略者是不会让我们安生的。重庆有防空部队，有空军，尚且天天挨轰炸。陕西没有高射炮，没有空军，日机来了，我们除了躲，别无他法。我们建新厂房，只能到地下去。"

李国伟认可章剑慧的想法，但他有顾虑，他说："要挖放得下一万多枚纱锭的窑洞不是容易的事，几万平方米大的窑洞从来没有人挖过，所以我们要论证能不能挖。另外，像这样的工程要取得上海总公司的同意，上海那些大股东不知窑洞为何物，他们无法想象窑洞可以成为工厂。我估计除了德丈，其他人都会反对的。这事先不声张，只做不说，论证下来能挖，我再来告知德丈。"

李国伟找陇海铁路局工程处的工程师吴凤瑞探讨窑洞工厂的可能性。吴凤瑞以陇海铁路斗鸡台隧道为例，说应该可以，那个隧道就是在陈仓峪附近挖出来的，地质情况应该差不多，并表示可以查斗鸡台隧道的资料。吴凤瑞查完资料后，与"工合"负责人路易·艾黎商议此事。艾黎曾到申四工地来过几次，对钱汉清设计的圆丘形电机房和锅炉房很欣赏。申四正式投产后，艾黎又来过一次，登上台阶，进入机房，在轰鸣声中大笑，又去隔壁的锅炉房，还用铁铲抄了煤向炉膛里送了几铲，连说："好，好，这房子日本人炸不了！"

艾黎非常赞成申四建窑洞工厂，他认为这是避免日机空袭的比较可靠的措施。宝鸡的窑洞，没有一个被日本人炸毁。这层层叠叠的黄土层，是非常坚固的保护层，炸不烂，震不塌。而且，陈仓峪的地形和斗鸡台铁路隧道走向大致相同。

吴凤瑞说："隧道的地质资料证明陈仓峪可以挖更深更长的窑洞，两个地方应该是相同的地质条件。我斗胆说一句，整个西北向的黄土地，除了几处有水的低洼处，地质都是基本相同的。铁路隧道能够成功通车并安全通行，陈仓峪的窑洞工厂就没问题。申四可以借鉴铁路隧道的地质资料。"

艾黎说："什么时候你去陈仓峪看一下，他们靠坡造了发电车间、锅炉房，还有烟囱，也挖了不少窑洞，作为堆栈、工具间和防空洞，还有一万多枚纱锭和设备也都放在窑洞里。实质上，他们已充分利用了窑洞。"

艾黎和吴凤瑞带了隧道的地质资料来到申四厂区，仔细勘察了陈仓峪的地质。吴凤瑞在坡壁上挖了一大块泥，在阳光下仔细观察，发现和斗鸡台隧道的土质没有什么不同，属于同一个高坡。这个坡的厚土向远处扩展，形成一个巨大的高埠，再过去有几道沟壑，然后又隆起一个高坡，沟底是庄稼田，坡上零零散散分布着农民的窑洞和院子。吴凤瑞展开隧道的地质资料，又举起手里的泥块，给站在一旁的李国伟和章剑慧看，泥土的黏性和含沙量、水分用肉眼看都完全相同。

吴凤瑞说："这种新鲜黄土黏性强，有点湿，但含水量很低，因为有沙的成分，所以干燥后质地比较硬，适合挖隧道和窑洞。"

艾黎说："申四和福五在武汉的时候，日本侵略者步步紧逼，你们准备西迁，考虑去重庆。延安的秦邦宪先生要我动员你们来陕西发展，你们迁厂吃了不少苦，现在总算站住脚了。我还是主张挖窑洞工厂，重庆有山洞，陕西有窑洞，山洞不可能装得下上万枚纱锭，可窑洞挖得足够大，就可以放下几万枚纱锭。在战争年代，避开轰炸和战火，是最为重要的，所以窑洞工厂是一个好办法。你们试试吧！"

李国伟用肯定的口气回答："谢谢两位的指点，就这么定了，不是试试的事，除此之外，别无选择。"

艾黎笑了起来。李国伟凑上去，放低声音说："你刚才说的秦邦宪先生是我老乡，他在无锡的家离我家不远。你碰到他，替我问候他，过去我们是老乡，现在也是老乡，都在陕西做事。"

艾黎说："他现在在重庆办《新华日报》，这报纸还有汉口版。我是在武汉见到他的。"

在长乐塬那个滴水成冰的寒冷的冬天，李国伟、章剑慧等下定了决心，启动了后来被称作"西迁工厂奇迹"的伟大工程——窑洞工厂。

第十五章 黄土塬上的窑洞工厂

大西迁

2015年1月的一天,时任宝鸡市金台区十里铺街道办事处副主任的王敏,在例行走访慰问贫困户时,发现路边有块石头看上去很特别。她蹲下端详了一番,发现上面有些依稀可见的字,只是风化严重,不太好辨认,就让人把这块石头搬回去,放在街道办事处后院的一个角落里。

一年后,王敏被抽调参加长乐塬抗战工业遗址博物馆筹建。令她没有想到的是,被她随手带回去的那块石头,后来成了游客进入这个"窑洞工厂博物馆"看到的第一件展品——界碑。

这块申四福五的界碑,原来是用来分割厂区地盘的标记,现在却被当作分割时空的标记:外面是现实,里面是历史。

我们继续进入历史隧道,还原历史吧。

当李国伟决定开挖窑洞工厂后,他深知这个决定非同小可,便把修订过的扩建工厂的规划报告给岳丈荣德生,重点强调了出于防空的需要,拟在陈仓峪下挖窑洞式的工厂。1940年1月5日,荣德生复信同意,他的意见是:若挖窑洞式工厂,"目下为急进计只能如此,为经济计,殊不划算。日后仍需建合适平房,该洞只能作堆花之用"。可见荣德生并没有意识到,李国伟所要挖的是一个规模巨大的地下工厂,他只以为一个堆场而已,且是权宜之计,过渡一下,以后还是要建正式的厂房,是像十四间厂房那样的平房。

李国伟得到荣德生同意后,便由钱汉清主抓,过国忠主动请缨协助,枪械所投奔过来的侯所长负责找工人,由上海迁移过来的营造公司承建。营造公司盖房子是内行,挖窑洞却是第一回。钱汉清请教了

第十五章 黄土塬上的窑洞工厂

吴凤瑞具体的挖掘方式，吴凤瑞说："当地农民告诉我们，挖窑洞急不得，要挖挖停停，挖一段晾上一阵，待土硬了，再继续挖。我们隧道就是挖了一段再停工两天，继续挖。还有一个办法就是用木头支撑。"

钱汉清把这个施工方法明确转告了营造公司，但营造公司的施工负责人没有重视，而侯士贞雇来的人是难民，缺乏经验，一味追求完成土方量。开始挺顺利，一天掘进十几公尺，结果发生了塌方。李国伟、章剑慧、钱汉清到工地现场检查后，制止了营造公司的挖掘方法。章剑慧提出用木头和木板支撑，但哪里来这么多木头和木板呢？而且窑洞的穹顶是弧形的，木板只能一条条顺着弧圈放，下面再用木柱撑着，对木柱和木板的需求更大了，一时很难解决。

钱汉清和营造公司工程师商量后，提出了一个新的施工方法，要营造公司先把挖出的窑洞两壁用青砖砌墙，窑顶预支弧形木模板，模板上再用青砖发旋砌衬，使整个窑洞用砖全部箍为一体。另外，同时开出十几个洞口往里掘进，到一定深度，再将各洞横向贯通，但洞和洞之间，必须保持一定的距离，至少要间隔十米。而且每洞土方掘进每次不得超过四米五。

营造公司按照这个方法施工，果然没有再发生塌方事故，但青砖、灰土的使用量激增，造价猛涨，与营造公司所签合同的价款已超过了成本。面对这个得不偿失的事实，上海营造公司虽有一定的实力，但所承受的压力使他们感到为难。营造公司提出了这个问题，解决办法一是提高工价，让营造方不至于亏蚀，千做万做，蚀本生意不做嘛。二是公司撤退，申四另请其他营造公司。李国伟是大度的、讲道理的人，权衡下来，觉得上海营造公司和申四合作时间长了，总的来说，设计水平和施工能力都是出类拔萃的，他们的要求也是合理的。更重要的是，他们已掌握了行之有效的施工方法。再说，中途换营造团队并不明智，一时难找新的营造公司，即使找到了，施工上还有一个重新熟悉的过程。便采用了第一个方案，提高了承包费，让上海营造公司继续做下去。

钱汉清始终没有插手这件事，他是牵线人，不便多说什么。他当然希望上海内迁的这家公司留下来，他了解这家公司不是在提非分的要求，也绝不是以中止合同来要挟，他们的难处确属事实。但鉴于自己的身份，钱汉清持回避的态度。倒是过国忠，对章剑慧说："临阵换将，这是用兵大忌，双方都让让，用生疏的人不如用用熟了的人。"章剑慧点点头，这造价涨得这么厉害，他们是要面子的人，提出来也是迫不得已。

事情妥善解决，皆大欢喜。营造公司把工人分成日夜两个班次掘进，进度加快了，窑洞越挖越深。在此过程中，掘到了一个泉眼，出水量很大。钱汉清果断地让工人将泉眼四周筑起水泥墙，这个窑洞成为一孔有泉水的专用窑洞，用专门的管道通往需要用水的窑洞。又用陶管将泉水引到洞外，挖了两个水池，一池过滤沉淀，另一个为蓄水池，水很洁净，多了一处水源。他们又补挖了一些洞口，增加了向地面的排气洞，还在窑洞地面铺了地砖。王阿庭安装了电线，装了电灯，使窑洞具备了基本的生产条件。

但就在这个时候，又横生枝节了。

上海的股东们得到了消息，给李国伟发来了公函，要求中止窑洞工厂工程，认为建窑洞工厂不安全，如发生意外，后果很严重，而且建大型窑洞耗时耗力又耗钱。他们提议不如继续修建厂房，空袭威胁到生命财产安全，可以就近多建些防空洞。公函强调："陕厂前途，得失甚大，苟能此时保存元气，亦即为事平后发展之基础也。一切盼诸慎重考虑，按步顺序而行。"

当时为鼓励内迁，政府实行了名为"兵险"的财产保险赔偿，所以上海总公司认为建厂房，诚然风险大一些，但人员可以钻防空洞，机器设备损毁了会得到赔偿。但他们没有考虑到大半个中国的海外通

第十五章 黄土塬上的窑洞工厂

道已为日军控制，即使有钱也根本买不到机器设备和汽油、棉纱、粮食、钢材等物资，赔偿了有何用？保存设备机件就是保留了工厂的命根子。员工的命当然更是无比珍贵的，劳动力这么紧张，培养一个纺织女工和一个机修工都是费了不少劲的，不能冒被日本轰炸的危险而出现闪失。从厂房跑向防空洞至少要几分钟时间。这几分钟一旦猝不及防，就有可能流血牺牲。重庆大轰炸，躲避不及而被炸死的惨剧并非个别人。生命的价值不可估量，绝不能忽视。目前来看，窑洞工厂对于设备和人的保护应该是比较可靠的，它起的作用将是长久的。

眼看着窑洞工厂即将成功，李国伟岂会半途而废呢？他果断地向上海回函，向他们解释工程已经承包出去，不能毁约，"忽又中止，殊有未便"。他还强调，大部分窑洞已挖成，竣工在望，至今没有发生任何危险。所言风险太大，谓之不实，危言耸听，罔顾事实。如果不信，请派华栋臣来实地视察，他是申四、福五驻上海办事处主任，负责联络事宜。耳听为虚，眼见为实，有劳华栋臣跑一趟，也欢迎总公司派其他人过来。如认为不妥再行停止也不迟。

李国伟在信函中态度坚决，也有点不太客气，他的忍耐性一直很好。这次他有点忍不住了，驳斥了上海公函，说了几句狠话。上海那些股东保持了沉默，华栋臣也没有过来。荣德生看到了李国伟的信函，对荣鸿元说："李国伟是做事慎之又慎的人，你们要相信他，没有到过现场，别遥控他了。"

窑洞工厂并没有因上海的公函而受到影响，更没有中止。营造公司的挖掘技术日趋成熟，对一些情况的处理得心应手。当冬天即将过去、春天来临的时候，窑洞工厂终于在1941年2月28日竣工完成，这一宏大的地下工程得以诞生。其他项目的下水道、厂区道路和排水沟等配套设施也初具规模。申四经过了一连串的"颠簸"，终于浴火重生。

整个工程共挖掘土方近二万五千立方米，洞内外砌砖八千七百余立方米，历时一年零两个月，耗资一百一十三万元。挖掘窑洞二十四孔，其中长度在六十米以上的有七个，最长的近一百一十米，七个长洞被六条横洞贯通连接。窑洞宽度在二米一和五米五之间，窑洞顶部被厚厚的自然土层覆盖，极为坚固。洞内设有交通道、储水窖、棉条洞、吸尘塔、避让拐洞等。还有三眼直贯陈仓峪地面的通气孔等配套建筑。在地下构成了一个纵横交错的巨大网络，就是一座地下城。

李国伟、章剑慧、瞿冠英、钱汉清、王阿庭、过国忠和营造公司的老板及工程技术人员在蜘蛛网似的地下城里巡视了几遍，仔细检查每一个地方。李国伟很兴奋地说："大功告成了，我们马上把设备安装进来。环视西北半壁，纱厂寥寥无几，无论前方将士，还是后方民众，都等着我们的棉纱、布匹。现在窑洞工厂已诞生，我们再也用不着提心吊胆地防范日本人的轰炸，我们尽速安装设备，努力增加生产。"

王阿庭带了一批技师夜以继日地安装机器设备，把两万台纱锭机前纺部的全套设备和细纱机一万两千枚纱锭搬了进去，使整个纱厂百分之七十的设备隐蔽在庞大的窑洞工厂里面，剩余的保留在十四间平房里，实现了窑洞工厂里既能躲人又能生产的目的。

1941年4月19日，窑洞工厂正式运转，申四把它命名为"纺纱第二工厂"。两万台纱锭机在窑洞生产是一大创造，亘古未有，这是西迁工厂因地制宜在黄土高原上所创造的一个伟大奇迹。

在此之前开挖窑洞工厂的同时，即1940年2月，李国伟任命申四副厂长瞿冠英主持福五面粉厂的重建。钱汉清考虑到面粉的生产方式和特点，机器不适合安装在窑洞工厂里，便设计了一座三层楼房。这座房子全部使用青砖修建，房顶经过伪装，装上巨大的绿色遮罩，空中看来，是一大块荒草坪。里面安装了八部美制双对磨辊平行式磨粉机，平筛、圆筛，清粉机十部，吸尘车两部以及电漂机、缝口机、印袋机等设备依次排列在楼内。

在制粉楼的西面，又陆续建出一排平房，用作维修设备的专用修理间，以后发展成铁工厂，能生产纺机及其他机件。这个修理间由过国忠负责。李国伟写信让华栋臣在上海设法采购一部分母机和其他机件，经越南甚至绕滇缅公路才运至国内。

1941年11月8日，福新面粉厂正式出粉，每天能加工十万斤小麦，产面粉两千袋，全年生产面粉六十万袋，生产的面粉依然使用"红牡丹""绿牡丹""绿兵船"等商标。面粉供不应求，以后又为军政当局磨制军用面粉，供抗战部队食用。

两万台纱锭机在敌机轰炸中生存下来，坚持稳定生产，棉纱和布匹不愁卖不出去，利润滚滚而来。陕西、重庆两头兼顾，优势互补，陕麦陕棉供应重庆。重庆的铁工厂支援了一部分母机给申四修理厂。过国忠凭这些设备，把一个小修理车间发展成一家能生产纺机、面粉机械和工作母机的有相当规模的铁工厂。

申四、福五的投产，尤其是窑洞工厂的诞生在陕西产生了重大影响。前来参观的军政官员和社会名流、工商大亨络绎不绝。其中，艾黎和斯诺带领"工合"扶持起来的小企业代表在窑洞工厂参观，都感到新奇、惊叹。

慕名而来的重要人物包括国民党中央组织部部长陈立夫、军委会副总参谋长白崇禧、陕西省新任主席熊斌、国民党中央宣传部部长董显光、经济部部长翁文灏、蒋介石次子蒋纬国、西安大华纱厂经理石凤祥、裕大华公司经理苏汰余、南洋兄弟烟草公司厂长陈荣贵、豫丰纱厂经理潘仰山，以及由著名华侨领袖陈嘉庚组织的回国慰劳视察团。他们参观后一致称赞申四、福五的西迁重建，"立秦宝工业之基础，为中华经济之先导"。

作家林语堂也到申四参观来了，他似乎对这里的一切都怀着浓厚的兴趣，他英文极好，时不时用英语和陪同他的过国忠对话。林语堂是福建人，口音很重，过国忠听不懂；过国忠无锡口音的国语，林语堂也听不懂。林语堂就干脆讲英语了。他带着照相机,拍了不少照,在窑洞里用了闪光灯。临走前,他从皮包里掏出两张唱片送给过国忠,是外国古典音乐。过国忠推辞不掉,就收下了。

林语堂是幽默大师,讲了不少笑话,让过国忠笑得很开心。李国伟请他向全体职员发表讲话。这位旅美作家盛赞申新的纺织品质量优良,用它做的中式服装保暖、舒适,并说将来中国的国际地位提高了,外国人也许不会穿西装领带,而会穿长衫马褂。这当然是林语堂式的"幽默"。后来林语堂写了《枕戈待旦》一书,其中特别记叙了申新四厂的窑洞工厂,说这是他所见到的"中国抗战中最伟大的奇迹。重庆及其周围有许多地下工厂,但没有一个在规模上超过申新的窑洞工厂。"他认为宝鸡的申新纱厂与"工合"是抗战以来最显著的伟大成就。

这本书在上海流传开来,荣毅仁得到了一本,给父亲荣德生看了。荣德生很高兴,书里有申四、福五的照片,特别是窑洞工厂的照片。荣毅仁看了,很吃惊,说:"大姐夫做了件大事,建了一个全国独一无二的地下工厂,与大地融为一体,融进了坚忍不拔的抗战精神。大姐和大姐夫把他们的生命也融进去了。"

荣德生让荣毅仁把这本书带到总公司的会议上。大家传阅着,神情振奋,荣鸿元说:"李国伟格局很大,像这种窑洞工厂一般人做不出来,也不敢做,这就是李国伟。今后你们不要对他说三道四了。他真沉得住气,有大将风度。"

又到一个春天,阳光明媚,天空湛蓝湛蓝,这是耕种的季节。农民穿上有补丁的白褂子,放羊的放羊,种地的种地。万物生长,沧桑的黄土高坡长着厚厚的绿草,充满着生机。忽高忽低的黄土塬,像一匹匹苍老的骆驼卧在荒山坡上,冒出了一些嫩绿的植物。白色的羊群低着头啃着这些嫩芽,嚼了一个冬天枯硬的干草,它们迫不及待地要

第十五章 黄土塬上的窑洞工厂

换口味了。渭河已解冻,稠黄的水缓缓地流着,浮动着破碎的冰片。

这一天,申四纺织厂来了两个不速之客,他们是丁光羽和赵雅安,俩人衣冠楚楚,都穿着呢子大衣。丁光羽大衣内是西服,赵雅安是旗袍,脚下是一尘不染的皮鞋。在工人眼里,他们像是前来参观的文化界人士,又像是有相当实力的商人。

他们和李国伟、章剑慧都是认识的。抗战之初,他们住武汉办事处招待所时,和钱雪元到厂里来过几次,李国伟请他们吃过饭。丁光羽和赵雅安与过国忠自然更熟,他们和钱雪元的父亲钱汉清以前在无锡、武汉就认识了。

丁光羽已改名丁正,他们先找李国伟闭门谈了一个小时。过国忠后来知道,他们夫妇俩已调到八路军西安办事处,这次来要订购一批灰色棉布和白色坯布,数量还挺大的,还要购买一批面粉。李国伟马上打了折扣批给了他们,是由西安一家物资公司出面签的合同。

吃饭时,过国忠和钱汉清陪他们在窑洞工厂的一个餐厅里吃的饭。厨师是无锡人,做了糖醋排骨、红烧蹄髈、清蒸鸡、炒鳝片、老烧鱼、八宝饭、炒韭芽等,都是地道的无锡本帮口味。猪、鸡、鸭都是厂里养的,蔬菜也是自己种的。这个季节,蔬菜只有炒韭芽。丁光羽和赵雅安吃得津津有味,延安的生活比较艰苦,伙食还可以,每天一斤粮食,以小米南瓜饭、小米粥为主,偶尔有大米和白面包子,蔬菜以土豆、白菜为主,一个月有二三次肉吃。到了西安办事处,因为经费紧张,伙食也是很简单的,但要比延安好很多。

今天桌子上摆着这么多家乡的美味佳肴,在延安时想都不敢想。他们饱餐了一顿。饭后,赵雅安掏出两封信,一封给钱汉清,一封给过国忠。

过国忠匆匆看完信,惊喜地说:"雪元要来长乐塬?专门来看我?"

"你想得美,她是陪苏联纪录片制片人罗曼·卡尔曼来长乐塬拍西迁工厂尤其是窑洞工厂,待一周左右。再到西安,拍西安的古城墙,

303

然后她再回延安。如果可以，你可以随她回延安，我们西安办事处给你开介绍信。"赵雅安说着，用询问的目光看着过国忠。

过国忠说："应该可以了，申四、福五都走上了正轨，窑洞工厂生产很稳定，李经理交给我办一个铁工厂，也办起来了。已经有十几台母机了，华栋臣从上海买来的。我该做的事基本上都做了。不相信，你问钱工程师。"

钱汉清说："小过做了不少事，他是李经理的得力助手，重要的事情都交给他去办，但他和雪元不能拖下去了。李国伟会放他的，他是说话算数的人。"

赵雅安笑了起来，说："延安知识分子不少，美女如云，钱雪元是当中出挑的一个，看中她的人不少。有一个延安出名的才子，燕京大学毕业的，也是鲁艺的，诗人，有才有貌，一直在追雪元。但她不为所动，口袋里放着你过国忠的照片。给不少人看了，也给诗人看了。可那才子还不死心。所以说，过国忠你再不过去，钱雪元早晚要被人抢走的，到时你懊悔莫及。"

过国忠听了有些感动，心想写些酸溜溜的诗，就想夺人所爱，没门儿！我和雪元可是青梅竹马。

钱汉清说："小过，这次你别犹豫了，李国伟一旦不放你，我去替你说。"

赵雅安笑着说："钱叔叔急起来了。"她又环视了一下窑洞青砖的墙和顶，说："这里的窑洞工厂，也传遍了延安，《解放日报》上刊登了报道，还发了照片。那照片是过国忠寄给雪元的，雪元提供给了报社。因为延安偏远，又没有重要的建筑和工厂，所以很少有日机来投炸弹，来过十多次，掷过几颗炸弹，什么也没炸到，后来就不来了。申四、福五有了窑洞工厂，也不怕日本人来轰炸了。"

过国忠说："我们厂区还有一些建筑，办公楼、发电间、锅炉房、库房都在外面，但都有掩护。发电间的建筑是圆丘形的，能承受万吨

第十五章 黄土塬上的窑洞工厂

重压,这是钱工程师发明的。日本人炸过多次了,发电间、锅炉房毫发无损。只是烟囱被炸了一小截,厂房炸塌了几间。日机来宝鸡、长乐塬很频繁,炸得很凶,窑洞工厂动都不动。一次黄炎培从重庆过来参观,李经理也是在这里陪他喝酒,正碰上日机来轰炸,几颗炸弹落在窑洞工厂顶上的厚黄土上,没有爆炸。黄炎培有些紧张,但李国伟若无其事,洞内果然太平无事,照样生产,工人都不当回事。外面炸塌了几间平房车间,办公楼旁炸出了一个坑。黄炎培看在眼里,到上海大肆宣传,说窑洞工厂固若金汤,荣家的人听了觉得很骄傲。"

一周后,在钱雪元和另一个警卫员的陪同下,苏联纪录片制作人罗曼·卡尔曼与摄像师团队分乘两辆吉普车从延安向长乐塬驶来。钱雪元穿了一身整洁的灰色军装,臂上戴着臂章,腰间皮带上扣着手枪。她摘下帽子,秀发在春风中飘扬,显得俏丽和干练。

这条公路是泥沙路,坑坑洼洼,弯弯曲曲,汽车开过时,卷起一股一股黄色的烟尘,并久久弥漫在空中。公路两边是高远和空旷的黄土高原,闪烁着炫目的阳光。陕甘宁边区的公路上有八路军队伍,也有开垦的农民,山坡上有一群群人在开荒。进入国统区要通过一道关卡,有双方军人站岗。钱雪元出示证件和介绍信,八路军岗哨表示已接到通知,允许通行。卡尔曼下车,亲自扛着摄像机拍摄关卡的情景。

在陕北的山山峁峁上,会传出信天游苍茫、悲壮、恢宏的唱腔,响彻蓝天白云间。到了关中,又会听到古老的高亢激昂、刚健、狂放的秦腔。过国忠曾在信中告诉过钱雪元,秦腔就起源于宝鸡的岐山和凤翔一带,起于西周,成熟于秦,故称秦腔。长乐塬的农民都会吼上一两段,他们都具有把调门拉得很高的本事,这似乎是一种族群的遗传。

钱雪元心情激动、兴奋,顺利的话,傍晚前她就可以见到过国忠了。她一路上和卡尔曼说笑着。卡尔曼已知道这位年轻优雅的鲁艺女军人兼他的翻译，在建有窑洞工厂的那个地方有她的男友。他看过过国忠、申四福五工厂及其周围风光的照片。

卡尔曼知道过国忠这次也要去延安，他是个工程师，照片上是个英俊潇洒的男孩子，开朗活泼，和钱雪元很般配。他们是幸福的一对情侣。谈话间，卡尔曼问钱雪元他们相识的过程，钱雪元直率地和卡尔曼说了。说到网球教练的事，卡尔曼笑了，钱雪元也笑了，笑得很开心。

卡尔曼为过国忠准备了一份礼物——一张毛泽东和自己坐在一起的照片，他的摄像师拍的。

空中突然响起了轰鸣声，钱雪元抬头一看，是几架日本轰炸机。它们显然已注意到两辆吉普车。那时，能乘坐吉普车的肯定不是一般人。钱雪元很机警，赶忙要司机停车下车，他们下了车，躲到山坡下一个废弃的破窑洞内。果然，日机朝着吉普车俯冲下来，钱雪元从来没有这么近距离见过飞机。日机几乎是贴着山顶飞掠过去，上面的红膏药旗清晰可见。飞机投下了两颗炸弹，吉普车中弹起火。

飞机飞走了，消失在空中。司机奔向吉普车，发现汽车正在燃烧，火势很大，很快就只剩下残缺不全的架子。钱雪元沮丧地对卡尔曼说："这怎么办呢？这里前不着村，后不着店，我们今天无论如何要赶到长乐塬……"

司机打量了一下说："前面有一个小镇，我们先走到那里去吃饭，然后雇两辆马车到宝鸡。"

他们一行人沿着公路走了起来。

申四厂区，正是吃午饭的时候，工人们成群结队拥向食堂。过国忠和钱汉清从办公楼里走出来。钱汉清兴冲冲地说："国忠，我估计雪元下午三四点钟就会到了，她能在这里待上三四天，然后陪苏联摄影师去西安。这次你要和雪元去延安了，有你在雪元身边，我也放心了。听说你让人在西安带了一副新的网球拍，还有一纸盒球。延安有打网

第十五章　黄土塬上的窑洞工厂

球的人吗？"

过国忠说："有，雪元在信上告诉我的，但不多，打篮球的多，还有踢足球的。"

过国忠说着，突然发现空中有十几架飞机向长乐塬扑来。过国忠说了声"不好，日本飞机来了"，就奔向铁轨上的那两节车厢，敲起了挂在车厢上的铜钟。侯士贞的防护队立即组织职工有序地进入窑洞工厂躲避。瞬间，日机已飞临申四上空，轮番俯冲投弹，几颗炸弹落在厂区内。顿时，爆炸声接二连三响起，火光冲天，山崩地裂。过国忠躲进经过伪装的铁皮车厢。然而，一颗炸弹恰恰击中了铁皮车厢，弹片飞向过国忠，他倒在血泊中，身受多处重伤。

窑洞工厂，爆炸声一浪高过一浪。工厂微微有些颤动，但安然无恙，机器、原料、产品、人员无一受到损失。李国伟环顾四周，问："过国忠进来了吗？怎么没看到他人啊？"

钱汉清说："我和他一起从办公楼出来去食堂，他发现了日本飞机，便奔向车厢敲钟。车厢旁有窑洞防空，他多半躲到那地方去了。"

李国伟站在窑洞口观察了一会说，火车车厢中弹了，惊呼："他不会躲进车厢吧？"

钱汉清扯开嗓子，大声喊道："过国忠！过国忠！"

没有任何回音，钱汉清表情紧张，他欲冲出去，被李国伟一把拽住说："钱先生，冷静些，外面太危险了，你这么喊，他听不见的，距离太远了。"

轰炸终于停止，日机飞远了。李国伟和钱汉清飞奔出去，后面跟着章剑慧、侯士贞等人。厂区还弥漫着浓烈的硝烟，食堂、几幢厂房损毁严重，两个车厢被炸得没了顶，一片狼藉。钱汉清发现过国忠躺在车厢地板上，伤痕累累，浑身是血。

钱汉清蹲下身，掏出手帕，很仔细地擦拭掉过国忠脸上的血迹。李国伟也蹲下身，大声喊着："国忠，你醒醒，国忠，你醒醒……"

307

侯士贞领着厂医奔跑过来，厂医检查了过国忠的伤口，伤口还在流血。厂医探了一下他的鼻息，用听筒在他胸口听了一会儿，对李国伟摇了头，然后迅速包扎了他的伤口。过国忠张开了眼睛，迷茫地看着李国伟、钱汉清和章剑慧，嘴角很艰难地露出一丝笑容。

李国伟对章剑慧说："章厂长，你安排车辆，送国忠去宝鸡的教会医院。"

过国忠摇了一下头，轻声说："不用了，我……我不行了……不行了，我胸口……胸口像压着一块大石头，我喘不过气来。"

李国伟："不会的，不会的，你治得好的。"

医生给过国忠打了一针止血剂。钱汉清轻轻抱起他，在他耳边说："国忠，你要挺住，雪元在来厂里的路上了，你们就要见面了，你一定要坚持住。"

一辆小卡车已停在车厢旁边，有两人抬着担架，钱汉清轻轻把过国忠放在担架上。过国忠喃喃自语："钱工程师，一副拍子，给雪元，我枕下……枕下还有一封信，她要来，没……没寄出……交给……交给雪元……"

钱汉清泪流满面："国忠，我知道了，我会给雪元的，你放心吧。"

李国伟说："医生，快送国忠去医院吧，别耽搁了，救人要紧。是我不好，把你留了下来，如果早去了那边，你就没事了。"

过国忠说："我不后悔，这段……时间，我很开心……"

过国忠说到这里，微微一笑，手臂无力地垂了下来，慢慢闭上眼睛，脸上带着不甘和期待的神色。钱汉清和李国伟大哭，众人悲哀得垂泪不止。

李国伟泣道："这么好的年轻人，就这么去了，我怎么向他远在无锡的父母，向钱工程师，向雪元，向毅仁交代啊！"

事出意外，丁光羽、赵雅安闻讯从西安赶来送别过国忠，也是来安慰钱雪元的。这个不幸，偏偏发生在他们即将重逢之际，这对钱雪

第十五章　黄土塬上的窑洞工厂

元来说，实在是太残酷了。当她乘着马车到达申四厂区时，她的目光第一时间是在迎接他们的人群里搜索。她很诧异，怎么没有见到过国忠的身影？另外，她的父亲钱汉清和赵雅安一脸哀伤，她已感觉到出了事，而且这事与过国忠有关。待赵雅安把真相告诉她时，她虽然有预感，但还是五雷轰顶似的受到沉重打击。

钱雪元在过国忠生前的卧室里见了他最后一面。他的卧室临时改成灵堂。他躺在棺木中，穿着一套西服，神态安详，像熟睡的样子。钱雪元在灵堂里献了一束野花，是她亲手采集的。父亲给了她过国忠生前没有寄出的一封信和一副网球拍。她没有号啕，大颗的泪珠在她悲痛的脸颊上滚落。她感觉自己是在做梦，她就像个梦游人，一切是那么不真实，一切又是毋庸置疑的真实。

第三天，长乐塬山坡上堆起一座新坟，那是过国忠的长眠之地。李国伟、荣慕蕴、章剑慧、瞿冠英、钱汉清等几百人肃立致哀。钱雪元把那副网球拍放在墓前。巨大的悲哀向她袭来，她扑倒在墓上，第一次哭出了声。

她哀泣道："过国忠，你怎么说话不算数，你不是要随我去延安吗？沈鸿在等着你呢，可是你冷冷地躺在这里一动不动。你说，你已成了真正的网球教练，要好好教我打球，那你为什么撒手离开我呢？你给我起来呀……"

赵雅安抽泣着，钱汉清老泪纵横，李国伟沉痛地低垂着头，荣慕蕴不住地抹泪。

丁光羽对钱雪元说："国忠这个人，天真又沧桑，在他身上最可爱的地方，就是他还拥有一颗童心，有一股切实可感的诗意，就像这片星空那般晴朗干净。你想念他的时候，抬头看看星空吧，过国忠是其中的一颗星。"

卡尔曼一行向过国忠陵墓敬了礼，然后把这一幕拍摄了下来。以后几天，钱雪元默默地陪着卡尔曼拍摄了窑洞工厂和发电厂房、锅炉房、工人夜校、养成所、T字形办公楼、工人宿舍等厂区建筑。卡尔曼把他的礼物放在过国忠的日记本里，钱雪元把这本日记和一本相册带走了。这个照相机是过国忠读高中时买的，拍了不少照。照相簿里有不少他自己和钱雪元的照片。照相机留给钱汉清了，他心里早已默认过国忠是自己的女婿。钱汉清继续留在了申四，经常去过国忠的墓前坐一会儿，望着无穷无尽的黄土高坡，心里充满了伤感。

李国伟下令立即建了个哨楼，里面挂着那个铜钟，每天派人瞭望天空，一有异常情况就敲钟。大家都称这个楼是忠（钟）楼。

李国伟、章剑慧等化悲痛为力量，埋头把工厂做大做强。而大形势也往对西迁厂有利的方向发展。战争与和平正在出现历史性的转折。

1941年12月8日，日本袭击珍珠港，太平洋战争爆发，英美等盟国对日宣战。在上海，日本军队当天就进占公共租界，将英美企业和在英美注册的企业均视为敌产，实行所谓的"军管"。荣家的申二、申九和合丰公司又落入虎口了。

上海局面复杂，总公司已自顾不暇，对内迁到重庆、宝鸡的厂基本不管了。

而太平洋战争的爆发以及日军占领东南亚国家，使日本的战线拉得太长。战争给日本带来了沉重的负担和消耗。日本国内的男人除了老人和儿童，都抽调入军，而妇女充当了主要的劳力，包括挖煤采矿这样的重活儿，都由妇女担当。

这一切使日军承受了极大的压力，对包括日本本土，我国东北三省、台湾和其他占领区的资源竭泽而渔，尽管如此却仍然捉襟见肘。日本国内百姓生活越来越不好过。兵源日趋减少、分散，日本军国主义势力深陷中国战场的泥潭，但日军对陕西、重庆的轰炸并没有减少，西迁企业的处境仍然是险恶的。不过，申四除了窑洞工厂不怕轰炸，也积累了不少经验，哨楼的作用是明显的，除此之外还采取了不少防范措施。

第十五章　黄土塬上的窑洞工厂

申四、福五生产欣欣向荣，但也面临资源紧缺的困扰，其中最突出的就是煤炭供给。陕西省的产煤区主要在渭北高原，生产和运输条件十分落后，仅有一两家配备一些机器动力设施，产煤量每天五十吨左右，主要供应潼关和西安。

陇海铁路是耗煤大户，陕西省要给机车补煤，工厂就顾不上了。申四、福五只能从外省的煤矿采购。1940年7月后，关中连续下雨近两个月，山洪暴发，冲毁了多处桥梁道路，对外交通受阻。连运输煤炭的陇海铁路自身也有断煤的危险。煤炭统管处对各工厂一律停止供煤，许多工厂只能停工。

申四、福五这次没有停工。秦岭山区生长硬杂树木，柴草和细竹竿长得也很茂盛。山民们砍下硬杂树木烧成木炭，割柴草卖给居民做饭取暖。在此之前，瞿冠英鉴于煤炭供应紧张局面，便已大量采购了木柴和木炭存储起来，以备急需。煤炭供应中断后，申西、福五的锅炉工把煤炭、木柴、木炭混合起来烧锅炉，救了工厂一时之急。

有些孩子盯上了以前运煤的火车货厢，在斗鸡台车站跳上车厢扫煤粉、火屑，运气好的话，还有整块的煤炭，开始还能扫上一筐半筐的，几次下来便扫得精光。有两个孩子很不幸，从车厢上摔下来后摔断了腿。

厂里通往十里铺街道的马路是用煤渣铺成的，里面掺杂着未燃烧尽的"煤核"，当地人叫"煤泡"。有人就在马路上挖"煤核"，果然挖出了几筐，人人满载而归。"煤核"比柴火耐烧，火头旺，不用花钱。开始只有几个人，后来，闻讯而来的人群拥到马路上，不到一天工夫，一条好端端的马路被刨了个底朝天，再也无法通行车辆。

工厂不得不派出马车一次次把煤渣拉出来铺上，再派人平整。可是，新铺的路很快就再次被人刨得坑坑洼洼。工厂再次用煤渣铺上，再用黄土夯实。侯士贞派人巡逻，还是有人偷偷地刨。不过难度增大了。这次厂里拉了掺上木柴和木炭混烧的煤渣垫路，拣不出什么"煤

311

泡"了，就再也没人来刨马路了。

李国伟听说后，叹了口气说："中国老百姓实在太苦了，连煤渣都当成宝贝了。"

李国伟决定集资三千万元开办煤矿，他邀请西安大华纱厂的石凤翔和另外的陕西士绅共同入股。石凤翔等欣然应允。大华纱厂被日机炸毁过，石凤翔重建，电机房、锅炉房也采用了钱汉清设计的圆丘形建筑。他们在白水县西固镇建了个煤矿，煤质地很好，火力强，但运输实在太困难了，采掘不到三千吨便停工了。此后，申四、福五用煤一直是紧巴巴的。李国伟、章剑慧、瞿冠英想尽了办法，尽力维护工厂的电机在能源危机中喘息，艰难地运行。

申四、福五的生产能力不断扩大，过国忠打下基础的修理工厂正式建成了铁工厂。李国伟聘请了一个叫李统劼的机器制造专家主持铁工厂。铁工厂用一年的时间，为厂里制造出了各式型号的钻床十台、工具磨床五台，各类型号的车床五十四台、牛头刨床十三台、龙门刨床五台、冲床二台和其他机床，总共有母机一百零二台。

1941年春天，荣一心与李国伟商定，把从无锡西迁到重庆的原公益铁工厂归申四接办，与申四的重庆修理间合并，改组为公益纺织面粉机器股份有限公司，李国伟任董事长，章剑慧任经理。他们还商定，以后用不着同时待在一个地方，可以在西南、西北各设一摊，遇到有什么事，通过电报联系沟通。重庆的公益铁工厂改建于江北的黑石子，占地三百六十亩，拥有各类机床设备近百台，工人四百余名。公益公司主要产品有疏棉机、面粉机和工作母机，还为成都一家面粉厂和甘肃油矿局面粉厂制造了全套面粉机设备。

这样，李国伟有了西南、西北两个铁工厂，能够制造出各种机器设备，这使他取得了极大的主动权。在日军封锁中国海运期间，申新在内地各厂所需机器及配件都由自己的铁工厂制造，不赖外供。

第十五章 黄土塬上的窑洞工厂

1942年8月，申四铁工厂试制出了第一台细纱机，经过试验，性能良好，接着又批量生产八台。同时修复了各种被损坏的机器设备，改造诸多陈旧设备，制造出了锭子、锭管、锭壳、罗拉、钢领圈、皮辊架等纺织机械的配件。细纱机制造成功，使李国伟信心大增。他决定自制纱管，与人合作集资五十万元，在申新四厂西北边征地十三亩，建立维勤纱管厂。此后，铁工厂除自造工作母机、修配纺织机和面粉机、电机配件外，还先后制造出纺纱机、自动织布机、清花机、摇纱机、面粉机及造纸机等机器设备。

基于自己建立铁工厂制造机器的实践，李国伟在亲笔撰写的《钢铁与国计民生》（发表在工合西北区办事处1944年5月出版的《工业月刊》上）一文中说："几年来，我们之所以能维持抗战，实在有赖于自力更生。""自经此次敌寇侵略的切肤之痛，国人已得深刻之教训，发愤图强，惟有自力更生……如何能达此目的，恐除积极培植工业人才及提倡机器铁工厂外，似无其他根本解决之途。"他希望政府能够重视工业的发展，使中国弱小的重工业发达起来，进入世界强国行列。李国伟对一个国家在工业化过程中优先发展制造业和重工业的见解是完全准确的，也是深谋远虑的。

清醒睿智、果敢自信、人文情怀、高屋建瓴，在荣家企业的管理层具备这种品格的人并不多，李国伟是其中一个。在极为艰难的条件之下，他挽救了工厂，重建了工厂。事实证明，他排除各种干扰西迁宝鸡是明智的选择。

正是由于李国伟这种理念，西迁到重庆和宝鸡的申四、福五即使分设两地也都能自力更生，虽然重庆是陪都，资源丰富，但他还是重点立足宝鸡。因为陕西是棉麦产区，日本侵略者的封锁，使陕西的棉麦量足价廉，加上劳动力价格相对较低，因而，在长乐塬的工厂虽然命运多舛，但最后还是站住了脚，并且发展势头很不错，其中开拓窑洞工厂是棋高一着。

313

几年中，为供应战时后方军民衣食所需，李国伟开拓进取，竭尽全力把经营范围从纺织、面粉拓展到其他领域。他在艾黎的"工合"组织和林继庸的工矿调整处的筹划下，筹建了陕西第一家造纸厂——宏文造纸厂，利用废棉生产各种纸张。造纸设备按林继庸提供的图纸，由申四的铁工厂制造。原来陕西只产手工生产的以麦秸为原料的土纸，而宏文造纸厂能生产道林纸、白报纸、打字纸、牛皮纸、火柴纸和包纱纸，弥补了陕西纸张市场的空白。此外，李国伟在天水投资建了一家面粉厂，还在煤矿、陶瓷和发电等行业有所拓展。

为解决交通运输困难，申新四厂建立了自己的运输队，购置了四十多辆卡车跑长途，自备几十条木船利用嘉陵江运输，配备有几十头骡马的大车队开展短途运输。申四由此成为内迁厂中企业组织最为完善的工厂之一。

到1945年初，申四、福五及下属各厂已经具备了可观的经济实力，积存美元和英镑外汇达三百多万元，黄金六千多两。他们早已还清了银行贷款，应该给总公司交纳的利润和股东红利一分钱都不少。宝鸡申新纺织公司已拥有纱锭三万枚、织布机三百七十八台，管辖着福新宝鸡面粉厂、宝鸡铁工厂、宏文造纸厂、申四陶瓷厂、白水县宝兴煤矿等工矿企业。申新四厂在形成企业集团的同时，还创办了许多系列企业：无锡西迁的公益铁工厂在重庆猫背沱及弹子石两地建设了两个工厂，厂名分别叫公协铁工厂和公益铁工厂；在成都创办了申四成都厂、建成面粉厂；在甘肃省天水县建立福五天水面粉厂和民康毛纺厂。

申四和福五在宝鸡十里铺工业区就拥有一千一百余亩土地，与在武汉时相比，工厂占地面积扩大了十倍。申四、福五成为陕西省最大的两家工厂。

由钱汉清设计，申四和福五给职工眷属建造了劳工新村和单身宿舍。1941年又开工建造一座三层的办公大楼，为防空袭，一楼设计成半地下室，宽阔的青砖台阶与二楼前厅相接，二、三楼办公。大楼前

第十五章 黄土塬上的窑洞工厂

方建有一个精致的梅花形喷水池，周围绿树成荫，颇有江南园林的风采。1943年4月14日，办公大楼竣工，李国伟在大楼墙壁上写下了这样一段话以鼓励工人们努力生产："环顾西南半壁，纱厂寥寥无几。无论前方将士，无论后方民众，均有赖吾等接济。在这紧要时刻，多增加一分生产就是多增加一分国力，我们应从速完成建厂任务，努力增加生产。"吴稚晖所书"福新申新大楼"六字被做成黑底红字匾额，挂在楼上入口处，后来又把这六个字书写到大楼顶端正面墙上。另外，还建造了一个礼堂，李国伟常请西迁到陕西的剧团和本地的戏班子来厂演出，还请一些名人来演讲。难得的人文气息使工厂颇有生气。礼堂紧挨着哨楼，哨楼是过国忠殉职后建造的。每天有两个人在哨楼上值班，上面架着高倍率的望远镜。瞭望者有了足够开阔深远的视野，能第一时间发现敌机的影子。一旦钟声响起，如一声声惊雷，不仅仅工厂的职工，就是厂外那一条街上的人们和塬上的农民都会警觉起来，立即躲避到安全的地方。

进入太平洋战争后期，战局出现转折，日本军队已顾不到陕西，对长乐塬的轰炸已基本停止，但李国伟还是一直保留这幢哨楼，以纪念过国忠等死难的同事。每每想起这些在不平凡的岁月中一起淬炼、奋斗的兄弟，李国伟就会向隅而泣。

1941年6月1日，李国伟在宝鸡成立了申四、福五、公益、建成、宝兴煤矿筹备处五公司总管理处，李国伟任处长，华栋臣、章剑慧、李冀曜为副处长。总管理处的成立，标志着申四、福五在大后方已自成体系，李国伟与荣鸿元实际掌控的上海总公司、荣德生父子另组的总管理处，形成了三足鼎立的局面。

荣家自荣宗敬去世后，并没有分家，这是荣德生坚守的一个原则。但在实际的家族企业管理上分成了三摊子，除了独资开办的厂之外，荣家老的企业，不管谁在治理，他们都占有一定的股份，在利益上是一致的。

李国伟除办厂外，还办了不少公益事业，比如办了小学和中学，名叫惠工学校。学校经费由迁陕工厂联合会成员厂分担，但申四福五、宏文分担了百分之八十的经费。校董会的董事长由李国伟担任，除招收职工子弟外，也招收当地居民子弟和难民子弟。惠工学校的校歌是："渭水滔滔，太白峰高，拥护着惠工学校。莘莘学子，朝朝暮暮，一刻儿光阴莫轻抛；艰苦朴素，吃苦耐劳，做一个现代英豪。渭水滔滔，太白峰高，拥护着惠工学校。"这首充满激情的校歌激励了一代又一代学子刻苦学习、奋发向上。

此外，李国伟在工厂附近修了路，开了面粉门市部、车辆修理铺、农具铺等店铺，其他客商也追随而来。各种商店如雨后春笋般涌现，逐步兴旺，形成了热闹非凡的一个街镇。后来有人来这里建房安家，人口猛增，烟火气日益浓烈。十里铺成为一个有近十万人口的小镇。李国伟不仅给原来暗淡的宝鸡县城供电，也给这个小镇通了电。这个小镇白天喧哗，晚上灯火华灿，附近山坳里的农民在农闲时白天、晚上常来这里凑热闹或设摊做点小买卖。一片偏僻萧瑟闭塞的黄土地，仅几年就大变样，这在战时确实是很少见的。

十里铺的城镇化，毫不夸张地说，是李国伟奠定的基础。一个火车站和一个三千多人的现代化工厂造就了一个小镇。蒸汽机的烟雾和纺机的轰鸣等工业元素，在一定程度上改变了带有原始含义的生活方式和社会秩序，于是封闭被打破了。虽然高坡上窑洞里的农民依然是贫苦的，但他们的见识与过去完全不同了。工厂这一新的事物让农民认识到庄稼、牛羊和热炕头不是他们生活的全部。

1943年元旦开始，"迁川工厂产品展览会"在重庆牛角沱生生花园举办。十五天中，从早上到黄昏，展会现场都是人山人海，吸引着社会各界的目光，至少有十二万人前来参观，赞誉声充满了当时的报纸。它成了抗战以来这座山城给人印象深刻的一个盛大节日，让人精神振奋、激动。参加展览会的共有内迁的二百多家企业，展出的产品品种繁多，包罗万象，可以说应有尽有，与民生有关的大大小小的工业品几乎都在展览会上露面了。

当时，担任这个展览会主任委员的是胡西园，委员包括刘鸿生、吴蕴初、颜耀秋、李烛尘、胡厥文等。他们都是上海西迁的先行者。胡西园称，这是迁川工厂经过四五年努力，克服重重难以想象的困难才苦干出来的成绩，这次展览会是对迁川工厂生产能力的一次大检阅、大展示。胡西园和冯玉祥在展览会上相遇，冯玉祥专门为亚浦耳灯泡厂题写了"为国争光"四个字，还合影留念。

展览会给国人带来了震撼、鼓舞和信心。他们没有想到，经过日本侵略者的摧残，中国民族工业的自愈能力还这么顽强，而且恢复得这么快，并且在日机轮番的轰炸下，用残缺不全的机器设备生产出这么多样的品质优良的产品，正是这些工业品支撑了大后方国民的需求并增强了抗战的实力。国民党政要林森、居正、于右任、孙科、何应钦、白崇禧、陈诚、陈立夫、张公权等人，张澜、沈钧儒、史良、沙千里等民主人士，英国驻华大使卡尔、苏联驻华大使潘友新、澳大利亚驻华公使艾格斯等人都前往参观。他们都题了词，赞扬西迁工厂成绩斐然、硕果累累。

中共驻重庆的代表周恩来、董必武、邓颖超也参观了展览会，并题了词。周恩来题写了这样一段话："民族的生机在此。我的感想是：一、政府应以主要的人力、财力一部分支援民族工业；二、人民应以投资民族工业、服务民族工业、使用国货为荣；三、厂方专家应不计困难专心一志，务期一物一业得底于成；四、民族工业的基础在重工业，而重工业的成果却不能短期得见，故必须以政府与人民的全力助其成。"

各路媒体纷纷以大幅版面对这次展览会进行广泛报道，并发表评论。《新华日报》的社论称："这个产品展览会是厂家和职员工人四年来奋斗的成果，也是他们用血汗滋培出来的好花。"

申四、福五也拿来了产品参加展览会，主要是公益铁工厂生产的工作母机以及棉纱、布匹、面粉，许多参观者对申新的产品给予了好评。还有人留言：我们更想看一看宝鸡的窑洞工厂，这是黄土高坡上的奇迹。

在民营企业的这次展览会以后，"官营企业生产展览会"也在重庆展出，蒋介石亲临这个展览会。胡西园说："一官一商，两个展览会迥然不同。"虽然官营企业生产展览会展出了一些现代化产品，也不能说没有一点成绩，但这位一辈子与灯泡打交道的"灯泡大王"，一眼就发现其中一些高级产品不过是外国产品改装的。如两千瓦以上的电灯泡大部分是外国产品的改装品，并非自己生产的。其他新型特种电灯泡几乎都是外国产的，有的连外国商标都没有清除干净。再如，收音机、仪器等也是用成套的外国进口配件拼装起来的，并没有创新价值。品种也比较单一，乏善可陈，与"迁川工厂产品展览会"的丰富无法相比，这是值得民营企业骄傲的地方。

如李国伟的宏文造纸厂，用废棉做原料，生产出来的纸张，既品种齐全，质量又好。纸张看上去不是重要产品，但处处少不了它。李国伟的纸厂生产的包棉纸，原来是专门购买的，现在用自己生产的纸包棉纱，既好用，又节约了成本。这就是创新。

周恩来在"迁川工厂产品展览会"的题词意义深远，击中要害，实际上是有所指的。这些高瞻远瞩的意见，是对当时西迁企业发展极为深刻的见解。

西迁企业的产品展览会，表明随着工厂的西迁，西南和西北的经济进入了一个发展期。但一个无可争辩的事实是，本来就发育不良的中国民族资本在战争中饱受创伤，而国营资本及官僚资本的地位得到空前的强化。为战争服务的重工业成为投资重点，周恩来所说的民生产业几乎被完全忽略。官僚资本凭借自己的优势，吞噬民营企业的现

第十五章 黄土塬上的窑洞工厂

象绝非个别。

火柴大王刘鸿生在上海名噪一时，叱咤风云。上海沦陷后，日本人逼他出任上海商会会长，他拒绝接受。但他知道拒绝的后果，当晚便乔装打扮，出走重庆。他在上海的十多家工厂落在日军手里。

到了重庆后，蒋介石宴请刘鸿生，宋子文、孔祥熙等官僚资本家拉拢他，承诺帮助他在后方办厂，国民政府会在原料和资金两方面扶持他。刘鸿生信以为真，决定在内地筹建毛纺织厂和火柴原料厂。但他的机器设备还在上海浦东，于是他派儿子刘念智偷偷潜回上海，拟拆迁浦东章华毛纺织厂的机器。刘念智重金雇人买通了一个日本少将，将毛纺机器从浦东偷运至浦西，再运进租界。

刘念智接着花了五十万元把五百吨纺织、印染设备及器材分批运抵缅甸仰光。可是到了仰光，却怎么也运不到重庆。刘鸿生从蒋介石待从室弄到"予以紧急启运"的委员长手谕，可是由孔祥熙和宋子文家族控制的西南运输公司忙着运紧俏物资，从中发国难财，顾不上替刘念智运输这些机器设备。

刘念智只好购买了十二辆卡车，自行运输，车队终于抵达云南边境，只要进入内地，那里到重庆并不遥远。可西南运输公司以私运物资为由，就是不让刘念智入境，这一拖就是两年。1943年，日军侵占缅甸，占领了刘念智车队停留的缅甸边城腊戍，所有设备连同卡车被日军掠夺。刘念智逃入原始森林，死里逃生回到重庆。

刘鸿生知道凭一己之力，在重庆难成事业。迫不得已，他投靠了孔祥熙，当上官办的火柴烟草专卖局的局长。虽为局长，只是官僚资本家的跑腿而已。在上海住花园洋房、过惯豪华生活的刘鸿生，当时已与常人无异，住简朴的普通宿舍，步行上班，在几百级石阶上爬上爬下。经常在小食店吃碗阳春面或一碟生煎馒头，有时吃几块糕点就当作午餐。后来，孔祥熙让他在西南和西北办起了毛纺织厂、洗毛厂、火柴厂和氯化钾厂。但刘鸿生只占百分之二十的股份，其余为国有资本或官僚资本，企业的重要决策他说了不算，要听孔祥熙等人的。刘鸿生感叹地说："在上海，我是大老板，到重庆，变成小伙计了。"

抗战期间，孔祥熙一度对善于经营的卢作孚的企业产生了兴趣。有一次民生公司邀请孔祥熙去演讲，孔祥熙向卢作孚提出，希望由中央信托局对民生投资二百万元。当时民生的总股本为七百万元，孔祥熙一旦进入，无疑将成为较大的股东。卢作孚大骇，急忙找时任交通部部长的张公权。张公权又转托交通银行董事长钱新之，婉转向孔祥熙说明，民生是一家纯粹的民营企业，由纯粹官办的中央信托局大量投资似非所宜。如果民生需要财务上的帮助，也应由商业性质的中国银行及交通银行适当投资为宜。

孔祥熙当然知道这是卢作孚在婉转拒绝他。卢作孚在四川人脉关系根深蒂固，宜昌抢运厥功至伟，民望甚高，且长期担任交通部副部长、军委会水运处处长，大小也有一官半职，所以孔祥熙没有强制他就范，只能放下这个计划。

不过，此后卢作孚到银行钱庄贷款变得很难，显然孔祥熙暗中做了手脚。一次，孔祥熙要民生公司主要股东的名单和股份表，设法上门收购民生股份。卢作孚获悉后，马上要财务部门对股权交易过户严格控制，孔祥熙此计又未得逞。最后，孔祥熙又看中了民生公司一幢很气派的办公大楼，在中央银行的隔壁，要卢作孚将大楼转让给中央银行。卢作孚知道这次拗不过孔祥熙了，只得无奈地将这幢办公楼拱手让给孔祥熙，孔祥熙才作罢。

这样的情况让民族资本家感到寒心。林继庸曾多次劝导李国伟："千万不要轻易吸收国有资本和以某些高官为背景的资金，否则，你的厂就有可能变成他们的了，刘鸿生就是一个教训。"

李国伟说："我不怕日本人明火执仗地轰炸、抢掠，但怕官方的人以国有资本的名义下黑手。"

第十五章 黄土塬上的窑洞工厂

时间过得很快，李国伟和夫人荣慕蕴结婚已经二十五年了。1941年 10 月 10 日，他们在宝鸡长乐塬纪念了俩人的银婚。远在上海的几个孩子赶来了。陇海铁路和申四、福五的许多老同事和亲友都前来祝贺。由于是在工厂重建期间，条件简陋，时局动荡，李国伟只是借此机会，以简朴的仪式向妻子表达心意和答谢。

这一年，李国伟四十八岁，年近半百，事业有成。尤其内迁使得武汉两厂重新崛起，千辛万苦换来了新的成功，勋业卓著，得到了大家的敬重。岳父荣德生特致函表达贺意。对于妻子，李国伟是很感激的，二十五年来，妻子慕蕴一直陪伴他、扶持他，任劳任怨，和他风雨同舟，事业上无法分担，就在精神上给予勉励和支撑，生活上给予体贴入微的照顾。慕蕴教子相夫的贤淑也深得大家尊敬。在宴席上，李国伟恭恭敬敬向妻子敬酒三杯，一切尽在不言中。

对于丈夫的心意，慕蕴自然心领神会。她佩服丈夫的人品和器局，在处世上大气、有胸襟，受了委屈，他能忍则忍，有君子风度。和岳父相隔千里，事事尊重老人的意见，与其说是服从，不如说是孝顺。他知道岳父是好心，虽然有时对岳父的意见不太苟同，也尽量不去违拂，能顺从尽量顺从。即便企业发展了，成功了，他也不认为有了炫耀高傲的资格，不会热衷为别人指点迷津，更不会因此沾沾自喜，变得目中无人。他在岳父面前，在妻舅面前，总是保持着谦卑的态度。

1946 年 4 月 25 日，荣德生乘车去上海总公司办事途中，被绑匪绑架，绑匪勒索赎金五十万美元。消息传来，李国伟如雷轰顶，慕蕴更是忧心如焚，日夜哭泣。李国伟二话没说，立即派人到银行提美元二十万，装了满满一皮箱，亲自携带，到镖局雇了两个镖师，乘飞机到上海，交给荣尔仁。荣尔仁感动得半天说不出话来，低喃道："雪中送炭，雪中送炭啊！"

夫妇俩和来宾的合影留念，是庆祝活动中一项重要内容。可选择何处合影颇费心思，景致很多，黄土高坡、窑洞工厂、渭水河边……

最后他们选中了轨道上的那辆机车，他们坐在火车头前面，和孩子、亲友及同事们拍摄了一张纪念照片。这是很有深意的，既寓意李国伟曾经是一位铁路工程师，又象征申四一开始用火车头驱动发电机，当然，还有像火车头那样继续向未来奔驰之意。当时过国忠还在，这张照片是过国忠拍摄的。

李国伟对这张照片特别满意，在照片正反面写下自己的感受：

余幼读诗书，长习建筑。每遇登临，辄怀兴利防患之志。荆室慕蕴，能甘勤苦，结缡以来，倏忽二十五年矣。回忆已往，兵乱水灾，继之抗战。避难西来，迄无宁居桢诸。

亲友同心勠力，根植异地。迁至宝鸡，度此银婚。爱摄斯影，以留纪念。

今者万方多难，世变正殷，所望群策群力，利国利民，启发西北、西南之农工矿牧，以补同富于万一。

它日金婚，世界升平，无负此生，共庆郅治。谨述数言，庸祝来兹。

民国三十年，岁次辛巳，十月十日李忠枢李国伟谨识。

第十六章

『我们在割稻子』

大西迁

日本军国主义对中国发起的侵略战争，使我国的老百姓陷入史所罕见的灾难。日军攻占上海后，兵分三路杀向南京，沿途大肆烧、杀、掳、掠、奸，无恶不作。整个富饶、繁华、秀丽的苏南遭到了残暴的血洗、蹂躏和劫难，成了一片焦土。侵略者的罪行可以说罄竹难书、天理难容，手段之残忍，后果之严重，人神共愤。

事实上，日军自从登陆中国领土之时，即已暴露了其毫无人性、凶恶邪淫的本性。在日军刺刀下死伤的苏南人不计其数。有人粗略统计，绝不少于南京大屠杀三十万人这一数字。从这个意义上看，台湾学者认为日本侵略者的罪行不仅仅是在南京一地，在苏南苏中的长江三角洲都是罪恶滔天，所以应该称为"长江三角洲大屠杀"，这是名副其实的。

日本人的暴行造成的恶果之一就是，以种田为生的农户被杀的被杀，逃亡的逃亡，以致十村九空，除了游荡的野狗野猫，已基本见不到人影了。日军入侵时正是稻子即将成熟的收获季节。成片的丰收的稻谷无人收割，这些被农民视为命根子的粮食，不少被白白荒废了。有"天府之国"之称的四川盆地，还有西南西北等偏僻地区，无不受到日机的扫射和炸弹的袭击，农民因此不敢下田收获庄稼。有一些勇敢的农民冒死收割稻子，但难免不被日军机枪射死。中国当时是个落后的农业国，如果耽误了农收，意味着会出现粮食危机，军队和平民都会因为缺粮而遭受饥荒。

曾担任日本中国派遣军副参谋长的今井武夫回忆说："从上海到松江这三十里路程的范围内，宛如一片沙漠，但见未经收割的熟稻，倒

第十六章 "我们在割稻子"

在地里发霉,焦黑的废墟,毁灭的村舍,点缀着沿途的景色。"

本人拙作《租界》中,也对荒废的稻田进行了描写:不错,上海郊外平坦而富饶的原野已寥无人烟。成熟的庄稼已到收获的节令,依然一片片长在田地里,或倒伏在地,无人收割。只有麻雀、青蛙和鸣蝉对战争一无所知。麻雀在白天会成群地到稻田里抢食,夜晚,青蛙和知了成了主角,蛙鼓蝉鸣鼓噪一片。

面对这个局面,一部分内迁学校的青年学生提出来不怕空袭,到当地农村帮助农民收割已经成熟的稻子。他们的行动得到了各界人士的响应,纷纷到乡下收割稻子。此举的目的在于为抗战准备粮草,成了一股潮流,从深层次而言体现了一种抗战精神。

到后来,"割稻子"成了象征用语,代表了中国人民不畏强暴的坚毅精神和不甘示弱的民族气节。在1937年底到1938年民族命运最为危急的时候,虽然人心浮动,但人们还是不废所守,抛弃私利,着眼于抗日大业,坚持以身殉国的精神——"割稻子"。在实业界,爱国企业家的内迁决心与热情从未动摇;在教育界、文气界等,有识之士在大后方不屈不挠地进行着救国救亡的斗争。

《大公报》为此写了篇题为《我们在割稻子》的社论,全文如下:

早稻已熟,农村正忙收割。今春本有旱征。入夏连得透雨,迄今乃获丰登。正在这时候,敌机频频来轰炸我后方城市。据敌人广播,自上月以来,内地天气不良,迄本月八日据报内地天气恢复,于是乃于昼间或月光之下,空袭重庆数十次云云。如此说来,敌机来袭扰重庆最繁之时,市民们每天的大部分时间在防空洞内生活,我们曾问过一个市民:"下雨好吗?"他们连连回答:"要不得!要不得!我们在割稻子!"这匆促之间的答复,真是理智极了,也是正确极了。重庆市民的理智是:宁自己忍受防空洞里的避难生活,而不希望老天下雨。

因为雨天虽能阻止敌机来袭，而田中待割之稻却不免因霉湿而发芽。就在最近的十天晴朗而敌机连连来袭之际，我们的农人，在万里田畴间，割下了黄金之稻！

在这一段空袭期间，东京各报大肆宣传，以为是了不起的战绩。然事实证明，敌机尽管卖大力气，也只能威胁我少数城市，并不能奈何我广大农村；况且我少数城市所受的物质损害，较之广大农村的割稻收获，数字的悬殊何啻霄壤？由福建两广赣湘黔滇以至四川，这广大区域的早稻收获，敌机能奈之何？所以我们还是希望天气晴朗，敌机尽管来吧，请你来看我们割稻子！抗战至于今日，割稻子实是我们的第一等大事，有了粮食，就能战斗！

敌寇真是无聊！它原是小本经营，侵华四年，已甚蚀本，现在又入轴心之伙，想做大生意。它为了配合盟兄的需要，于是占越南，窥泰国，作南进之势，以牵制英美；调兵东北，后北进之势，以威胁苏联。但经英美警告，止于顿兵泰边；苏军在西线既能力阻强德，它的北进之师亦遂趑趄不前。那么，它将全力侵华吗？其实它已将较强的部队抽调出去，去点缀南进北进的姿态，而把国内老弱预备役调来中国填防，所以也没有进攻的力量。近来各战场之无大战事，就是这种原因。如此说来，敌寇南进不得，北进不成，西进也无力，那不是吊起来了吗？敌人的确吊在这种景况之下。但是它要表示还有力量，还在作战，就只有调遣这些架烂飞机来空袭重庆及其他后方城市，借此作东京登报的材料，以欺骗人民，夸耀国际。所以我们说敌人这一向的空袭攻势，是"政治的帮闲，军事的自杀"。就这一有限的本钱，为点缀场面而消耗，看它将来怎了？

讲到敌机对于城市的威胁，说穿了也不过这么一回事。敌人说它这次空袭重庆是"疲劳轰炸"。我们是生活在重庆的，经过敌机的连连轰炸，还不照样做我们的工作？最近的所谓"疲劳轰炸"，的确疲劳了体质较弱的妇孺，有的妇人坠了孕，有的小孩着了凉，更有许多平民失掉了住居。残暴而无耻的敌人,你们给我们的损害不过如此而已!至于一般壮汉,他们谁也未曾少做一丝半点的工作。三年来的经验,已使重庆人学会怎样在敌机空袭中生活,人们既不曾因空袭而停止呼吸,而许多工业照样在防空洞中从事生产。就拿本报的情形来说,在我们的防空洞内,编辑照常挥笔,工友照样排版,机器照样印报,我们何尝少卖了一份报?

话说回来,让无聊的敌机来肆扰吧!我们还是在割稻子,因为这是我们的第一等大事。食足了,兵也足;有了粮食,就能战斗,就能战斗到敌寇彻底失败的那一天!

这篇社论的背后有着一段动人的故事。

1941年8月中旬,中国最重要的新闻评论家、《大公报》主笔张季鸾病情恶化,危在旦夕,接替他主持该报的王芸生在重庆郊区的张宅日夜相陪。在此前的两年多里,重庆作为战时的政治中心、经济中心几乎是在空袭中度过的。

当日,日机再次对重庆进行了日夜不息的"疲劳轰炸",已奄奄一息的张季鸾对王芸生说:"我们应该想个说法打击敌人。"王芸生说:"敌机来了,我们怎么可以用空言慰国人打击敌人呢?"

张季鸾强撑着坐起来,兴奋地说:"我们报道了许多学生、市民冒着敌人的轰炸,为农民割稻子。国难当头,我们不能让稻子化为灰烬。我们要抗争到底,今天就写文章,题目叫'我们在割稻子'。"

于是,王芸生写下了上面这篇著名的文章《我们在割稻子》。此文于8月19日刊发后,影响甚广,传遍大后方和沦陷区。文章以凛然正气和乐观向上的英雄气概激励了国人抵抗日本侵略者的斗志。风雨飘摇中,国人读懂了这篇文章,"割稻子"是一种不屈不挠的精神,它的意义超越了金黄色的田野,泛指每个行业、每寸国土、每一件事。正是凭着这股"割稻子"精神,中国人以各种形式和敌人进行艰苦卓绝的不屈战斗。

其中，西迁的企业家群体不甘人后，冲锋在前。他们在跌宕的年代里创造物质财富，赋予自己的生命新的意义。

尽管范旭东的精盐、纯碱和铔厂相继为日本人所掠，但他还是尽可能把能搬迁的设备内迁到四川。1938年9月18日，也就是"九一八"纪念日当天，范旭东新建的久大盐厂在自贡宣告成立。次年，永利和黄海化工厂也在五通桥重新建成。为纪念天津塘沽本部，范旭东将五通桥改名为"新塘沽"。在重庆久大、永利联合办事处的墙上，挂着一张塘沽碱厂的照片，范旭东亲自在上面写了"燕云在望，以志不忘"八个字。他常常在照片前伫立，并对同事说："我们一定要打回去。"范旭东还率领二百多名技工入川，在自流井推广德国的晒盐卤技术，此举大大增加了盐卤的浓度，降低了成本，对四川盐业发展影响极大。

值得一提的是化学专家侯德榜，潜心研发制碱技术，巧妙地将合成氨技术与制碱工业结合在一起，用同一套工艺流程生产出纯碱和化肥，提高了原料利用率，实现了生产的完全连续化，开辟了世界制碱业的新途径，使西方炫耀了半个多世纪的"苏尔维法"和"察安法"相形见绌。

女工程师丰云鹤，相继留学美国、德国，获博士学位。抗战爆发，她毅然决然飞回祖国，在重庆办厂，从肥皂液中提炼甘油以制造炸药；又以麻纤制成丝棉一样的物料，以补棉布之不足。国民政府主席林森参观后，赞不绝口，命名为"雪里春"。

不少爱国实业家不仅是第一流的管理人员，也是第一流的专家。如李国伟，他因地制宜，依靠陕西厚实的黄土地开辟了窑洞工厂，是震撼全国的创举，也是"割稻子"精神的典范——你炸你的，我干我的，你投掷多少炸弹，也奈何不了织机的转动。纺织专家穆藕初发明了"七七纺机"，一人可以同时纺三十二根线，十小时出纱二斤，相当于一点四个纺锤，生产效率大为提高，被大力推行。

第十六章 "我们在割稻子"

范旭东的事业没有恢复到战前的规模，但他在重庆建立了一个化工区，他的盐碱公司也像李国伟那样历经重重困扰。但范旭东冒着被炸的风险，坚持不懈地开拓、生产，为大后方提供了不可缺少的盐碱产品。

吴蕴初是最早做出西迁决定的，在经过无数的周折以后，他的天厨味精厂、天原电化厂、天盛陶器厂都在重庆重建，天原电化厂还在宜宾办了分厂。与当年在上海创造"天"字号系统的企业一样，这一次，他同样创建了味精工业、化工基本工业等"天"字号系统。到后来，天原电化厂产量日益增加，每天生产烧碱四至八吨，盐酸二至四吨，漂白粉三至六吨，大后方的市场消化不了，要设法推销到沦陷区。

1943年11月，在桂林举行的展览会上，天厨味精重庆厂生产的味精、糖精获得特等奖。吴蕴初的名声传到了新疆，这年盛世才邀请他去办化工厂。次年7月31日，他以天原电化厂的名义和新疆省政府签订了合办天山电化厂的合约。8月下旬，他拟订了一份天山电化厂的生产计划草案。他认为新疆蕴藏着丰富的食盐资源，取之不尽，用之不竭，加以利用，就可以制成有关国计民生的工业原料。这是他无比欣慰的一笔，不亚于当年他捐的"天厨号"飞机。

刘国钧在重庆和卢作孚合办纺织厂。1938年初，两家的合作已进入实质性阶段，议决了厂名、股本额，成立了筹备处，确定了筹备委员会和正副主任。之后，武汉隆昌染厂机件由民生公司运来重庆，愿参与刘国钧和卢作孚的合作。三家商定合作办法。股本由三十万元增至四十万元；其中，刘国钧的大成公司、民生公司的三峡各占十七点五万元，隆昌五万元。合股后的新公司被命名为"大明染织股份有限公司"。卢作孚为董事长，刘国钧为总经理，工厂的管理和技术人员都由原大成厂的人员充任，厂长为原大成厂的工程师查济民。

这个厂实际上是刘国钧挑了重担。1939年2月，工厂正式开工。

它是重庆当时最大的棉纺织厂，大后方数一数二的染织厂。民生在运输和销售上出力不少，产品畅销大后方，利润丰厚。刘国钧经验丰富，卢作孚对他很信任。他们携手解决了资金、原料的问题，工厂运行得井井有条。刘国钧雄心勃勃，不断扩大工厂的规模，淘汰老旧设备，到1944年大明安装了一千余枚纱锭。到1945年初，全厂合计拥有纱锭六千七百枚，日产二十一支棉纱十五大件；自动化织机四百台，日产布四百多匹；漂染、烘干、烧毛、拉伸、折布堆码均机械操作，工人增至千余。

刘国钧对抗战胜利后的发展早有计划，踌躇满志。他就战后振兴中国纺织业写了《扩充纱锭计划刍议》，认为"纺织一业，为我国各种工业中最重之部门，于国计民生关系甚切，较之其他工业相需尤殷"，提出十五年内至少要增加纱锭一千万枚，分三期完成，为此要积极开拓国外市场，扩大纱布产品的销路，换取外汇，添置新源。刘国钧对资金来源和筹集方法、棉区建设、设厂区域、棉种改良、纺机来源、专业人才培育、企业组织制度以及如何估算利润及社会收益等，都提出了自己的看法。

但刘国钧也做了一件傻事。在重庆的五年中，他心里充满了乡愁，经常思念他的家乡常州。那里有他的住宅、已搬走设备的厂房和许多亲朋好友。他甚至想听听乡音，再吃几块常州再普通不过的小吃——麻糕。他决定悄然回一趟常州。

刘国钧经香港飞往上海，再从上海到常州。他不敢住在家里，而是住在旅馆。当天，就有人敲门而入，说是一个朋友请他吃饭，他们领他去。刘国钧不信，因为没有人知道他回常州，连兄弟姐妹等亲人都还不知道。那伙人不由分说，架起刘国钧就走。他被关进一间乡下的黑屋子，这是一起绑票。原来他下火车时就被盯上了。那伙人关了刘国钧两天，敲诈了五十万元钱。刘国钧开了一张支票，让他们去常州的银行支取。这笔钱是用来购买机器设备的，那伙人取到了钱，就把他放了。刘国钧连夜赶回上海，待了几天后，绕道回到重庆。

由于日本人控制了长江中下游，卢作孚民生公司船队的活动空间受到了极大的限制，中下游不能去了。但川江在等着他们驰骋，大后方的运输任务是极其繁重的。

卢作孚的民生公司承担了运送军队和军品、转运战略物资、内迁企业机器设备等业务。运单之多，让民生公司应接不暇，但因运价压得较低，利润严重下滑。

卢作孚仍顺势而为，他的船队冒着连天的炮火，在长江曲折艰险的湍急江面上和后方的各支流破浪行驶。他们已积累了一套应对日军轰炸的经验和办法，在"割稻子"中扩展，大小客轮、货轮从战前的四十八艘最多时增加到一百一十五艘。

卢作孚意识到公司的命运不能吊在运输这一棵树上，他追求多种经营，尤其是参与实业，以合作、合资的方式投资其他行业。在与大成、隆昌合资办纺织厂之前，卢作孚已和大鑫钢铁厂合作，总资本五十万元。大鑫以其迁川机器、五金材料作价二十五万元为股本，民生以运费七万元、现款十八万元作股金。卢作孚任董事长，大鑫派任经理与会计主任，民生派任协理与稽查。

另外，卢作孚民生公司下属有民生机器厂，在西南算是大厂。但相对于抗战时期的大量运输需求，其造船能力还是不足。周恒顺机器制造厂是武汉历史最久、规模最大的一家机器厂，其生产能力和技术水平在武汉民族资本机器工业中是有名的。卢作孚在1938年协助周恒顺机器厂西迁重庆过程中，和厂主周仲宜洽谈，希望能与之合作，可为民生修船和造船，费用照算，这样肥水不外流。

周仲宜了解卢作孚的声望和人品，也了解民生公司的实力，所以乐意和民生合作。民生机器厂和周恒顺机器制造厂合资生产，双方各投资二十五万元。周恒顺机器厂作价二十五万元，民生以运输费和保险费十五万元另补现金十万元入股。民生机器厂聘请了周氏家族人员、技师周茂柏来管理。在周茂柏主持下，1938年大修船只三十二艘，小修八十八艘。1939年修理的中小船只有十余艘，新造轮船四艘，施救损伤严重的轮船数艘，修复的有两艘，改造新购的船舶三艘。

此外，民生公司下属的天府煤矿还与中福公司合作开办煤矿。中福公司位于河南焦作，其采矿设备比较先进，而民生的天府煤矿设备落后，井下以油灯采光，人力挖煤，铺设木轨或铁板，用竹车将煤运出，已经比一般土煤窑用竹箩筐吊运先进了。在管理方面，民生公司将煤窑出租，叫"租客制"，承租人招收回乡人采煤，农闲时农民大批涌进，农忙时陆续回乡，造成煤炭生产不稳定。经过中福公司总经理、矿业专家孙越琦与卢作孚会谈，即决定中福公司与天府煤矿合作，更名为天府矿业股份有限公司，资本一百五十万元，双方等额投资。

此后，在民生公司协助下，将中福公司上千吨物资由河南运入四川。经过双方精诚合作，新天府煤矿基本实现了机械化生产，安装发电机，用矿灯代替"亮油壶"（土陶制油灯）并改变用工制度，形成了一支四五千人的专业队伍，成为当时后方唯一的大型煤矿。到1945年，产量比旧天府月产四千吨提高十倍多，高达四十五万吨，供应了重庆全市用煤的一半以上。

卢作孚立足运输业，深度参与其他行业，显示了他卓越而非凡的远见和创新精神，他目光如炬，世事洞明，然而做事为人又是那样的纯粹。在七八十年以后，卢作孚被习近平总书记赞誉为"爱国企业家的典范"。

具有"割稻子"精神的人物绝不仅仅只有以上几个，他们是整个西迁企业家的代表人物。战前的中国西北、西南地区基本上没有什么近现代工业，称其为工业荒芜之地也不为过。随着西迁工厂的到来，它们像一颗颗火种在这片土地上形成了燎原之势，西部经济进入了一个发展期。从整体来说，西迁企业家都知难而进，在动荡中重建工厂，在夹缝中求生存求发展，像割稻子那样，收获不少。几年下来，这些厂都站住了脚，在当地形成了工业区。

至1941年，各地内迁企业增至六百三十九家，涉及机械、纺织、化学、文具、电器、造纸、矿业、面粉、钢铁等行业。其中，迁入四川二百五十四家、湖南一百二十一家、陕西三十三家（其中延安六家）、广西二十三家，其他省份二百一十四家。在战时，国有企业特别是兵工企业和官僚资本乘机扩张，甚至排挤和兼并民营企业。孔、宋、蒋、陈四大家族大发国难财，拼命垄断和猎取资源，控制公路、铁路等重要设施，使经济呈现出一种无序性和混乱。民营企业虽然苦苦挣扎，仍受到官僚资本的忽视和不公正的待遇。

民营企业，特别是西迁企业，它们并没有躺下，用自己的精神力量和道义支撑，肩负起实业救国和国难当头、匹夫有责的使命感，在处境极其恶劣的情况下，呈现出强劲的活力，它们是民营经济的主体。正是这个主体在与官僚资本的周旋和与日本侵略者的持久战中，面对内外不同形式的夹击，坚持办好企业，为大后方军队和民众的抵抗提供了起码的物质条件，作用巨大，功绩甚著。

大西迁是在家园存亡之际，关乎国运商脉的一次实业界的自我拯救，也是对国家与民族的拯救。西迁何其难，然而做到了，也唯有如此，它才配作为一段历史被人们永远铭记。

沿海企业西迁，被誉为中国企业史上的"敦刻尔克大撤退"，虽然迁徙过程极其艰难且对原厂伤筋动骨，但在特定的情势下，内迁调动了企业家精神的全部潜能，像长江边上弓背前行的纤夫，踏着崎岖不平的路，一步一步前行。他们为国家为民族保留了可贵的物质基础，这可以说是国家仅存的一点本钱，他们从强敌横扫下的沉沦中聚集起惊人的爆发力，寻找和确立所从事事业的新意义。

当时的四川工业极为落后，工业资本和产业工人极少，还不到上海的一个零头。工厂的装备极其简陋，铁矿不少，多为小规模土法开采，所炼土铁仅可用于制造农具。采煤纯系人工土法，产量很低。机器工业只是敲敲打打，形同打铁铺，极其初级，缺乏现代刨床、钻床、车床等母机。棉纺工业基本上停留在机房手工业阶段，火柴仍用黄磷制造，其性颇毒。可见，若无外力推动，单靠自身发展来推动川省乃至西南、西北的工业开拓与现代化发展，其速度之缓不难想象。

很不幸，也很幸运，战争这个强大外力带来了某种机会。日本军国主义发动的侵略让中国沿海地区的无数工厂毁于一旦。这是中国现代史上的空前灾难，也是中国工业史上空前的灾难。沿海工厂被迫大西迁，这给工业裹足不前的内地农业省份带来了发展的契机，这是一种工业文明的集结性的广泛渗透。虽然这种发展和渗透是被动的，但结果无疑是积极的，即西部地区发生了突变。

这些经过选择的现代工厂，资金相对雄厚，工艺先进，技术力量强，分散到西南、西北各省去，实际上移植了若干个现代工业，形成了以重庆、西安为中心的若干个新的经济中心。如湖南洪江、沅陵，原先仅为小城镇，没有半点工业痕迹，而工厂迁入带动了社会和经济结构的变化，延续多年的农业小镇由于工业的输入而进步很大。又如支秉渊的新中工程公司迁祁阳，范旭东在犍为、乐山建立"新塘沽"，都使当地的经济受惠甚多。

抗战时期，西迁来的纱厂、棉纺厂及新建的棉纺厂遍布重庆各地，国民政府军政部又先后在土湾、杨公桥和李家沱办起为军需后勤供应的棉纺织工厂、毛纺织工厂、被服厂和针织厂。大后方十四个省区共有棉纺厂一百五十七家，川渝地区就有八十八家，其中重庆及附近地区有五十一家，超过总数的百分之三十二。这些棉纺织品不仅在七八年间部分解决了军民的穿戴保暖问题，也促进了这些省棉花的种植和商业的繁荣。

至于长乐塬，由于申四、福五在此落地，这个长期封闭、落后、蛮荒甚至原始的黄土高坡小地方，在短短几年中出现了历史性的跨越式发展。

这些幸存下来的企业在后方生根发芽，坚持生产甚至扩大规模。而日军虽在占领大半个中国后与中国军队总体上处于僵持状态，但仍妄想吞噬整个中国。如果没有经济的支撑，大后方是难以挺住的，那样的话局面难以想象。

及至1943年，后方工厂已达五千二百六十六家，资本共计四十八亿元，工人三十六万人。与战前相比，分别增加十八倍、一百六十倍及八十二倍。据1944年统计，西南七省的工厂，已占国民党统治区的百分之八十六点六、资本数的百分之九十三点五与工人数的百分之八十五点六。工业产值五年增长了五倍，其中生产资料的生产增加了三点五倍，消费资料增加了十倍。如果以"割稻子"的"稻子"产量和面积来形容，可割的"稻子"有了成倍的增长。那是一片辽阔的金灿灿的、散发着稻花香的稻田。

此外还有人口的内迁，由经济发达地区向经济落后地区迁移。这次被动的迁移，成为中国现代史上短期内迁移人口最多、规模最大的突发性人口反向运动。统计资料显示，抗战爆发后，西南、西北地区迁入人口达五千多万，这包括有组织的人口迁移，还有自发逃往西部的难民。虽然内迁人员的成分较为复杂，但总体素质比较高，目不识丁的农民并不多。

内迁者中不乏富有者，除党政军界外，商人、企业家、医生、工程师、牧师、自由职业者、技术工人等较多。也就是说，受教育程度越高者迁移比例越高，农民比例最小。据时任赈济委员会代委员长许世英1938年统计：内迁人员中属文化教育界的百分之五十五，党政及国营事业界的占百分之二十一，商人占百分之十六，工人占百分之六，农民只占百分之二。

除此之外，教师、学生与各类文化艺术界人士在抗战初期，相继迁入大后方。中国知识分子"天下兴亡，匹夫有责"的宝贵历史传统于此充分显露，愈挫愈奋，恪尽职守，继续办学。浙江大学竺可桢激昂地说：将欲抗顽虏，复兴壤，兴旧邦，其必由学乎！

诸多文艺团体和许多著名艺术家云集大后方，在时代的大潮汹涌中，他们以文艺的形式宣传抗日，宣传救国。特殊的生活环境和时代的激荡催生了许多好作品，鼓舞人心，激励士气，治好了许多人的焦虑症和精神内耗，使大后方的人们看到了希望和曙光。希望比恐惧和焦虑更有力量。

以周恩来为首的中国共产党南方局与《新华日报》等也设在重庆，成为进步力量的核心阵地，传播着时代的最强音，让国人看到了延安这样一个令人神往的地方，很多有志青年纷纷奔赴延安。各民主党派、各社会政治力量也相继会集到重庆，大后方一时成为中国的政治、经济、文化、军事中心。在抗日民族统一战线大舞台上，共产党人的通达和正气有目共睹。重庆一下子集中了大批政治精英和栋梁之材。这使得大后方成了凝聚人心、具有向心力的土地，这才是陪都的真正本质。

人类历史上，面对民族灾难，国内外都不乏勇担大任、置生死荣辱度外的先贤。时势与英雄交织，构成了一个波澜壮阔的大时代。日寇当道，半个中国沦陷，而且沿海发达地区，包括北平、天津、上海、南京、广州等大城市全部落入敌手。而大后方是经济薄弱、贫困、落后的地区，与沦陷区形成鲜明的对照。国统区最大的城市是重庆、西安，一个在西南，一个在西北。

还有一个是陕北的延安，是共产党领导的抗日根据地，一个注定被载入史册的地方，虽偏僻，虽穷，但有思想有主义。经过惊天地、泣鬼神的二万五千里长征，中国共产党领导的武装力量在那里扎下根，以顺乎亿万人吾往矣的抗日心愿，担当起抗日先锋的大任，因而成为最有魅力、最引人向往之处。正是在共产党民族大义的感召下，加上人民的呼唤，在历史的十字路口，国共不计前嫌，终能合作抗日。中国人都懂得，唯有团结一致，奋起抗日，中国才不会重蹈南明、南唐偏于一隅、不思进取以致亡国的覆辙。以史为鉴，可以知兴替。

中国共产党领导的人民战争显示了不同凡响的伟力，起到了决定性的作用，八路军、新四军在战争中完成了升华和壮大。抗日战争的胜利，也与后方西迁企业家及一切西迁人员"割稻子"的精神是分不开的。在那个惊心动魄的血与火的时代，所有奋斗者都是爱国者和英雄。境界，在这个群体身上得到了很好的诠释，历史应该给他们足够的敬意。

大西迁作为大撤退，是痛苦的，但它对坚持抗战、最后取得胜利具有的意义是非凡的，也是可歌可泣的。

大西迁和与之密切相关的抗战，显示了中华民族的坚毅和对正义的坚守。正如中国人民的老朋友基辛格博士所说的："我一向觉得中国有最真诚且不自觉的爱国主义者，他们是在最崎岖处接引这个民族渡过这一切苦难的纤夫。"

参考书目

1. 忻平：《1937——灾难与转折》，上海大学出版社2008年版。
2. 冯驱：《西迁、西迁》，香港银河出版社2013年版。
3. 黄振亚：《长江大撤退全景实录》，广东人民出版社2013年版。
4. 吴晓波：《跌荡一百年：中国企业1870—1977》，中信出版社2017年版。
5. 桑逢康：《荣氏财团》，文化艺术出版社2006年版。
6. 高仲泰：《红色资本家荣毅仁》，中西书局2012年版。
7. 傅国涌：《民国商人：1912—1949》，中国友谊出版公司2016年版。
8. 郭沫若：《洪波曲》，百花文艺出版社1959年版。
9. 《张治中回忆录》，文史资料出版社1985年版。
10. 罗继成、李本哲：《迁川工厂联合会简记》，重庆市工商业联合会1987年。
11. 胡西园：《追忆商海往事前尘》，中国文史出版社2006年版。
12. 荣德生：《乐农自订行年纪事》，上海古籍出版社2001年版。
13. 《八一三淞沪抗战：原国民党将领抗日战争亲历记》，中国文史出版社1987年版。
14. 刘念智：《实业家刘鸿生传略》，文史资料出版社1982年版。

后　记

纪实文学《大西迁》就要正式出版了。

这个题材所反映的是抗战时期的一个片段。一场前所未有的侵略与反侵略战争席卷大半个中国，中日大规模开战始于上海和沪宁一线。集中了中国大部分工业企业的长江下游遭受战火的涂炭。在国家命运、民族命运生死存亡之际，一众爱国企业家毅然决然冒着日机轰炸和硝烟弥漫，将工厂西迁，以避免毁于敌手。其经历之艰辛、之艰险，现在的人们很难想象。最后，终于保住了一部分工厂，为抗日保留了一份实业的火种。这个历史事件一直让我深受感动。

2022年，我终于按捺不住自己的向往，匆匆去了陕西宝鸡的长乐塬抗战工业遗址公园，参观了1938年迁到这里的申新四厂和福新五厂的遗址。当年闻名于世的窑洞工厂虽然有点冷寂，但其沧桑感和宏大让我感到震撼。

意大利哲学家克罗齐说："一切历史都是当代史。"这段西迁的历史不仅具有深邃的历史价值，也具有深刻的现实意义。它凸显了中国企业家在特殊时期的企业家精神，那就是家国情怀和奋发进取精神。西迁是自我拯救，也是拯救国家的英勇之举。

正是出于这一点，我从对现实生活的关切出发，把自己的目光投向这段不寻常的"过去"。站在深长的窑洞工厂里时，我觉得自己穿越到了那个战火纷飞的年代。

我决定把这段历史写出来。汗牛充栋的文献和大量历史存留物使我感到这个事件及其背景之宽广和深厚，我皓首穷经也只能把握其中的沧海一粟。历史题材作家从来不会是史料的被动接受者和考证者，终究是由现实生活中的各种因素所触发，将笔触投向暗寂而又闪光的某个片段，而使其带着历史的光芒出现在当下，让当下的人感动而受到激励。我一直以为历史从来就是作家纵横驰骋的疆域。

现实需要历史，历史就是今天的昨天，而昨天和今天是不可分割的。历史文学就是将消失在昨天的时空中的某个片段或某个层面，形象地鲜活地再现出来，投射到当下。

《大西迁》写的就是抗战时期一个伟大的片段和层面，我尽力塑造一个企业家的群像，还原这段历史的错综复杂，描绘西迁过程中的各种人和事。

由于我的笔力有限和时间的匆促，这本书还有一些粗糙和一定的局限性，但我尽力了。借此机会，我要感谢历史，感谢卢作孚、荣氏兄弟和李国伟、范旭东、刘鸿生、刘国钧、吴蕴初、胡厥文、冼冠生等那个年代的企业家，感谢荣氏研究会所有专家及无锡文化遗产基金会王慧芬等领导，正是他们首先对李国伟西迁事迹进行了传播。

同时，我要感谢东方出版社编辑朱兆瑞老师的精心编辑，为使这个作品成为精品，他付出了大量心血和努力。感谢陕西宝鸡长乐塬抗战工业遗址公园的领导和文物保护工作者，感谢对长乐塬工业区的历史进行研究、发掘和创作的冯驱老师。

期待企业文化史学者不吝指教，期待读者喜欢这本书。